LA PARTIDA FINAL

Planeta Internacional

JOHN DONOGHUE

LA PARTIDA FINAL

Traducción de Albert Fuentes

Planeta

Obra editada en colaboración con Editorial Planeta – España

Título original: *The Death's Head Chess Club*

Publicado por primera vez en Reino Unido por Atlantic Books, un sello de Atlantic Books Ltd.
Publicado de acuerdo con Casanovas & Lynch Literary Agency

Bajo el sello editorial PLANETA M.R.
Avenida Presidente Masarik núm. 111,
Piso 2, Polanco V Sección, Miguel Hidalgo
C.P. 11560, Ciudad de México
www.planetadelibros.com.mx

Primera edición impresa en España: octubre de 2022
ISBN: 978-84-08-26347-0

Primera edición en formato epub en México: octubre de 2022
ISBN: 978-607-07-9342-4

Primera edición impresa en México: octubre de 2022
ISBN: 978-607-07-9364-6

Impreso en los talleres de Litográfica Ingramex, S.A. de C.V.
Centeno núm. 162-1, colonia Granjas Esmeralda, Ciudad de México
Impreso en México - *Printed in Mexico*

ÍNDICE

1
EL GAMBITO LETÓN

1944
Auschwitz III, Monowitz

Cae la tarde y reina el silencio en el campo. El crudo viento de febrero sopla del este y se cuela por los caminos entre los barracones de madera, aguardando el regreso de los presos, uno más que añadir a la larga lista de enemigos que los acechan. De todos es sabido que el viento en Auschwitz posee una lengua extraña. No habla del mundo exterior, del sol sobre las montañas distantes o de la nieve que cae ligera sobre las calles de las ciudades. Solo lo hace de lo que ve a este lado de las vallas electrificadas que rodean el campo, del hambre y las privaciones, de la soledad entre las multitudes que malviven aquí, de la muerte. Las lámparas de arco penetran en la oscuridad y colman el patio de armas de una luz antinatural, brillante, que proyecta unas sombras nítidas entre los postes de la alambrada que rodea el campo. Hay hambre. El hambre es otro de los enemigos, constante, pertinaz e insistente, un vacío voraz en la boca de cada estómago que ni la ración de pan matutina ni la aguada sopa de la noche pueden aplacar.

El agotamiento es otro de los enemigos, pero el campo no puede descansar. Es imperativa una vigilancia constante para prevenir cualquier infracción de las normas, normas no escritas, inescrutables e incomprensibles, normas que pueden crearse de un momento a otro, normas cuya única finalidad es multiplicar las posibilidades de sufrimiento. Cada una de esas normas, esté o no escrita, sea o no conocida, es otro enemigo: el campo se halla en guerra y para cada preso la única medida de la victoria es haber logrado sobrevivir un día más.

En su cálido despacho en el edificio de la *Kommandantur* que preside el campo, el teniente Paul Meissner mira por la ventana con una taza de café en la mano. El café es muy bueno, no como el sucedáneo que reciben los soldados del frente, porque el trabajo que hay que hacer en los campos es arduo y tiene una importancia capital para el bienestar del Reich. Meissner se acerca la taza a los labios y saborea la intensidad del aroma. Es un momento de tranquilidad: unos nubarrones plomizos cubren el horizonte. Le duele la pierna; señal inequívoca de que nevará antes del día siguiente.

Meissner es un hombre alto, incluso para ser alemán. Tiene el pelo castaño, pero sus ojos son de un azul centelleante, tanto que casi resultan turbadores. Es una rareza en el campo de concentración: un *Waffen-SS*. El cuello de su saco luce la doble runa plateada, esos dos relámpagos sobre fondo negro, no la calavera de los SS responsables del campo, que pertenecen a las *Totenkopfverbände.** Cuando camina, lo hace con una visible cojera, un regalo de despedida de un tanque ruso. Es una condecoración: en el campo, son muy pocos los hombres que han servido en el frente. Ahora, desgrana sus días en la *Abteilung I*, a las órdenes del comandante del campo. Tiene encomendada la misión de supervisar los múltiples campos satélite que quedan bajo el paraguas de Auschwitz; en especial, el viejo *Zwangsar-*

* Las SS se dividían en tres organizaciones principales: la general o *Allgemeine-SS*, la militar o *Waffen-SS*, y los guardas de los campos de concentración, encuadrados en las *Totenkopfverbände*, o Unidades de la Calavera. Sus integrantes se distinguían por lucir una calavera en la solapa derecha del cuello de sus sacos.

beitslager für Juden, Fürstengrube y Blechhammer, además de otros que están todavía más lejos. Es el responsable del personal de las SS y tiene a sus órdenes a dos sargentos y sus respectivos escuadrones, que obran milagros cotidianos con las listas de hombres y los transportes.

El principal quebradero de cabeza que tiene Meissner es la fábrica Buna de la IG Farben, el laberíntico complejo industrial para el que se construyó el campo de Monowitz. La fábrica explotará los yacimientos de carbón de los alrededores para producir combustible y caucho sintético, fundamentales para la maquinaria bélica del Reich, pero la construcción acumula varios meses de retraso y, de momento, no se ha obtenido ni una sola gota de combustible ni tampoco un solo gramo de caucho.

De pronto la calma se interrumpe. La orquesta del campo ha empezado a tocar. Es una alegre marcha militar. Meissner intenta recordar el nombre de la canción, pero se le resiste. Echa un vistazo a su reloj. ¿Cómo es posible que el día haya pasado tan rápido?

Unos minutos después, tras concluir su jornada en la fábrica, los presos empiezan a llegar al campo. La escena es tan absurda que casi resulta cómica: cadáveres andantes vestidos con uniformes de rayas azules, desfilando al compás de la alegre melodía de la orquesta. Algunos de los *Kapos** incluso han ordenado a sus hombres que canten. Los conducen directamente al patio de armas, donde deben formar en columnas de cinco en

* Las SS elegían a presos concretos, los llamados *Prominenten*, para que se ocuparan de gestionar los campos. Solían ser alemanes condenados por delitos comunes o políticos. Los *Ältesten*, o veteranos, se ocupaban de la administración de los dormitorios; los *Kapos* supervisaban los pelotones de trabajo o *Kommandos*. Se les concedían ciertos privilegios, siempre que mantuvieran el orden entre sus compañeros de presidio. A fin de conservar sus privilegios, los *Prominenten* a veces se empleaban con una violencia pavorosa: existen numerosos testimonios sobre presos a los que apalearon hasta la muerte por infracciones leves o imaginadas.

fondo. Los primeros en llegar tendrán que soportar el frío mientras esperan al resto. Hay más de diez mil presos y pasará un buen rato hasta que todos hayan formado y pueda empezar el recuento.

Entre los internos, hay un recién llegado de Francia. Todavía no muestra el rostro ojeroso y espectral del campo, y, aunque ha perdido peso y el uniforme le cuelga de los hombros como si fuera una bolsa, parece que su estado de salud aún es bueno. Tenía un nombre, pero eso fue en otra vida, una vida con un sentido más allá de la lucha cotidiana por la supervivencia. Se llamaba Emil Clément y era relojero. Ahora sencillamente es el prisionero número 163291.

A ojos del Reich, Emil es culpable de un crimen para el que no existe perdón: es judío.

Se hace el silencio en la plaza. Empieza el recuento. Los presos deben formar en posición de firmes e ignorar el cruel abrazo del frío sobre sus cuerpos demacrados. El campo espera, atenazado por una angustia sorda. Si los números no coinciden, el recuento tendrá que repetirse, desde el principio. Pero no esta noche. El suboficial encargado de hacer el recuento queda satisfecho y les ordena retirarse. Podría esperarse un suspiro de alivio colectivo, pero no: los presos simplemente pasan de un suplicio a otro. No pueden malgastar sus energías en suspiros.

Emil se derrumba en su catre. Pasa los días en un taller mecánico, fabricando diminutos mecanismos de repuesto para los múltiples instrumentos técnicos que miden y regulan los procesos que son el alma de la Buna. Su trabajo no es muy distinto del que solía hacer cuando fabricaba los engranajes de un buen reloj. Sin embargo, hoy lo han destinado a un *Kommando* de trabajo porque no había electricidad y ha tenido que descargar sacos de cemento de los vagones de un tren y llevarlos a un almacén. Nunca se ha sentido tan cansado, le duelen todos los músculos y nervios del cuerpo, y tiene los pies en carne viva por culpa de los incómodos zuecos de madera que los obligan a llevar. Es tal el agotamiento que incluso el clamor incesante del hambre se suaviza.

Comparte catre con otro francés, Yves. Llegaron a Auschwitz en el mismo transporte desde el campo de internamiento de Drancy, aunque no se conocieron hasta que les asignaron la misma cama. Al principio, la idea de tener que compartir lecho con otro hombre, con un desconocido, le dio asco. Ahora sabe que es un afortunado: es el único momento del día en que se siente abrigado. Han trabado una fuerte amistad y cuidan el uno del otro. Si uno de ellos tiene suerte y consigue algo de comida —la mercancía más preciada del campo—, la comparten, no como los otros presos de su bloque. Emil se ha fijado en que lo habitual es no querer saber nada de los demás; la existencia de los presos es tan precaria que no soportan la idea de compartir nada. Esa soledad es la causante tanto de su debilidad como de la fuerza de quienes están al mando. Auschwitz es un campo dividido contra sí mismo.

Yves se sube al catre. Están en la litera superior. «Hazme sitio», dice. Emil refunfuña mientras obliga a su cuerpo derrengado a obedecer. Yves sonríe: «Hoy tuve un buen día». Le ofrece algo a Emil. Es un mendrugo de pan negro. «Uno de los polacos dejó tirada una chamarra de lana. Cuando nadie miraba, la organicé.» En la jerga del campo, *organizar* significa robar. Los presos se ven obligados a organizar cosas si quieren sobrevivir. Y, conforme a las normas absurdas de Auschwitz, la práctica del hurto es alentada, pero severamente castigada si descubren al ladrón. «Me la escondí debajo de la chamarra.»

Esa prenda es un botín extraordinario, aunque peligroso. Será difícil mantenerla escondida mucho tiempo: mejor cambiarla por otra cosa. En el lavabo que hay en el rincón del campo más alejado de los barracones que ocupan los hombres de las SS, se desarrolla un mercado floreciente. Cada día, cuando se da por concluido el recuento, cientos de presos acuden a toda prisa a ese punto, algunos para vender, otros para comprar. Es un mercado de compradores, porque todos los estómagos están vacíos y la moneda del campo es el pan. A quienes tienen los ojos derrotados por el hambre se les puede convencer de que vendan su mercancía por una miseria entre el griterío del regateo. Una cuchara y un cuchillo: todos los presos los necesitan, pero las autoridades del campo no los proporcionan. Hay que comprarlos. Y es en ese mercado donde se intercambian junto con otros artículos que los presos han conseguido *organizar*.

—¿Qué hiciste con la chamarra? —pregunta Emil.

—Se la vendí al veterano del bloque dieciséis. Me dio dos raciones de pan a cambio.

Es un precio justo. Comen el pan en silencio, saboreando cada bocado, aunque les duele saber que sus compañeros de barracón están muertos de hambre. Nadie los molestará. Es una regla no escrita entre los presos. Todos harían lo mismo si tuvieran la oportunidad.

Pronto se apagan las luces y el campo se sume en un inquieto sopor. Al cabo de apenas unas horas volverá a comenzar el duro trabajo.

Yves se alegra de que le haya tocado en suerte a Emil como pareja. Es un hombre amable y cultivado. Hablan incansablemente sobre cómo era Francia antes de la guerra. Además, Yves siente curiosidad por la pasión que muestra Emil por el ajedrez.

—Vuelve a explicarme lo del gambito letón —le pide en voz baja, en la oscuridad.

2
LA DEFENSA HOLANDESA

1962
Gran Hotel Krasnapolsky, Ámsterdam

La entrevista estaba a punto de concluir. Aun así, el periodista, un perro viejo que sabía sacar lo mejor y lo peor de sus entrevistados, todavía no había formulado la pregunta. Por fin, con la astucia de un hechicero, se decidió a deslizarla: «Lo que a muchos de nuestros oyentes les gustaría saber es cómo fue su paso por Auschwitz».

El hombre que tenía sentado enfrente acomodó su larguirucho esqueleto en la silla y soltó un suspiro. Vio la grabadora como si deseara que las bobinas dejaran de girar. Una vez más le hacían la pregunta; una vez más, el pisotón en el freno que paraba en seco el curso de su vida. Auschwitz, después de casi veinte años, seguía persiguiéndole a todas partes. Dar testimonio de aquel horror era una obligación, pero también una losa muy pesada. No esperaba que le obligaran a hacerlo allí. Alzó la cabeza para mirar a su torturador. Tenía los ojos de un gris turbio, deslavado, como un cielo que amenaza tormenta. Eran unos ojos que parecían ver más allá del objeto de su atención y penetrar en profundidades y secretos que convenía mantener escondidos.

El entrevistador reprimió un escalofrío. Al darse cuenta del silencio que se había abatido entre ellos, se sintió obligado a romperlo.

—Su reticencia a hablar de ello es perfectamente comprensible...

—¿Reticencia? —La palabra salió escupida de sus labios, como si le hubieran sorprendido mintiendo—. No, la verdad es que no. No es reticencia, sino más bien que no sé qué podría explicar sobre eso. Se ha hablado tanto que quizá no quede mucho que contar. Es complicado. Si empiezo a hablar, ¿adónde nos conducirá? Luego, por supuesto, también me preocupa un poco no saber qué quiere usted en realidad. —Los largos y finos dedos del hombre aferraron inconscientemente los brazos de su silla—. ¿Quiere saber cómo fue realmente estar en un campo de exterminio? ¿O quiere que le cuente historias escabrosas sobre lo que había que hacer para sobrevivir?

El entrevistador sabía que no podía quedar como un insensible ante sus oyentes, de modo que cambió de estrategia.

—En su libro escribió que no creía que ningún alemán, después de haber vivido la guerra, no estuviera manchado por lo que había ocurrido en los campos. Podríamos llamarlo culpa por silogismo. ¿De verdad considera que... que todos los alemanes son culpables? ¿Acaso no hubo buenas personas entre los alemanes?

La pregunta no suscitó la respuesta esperada. El hombre bajó la cabeza y se pasó la mano por su escaso pelo.

El entrevistador sintió la necesidad de aguijonearle.

—¿*Mijnheer* Clément?

—Es como si todo el mundo esperara de mí que dedicara los años de vida que me quedan a buscar a un buen alemán. ¿Por qué? ¿Para que pueda pedirme perdón? No hay perdón que valga. ¿Quiere a un buen alemán? Permítame que le diga algo, yo no he visto a ninguno. Ni uno solo. —Clément pronunció las últimas palabras despacio y con claridad.

El entrevistador, intuyendo que había algo más, insistió.

—No lo mencionó en su libro, pero ¿no es verdad que hubo un alemán que salvó la vida de su mujer?

Clément lanzó una mirada severa a su interrogador.

—Sí, es verdad, hasta cierto punto. No lo incluí en mi libro porque estaba escribiendo sobre mis vivencias, no sobre las de mi mujer. Pero voy a decirle lo que le ocurrió a ella, aunque solo sea para terminar con el mito del buen alemán. —Su voz se había tornado dura y tensa, como si le costara mantenerla bajo control. Tomó un sorbo de agua antes de continuar—. Ambos sobrevivimos al campo, aunque ni ella ni yo sabíamos qué había sido del otro. Tardé varios meses en encontrarla. En su registro de entrada en Auschwitz figuraba como fallecida. «Tiroteada durante un intento de fuga», ese era el eufemismo que solían emplear cuando torturaban a alguien hasta matarlo. Pero no había muerto. Estaba en Austria, en Mauthausen. En el hospital. Tenía la escarlatina. Si no hubiera estado tan delicada... —Se le quebró la voz y carraspeó para recuperar el aplomo—. Solo pensaba en pedirme perdón. ¿Por qué?, le preguntaba yo. No puedes reprocharte nada. No tienes ninguna culpa. Eso era lo que le decía, pero ella insistía y, poco a poco, me contó lo que había tenido que hacer para sobrevivir.

»Salvó la vida gracias a una nota. Sí, una simple nota. Una nota como la habría podido escribir cualquiera, por cualquier motivo: la lista de la compra, un recordatorio, una disculpa, una exigencia de pago, un encargo. No era más que una bolita de papel que le golpeó levemente la nuca antes de caer al suelo. Entendió enseguida que se la había tirado uno de los guardas. La escondió con el pie y echó un vistazo para ver quién podía haber sido. Había dos hombres de las SS cerca; tenía que ser uno de ellos. Se agachó entonces para recogerla y pidió permiso para ir a las letrinas. En la nota había escritas solamente dos palabras: "¿Tienes hambre?".

»Era un alemán, uno de los guardas. Sí, le salvó la vida, pero a ella le costó su dignidad y su amor propio. Aquel hombre le salvó la vida, pero habría sido mejor que no lo hiciera, porque creía que me había traicionado, no solo a mí, sino también la memoria de nuestros hijos. ¿Cómo iba a merecer seguir con vida cuando ellos la habían perdido? Como yo o cualquier otro superviviente de los campos, mi esposa no pudo hacer frente al instinto que le reclamaba elegir la vida, pero luego no pudo perdonarse haberse rendido a ese instinto. —Clément cambió de postura en la silla, inclinándose hacia delante y señalando con el dedo índice al entrevistador como si quisiera regañarlo. Su voz adoptó un tono duro, amargo—. Me pregunta usted si aquel hombre fue un buen alemán... Bueno, si está bien aprovecharse de personas indefensas, de quienes no tienen nada, de quienes han sido abandonados a su suerte sin esperanza, entonces ese hombre era bueno. Pero, en lo que a mí respecta, lo que hizo fue miserable.

Emil Clément salió del Gran Krasnapolsky al bullicio de la plaza Dam y volvió a pie a su hotel, un establecimiento más humilde con vistas al canal Singel. No estaba lejos. Desde su habitación se veía un puentecillo sobre el que los ciclistas parecían deslizarse con ese estilo soñador que los moradores de Ámsterdam han hecho suyo.

Emil se preguntó por la insistencia que había mostrado el entrevistador. Le había sorprendido con la guardia baja. No era precisamente un político o un artista famoso; era un jugador de ajedrez, nada más. Se sintió turbado. Tal vez no debería haber vuelto directamente al hotel. Se quedó ensimismado frente a la recepción.

—¿Puedo ayudarle en algo, *mijnheer* Clément? ¿Quiere su llave?

Emil echó un vistazo al individuo que le hablaba detrás del mostrador, un hombre grueso, de más de sesenta años.

—Sí, quizá sí pueda ayudarme. ¿Hay algún sitio donde se pueda jugar al ajedrez en esta ciudad? Una plaza o un parque, algo así.

El hombre sonrió.

—Desde luego que sí. Debe ir al Leidseplein. Estoy seguro de que encontrará a alguien con quien echar una partida. Está bastante lejos, pero puede tomar el tranvía desde la plaza Dam. No tiene pérdida.

Clément dijo que no con la cabeza.

—Gracias. Prefiero ir a pie. Me vendrá bien un poco de aire fresco.

Lijsbeth Pietersen caminaba por los pasillos dorados del hotel Krasnapolsky con toda la rapidez que le permitían su recato y sus tacones altos. Llevaba en la mano un papel importante, muy importante: su contenido podía echar al traste el Torneo Interzonal de la Federación Internacional de Ajedrez —para cuyo inicio faltaban dos días—, antes incluso de que se moviera el primer peón. Lijsbeth se tomaba muy en serio sus obligaciones. El Interzonal era importante: sus primeros clasificados disputarían el Torneo de Candidatos y, de ahí, saldría el rival que se enfrentaría al campeón del mundo.

Al llegar a la habitación que se había reservado para el árbitro principal del torneo, Lijsbeth se paró un momento para serenarse antes de tocar la puerta. Dentro, un hombre vestido con un traje oscuro estaba de pie junto a una ventana, contemplando con gesto absorto el ir y venir de la gente que pasaba por la plaza. Se volvió cuando ella entró.

—Señorita Pietersen —dijo esbozando una sonrisa forzada—. ¿A qué debo el honor esta vez?

Con ceremonioso esmero, ella colocó el papel sobre la mesa que los separaba, alisándolo contra el tablero encerado.

—Sé que ya lo ha visto, *mijnheer* Berghuis —repuso ella, intentando que no se le notara la furia en la voz—. Me gustaría saber por qué no ha considerado oportuno informarme y qué se propone hacer al respecto.

Harry Berghuis sacó unos lentes del bolsillo superior de su saco. Durante la semana anterior, Lijsbeth Pietersen se había convertido en poco menos que un incordio. Él era el árbitro principal del torneo; ella, simplemente la organizadora, detalle que parecía costarle captar. Berghuis se sentó a la mesa y tomó el papel.

Era una copia del sorteo de los emparejamientos de la primera ronda del torneo. Le echó una ojeada y la dejó caer sobre la mesa.

—No entiendo por qué está tan disgustada —dijo—. Y, respondiendo a su pregunta, no pretendo hacer nada al respecto. Las partidas se disputarán según el sorteo, como se ha hecho siempre.

Ella le dirigió una mirada que decía mucho de la opinión que le merecía la inteligencia del árbitro. Sacó un bolígrafo y dibujó un círculo alrededor de dos nombres.

—Mire.

Berghuis volvió a concentrarse en el papel y negó con la cabeza desconcertado.

—¿Qué?

—Emil Clément y Wilhelm Schweninger han quedado emparejados en la primera ronda.

—A ver, señorita Pietersen. De verdad le recomiendo que aprenda a expresarse con más claridad. No entiendo a qué viene tanto alboroto.

—Emil Clément es el representante de Israel. Es un superviviente de Auschwitz. Escribió un libro sobre sus experiencias que fue un éxito de ventas. Dice que no hay alemán bueno.

—Y Schweninger es alemán. —Le echó una mirada despectiva—. ¿Y qué?

—Schweninger no es un simple alemán. Durante la guerra, trabajó para el Ministerio de Propaganda.

—¿Y? —preguntó Berghuis después de soltar un suspiro.

Lijsbeth torció el gesto. ¿De verdad llegaba a ser tan obtuso ese hombre?

—Si querías entrar a trabajar en el Ministerio de Propaganda, tenías que afiliarte al partido nazi. —Dio un paso hacia la mesa y puso las yemas de los dedos sobre su superficie, inclinándose hacia él—. ¿Entiende ahora el alboroto?

A Berghuis no le gustó el tono de la pregunta. Sintió que la cara le ardía y se llevó las manos al cuello de la camisa para intentar abrirlo. Esperaba encontrar un motivo para olvidar lo que le estaba diciendo.

—Muchos alemanes se afiliaron al partido —replicó—. ¿Lo condenaron por crímenes de guerra?

—Da igual si lo condenaron o no. La prensa sacará provecho si se entera de esto.

Berghuis volvió a tomar el papel como si esperara que la solución a aquel entuerto se le presentara como de milagro con solo mirarlo.

—Demonios —dijo en voz baja—. ¿Qué propone?

—La única alternativa es volver a sortear los emparejamientos, asegurándonos de que no se vean las caras a menos que sea en la final.

—No —respondió Berghuis negando con la cabeza—. Eso es imposible. Ya hemos enviado el cuadro a todos los participantes.

—Podríamos decirles que ha habido un error, que hay que volver a celebrar el sorteo.

—Pero ¿qué error? El sorteo se celebró delante de veinte personas como mínimo.

Lijsbeth no pudo morderse la lengua.

—Quizá ahora entiende por qué debería haberme confiado a mí la revisión de los antecedentes de los participantes. No basta con redactar unas biografías de familias felices para la prensa.

Berghuis bajó la cabeza.

—Está bien —dijo asintiendo—. Pero eso no es lo que más me preocupa ahora mismo. Tenemos que decidir qué hacemos. Si volvemos a sortear los emparejamientos, alguien puede sospechar que hay gato encerrado y entonces tenga por seguro que la prensa meterá las narices en el asunto. No, habrá que apechugar con lo que tenemos y rezar por que ocurra un pequeño milagro.

—¿Insinúa que debemos quedarnos de brazos cruzados y confiar en que nadie ate cabos? —Lijsbeth obsequió a su jefe con una sonrisa condescendiente. Era un pequeño triunfo, pero no por ello menos satisfactorio—. En fin, supongo que sabe lo que hace. Usted manda.

A sus cincuenta años, Emil Clément era un hombre alto y flaco. Tenía el pelo negro, con entradas, y una barba de tres días que le cubría la mitad inferior del rostro. Al descender por la escalera del hotel se subió el cuello del abrigo. Aunque corría el mes de abril, soplaba un viento gélido del mar del Norte que traía chubascos intermitentes, bastante distinto del tiempo al que se había acostumbrado en los últimos años.

Enfiló por la orilla del canal en dirección sur hasta llegar casi a su desembocadura. Estaba buscando la calle Leidsestraat y, cuando la encontró, dobló a mano derecha. Después de cruzar tres canales, llegaría a su destino. La lluvia empezó a azotarle la cara y se estremeció. Se cernían unos negros nubarrones. Podría considerarse un hombre afortunado si encontraba a alguien lo bastante insensato para jugar al ajedrez en la plaza.

Cuando llegó al borde oriental del Leidseplein había empezado a llover a cántaros. Evidentemente, la plaza estaba desierta, a excepción de un puñado de almas intrépidas que la cruzaban a toda prisa, gente que se peleaba con el paraguas o que corría a cobijarse en las entradas de las tiendas. Emil se metió en el café más cercano.

El mesero estaba limpiando la barra con un paño que había visto tiempos mejores.

—*Nog regent het?*

—Lo siento —respondió Emil en inglés—. No hablo neerlandés. ¿Habla usted francés? ¿Alemán?

El mesero sonrió.

—*Ja, ich kann gut Deutsch sprechen.*

Emil pidió un café y dijo:

—Me han explicado que podría jugar al ajedrez por aquí.

El mesero le indicó con el pulgar una salita que había al final del establecimiento.

—Puede ser que encuentre un par de partidas ahí al fondo. Tenga en cuenta que son parroquianos, así que es posible que deba esperar un ratito antes de jugar.

Le sirvió el café en la barra. Emil le dio unas monedas.

—Descuide —dijo—. Me basta con mirar.

3
LA APERTURA POLACA

Noviembre de 1943
Oświęcim, Silesia, bajo ocupación alemana

Entre nubes de vapor, el tren de Cracovia chirrió hasta detenerse en la estación de la pequeña localidad de Oświęcim. El teniente Paul Meissner abrió la puerta de su vagón y echó un vistazo al andén. Le sorprendió que nadie hubiera ido a recibirle.

El jefe de estación estaba a punto de llevarse el silbato a los labios para autorizar la salida del convoy cuando vio a un oficial de las SS que se le acercaba cojeando.

—Un momento, por favor —le gritó el oficial. El hombre dejó caer el silbato—. Le estaré muy agradecido si alguien me baja las maletas.

Los agentes de las SS formaban parte del paisaje habitual, siempre yendo y viniendo del campo, normalmente insoportables y mandones. Sin embargo, al verlo apoyarse en el bastón, el jefe de estación percibió cierta humildad en su porte y rápidamente se fijó en la Cruz de Hierro que llevaba prendida al bolsillo superior del saco.

—Por supuesto —le respondió—. Enseguida me ocupo de ello. ¿Por qué no se sienta en mi despacho?

Casi una hora después, un avergonzado cabo entró en el despacho del jefe de estación y se cuadró juntando los talones con fuerza. Meissner no quedó muy satisfecho con lo que vio: el suboficial llevaba manchada la guerrera con restos de comida y las puntas del cuello estaban dobladas hacia arriba.

—Saludos de parte del capitán Hahn, señor. Tengo órdenes de llevarle al cuartel de oficiales.

Meissner se tomó unos largos segundos antes de hablar.

—¿Su nombre?

—Eidenmüller, señor.

—Bien, Eidenmüller. Déjeme decirle que no duraría ni diez minutos en las *Waffen-SS*. Un hombre que no muestra interés por su aspecto no es digno de confiar. La próxima vez que le vea, le quiero con una chamarra limpia y bien planchada. ¿Entendido?

El hombre se puso tieso como una estaca.

—Sí, señor —respondió.

—Bien. Ahora recoja mis maletas y sáqueme de aquí.

Ernst Eidenmüller llevaba casi dos años en las SS. Al principio, había ascendido por los escalafones inferiores con notable facilidad. Era como un gato que siempre caía de pie, y sus compañeros lo llamaban «Midas» porque todo lo que tocaba parecía convertirse en oro. En esos primeros tiempos sí había mostrado interés por su atuendo.

En junio de 1940, cuando los noticieros informaban en todas las salas de cine de Alemania de la visita que Hitler había hecho por los lugares más destacados de París tras la ocupación de la capital francesa, Eidenmüller no se había echado a la calle a celebrar la victoria con sus eufóricos compatriotas. Estaba encerrado en un calabozo de Leipzig porque lo habían descubierto con una bicicleta robada. Sus acaloradas protestas de inocencia no le sirvieron de nada: la persona que le acusaba del robo era un miembro de poca monta del partido. Un año después, lo acusaron de comerciar en el mercado negro. Aunque no pudo demostrarse nada, como pesaba sobre él una condena anterior, bastó una palabra de un jefecillo local de la Gestapo al juez del caso para que lo condenaran a dieciocho meses de trabajos forzados. Se mentalizó para lo peor: todo el mundo sabía lo dura que podía ser la vida en los batallones de trabajo en las carreteras. Sin embargo, lo destinaron a una brigada agrícola.

Su padre era sacerdote en una iglesia luterana, un hombre severo de cuya órbita se felicitaba haber podido escapar. Con todo, le había dado un buen consejo a su hijo: «Hay tres cosas que no puedes permitir que te dominen bajo ningún concepto: las mujeres, el dinero y los nazis, sobre todo los nazis». Las mujeres nunca habían representado ningún problema: el tipo de mujer que le gustaba era precisamente aquella que no parecía querer quedarse a su lado. En cuanto al dinero, Eidenmüller nunca tuvo el suficiente como para que pudiera dominarlo. Le gustaba apostar. Estaba enganchado a las emociones del juego y le daba igual si ganaba o perdía. Así pues, los nazis eran lo único de lo que debía guardarse.

El ejército prefería no enrolar entre sus filas a hombres con antecedentes, por pequeño que fuera el delito cometido, pero las SS eran otra historia, siempre y cuando el recluta pudiera demostrar unos orígenes arios impolutos. A principios de 1942, se convocó a todos los hombres del barracón a una conferencia en el comedor. Los esperaba para dirigirles la palabra un oficial de reclutamiento de las SS. «Hombres jóvenes de sangre alemana, vuestro Führer os llama al deber...» Los había arengado durante casi una hora con proclamas similares. Los presos escucharon impávidos las palabras del oficial hasta que este concluyó su discurso diciendo que no se les permitiría irse hasta que todos ellos se hubieran comprometido a alistarse en las SS y que los diez primeros en hacerlo recibirían los mejores destinos. Era evidente que no había escapatoria, de forma que, resignado, Eidenmüller dio un paso al frente. Junto con otros nueve hombres fue destinado a las *Totenkopfverbände* y enviado a Dachau para recibir instrucción; los otros cincuenta presos tuvieron que enrolarse en las *Waffen-SS*.

Eidenmüller no tardó en percatarse de su buena fortuna: la vida en los barracones de instrucción de las SS no era lo que se dice una maravilla, pero tampoco terminaban deslomados. Los hombres se aburrían, tenían dinero en los bolsillos y Eidenmüller sabía ganarse a la gente. Se convirtió en la persona a la que acudir si querías conseguir el sinfín de bagatelas que te hacían la vida más fácil en los barracones. Sencillamente, tenía ese don.

Fue nombrado jefe de brigada. Nunca tenía que gritar a sus hombres. Como siempre parecía capaz de encontrar lo que le pedían, sus subalternos intentaban tenerlo contento... casi siempre. Cuando concluyó el adiestramiento con sus compañeros de promoción, lo designaron suboficial y lo destinaron al este.

Ya en Auschwitz, fue transferido a la farmacia del campo para trabajar como conductor. Debía recoger el material sanitario destinado a las SS del campo en el almacén de la estación de Cracovia y, cuando así se le ordenara, llevarlo a los campos satélite. Había escasez de medicamentos para la población civil, y se propuso trabar amistad con uno de los farmacéuticos del campo para actuar como intermediario con una farmacia de Cracovia. Su trabajo era fácil y al cabo de poco tiempo estaba haciendo todo tipo de recados para oficiales y suboficiales. Recoger, transportar, entregar: su actitud relajada y su olfato infalible le granjearon amigos en las altas esferas. Incluso el comandante Höss le encargaba que recogiera paquetes en un almacén de Birkenau y los llevara a una dirección cercana a la terminal de ferrocarriles de Podgórze. En cuestión de unos meses, fue ascendido a sargento primero y vio cómo cada vez se le abrían más puertas.

Cuando el teniente Morgen llegó a finales del verano de

1943, Eidenmüller supo inmediatamente que la buena vida había terminado. Aquel hombre no era un miembro cualquiera de las SS, sino un oficial de la policía criminal, enviado a investigar la corrupción en el campo. Ordenó el registro de los barracones de los suboficiales. La taquilla de Eidenmüller estaba repleta de pastillas de jabón y tubos de pasta de dientes. Sus explicaciones fueron desestimadas sin más trámite.

Se formó enseguida un tribunal de las SS presidido por el oficial al mando del campo de Auschwitz I, el mayor Liebehenschel, y con Morgen como fiscal. Liebehenschel ya había visto dos casos esa mañana. A uno de los suboficiales llamados a juicio se le había encontrado una docena de lujosas estilográficas en la taquilla. El hombre insistió en que era aficionado a coleccionar plumas. Era obvio que las había hurtado de entre los bienes que se confiscaban a los judíos a su llegada a Auschwitz, pero —preguntó Liebehenschel al fiscal— ¿de verdad era tan importante como para llevarlo a juicio? Ordenó entonces que el hombre fuera sancionado por su superior sin que se tomaran otras medidas. El siguiente caso que vio el tribunal tenía que ver con el descubrimiento de divisas extranjeras en el campo. Aquello era mucho más serio. Degradaron al suboficial y lo enviaron al frente oriental.

Llegó entonces el turno de Eidenmüller. A Liebehenschel le costó contener la risa cuando le refirieron los «artículos sospechosos» que se habían hallado en posesión del suboficial.

—¿Jabón? —preguntó a Morgen—. ¿Eso es sospechoso? ¿De verdad?

El fiscal se puso en pie en toda su estatura.

—Así es —respondió en un tono de voz que delataba su sorpresa por tener que enfrentarse a semejante pregunta—. En esas cantidades difícilmente podría tratarse de jabón para consumo personal. Es una prueba fehaciente de la existencia de un mercado negro en el campo; un vil delito, convendrá conmigo sin duda. Además, el jabón encontrado es del tipo que emplean las mujeres y —dijo mirando ostensiblemente a Eidenmüller— los homosexuales.

Eidenmüller torció el gesto. Estaba perdido.

Liebehenschel se dirigió a él.

—Las pruebas que pesan sobre usted parecen bastante convincentes. ¿Tiene algo que decir al respecto?

—Lo siento mucho, señor. El jabón no era para mí. Era para mi novia.

—¿Su novia? ¿Solo tiene una? —El oficial estuvo a punto de guiñarle el ojo al acusado, pero se reprimió.

Finalmente, Liebehenschel no se vio capaz de enviar a un hombre al frente oriental por posesión de jabones perfumados, pero ordenó que lo degradaran y le asignaran un trabajo lejos de cualquier tentación delictiva.

Más tarde, mientras Eidenmüller recogía sus cosas para volver a los barracones de los soldados, alguien le dijo:

—No hay mal que por bien no venga. Por lo menos, no te han enviado a luchar contra esos cerdos bolcheviques.

No le faltaba razón, pero aun así, en los cuatro días siguientes, Eidenmüller no pudo quitarse de la cabeza la voz de su padre, regodeándose en su desdicha y sermoneándolo con ese tono que habría deseado no volver a oír nunca más: «Sobre todo los nazis». Tenía más razón que un santo, el cabrón engreído de su padre.

—Putos cabrones —refunfuñó el conductor.

—¿Qué está diciendo? —preguntó con aspereza el oficial sentado a su lado.

—Nada, señor. Solo estaba pensando en voz alta. Lo siento, señor.

Eidenmüller siguió mirando fijamente a la carretera, pero aquel improperio balbuceado parecía haber espabilado al oficial.

—¿Adónde me lleva exactamente?

—Vamos al *Stammlager,** señor. Es donde se encuentran acuartelados los oficiales. Están esperándolo —añadió.

—Me esperaban hace una hora.

—Sí, señor. Lo siento, señor.

—Por curiosidad: ¿por qué ha tardado tanto en venir a recogerme? ¿Tenía alguna misión a la hora de comer?

El conductor se sonrojó.

—No, señor. Es la flota de vehículos, señor. Siempre nos dan la lata con los coches. Si hay alguna *Aktion* importante en Birkenau, tienen prioridad.

—¿Y ha habido una *Aktion* importante en Birkenau esta mañana?

—No, que yo sepa, señor. La excusa que me han puesto esta mañana ha sido que faltaban repuestos. En fin, cuando se instale aquí, ya verá lo justos que andamos de materiales, señor. El ejército tiene prioridad para casi todo y nosotros tenemos que arreglarnos sobre la marcha. —Al ver que el oficial no respondía, el conductor continuó—: Si llega a ser por ellos, todavía me estaría esperando usted en la estación. Por fortuna, el sargento primero al mando de la flota me debía un pequeño favor. No sé si me explico. Solo he tenido que dejarle caer un comentario y de pronto he tenido disponible este coche. Eso sí, la broma me ha costado un paquete de cigarros.

Meissner no pareció muy convencido por la explicación del conductor, aunque no dijo nada más. No tardaron en llegar al campo principal y el oficial se llevó una grata sorpresa al ver su alojamiento: era mucho más espacioso y estaba mucho mejor

* Durante el III Reich, la denominación de un campo para prisioneros de guerra en la Segunda Guerra Mundial. La denominación exacta era *Mannschaftsstamm und -straflager*. En los *Stalags* podían ser internados, de acuerdo con la Convención de Ginebra de 1929, solo prisioneros de guerra, nunca civiles. *(N. del e.)*

amueblado de lo que solía tener por costumbre. Asimismo, le habían asignado un criado, un hombre bajo con la cabeza rapada. Llevaba un holgado uniforme de rayas azules con un triángulo violeta cosido en el pecho.*

El hombrecillo agarró el equipaje del coche y lo acompañó a una pequeña sala.

—Con su permiso, señor. Voy a abrir las maletas y a guardar sus cosas.

—¿Cómo se llama?

—Oberhauser, señor. Aunque lo habitual en el campo es responder con mi número. Me llaman 672.

—¿Es usted alemán?

—Sí, señor. De Elsdorf.

—¿De verdad? Pues yo soy de Colonia. El mundo es un pañuelo, ¿no cree?

—Sí, señor.

—¿Por qué lo enviaron aquí, Oberhauser? ¿Algún delito político?

—No, señor.

—¿No es judío?

—No, señor. Soy testigo de Jehová.

—¿Un testigo de Jehová? No sabía que fueran tan peligrosos.

—Yo tampoco, señor. ¿Me permite continuar con mi trabajo?

—Sí, claro.

* Los presos en el campo llevaban cosidos al pecho de sus sacos unos distintivos triangulares de colores que indicaban su condición: verde para los delincuentes comunes; rojo para los presos políticos, que solían ser comunistas; rosa para los homosexuales; violeta para los testigos de Jehová, y hasta la segunda mitad de 1944, a fin de designar a los judíos, un triángulo rojo superpuesto a otro amarillo para crear una estrella de David improvisada.

Una hora después reapareció Eidenmüller, esta vez con el uniforme limpio.

—Saludos del mayor Liebehenschel, señor. El comandante pregunta si le va bien presentarse en su despacho.

El comandante tenía un despacho muy amplio, pero desprovisto de cualquier efecto personal, como si su ocupante acabara de instalarse. Meissner se cuadró y levantó el brazo con gesto firme.

—*Heil Hitler!*

El saludo le fue devuelto con mucho menos entusiasmo. El mayor le tendió la mano derecha.

—Bienvenido a Auschwitz, Meissner. Tome asiento, por favor. De verdad me alegra tenerlo entre nosotros. No andamos precisamente sobrados de buenos oficiales.

—Si no le importa, he de decirle que tengo órdenes de presentarme ante el teniente coronel Höss.

—Höss ha vuelto a Berlín. Lo han nombrado segundo del teniente general Glücks en la Inspección de Campos de Concentración. Yo lo he sustituido con efecto inmediato. —El mayor apartó su silla de la mesa y se puso de pie—. Qué modales los míos... Permítame ofrecerle un café.

Otro preso, marcado también con un triángulo violeta, le sirvió una taza con una lujosa cafetera de plata. El comandante obvió la presencia del preso, pero cuando vio que se iba comentó:

—Testigos de Jehová. Los reclutas los llaman «comebiblias». Los usamos como criados. ¿Qué más se puede hacer con esta gente? Si firmaran el *Gottgläubig*, podrían salir mañana mismo del campo. Ni siquiera esperamos que lo hagan de buena fe. Bastaría que firmaran el puñetero formulario para decir que no pertenecen a ninguna iglesia.

—¿Hay muchos aquí?

—No, solo unos doscientos, más o menos. La inmensa mayoría de los presos son judíos.

—¿Y hay algún motivo especial para usarlos como criados?

—Bueno, para empezar son buenos arios. De todos modos, si le soy franco, estos hombres son los únicos en el campo que no aprovechan cualquier descuido para desplumarte. —Se echó a reír—. Se lo digo en serio, Meissner. Es el mejor consejo que pueden darle en el campo: no deje nada donde pueda encontrarlo un preso. Si se da la vuelta un segundo, habrá desaparecido. Se lo prometo.

El comandante tomó un expediente de su escritorio y lo abrió. A Meissner le pareció que era un tipo simpático.

—Es más joven de lo que pensaba, Meissner. Después de leer su hoja de servicio esperaba encontrarme a un veterano curtido en mil batallas. Es impresionante. Dice que usted, sin más ayuda, destruyó tres tanques soviéticos con el cañón de un Wespe estropeado.

Ahora le tocó sonreír a Meissner.

—No fue exactamente así. No lo hice solo, el Wespe no estaba dañado y el tercer T-34 lo destruyó en realidad uno de nuestros Tigers, que se unió a la operación justo a tiempo. De no ser por ellos, no habría vivido para contarlo.

—Bueno, aun así lo premiaron con una Cruz de Hierro por ello.

—Y con esto... —repuso Meissner levantando su bastón.

El comandante cerró el expediente.

—Modestia. Me gusta encontrar esa virtud en un hombre. Creo que encajará aquí, Meissner. De hecho, me parece que tengo el reto perfecto para un hombre de su evidente tenacidad.

—¿De qué se trata?

—Necesito a alguien que supervise los campos satélite. No me refiero a la gestión diaria. Están demasiado lejos entre sí como para que usted ande correteando de uno a otro. Pero tenemos problemas constantes con el personal y el transporte. De hecho, es una auténtica pesadilla, una pesadilla que nos hemos empeñado en ignorar. Hasta hace unos meses, nuestra principal obsesión era incrementar la capacidad de Birkenau, pero ya lo hemos resuelto y funciona con la puntualidad de un tren suizo. Ahora, las órdenes que tengo son incrementar la producción armamentística y eso significa mejorar la explotación de los campos de trabajo. —Liebehenschel rodeó la mesa e indicó a Meissner que lo acompañara hasta un mapa que tenía colgado en la pared. Colocó el índice sobre él—. El problema principal lo tenemos aquí: la fábrica de la IG Farben. Es una de las niñas bonitas de Himmler y acumula varios meses de retraso. Necesito hombres que enseñen a esa escoria judía lo que es trabajar de verdad. Ahí es donde entra usted. Necesito a alguien que esté dispuesto a darlo todo, que sepa ignorar los egos y los berrinches de sus colegas. En resumidas cuentas, alguien que termine el proyecto. Esto tiene prioridad absoluta y dispondrá de todo mi apoyo. ¿Qué me dice?

La respuesta de Meissner fue inmediata.

—Le digo que sí, por supuesto.

—Excelente. Si lo hace solo la mitad de bien de lo que le creo capaz, será capitán el próximo verano. Tiene mi palabra.

4
LA DEFENSA BENONI

1962
Ámsterdam

Le esperaba una nota en el casillero de la recepción cuando volvió a su hotel. Emil entendió inmediatamente qué se ocultaba detrás de la pregunta que le había hecho el periodista. Lo habían emparejado con Schweninger en primera ronda.

Emil esperó a la mañana siguiente para ir a buscar a la señorita Pietersen en el Krasnapolsky. Ella se mostró comprensiva, pero le dijo que las normas eran las normas. Si quería disputar el torneo, tendría que enfrentarse a Schweninger. Luego, con una sonrisita de satisfacción, lo acompañó al despacho del árbitro principal.

—*Mijnheer* Clément —dijo Berghuis con tacto—. Coincido con usted en que se trata de una situación muy desagradable, pero no podemos cambiar las reglas por que un participante tenga rencillas personales con otro. Piense en el precedente que podríamos sentar. No, me temo que deberá disputar la partida o no comparecer.

Antes de que Emil pudiera responder, una cuarta persona irrumpió en el despacho. Pelirrojo y con sobrepeso, se detuvo en el umbral de la puerta para recuperar el aliento, mientras lanzaba una mirada acusadora a Berghuis. Era evidente que el hombre estaba fuera de sí.

—¿Han puesto la radio esta mañana?

—No. —Berghuis vio con preocupación a su asistente, pero ella seguía con la vista clavada en Emil. Berghuis tragó saliva con gesto ansioso—. ¿Por qué?

—Piet de Woert ha entrevistado a Clément en su programa cultural. Le ha preguntado si todavía pensaba que no había alemanes buenos, y él no solo ha contestado que lo mantenía, sino que además ha explicado por qué. ¡Es un escándalo!

Lijsbeth Pietersen vio perfectamente la catástrofe que se avecinaba. Inmóvil y con los labios comprimidos en una sonrisa inflexible, se sintió obligada a intervenir:

—*Herr* Schweninger, ¿me permite presentarle a *monsieur* Clément?

Sus palabras tuvieron un efecto semejante al de un coche que se despeña a toda velocidad por un acantilado: parecieron quedar suspendidas silenciosamente en el aire, mientras los ocupantes del despacho trataban de comprender qué acababa de ocurrir.

Emil fue el primero en sobreponerse. Se dirigió al alemán en su lengua.

—¿Un escándalo? ¿Eso es lo que dice, *Herr* Schweninger? Si considera que la libertad de expresión es un escándalo, entonces supongo que lleva razón: lo que dije es un escándalo, aunque lo cierto es que no puede esperarse menos de alguien como usted. —Emil negó con la cabeza—. Aun así, deje que le diga lo que es realmente un escándalo. El asesinato de millones de personas por el simple crimen de haber nacido judíos, entre ellos mi esposa y mis hijos. Eso es lo que entiendo yo por un escándalo, *Herr* Schweninger.

—Quizá si... —intentó decir Lijsbeth Pietersen, pero no pudo concluir la frase.

—¿Cómo se atreve? —bramó Schweninger, antes de girar

sobre sus talones y salir como una furia del despacho dando un portazo.

El árbitro, la directora y Emil Clément se miraron entre sí.

—En fin, supongo que habría podido ser peor —observó Berghuis.

—¿Cómo dice? —preguntó Lijsbeth mientras sacudía la cabeza—. No me imagino cómo habría podido ser peor.

—Hace veinte años habría podido mandarnos a un campo de concentración —dijo Emil con sarcasmo.

Berghuis no podía ocultar su exasperación.

—¿Me haría el favor de dejar de decir estas cosas?

Emil se volvió hacia él.

—¿Por qué? ¿Porque son verdad?

—No. Porque estamos en 1962. Por si no lo sabía, la guerra ha terminado. Ya va siendo hora de pasar página.

Solo Lijsbeth conseguía mantener la calma.

—Lo importante es cómo abordamos esta situación. *Mijnheer* Clément, ¿tiene la intención de abandonar el torneo?

Algo había cambiado en el ánimo de Emil: minutos antes, había estado a punto de arrojar la toalla, pero ahora no.

—Por supuesto que no. Jugaré contra él y lo humillaré. Así aprenderá.

Emil volvió a toda prisa al Leidseplein. Se abrió paso entre compradores y oficinistas sin fijarse ni en nada ni en nadie y no aminoró la marcha hasta que llegó, jadeando, al café.

El mesero le sonrió al reconocerlo.

—Buenos días, *mijnheer*. ¿Un café?

—No, algo más fuerte. Coñac. —El mesero echó una ojeada al reloj, pero no dijo nada—. ¿Hay alguien ahí dentro con quien pueda echar una partida? —preguntó Emil cuando hubo recuperado el aliento.

—Creo que sí. Por cierto, ¿se ha enterado de que se celebra

un torneo de ajedrez muy importante en la ciudad? En la radio no hablaban de otra cosa esta mañana.

Emil tomó la copa de coñac y la vació de un trago.

—Sí, estoy enterado.

Ya en la sala, vio un tablero con las piezas colocadas y a un anciano que esperaba sentado detrás de la mesa.

—¿Puedo? —preguntó Emil.

El viejo asintió y, después de tomar un peón blanco y otro negro, cerró los puños y se los tendió a Emil para que eligiera color.

—Si no le importa —dijo Emil—, prefiero jugar con negras.

—Me parece perfecto —respondió el viejo, mientras giraba el tablero para que las piezas blancas quedaran de su lado. Hecho esto, adelantó dos casillas el peón de dama.

En vez de jugar enseguida, Emil cerró los ojos y dejó caer las manos sobre los muslos, como si estuviera rezando. Se quedó quieto un momento.

—Disculpe —dijo, cuando abrió los ojos—. Es un pequeño ritual que hago siempre antes de empezar una partida. —Movió entonces el caballo de rey dejándolo delante del peón de alfil.

El viejo respondió inmediatamente moviendo el peón de alfil dama y dejándolo junto a su compañero. Emil respondió con la misma jugada. El viejo ignoró el gambito y adelantó el peón de dama una casilla más. Emil movió entonces el peón de caballo dama hasta la quinta fila. El viejo capturó la pieza.

—Si me permite decírselo —comentó—, la defensa que ha planteado es muy atípica. De hecho, creo que es la primera vez que la veo.

—No lo es —respondió Emil—. Se llama defensa Benoni. Significa «hijo de la aflicción».

5
APERTURA DE PEÓN DE DAMA

Enero de 1944
Solahütte, club de campo de las SS, Silesia ocupada

Pese al frío que hacía, Meissner aún no tenía ganas de abandonar el porche y entrar a cenar: quería pasar unos momentos a solas para añadir una breve observación a su diario. Los oficiales siempre estaban elogiando aquel club de campo reservado para las SS y le decían que era un sitio ideal para relajarse después de los rigores y tensiones del trabajo en el campo de concentración, pero era la primera vez que iba. Sus compañeros no habían exagerado. Situado en una ladera con vistas espectaculares a las colinas y bosques circundantes, era un remanso de paz, por lo menos hasta que caía la noche, cuando indefectiblemente, tras unas pocas copas, alguien se sentaba al piano o se ponía a tocar el acordeón y todos empezaban a cantar. Aquellas canciones le trajeron el recuerdo de tiempos mejores, antes de la guerra. Incluso había mujeres en el club, las *SS-Aufseherinnen*, que tenían encomendada la misión de supervisar el funcionamiento de los campos para mujeres y familias. Meissner sonrió para sus adentros. Las tenía fascinadas: su Cruz de Hierro era como un imán. Se preguntó si su pata de palo provocaría el mismo efecto en ellas. Después de dar una última calada, tiró el cigarro por encima de la barandilla del porche y entró en el club.

Las cenas en Solahütte eran informales y eligió una mesa a la que estaban sentados Vinzenz Schottl, el oficial jefe de Monowitz, y Erich Weber, uno de los doctores de las SS. Para sorpresa de los tres, enseguida se les unió el comandante, a quien habían ascendido recientemente a teniente coronel. Se pusieron de pie cuando este agarró una silla, pero Liebehenschel les insistió en que se ahorraran las formalidades.

—Por favor, caballeros —dijo—. Somos camaradas en las SS, ¿verdad?

La cena la servía una tropa de meseros polacos vestidos con inmaculados sacos blancos. La vajilla era de la Real Fábrica de Porcelana de Berlín, y los vasos, de cristal de Bohemia. Al término de la cena, se repartieron puros y coñac.

A sus anchas, Paul Meissner expulsó una bocanada de humo gris, disfrutando del exquisito aroma del tabaco.

—¿De dónde demonios los traen? —preguntó.

—Creo que son de la Habana —contestó Weber, cuyo padre trabajaba en el cuerpo diplomático—. Los traen a través de Portugal y España.

—Uno de los privilegios de servir en las *Totenkopfverbände* —intervino Schottl—. A fin de cuentas, con todo lo que nos toca aguantar, algún beneficio tenía que haber.

No era la primera vez que Meissner oía ese tipo de comentarios. Esta vez, sin embargo, discrepó.

—Después de haber luchado contra los rusos, he de decir que la vida aquí me parece bastante cómoda.

—Tal vez para ti —dijo Weber, al tiempo que golpeaba la punta de su puro con el dedo para tirar la ceniza al suelo. Luego, se quedó mirando a Paul con una sonrisa desdeñosa—. Mi trabajo aquí quizá sea un poco más... exigente que el tuyo.

Las horas que Paul había pasado en el hospital de campaña habían quedado grabadas a fuego en su memoria: el lodo, la sangre, los aullidos de dolor y el fragor incesante de la batalla.

—¿De veras? Tú eres cirujano, ¿no? —El doctor asintió en

silencio—. Me pregunto —continuó Meissner— cuándo fue la última vez que operaste bajo fuego enemigo.

Weber se sonrojó y echó una mirada furiosa al recién llegado.

El comandante intervino.

—Por favor, caballeros. No es momento para discutir. Todos cumplimos con nuestro deber y obedecemos órdenes. Vamos a dejarlo ahí, ¿de acuerdo? El teniente no lleva mucho con nosotros. Necesitará un tiempo para acostumbrarse a nuestra manera de hacer las cosas, sobre todo después de las privaciones que ha sufrido en el frente. —Se puso de pie y levantó la copa—. Sintiéndolo mucho, voy a tener que retirarme antes de lo que me gustaría, pero no quiero irme sin antes proponer un brindis. —Golpeó la copa con una cucharilla de plata. Los oficiales de todas las mesas se pusieron de pie y levantaron sus copas—. Por el Führer —dijo, antes de vaciar la copa de un trago.

Al abandonar la mesa, puso una mano sobre el hombro de Meissner.

—¿Podemos hablar un momento a solas antes de irme?

El comandante lo esperaba en el bar vacío que había en la sala de al lado cuando su subordinado le dio alcance.

—Lo siento, señor, si he... —Meissner volteó señalando el comedor.

La disculpa fue rechazada con un manotazo al aire.

—¿Eso? No se preocupe. Weber es un imbécil con aires de superioridad. No, Meissner. Lo único que quería comentarle era que, a pesar de que solo hace unos meses que lleva la administración de los campos de trabajo, no me ha pasado por alto cómo ha mejorado su rendimiento. Buen trabajo.

Una sonrisa de alivio surcó el rostro del subordinado.

—Gracias, señor. Me alegra saberlo.

El comandante se metió la mano en el bolsillo superior de la chamarra y sacó una hoja de papel.

—También quería mencionarle algo más —dijo entregándole la hoja—. Como director de la *Abteilung I*, sus funciones incluyen levantar la moral de las SS. Recibí esto el viernes. —Señaló la hoja que Meissner tenía en las manos—. Es una directriz firmada por Himmler en persona. En ella, se nos recuerda la importancia de mantener alta la moral de nuestros hombres y se nos ordena que nos concentremos en ello. Himmler considera que los oficiales de las SS han de mostrar un interés activo en las formas más elevadas de cultura. —Se interrumpió cuando un ordenanza se acercó para entregarle el gabán y la gorra de plato—. No espero que nuestros hombres se aficionen a la ópera o nada parecido —continuó, echándose el gabán sobre los hombros—. No es eso lo que pretendo, pero deberíamos tomar alguna medida para demostrar que la orden no ha caído en saco roto. Lo dejo en sus competentes manos.

Meissner regresó cojeando al comedor mientras leía las órdenes. Se sentó en la misma silla.

—Bueno —dijo, viendo a los hombres que lo rodeaban—. Siento si antes... En fin, espero no haber dicho nada fuera de lugar.

Schottl le dio una fuerte palmada en la espalda.

—Olvídalo. Aprenderás rápido. ¿Qué tienes ahí? —preguntó al tiempo que señalaba el papel que Meissner llevaba en la mano.

—La maldita WVHA.*

—¿Qué quieren?

—Por lo visto, Himmler está preocupado por la moral en la administración de los campos. Nos han ordenado levantarla... Mejor dicho, me han ordenado a mí levantarla, por lo menos en Auschwitz.

* *Wirtschafts und Verwaltungshauptamt*, la Oficina Económica y Administrativa Central de las las SS, de la que formaba parte la Inspección de Campos de Concentración.

—¿Cómo?

—Con cultura, o eso parece. Tenemos que convertirnos en personas más cultivadas. Y me han encargado a mí lograrlo.

Schottl se echó a reír.

—Y eso que pensabas que la vida aquí era de color de rosa, ¿eh? Te está bien empleado.

Meissner esbozó una sonrisa avergonzada.

—*Touché*. Pero, si tienen ideas, estoy abierto a sugerencias.

—Yo tengo una —propuso Weber—. ¿Qué te parece un club de ajedrez? La idea se me ocurrió hace un tiempo. Yo juego un poco, pero nunca me he atrevido a preguntar a los demás.

Meissner no parecía convencido. Había pensado más bien en algo como un coro. A fin de cuentas, cantar parecía una actividad muy popular en el club de campo. Se volvió hacia Schottl.

—Y tú ¿cómo lo ves?

—Bueno, sería una actividad cultural. De eso no hay duda.

—¿Sabes jugar? —preguntó Weber.

Schottl se encogió de hombros, pero aun así dijo:

—Pues claro. Todo el mundo sabe, ¿no?

Meissner siguió presionando.

—Pero ¿crees que funcionaría?

Weber parecía cada vez más entusiasmado con su propuesta.

—Sí, sí. Cuanto más lo pienso, mejor idea me parece. Los oficiales que ya saben jugar —dijo señalándose a sí mismo y a Schottl— podrían apadrinar a los que no saben y enseñarles lo básico. Incluso podríamos abrir el club a los oficiales de baja graduación. Seguro que serviría para levantar la moral, ¿no? Siempre es bueno que los oficiales conozcan mejor a sus hombres. —Se echó atrás en la silla y tomó un buen trago de coñac—. No se me ocurre nada mejor que el ajedrez. Además, ¿no lo inventó un alemán?

El lunes por la mañana, Meissner se presentó en su despacho a las siete. Eidenmüller había llegado antes que él y la cafetera ya borboteaba en el fogón. Meissner había intuido que le sería de utilidad tener al cabo a mano y no se había equivocado: aquel hombre era un conseguidor nato, un mago cuando se trataba de obtener artículos que, de no ser por él, habría sido muy difícil, cuando no imposible, encontrar.

Meissner espetó a su subordinado por todo saludo:

—¿Qué le parece si montamos un club de ajedrez, Eidenmüller?

El rostro del cabo se mantuvo impasible.

—¿Aquí, señor? ¿En el despacho?

—No, idiota. Me refiero a montar un club de ajedrez en el campo, para todos los SS.

—¿Oficiales y tropa, señor?

—Sí, sin distinción de rango.

Eidenmüller pensó un momento antes de responder.

—Bueno, supongo que depende, señor.

—¿Depende? ¿De qué, si puede saberse?

—De si nos permiten cruzar alguna que otra apuesta sobre las partidas, señor.

—¿Alguna que otra apuesta?

—Sí, señor. Si los hombres pudieran apostar durante las partidas, estoy seguro de que les encantaría la idea. Si no se lo permiten, no creo que la cosa despierte demasiado interés, la verdad.

Meissner contuvo una sonrisa.

—Se supone que el club debe contribuir a la vida cultural del campo y no servir como coartada para sus negocios.

Las facciones de Eidenmüller permanecieron impávidas.

—No, señor.

—No nos andemos por las ramas. Si permito que se crucen apuestas sobre las partidas, ¿cree que un club de ajedrez tendría éxito?

—Mucho, señor.

—¿Y cómo gestionaría exactamente lo de las apuestas?

—Conozco a un par de tipos por aquí, señor. Podría tantear el terreno, señor. Con su permiso, por supuesto.

Meissner refunfuñó algo y se sentó. El ordenanza tomó la cafetera y, después de llenar una taza hasta el borde, la dejó sobre el escritorio del oficial. Luego, se volteó para irse.

Cuando ya estaba en la puerta, Meissner lo llamó de nuevo.

—Eidenmüller, mientras tantea el terreno, ¿por qué no aprovecha para averiguar cuántos juegos de ajedrez podemos conseguir?

Eidenmüller sonrió.

—Será un placer, señor.

6
ZUGZWANG

Martes, 11 de enero de 1944
Auschwitz II, Birkenau

Ha caído la noche y el tren está parado en medio de un bosque. Hacinadas en quince vagones de ganado, más de mil personas esperan angustiadas. No se oye nada, salvo el viento que aúlla entre los árboles y la lluvia helada que azota los costados del tren. En cada vagón, la gente se junta para darse calor, ya que el frío cortante se cuela por entre los tablones de madera.

Todavía es de noche cuando el tren reanuda la marcha. El traqueteo constante de las ruedas, fiel compañero de viaje durante casi una semana, arrulla a la práctica totalidad de los ocupantes hasta sumirlos de nuevo en un sueño inquieto.

No ha pasado media hora cuando el tren se detiene por última vez. Se encienden de pronto unos potentes focos y la luz penetra entre los tablones de madera de los vagones, golpeando los sentidos entumecidos de sus ocupantes. Con un estrépito que, desde dentro, recuerda a una explosión, se abren de golpe las puertas y, procedente de la inverosímil claridad del exterior, llega el rugir colérico de unas órdenes lanzadas a personas que no las entienden.

Al otro lado de las puertas se extiende un larguísimo andén de concreto. Los obligan a bajar y los conducen a golpes lejos del tren. Sus enseres personales quedan atrás, tirados en el suelo.

Ven por fin a sus torturadores: siluetas oscuras en el uniforme gris de las SS.

Hay titubeos en uno de los vagones. Una mano se levanta para agarrar a la persona más cercana y tira de ella bruscamente. Es un anciano, que cae con todo su peso sobre el concreto y luego se levanta con gesto vacilante. Parece que se ha roto un brazo. Uno de los uniformados desenfunda tranquilamente una pistola y se la pone en la cabeza. Se oye un disparo. Una mujer grita. Es un grito sin cuerpo, como si procediera de una aparición fantasmal en la oscuridad más allá de los focos. Unos pies empujan el cadáver fuera del andén y cae entre las ruedas del tren.

Es como si se hubiera roto un hechizo. Al grito de «*Raus! Raus!*», los demás pasajeros salen atropelladamente de los vagones, pues han entendido que la vida les va en ello.

En el andén, un oficial de las SS pregunta: «*Wer kann Deutsch sprechen?*». ¿Alguien habla alemán? Emil levanta la mano sin convencimiento. «Ven conmigo.» Lo llevan ante un grupito de oficiales que están de pie con aire impaciente, como si esperaran a la intemperie un autobús que llega con retraso. Acuden unos pocos presos más. A cada uno de ellos se le dice que acompañe a uno de los oficiales y que traduzca las órdenes.

Hombres y mujeres reciben la orden de formar grupos distintos. Los SS empiezan a separar a los ancianos y los niños del resto de los presos. Emil sufre por sus dos chicos, pero el oficial le dice que no se preocupe: los adultos irán a un campo de trabajo y los niños serán trasladados a un campo para familias en el que cuidarán de ellos aquellos presos que sean demasiados mayores para las labores manuales. Se lo dice con la mezcla de cansancio y tranquilidad de un hombre que ya ha dado esa explicación cien veces.

El tono empleado es de normalidad, como si fuera cierto. Pero es la primera de una larga lista de mentiras en el país de los mentirosos. «Familia» es una de las palabras que los nazis han mancillado haciendo que pierda su sentido natural. En Auschwitz, «familia» significa muerte.

Sirviéndose de Emil como intérprete, el agente empieza a examinar a los hombres aptos para el trabajo. ¿Edad? ¿Alguna habilidad especial? Parece que los nazis tienen que cubrir un cupo de trabajadores en buen estado físico. Si además están cualificados, mejor que mejor. Emil tiene suerte. Habla alemán y es maestro relojero. Emil ve que su esposa, Rosa, ha recibido la orden de colocarse en una columna de mujeres a las que han seleccionado para trabajar. Sus niños, Louis y Marcel, están en el lado izquierdo, con su abuela.

Todo ha quedado en silencio. Basta un disparo para aplacar toda resistencia, hasta que una mujer ve a sus hijos y escapa del grupo para reunirse con ellos.

Un culatazo de fusil la deja en el suelo.

—Zorra estúpida —dice uno de los oficiales cuando la ve levantarse de forma vacilante, limpiándose la sangre que cae por su rostro. El SS añade entonces—: Pues muy bien, que se vaya con ellos.

La columna de la izquierda recibe la orden de adentrarse en las fauces del oscuro manto de niebla que cubre la zona, bajo la luz de los arcos voltaicos.

Emil mira a sus hijos y les dice moviendo los labios: «*Au revoir*. Sed buenos con la abuela». No sabe que no los volverá a ver.

Yves lo zarandea. Estaba gritando en sueños. Ahora llora de forma inconsolable.

—Mis niños, mis niños —repite Emil entre llantos.

Yves intenta consolarlo. Si Emil no se calla, el guarda de noche dará parte y lo castigarán por haber interrumpido el sueño de sus compañeros.

—Mis hijos preciosos... —solloza—. Ni siquiera tengo una foto suya. No recuerdo sus caras.

7
ELOHIM Y LA FUERZA DEL JUICIO

1962
Gran Hotel Krasnapolsky, Ámsterdam

El viernes por la mañana se celebraba la ceremonia de apertura del Torneo Interzonal de la Federación Internacional de Ajedrez, a la que debía seguir un almuerzo formal.

Corría el rumor de que el gran maestro alemán no comparecería a su partida de primera ronda con el israelí. En una rueda de prensa convocada a toda prisa, Harry Berghuis había contestado a todas las preguntas al respecto con la misma frase: «Habrá que esperar. No depende de nosotros».

El gran salón de baile del hotel, con su espectacular y altísimo tragaluz, se había vaciado para instalar varias hileras de mesas, cada una con dos sillas, un tablero y un reloj de ajedrez. Todo hacía prever una jornada de grandes emociones mientras el grupito de árbitros esperaba frente a la entrada a que los participantes ocuparan sus puestos.

Todas las miradas se dirigían a la mesa 7, donde iba a disputarse la partida entre Clément y Schweninger. El pasillo que conducía a la entrada del salón estaba atestado de periodistas y fotógrafos. Pocas veces la prensa mostraba tanto interés por una partida de ajedrez.

Wilhelm Schweninger se abrió paso entre el gentío empleando su voluminoso cuerpo. Alguien le preguntó a gritos:

«¿Así que no piensa retirarse de la competición?». A lo que él respondió vociferando: «¡Por supuesto que no! ¿Por quién me toma? ¿Por un cobarde? No me asusta ni él ni toda la basura que suelta por la boca».

En el casillero del hotel, Emil había encontrado un telegrama de su editor y varias notas de periodistas que le pedían una entrevista. No perdió un segundo con ello. Tenía una partida que preparar. Había decidido hacer una entrada más discreta que Schweninger, colándose por las cocinas del hotel, y apareció por la puerta de servicio del salón de baile en el último momento.

A la hora señalada, las puertas del salón se cerraron a cal y canto: no se permitiría el acceso a ningún participante más. El cierre creó un pequeño alboroto entre la prensa que esperaba fuera, pues creían que el campeón israelí no se había presentado. Dentro, la tensión era mayor si cabe, ya que, sin dirigirse una palabra de saludo, los dos jugadores, que eran el centro de todas las miradas, se sentaron en sus sillas respectivas. Una árbitra tendió los dos puños en los que escondía un peón blanco y otro negro. Con un cabezazo despectivo, Clément dejó que el alemán eligiera.

Schweninger tocó la mano izquierda de la árbitra. La mano se abrió revelando el peón blanco. Sin más ceremonia, el alemán adelantó dos casillas su peón de rey y puso en marcha el reloj.

Como había hecho en el café, Clément se serenó adoptando un gesto de oración. Ignoró el tictac del reloj, que parecía inusualmente ruidoso. Cuando abrió los ojos, miró inquisitivamente a su rival durante unos segundos antes de mover su caballo de rey y colocarlo dos casillas por delante de su alfil. Schweninger sonrió. Tal y como había esperado, el primer movimiento de Clément era defensivo, le concedía la iniciativa a su contrincante. Avanzó su peón una casilla más para atacar al solitario caballo. Este saltó enseguida para colocarse junto al peón. El peón de dama de las blancas avanzó dos casillas. El peón de dama de las negras avanzó una, ofreciéndose al peón blanco de rey. El alemán rechazó tomarlo y atacó una vez más al caballo negro, en esta ocasión con su peón de alfil dama. Clément retiró el caballo, situándolo dos casillas por delante de su hermano.

Harry Berghuis se acercó con discreción a la árbitra y le susurró:

—¿Cómo va?

—Es increíble. El alemán está usando el ataque de los tres peones y Clément ha optado por la defensa Alekhine.

Berghuis levantó una ceja.

—Era de esperar que Schweninger jugara de forma agresiva. Pero ¿la Alekhine? Es temerario. Creo que esa defensa no se ha utilizado en un torneo de primer nivel desde hace casi veinte años. ¿A qué está jugando este francés?

—Es posible que sepa algo que a nosotros se nos escapa.

La noche anterior al torneo, Emil Clément había sacado un saquito de terciopelo de su maleta. Contenía diez teselas de marfil en las que se habían grabado las primeras letras del alfabeto hebreo. Volcó las fichas sobre una mesa, las puso bocabajo y las dispuso formando el Sefirot, que reproduce la estructura de los diez atributos a través de los cuales se manifiesta la esencia divina del infinito. Descubrió la séptima ficha, Netsaj. La había elegido porque su significado era ambiguo: podía simbolizar tanto la «victoria» como la «eternidad», y estaba situada debajo de Jesed, la promesa de misericordia y reparación. Al girar la ficha, vio la letra «ה» —he—, que representa la espada del Todopoderoso y la fuerza que emana del poder ilimitado de Dios.

Así sea: victoria, sin compasión.

Una vez aclarado el camino, Emil se acostó. Cuando descubrió al día siguiente que su partida se iba a disputar en el séptimo tablero, su fe en la fuerza de esas fichas se vio confirmada.

Schweninger se quedó perplejo al ver que su rival se negaba a entrar en su juego. Al optar por aquella apertura tan agresiva, había dejado sus peones colgados en el centro del tablero sin conseguir gran cosa a cambio.

Tras haber desequilibrado la posición de su rival, Clément se aplicó a la tarea de destruirlo con toda tranquilidad y sin aparente esfuerzo.

Su triunfo levantó un gran revuelo. Había logrado imponerse a Schweninger en menos de una hora.

8
LA APERTURA RÉTI

Marzo de 1944
Auschwitz III, Monowitz

Es domingo, uno de los dos días de descanso que se les permite al mes. Llega un aire más cálido del sur y el frío del invierno se retira lentamente. La tibieza del sol al alba apenas se nota, pero aun así deja un ambiente agradable, porque los mosquitos que asedian el campo en verano todavía no han aparecido.

Emil está en cuclillas sobre la tierra desnuda, junto al barracón del dormitorio, con la espalda apoyada en la pared, disfrutando de la brevísima tregua en el trabajo. Lleva un buen rato en danza; en los días de descanso, a los presos se les permite utilizar los cuartos de baño, aunque no siempre hay agua. Ha sido uno de los primeros en ir a los baños y pasar por el despiojado y rapado de pelo. Ahora está comiendo poco a poco su ración matinal de pan e intenta recordar cómo era no tener hambre.

El tiempo no tiene significado aquí: es demasiado doloroso contemplar el pasado y resulta imposible concebir futuro alguno. Solo existe el ahora, que queda grabado a fuego, como un hierro candente, en la conciencia. La lucha por pasar este día, esta hora, este minuto: no hay más.

Yves se instala a su lado. Ha perdido mucho más peso que Emil, lo que no es ninguna sorpresa, porque trabaja a la intemperie, en un *Kommando* de construcción, mientras que Emil tiene un trabajo bajo techo que no le exige demasiado físicamente. Observa el pan de Emil con ojos codiciosos, fingiendo indiferencia pero sin conseguirlo.

Emil le ofrece un poco, pero él niega con la cabeza.

—Uno de los dos —dice— tiene que salir con vida de aquí, aunque solo sea para contarle al resto del mundo lo que está pasando.

Emil vuelve a tenderle el trozo de pan, pero Yves le aparta la mano con firmeza.

—Eres una buena persona, Emil, pero si tienes tantos miramientos no lo conseguirás.

—Y si tú terminas como un *Muselmann** tampoco nos ayudará a ninguno de los dos —replica Emil, poniéndole el pan en la mano.

Yves sonríe.

—*D'accord*, pero solo esta vez. Y si encuentro algo que echarme al gaznate... —Yves se saca un cuchillo de debajo de la chamarra y corta un trozo de pan antes de devolverle el resto.

El cuchillo se lo regaló Emil. Fabricar cuchillos se ha convertido en el oficio de Emil en el campo. En el taller al que lo han destinado, tiene acceso a láminas de acero con las que fabrica y repara varias piezas para la Buna. La fábrica es un enorme laberinto, tan grande como una ciudad. En ella se desloman miles de personas en constante trasiego. A Emil, la Buna le recuerda

* En la jerga de Auschwitz, término empleado para referirse a los presos que estaban tan débiles como consecuencia de la inanición y el maltrato que habían abandonado todo deseo de vivir: poco más que esqueletos cubiertos de pellejo, envueltos en mantas andrajosas, se sentaban o permanecían de pie con la mirada perdida, ajenos a todo, perdidos en el vacío de su desdichada existencia, vagando sin rumbo entre la vida y la muerte, inmunes a los gritos o los porrazos que les propinaban los *Kapos* para que se movieran. Se cree que la palabra procede de un supuesto parecido con la postura arrodillada de los musulmanes cuando rezan.

la Torre de Babel, pues en ella se hablan muchas lenguas distintas, de todos los confines de Europa y el este. En esa maraña informe de concreto, hierro y humo, el orden natural de las cosas es que te tomen por alguien insignificante y pasar desapercibido, como una hormiga, de forma que a Emil le resulta sencillo organizar un pequeño trozo de metal, darle forma y añadir un tosco mango para hacer un cuchillo. Logra fabricar un par cada semana y los vende en el mercado. Al cambio actual, un cuchillo vale media ración de pan. Algo es algo, aunque no resulta suficiente, no para Yves. Poco a poco lo están matando de hambre.

Yves tose. Es una tos seca y el aire sale con dificultad de sus pulmones. Cuando recupera el aliento, dice:

—Tengo noticias.

—¿De qué tipo? —Emil reza a diario por recibir alguna noticia de su mujer. No ha sabido nada de ella desde que los separaron durante la selección en la primera noche en el campo. En cambio, no se hace demasiadas ilusiones sobre el destino de su madre y de sus dos hijos. Está seguro de que desaparecieron chimenea arriba el día de su llegada.

Yves percibe el leve batir de la esperanza en la voz de Emil.

—Nada demasiado importante —puntualiza enseguida—, pero creo que es algo que te interesará. El jefe del barracón cuarenta y seis tiene un ajedrez. Me han explicado que juega todas las noches.

Emil se inclina ansiosamente hacia su compañero.

—¿Con quién juega?

—No lo sé. Pero solo hay una forma de averiguarlo. —Yves se termina el trozo de pan y se pone de pie—. Iré contigo.

—No, me las arreglaré solo. Tienes que descansar.

En Monowitz, todos los barracones están construidos siguiendo el mismo patrón: en la parte delantera, la puerta se abre a una pequeña sala común equipada con una estufa de ladrillo que a duras penas calienta el ambiente en invierno si sus ocupantes consiguen encontrar algo de leña para alimentarla. La salita da al dormitorio —mucho más grande— con varias hileras de literas de madera de tres pisos en las que los presos se acurrucan unos con otros para dormir. Cuando llega al bloque 46, Emil espera respetuosamente frente a la salita, con la gorra en la mano, y pregunta si puede hablar con el *Ältester*. Un hombre bajo y fornido aparece en la puerta. Por su aspecto, parece estar bien alimentado, lo cual no es ninguna sorpresa, dado que el veterano del barracón es alemán y luce un triángulo verde de delincuente común en el uniforme.

—¿Qué quieres? —le pregunta el hombre, mientras echa un par de caladas a su cigarro. Aunque es muy posible que esté hecho con *Mahorca*, el espantoso tabaco adulterado que circula por el campo, Emil lo mira con envidia. No ha fumado un cigarro en meses.

Emil carraspea.

—He oído que se juega al ajedrez en su barraca.

—¿Y qué?

—Me gusta jugar al ajedrez. Antes de venir aquí, se me daba muy bien.

—Y crees que eres lo bastante bueno para unirte a nuestro pequeño club, ¿eh? —El veterano del barracón eructa, da otra calada y tira la colilla todavía encendida a los pies de Emil—. ¿Qué saco yo a cambio?

—Fabrico cuchillos.

El veterano echa una ojeada a la estrella de David amarilla y roja cosida al pecho de Emil. En un instante, sopesa el valor de lo que Emil puede aportar a su pequeño negocio.

—Nada de judíos —dice moviendo la cabeza de un lado a otro en un gesto seco y breve antes de volver adentro.

Emil entiende que, si quiere que le den la oportunidad de jugar al ajedrez, tendrá que hacer algo extraordinario. Caminando de vuelta a su barracón, decide lo que hará. Es arriesgado, pero vale la pena.

Yves no acierta a comprender por qué Emil quiere correr semejante peligro.

—Si te pescan entrándolo en el campo —lo avisa—, te pueden caer doce latigazos o algo peor. No entiendo por qué vas a arriesgarte a algo así solo para poder echar una partida.

Emil no puede hacerle entender la naturaleza divina del ajedrez. Es mucho más que un juego. Te permite conectar con la sabiduría intangible de la Creación. Es sublime y sus posibilidades son ilimitadas. El juego fue creado por los *ofanim* para complacer a Dios.

Emil prefiere morir a no poder volver a jugar nunca más.

El lunes siguiente, pone en marcha su plan. En el taller, le hace una oferta a su capataz civil. La escasez de materiales debida a la guerra ha provocado que a los civiles les sea difícil conseguir artículos tales como relojes, aparte de aquellos más baratos e imprecisos. Emil pregunta al capataz si tiene algún reloj de pulsera o de pared que necesite arreglar. A cambio de un reloj estropeado, Emil reparará otros dos empleando restos y herramientas del taller. Hace el trabajo durante la pausa para el almuerzo que tienen los presos. El capataz queda encantado con el resultado. Enseguida corre la voz y al cabo de pocos días Emil empieza a arreglar relojes para otras personas. Dos semanas después, vuelve al barracón 46. Una vez más, pide hablar con el jefe. Cuando este aparece en la puerta, Emil le muestra el reloj que ha reparado.

—Me olvidé de decirle que, aparte de hacer cuchillos, también soy relojero.

El *Ältester* se queda pasmado.

—¿Me lo darás si te dejo jugar? —El hombre no da crédito: ese reloj vale un montón de pan—. Putos judíos —dice—. No los entenderé mientras viva. —Con todo, se hace a un lado y deja pasar a Emil.

Liebehenschel colocó los pies sobre la mesa y se echó atrás en la silla, meciéndose sobre las dos patas traseras. Eidenmüller, a quien recientemente habían ascendido, dejó dos tazas de café sobre la mesa y, después de cuadrarse, giró sobre sus talones de forma elegante y salió a paso rápido del despacho de Meissner.

Meissner abrió un archivador y sacó una botella de armañac. Añadió un buen chorro a cada taza.

Liebehenschel sonrió sin perder de vista al suboficial hasta que este se retiró del despacho.

—He de confesarle, Meissner —dijo, al tiempo que aceptaba la taza de café que le ofrecía—, que le ha cambiado la cara a este sitio. Sin ir más lejos, ese suboficial. Estaba convencido de que era incorregible, pero ahora es un hombre nuevo. Nunca lo había visto tan bien vestido. Aunque imagino que no habrá conseguido también que deje de robar...

—Todo a su tiempo, señor. Todo a su debido tiempo.

El comandante soltó una carcajada.

—Qué se le va a hacer. Roma no se construyó en un día. —Dio un sorbo a su café—. En fin, hablemos del club de ajedrez. Cuando me lo propuso, pensé que era una locura, pero me asombra lo bien que ha empezado. Por todas partes veo a gente jugando. Según mi ordenanza, hasta los reclutas y los suboficiales echan alguna partida. Es extraordinario. ¿Cómo se le ocurrió que iba a ser tan popular?

Meissner recordó la discusión que había tenido con el comandante a propósito de la idea de un club de ajedrez. Su propuesta había recibido una réplica gélida: «Si le pedí que se ocupara de esto, Meissner, fue porque había empezado a respetar sus habilidades y su entrega al deber. ¿Y ahora me viene con estas? ¿Un club de ajedrez? Somos las SS, no unos niños exploradores. Le transmití una orden muy seria, refrendada por Himmler en persona, ¿y así me responde? ¿Sabía que en Majdanek han montado un coro? La próxima vez que el comandante visite su campo, podrán agasajarlo con algo más que el himno del partido. Tiene que estar hasta las narices de escucharlo. Aquí, en cambio, podrá ver un par de partidas de ajedrez, si es que no se duerme».

Sin embargo, tal y como el comandante ya había podido comprobar, la tenacidad era una de las principales virtudes de aquel joven. Se había mantenido en sus trece: «Con el debido respeto, señor: la orden era levantar la moral de nuestros hombres, no entretener al comandante». Su superior lo había echado del despacho con la velada amenaza de que le convenía que la idea funcionara.

Y así había sido, en no pequeña medida por las numerosas apuestas que se cruzaban, a veces por grandes sumas de dinero.

—Fue el teniente coronel Weber quien me convenció, señor —repuso Meissner—. A fin de cuentas, ¿qué puede ser más alemán que el ajedrez?

Meissner quería hablarle ahora al comandante sobre cómo se podía impulsar la iniciativa mediante la creación de un torneo anual en el campo. A Eidenmüller se le había ocurrido la idea inspirada —Meissner estaba seguro— por el hecho de que de esa forma incrementaría en gran medida los beneficios de su monopolio sobre el juego. Sin embargo, no sería fácil convencer al comandante de que crear una competición era una buena idea, pese a que estaba contento con el éxito inicial del club de ajedrez.

—¿Cómo funcionaría exactamente? No me termina de convencer que los reclutas se codeen con sus superiores compartiendo tablero.

—No, señor. He pensado que podríamos organizar dos competiciones paralelas. Una para reclutas y suboficiales, y otra para los oficiales. Luego, podríamos tener a un campeón supremo del campo, que saldría de una gran final que disputarían los campeones respectivos de los dos campeonatos.

—¿Y qué me dice de los premios?

—Creo que debería haberlos, señor. —Meissner ya había pensado los premios que podrían repartirse: para el finalista, un pase de cinco días a Berlín; para el campeón, dos semanas de permiso en casa.

En ese instante añadió la última vuelta de tuerca, con la que estaba seguro de que seduciría la vanidad del comandante.

—Cuando tengamos a nuestros dos grandes maestros, podríamos lanzar un reto a los otros campos. El campeonato de ajedrez de las *SS-Totenkopfverbände* podría convertirse en una cita anual, organizada por el KZ Auschwitz. ¿No cree que con eso haríamos algo más que cumplir con la directiva de levantar la moral de nuestros hombres?

9
APERTURA DE ALFIL

1962
Ámsterdam

Salvando aquellas partidas de primera ronda, que no habían concluido, el domingo era un día de descanso para el resto de los candidatos. Emil desayunó tarde y salió a dar un paseo.

Nunca había estado en una ciudad como Ámsterdam. Los canales imprimían una serenidad al lugar que no había esperado: una presencia tranquila que lo invadía sigilosamente, sobre todo cuando el viento encalmaba. Los últimos coletazos del invierno habían pasado, y los árboles que flanqueaban los canales echaban los primeros brotes. El sol se colaba entre las ramas, proyectando topos de luz y de sombra a lo largo de las orillas. La gente ya trabajaba en sus casas flotantes, ventilando sus habitaciones o dando una nueva capa de pintura a la madera, y los puestos en el mercado de flores estaban llenos de narcisos y tulipanes.

El paseo lo llevó más lejos que nunca, al Vondelpark. Una vez allí, descansó unos minutos en un banco, mientras contemplaba el ir y venir de la ciudad. Los jóvenes en bicicleta le parecieron especialmente felices, tan despreocupados y llenos de vida. Hacía rato que habían dado las doce del mediodía cuando decidió retomar el paseo y volver al Leidseplein.

El café, del que se había convertido en asiduo visitante, estaba lleno de gente que había salido a tomar un aperitivo antes de la comida del domingo. En las mesas de la terraza se disputaban bulliciosas partidas de ajedrez. El viejo al que se había enfrentado unos días antes estaba de pie junto a una de las mesas y mantenía una animada conversación con un cura, un hombre alto y de pelo plateado.

El viejo saludó a Emil con la mano cuando reparó en él.

—Buenas tardes, amigo mío —dijo afablemente—. Justo ahora estábamos hablando sobre usted... Sobre esa curiosa defensa que utilizó conmigo, ¿se acuerda? El hijo de la aflicción.

El cura se volvió hacia él. Tenía un aspecto desmejorado, con la tez amarillenta. La primera impresión de Emil fue que parecía un hombre cansado, alguien que había envejecido antes de tiempo. Pero al sonreír sus facciones se transformaron, transmitiendo calidez y amabilidad.

El sacerdote se quitó un guante negro de lana y le tendió una mano huesuda.

—Hola —dijo en una voz que le sorprendió por la suavidad. No, no era una voz suave, sino de enfermo, pensó Emil de inmediato—. Esperaba tener la ocasión de conocerlo. El viejo Marius me ha hablado mucho de usted y de la partida que disputaron. Lo dejó muy impresionado. ¿Y la foto en el periódico? ¿La ha visto? Su victoria contra el gran maestro alemán ha causado sensación. Soy muy aficionado al ajedrez, aunque no se me da muy bien. Creo que requiere una mente más sutil que la mía.

Emil estrechó la mano que le tendía, pero el saludo con el que pensaba corresponder murió en sus labios. Había conocido antes a ese cura, estaba seguro. Sus ojos le resultaban tremendamente familiares: de un azul tan intenso como un cielo de verano sobre Tel Aviv, claros como el cristal.

—Hola —acertó a balbucear por fin, hablando en alemán sin haberlo pensado—. Emil Clément.

Un mesero estaba tomando nota y el cura le llamó.

—¿Ha probado el *Advocaat*? —preguntó a Emil. Cuando

vio que este negaba con la cabeza, añadió—: Pues debería. Aquí lo hacen de forma artesanal, siguiendo una receta familiar. Si no fuera un sacrilegio, me tentaría decir que es divino.

Pidió tres copas.

—Disculpe —dijo Emil—, pero estoy convencido de que nos hemos visto antes.

—Sí —respondió el cura, en un tono que daba a entender que no deseaba hablar de ello—. Es verdad. Pero permítame decirle que no creo que este sea el momento o el sitio adecuado para sacar el tema. Por ahora, me gustaría disfrutar de esta copa con ustedes y ver un par de partidas.

—El obispo vive en mi parroquia —anunció el viejo Marius con orgullo—. Lo enviaron allí para que se recuperara... de las misiones —añadió.

—¿Obispo? —Emil levantó una ceja. No había rastro de eminencia en el atuendo del cura, que vestía de negro y con el habitual alzacuellos blanco.

—Solo es un título honorífico —se explicó el cura—. Mi obispado está muy lejos de aquí, en una provincia del Congo belga.

Había algo en la actitud del cura que a Emil le resultaba desagradable. Asimismo, la confesión de que se habían conocido antes le provocaba una comezón que no podía quitarse de encima.

—¿Ha dicho que nos conocimos antes? Pues le aseguro que yo nunca he estado en el Congo belga. ¿Ha visitado usted Israel?

—No, pero creo que le gustaría el Congo si viene a vernos. Léopoldville puede ser una ciudad muy animada y el interior del país tiene una fama que se empeña en demostrar.

—¿Qué fama?

—África, oscura y misteriosa. —El mesero llegó con las copas de *Advocaat*. El cura levantó la suya para proponer un brindis—: Por África —propuso, antes de tomar un sorbo con gesto complacido. Al ver que Emil no hacía los honores, el sacerdote tomó de nuevo la palabra—: Lo siento, ¿no es de su agrado?

Emil dejó la copa en una mesa cercana.

—No. Lo que no es de mi agrado es su descarada negativa a contestar una pregunta perfectamente clara.

—Lo siento —repuso el cura—. No pretendía ofenderlo. He pensado que era lo mejor. Ya hace mucho tiempo de eso.

—Pero ¿dónde fue?

—En Auschwitz. —La palabra fue como una descarga eléctrica. Sus miradas se encontraron y de pronto Emil lo supo. Apenas si pudo escuchar las siguientes palabras del cura—: Me llamo Meissner. Paul Meissner.

La memoria puede engañarte de forma extraña y a veces incluso dolorosa. Para Emil, aquel nombre fue como una llave que abre una puerta que conduce a otra, que a su vez da a otra, y así de forma sucesiva, retrocediendo año tras año, hasta llegar a un momento en la vida al que su memoria no soportaba viajar: la primavera de 1944. Vio al obispo como lo había visto en esos días; y otra vez, antes de que desapareciera. Recordó el añil cristalino de sus ojos, la convicción de su superioridad, su imperturbable confianza. Y ahora lo tenía delante de él, como si el ilusionista que lo había hecho desaparecer hacía casi dos décadas hubiera decidido, en ese mismo instante, traerlo de vuelta. El tiempo se detuvo, anticipando el gran aplauso que seguiría sin duda a aquella demostración de maestría en el arte de la prestidigitación. Y llevaba el atuendo de un ministro de Dios, con toda seguridad un truco más, ¿verdad? Si Meissner hubiera aparecido vistiendo el uniforme de las SS, la sorpresa de Emil difícilmente habría sido mayor. Meissner había sido un príncipe en el reino de los mentirosos, de modo que esa nueva identidad también tenía que ser una mentira. No había otra explicación concebible.

Emil se quedó de piedra. Su mirada se trasladó con gesto inseguro del obispo al viejo, antes de perderse entre la gente que pasaba con tranquilidad por delante del café. Su cerebro buscaba frenéticamente las palabras que había querido decirle a ese hombre durante casi veinte años, pero no daba con ellas. Se sentía aturdido. La banqueta pareció convertirse en un espejo de feria que desenfocaba su mirada y la volvía enfocar. Sacó una mano para equilibrarse en el canto de la mesa, pero resbaló y, ahogando un chillido, cayó al suelo, volcando los vasos y las copas de las mesas vecinas, que se rompieron contra el pavés. En el límite de su conciencia, oyó los gritos de auxilio, pero llegaban de muy lejos, de un punto fuera de su universo, de criaturas que habitaban un mundo soñado donde los gritos hablaban una lengua extraña e incomprensible.

Volvió a oír el lamento que era el grito de Auschwitz.

10
EL DESTINO DEL PEÓN ENVENENADO

Abril de 1944
Sede de la Kommandantur, Auschwitz I

Eidenmüller condujo por debajo del arco de hierro ennegrecido en el que se habían torneado las palabras «Arbeit Macht Frei», antes de girar a la izquierda y enfilar por el camino que llevaba a la *Appellplatz*. Se detuvo para que el teniente coronel Meissner se apeara del todoterreno frente a un edificio de dos plantas en cuya azotea ondeaba el emblema de todo lo que representaba el campo: una esvástica negra sobre un redondel blanco inscrito en un pabellón rojo.

El oficial apoyó su peso en el bastón para salir del vehículo.

—Espéreme —dijo. Tenía una reunión. Confiaba en que no se alargara demasiado.

Una vez dentro, Meissner fue directo al grano:

—Señor, tengo una propuesta que hacerle que tal vez pueda parecer sorprendente. Algunos de nuestros camaradas podrían considerarla desleal, incluso, pero créame si le digo que solo me anima el deseo de mejorar la productividad del campo.

Liebehenschel estaba intrigado.

—¿Sorprendente y desleal? ¿Y todo en un solo día? No me lo esperaba de usted, Meissner. —Sonrió y abrió un suntuoso estuche de plata que reposaba sobre su escritorio—. ¿Un cigarro?

Meissner tomó uno y lo encendió. Expulsó una bocanada de humo hacia el techo.

—El caso, señor, es que para mantener el rendimiento de trabajo en niveles aceptables es precisa cierta cantidad de alimento. Esto es cierto con independencia de que el trabajador sea alemán, ruso, polaco o judío. Me temo que la condición física de muchos de los presos es mala, siendo generosos, y ello merma su capacidad de realizar trabajos pesados.

Las palabras de Meissner suscitaron una mirada inquisitiva en su superior.

—Tiene más razón que un santo, Meissner —contestó el comandante—. Por eso, nuestros doctores se emplean sin descanso para identificar a aquellos trabajadores que ya no son capaces de realizar lo que se les ordena y decretar su eliminación.

Meissner dio una profunda calada a su cigarro.

—Ya me perdonará, señor, pero ese enfoque es ineficiente. Nos obliga a formar a trabajadores nuevos en unos intervalos que por desgracia cada vez son más breves, y a hacerles aprender los procedimientos que ya dominaban sus predecesores.

—Entiendo que tiene una propuesta.

—Sí, señor. Propongo que se aumenten las raciones de comida. De esa manera, podríamos extraer más rendimiento de ellos y durante más tiempo. Sería mucho más productivo que el sistema actual.

El comandante se sacudió con el dedo un poco de ceniza que había caído sobre la manga de su chamarra.

—Ha hecho usted bien en traerme en persona la propuesta, Meissner —comentó—. Con el severo racionamiento de comida que tenemos en Alemania, algunos de sus camaradas sin duda habrían juzgado que la idea de dar más alimentos a los judíos es una muestra de deslealtad y habrían considerado muy sorprendente que viniera de un oficial de las SS. Sin embargo, entiendo perfectamente los motivos que le animan.

Meissner asintió, pero no explicó qué razón había despertado aquel súbito interés por las raciones de los presos. Unos días antes, había salido a tomar el aire a la misma hora en que las columnas de presos volvían al campo desde la fábrica de la Buna. Un hombre había tropezado y caído. El *Kapo* al mando había dado el alto a la columna y luego había pateado y golpeado sin piedad al recluso.

Meissner había intervenido.

—Matándolo no conseguirá que trabaje más —le indicó.

El *Kapo* se quitó la boina y se cuadró.

—Con el debido respeto —había replicado el *Kapo* con un tonillo despectivo que imitaba el empleado por muchos de los suboficiales de las SS—, esto es lo único que merecen. No es más que un judío sucio y holgazán. De donde vino, hay muchos más como él.

Meissner se había quedado mirando al *Kapo* y sus ojos descendieron al triángulo verde que llevaba cosido a la chamarra: un delincuente. Sus delitos habían sido tan graves que lo habían deportado a Auschwitz, donde, de conformidad con las perversas normas del campo, se ponía a los criminales al mando de hombres y mujeres honrados.

Meissner se había dirigido al preso.

—¿Qué ha comido hoy?

El preso había agachado la cabeza sin responder.

—No habla mucho alemán, señor —intervino el *Kapo*—. Es italiano.

—Pues entonces tradúceme, maldita sea.

La voz del preso apenas se podía oír. Había tomado una ración de pan y un tazón de sopa. Evidentemente, se la habían servido de la parte superior del caldero, donde estaba muy aguada, no como abajo, donde era más espesa porque se acumulaban los trozos de nabo y papa. El *Kapo* y sus compinches se quedaban la mejor parte.

Meissner había montado en cólera. Le habían confiado la misión de mejorar la productividad de los campos de trabajo, pero la mala alimentación y la brutalidad arbitraria saboteaban sin cesar sus progresos.

Liebehenschel juntó las yemas de los dedos con aire pensativo. Meissner tenía parte de razón, pero el sistema de alimentación de los presos se había establecido hacía bastante tiempo y se había calculado con la idea de provocar una lenta inanición entre los trabajadores judíos. Por más que aquella medida pudiera mejorar la productividad, Liebehenschel no podía hacer nada para cambiar las cosas. Aun así, era preciso transmitir la impresión a Meissner de que su inquietud no caía en saco roto.

—Muy bien, Meissner. Lo hablaré con el doctor Wirths. Más no puedo hacer.

—¿Es el médico jefe?

—En efecto. —Liebehenschel dedicó a su subordinado una mirada que daba a entender que podía retirarse, pero Meissner no se movió—. ¿Desea algo más?

—He estado revisando la documentación relativa a la adquisición de comida. Según los registros, se compra suficiente comida todos los días para proveer una cantidad adecuada de calorías a cada preso. Si esa comida no llega a los presos, ¿dónde termina?

El comandante suspiró. No cabía duda de que Meissner era una persona tenaz, como un perro que no suelta un hueso. En vez de responder de inmediato, se puso de pie y caminó hasta la puerta al tiempo que le hacía un gesto a Meissner para que lo siguiera. Ya en el umbral, se detuvo y, tras girar para mirar a su subordinado, comentó:

—Nunca ha estado en Kanada, ¿verdad, Meissner?

Abril de 1944
Auschwitz III, Monowitz

La alarma se extiende por todo el campo. Tifus. Acecha entre las sombras, frente a cada puerta, buscando la forma de entrar. Es una plaga temida por todos. En los cuartos de baño, hay letreros en muchas lenguas distintas —«Un solo piojo puede matarte»—, pues así es como el tifus atrapa a sus víctimas y propaga su pestilencia por todo el campo. Los letreros constituyen uno más de los muchos disparates de Auschwitz, porque las medidas con las que pretenden prevenir la infección son ridículas. Para los presos, los baños calientes y el jabón son algo tan insólito como una visita del papa, pero aun así los piojos son un enemigo mortal, de modo que, cuando los presos tienen tiempo, se inspeccionan unos a otros en busca de esas criaturas diminutas, aplastándolos hasta dejarlos sin vida entre dos uñas. Ahora, parece que se ha declarado un brote en el bloque 51.

Como es de esperar, el campo está mejor informado que los doctores de las SS: todos los presos saben que el brote empezó hace dos días. Un hombre del 51 fue a la enfermería por la noche, después de que pasaran lista. Al principio, sus síntomas no eran concluyentes. Un día después, había dos hombres más del 51 en el mismo estado.

Los doctores de las SS cortan por lo sano. Bajo su mando, la suerte de esos hombres está echada: los envían a los tres a la cámara de gas. Era de esperar. Los enfermos se resignan a su suerte y nadie levanta un dedo por ellos. Ahora, hombres de las SS fuertemente armados desfilan por el campo, muchos de ellos acompañados de perros. La campana del campo está sonando y su tañido ahoga todos los demás avisos que circulan entre las alambradas. Cuando suena antes del amanecer, la campana dice a los presos: «Fuera de la cama. Despiértense. ¡Arriba, arriba, arriba!». Cuando suena a cualquier otra hora del día, es una orden para volver a tu bloque y quedarte allí hasta nuevo aviso. Los presos se encogen de miedo en sus barracones.

Emil está jugando una partida de ajedrez en el bloque 46 cuando suena la campana. Está ganando, aunque eso no sorprende a nadie: desde que el jefe de bloque se dignó permitirle jugar, no ha perdido ni una sola partida. Nadie pronuncia palabra cuando sale como un autómata de camino a su bloque. Widmann se ocupa hoy de pasar lista. Su lápiz dibuja una marca junto al número de Emil. Los presos se apelotonan en torno a la puerta para echar un vistazo. Así ocurre en todos los bloques. Los vigías gritan a sus compañeros de bloque lo que está ocurriendo. Los agentes de las SS pasan por delante sin echar siquiera una mirada en su dirección. «Pasan de largo, pasan de largo.» Es tal el alivio que los gritos parecen de júbilo. Poco a poco, la información se va filtrando de la puerta al interior del bloque.

—Se han parado en el bloque cincuenta y uno.

—Han enviado los perros adentro.

—Ahora sale todo el mundo.

—Los hacen desfilar.

Los doctores que esperan frente al bloque 51 no han ido como sanadores, sino como verdugos. Sin tener en cuenta si están contagiados o sanos, todos los presos del bloque son transferidos a Birkenau. El jefe y los otros delincuentes que dirigen el bloque para las SS son los únicos a los que se permite el lujo de acudir a la enfermería. Tendrán que correr ese riesgo, pero por lo menos no saldrán por la chimenea convertidos en humo.

Los otros presos vuelven a respirar. Siempre que no se trate de ellos, les da igual a quién hayan seleccionado para el exterminio ese día. No es que sean unos desalmados. Simplemente, así funcionan las cosas en Auschwitz. Se engañan a sí mismos, diciéndose unos a otros: «Les había llegado la hora. Al final todos correremos la misma suerte. ¿Quién tiene fuerzas para pensar en cuándo nos llegará la hora, con tal de que no sea hoy?».

Una profunda sensación de vergüenza recorre el campo. Han sido testigos de una nueva brutalidad. La conciencia general queda manchada por lo que acaban de presenciar. Ya no saben distinguir entre el bien y el mal: no hay bien, no hay mal; solo existen la vida o la muerte. Obligan a más de doscientos hombres a subir a los camiones y se los llevan. Los meterán en una de las cámaras de gas o los fusilarán. Un día después, sus cenizas frías se esparcirán sobre los campos vecinos.

Emil encuentra a Yves. Es la primera vez que ven cómo se llevan a todo un bloque para asesinarlos.

—Es una atrocidad —dice Emil en la intimidad que les brinda su litera—. Eran hombres buenos, sanos. Esos SS... Los hay que son médicos. ¿No se avergüenzan de lo que hacen?

—Claro que no —responde Yves—. Si tuvieran vergüenza serían incapaces de hacer lo que hacen, sería insoportable para ellos. —Permanece en silencio un buen rato, antes de añadir—: Alguien tiene que recordar este día, ser testigo de lo que ha ocurrido.

Emil esconde la cabeza entre las manos. Empieza a llorar. Son sollozos callados, que sacuden su cuerpo.

—¿Qué pasa, Emil?

El relojero busca la mirada de su amigo, como si esperara su perdón.

—Me da miedo haberme contagiado de su corrupción... Si tuviera que recordar el día de hoy, sería para decir que jugué al ajedrez. Este horror... Es demasiado pedir que lo recuerde.

Yves toma las manos de su amigo entre las suyas.

—No tienes que pensar eso. Ellos tendrán que cargar con esta vergüenza, no tú. Actúan así porque no somos nada para ellos. No tenemos ningún valor. Ya no nos ven como seres humanos. Para las SS, somos menos que un saco de frijoles o de papas. Esa es la verdad de este sitio.

Pero el argumento no convence a Emil.

—¿Cómo nos han convertido en seres sin ningún valor?

—¿No lo has entendido, Emil? ¿Tan ensimismado estás en tu mundo místico de peones y reyes como para no haber visto que vamos camino de la nada?

Abril de 1944
Kanada, Auschwitz II, Birkenau

Meissner observaba la escena que se desarrollaba ante él con un desapego aparentemente tranquilo. Se encontraba en un almacén de grandes dimensiones. Los presos entraban a toda prisa empujando vagonetas cargadas hasta los topes y volcaban su contenido en una gran pila que había en el centro de la sala. Luego, salían enseguida para volver después con un nuevo cargamento. Un ejército, compuesto en su mayoría por mujeres, algunos vestidos con el uniforme del campo, otros con ropa normal de civil, escarbaban en la pila, clasificando las cosas en distintas categorías: camisas, pantalones, abrigos, vestidos, chamarras, sombreros, zapatos, ropa interior, lentes, maletas, bolsos; los últimos restos del botín arrebatado a judíos de toda Europa. En los laterales del almacén se veían varias montañas de esos efectos personales esperando su redistribución.

Resultaba difícil disimular la sorpresa frente a la magnitud del saqueo que estaba teniendo lugar ante sus propios ojos.

—Los trenes llegan a diario —dijo el comandante en voz baja y tono rutinario—. A veces, dos al día. Por regla general, llegan entre mil y mil quinientas cabezas en cada tren. Los obligamos a abandonar sus cosas en la rampa de desembarque. Luego, cuando entran en el campo, se les despoja de la ropa y de los objetos más pequeños, como relojes o joyas. Todo se convierte en propiedad del Reich. Y lo traemos aquí, a Kanada.

Aquí llega de todo. Hay una persona que no se dedica a otra cosa que a clasificar la moneda extranjera. Una vez al mes, la enviamos al Reichsbank, donde se cambia por Reichsmarks y las ganancias van a las SS. Otra de las personas que trabaja aquí es un joyero experto que elige piezas y clasifica las piedras preciosas. Los objetos de oro y plata se refunden.

—¿Por qué lo llaman Kanada? —preguntó Meissner.

Liebehenschel respondió con un suspiro en el que se intuía un hartazgo general.

—Porque Canadá es un país de riquezas inimaginables.

—¿Por qué me está enseñando esto, señor? ¿Tiene algo que ver con los desajustes que descubrí entre la comida que adquirimos y la que finalmente se distribuye?

El comandante se hizo a un lado para dejar pasar una camioneta.

—Me temo, Meissner, que no todos los miembros de las SS son tan incorruptibles como usted. Unos meses antes de su llegada, la Inspección de los Campos de Concentración nombró una comisión de investigación para que abordara las prácticas corruptas. Se sospechaba que algunos agentes de las SS practicaban el robo a gran escala. Algunos tenían las manos tan metidas en el tarro de la miel que no pudieron lavárselas a tiempo.

Vio entonces a Meissner.

—Lo que intento decirle es que estoy convencido de que todavía se roba mucho, pero ahora son más discretos y lo hacen a una escala mucho menor. Para controlarlo, ya no permitimos que los chicos de baja graduación pasen demasiado tiempo aquí, pero a veces tampoco puedes confiar en los oficiales. Algunos se compinchan con los presos, como habrá podido adivinar. Los objetos de valor que algunos reclusos encuentran entre la ropa y el equipaje se cambian por comida o privilegios. Lo que ocurre en Monowitz con las raciones no tiene ninguna importancia comparado con esto.

Abril de 1944
Taller técnico, IG Farbenindustrie Buna-Werke, Monowitz

Es el día siguiente a la limpieza del bloque 51. Uno de los civiles polacos que trabaja en el taller le lleva un reloj a Emil para que se lo repare. A cambio, le ofrece una parte de su *Zivilsuppe* —la comida preparada para los empleados civiles— durante las dos semanas siguientes. Es un reloj pequeño y elegante, con un movimiento delicado.

—Era de la madre de mi mujer —le dice el hombre—. Falleció hace unas semanas. Mi esposa se pondrá muy contenta si puedes repararlo.

Dos palabras se hunden como el plomo en la conciencia de Emil: «esposa» y «madre». Le dan ganas de ponerse a gritar: «¿Y mi madre? ¿Y mi esposa?». Pero tiene que guardarse esos pensamientos. Durante toda la mañana, Emil los mantiene bajo llave en la cámara acorazada de su mente, hasta que los acontecimientos del día anterior se imponen.

Todo el mundo sabe que hay un campo para mujeres. Tiene la esperanza de que Rosa esté ahí, pero el tifus se ha propagado por todas partes y los SS no tendrán más miramientos a la hora de eliminar un bloque en el campo de mujeres que los que han demostrado en Monowitz. Por un instante, Emil baja la guardia y esos pensamientos afloran, revelando su amargura a los hombres que ocupan las mesas de trabajo vecinas.

—¿Viste lo que les pasó ayer a los hombres del bloque cincuenta y uno? Es solo cuestión de tiempo que nos hagan lo mismo. Esos SS son unos malnacidos —dice—. Hasta el último de ellos.

Con que uno solo lo denuncie será suficiente. Quizá alguien que envidie las buenas relaciones que ha empezado a cultivar con los trabajadores civiles; quizá no. Lo más probable es que sencillamente sea alguien que esté al borde de la inanición. Su recompensa son dos raciones de pan, una tentación frente a la que no cabe resistencia para una víctima del hambre que azota Auschwitz.

Mientras los hombres hacen cola para recibir su ración de sopa del mediodía, el *Kapo* ordena a Emil que se presente ante el sargento primero Gessner.

Emil se cuadra con gesto rígido, sosteniendo firmemente la gorra en la mano, sin mirar al agente de las SS, con los ojos clavados en la pared que tiene enfrente. Sentado a una mesa, el sargento da cuenta de su almuerzo: pan blanco y salchicha. El contundente aroma de la salchicha es una tortura.

El hombre de las SS parece estar de buen humor.

—Conque eres el 163291. —Durante un momento no dice nada más y se limita a escarbarse con el dedo un trozo de salchicha que se le ha quedado entre los dientes. Entonces, revela el alcance de la traición que Emil ha temido—: Tú eres el Relojero.

Guarda silencio un instante para dejar que sus palabras produzcan el efecto esperado.

—Pensabas que no iba a enterarme, ¿eh? Pues deja que te diga que en el campo no pasa nada sin que yo lo sepa. —El SS espera un momento la reacción de Emil. Como no la hay, prosigue—: Me han informado de que dices que los SS son unos malnacidos.

Emil siente que se le retuercen las tripas. Se le seca la boca e, instintivamente, traga saliva.

De nada sirve disimular. Además, se ha hecho una promesa a sí mismo: no contribuirá a las mentiras sobre las que se ha erigido el campo.

—Sí, sargento. —No hay rebeldía en su respuesta, tan solo sinceridad.

Gessner se recuesta en la silla y se da una palmada en el muslo como si Emil le hubiera contado un chiste buenísimo. Una amplia sonrisa aparece en su rostro, preámbulo de una gran carcajada. En la mesa hay una fusta. Con gran decisión la empuña y, sin dejar de reír, sale de detrás de la mesa y empieza a golpear a Emil con saña.

Emil cae al suelo. Sin embargo, ha visto qué les ocurre a los presos que no se levantan inmediatamente: el castigo que reciben se multiplica. A algunos, los apalean hasta matarlos. A duras penas consigue ponerse de pie y vuelve a cuadrarse. Tiene la piel cortada en la cara y sangra por las heridas. La sangre le gotea desde el mentón y le mancha el uniforme. El dolor es atroz. Se le forman lágrimas en los ojos.

El sargento parece satisfecho. Camina alrededor de Emil, deteniéndose un par de veces para inspeccionar la tela basta con la que se ha confeccionado su andrajoso uniforme de rayas.

Emil reza en silencio por tener el número correcto de botones en la chamarra y por que no haya demasiado lodo en los bajos de sus pantalones. Aunque no hay instalaciones para lavar la ropa, a menudo se administran castigos por llevar el uniforme manchado de lodo. Emil se tensa, esperando un segundo golpe, pero sin saber dónde o cuándo caerá.

El sargento vuelve a hablar.

—Tu capataz me ha contado que eres un buen trabajador. ¿Puedes creerte que te ha llamado su «buen judío» y que me ha pedido que no te pegue demasiado? —Emil no responde. El alemán continúa—: Me asombra que no entiendan el peligro que suponen para la *Vaterland*, sobre todo después de que el Führer lo haya dejado tan claro. No me explico cómo pueden ser tan ignorantes, los judíos. —El SS se da el gusto de propinarle un segundo golpe con la fusta. Levanta el brazo para descargarle uno más, pero se ablanda. ¿Qué sentido tiene? Es una estupidez esperar que un judío entienda nada; de hecho, en cierto sentido, es casi un halago que un judío diga que los SS son unos malnacidos. Todo el mundo sabe que los judíos, con su forma tan retorcida de pensar, lo ven todo del revés: para ellos, el bien es el mal, el rico es el pobre, y malnacido significa heroico.

El sargento observa detenidamente el rostro de Emil antes de ordenarle que se retire.

—Si pudiera existir algo así como un buen judío, Relojero, estoy seguro de que lo serías tú. —Vuelve a reírse. De repente cae en que lo que acaba de decir es muy divertido. ¿Un buen judío? Es cómico. Pronto se le pasa el buen humor—. En fin, pedazo de mierda —profiere en un tono amenazador y enojado—. Sal de mi vista antes de que cambie de opinión y te dé la paliza que te mereces.

11
GAMBITO DE DAMA ACEPTADO

1962
Kerk de Krijtberg, Ámsterdam

Emil se despertó en una habitación a oscuras. Unas gruesas cortinas cubrían las altas ventanas. Estaba tumbado en un sofá de piel, tapado con una manta. A su lado había una mesita con un vaso de agua. Cuando sus ojos se acostumbraron a la penumbra, pudo distinguir los detalles del cuarto. Justo enfrente del sofá, vio una aparatosa chimenea de piedra. Encima de esta, colgado de la pared, había un gran cuadro de la Virgen con el niño Jesús. Era un lienzo viejo, ennegrecido por el humo del hogar. El empapelado de la pared también estaba ligeramente tiznado, lo que contribuía a la sensación vetusta que transmitía el cuarto. A ambos lados de la chimenea, había sendas butacas de piel de respaldo alto con los reposabrazos tan gastados por el roce continuo que brillaban, y en algunos puntos, donde unos dedos habían tamborileado, incluso asomaba el relleno de pelo de caballo. La chimenea era la morada de varios atizadores de hierro. En la pared que miraba a las ventanas había una estantería repleta de volúmenes antiguos y, encima de la puerta, un sencillo crucifijo de madera. Sobre la repisa de la chimenea reposaba un reloj con la caja de latón. Cuando Emil intentó aguzar la mirada para ver qué hora era, el reloj dio las cuatro. Unos instantes después, la puerta se abrió. Emil se sentó en el sofá.

—Relojero —dijo el obispo en voz baja—. Me alegro de volver a verlo. ¿Cómo se encuentra?

Atónito, Emil intentó encontrarle el sentido a lo que acababa de oír.

—¿Relojero? Nadie me ha llamado así desde...

—No. Pero no ha respondido a mi pregunta. ¿Cómo se encuentra?

—No sé. Fatal.

—Se ha desmayado. Supongo que habríamos podido llamar a una ambulancia, pero al ser domingo habría tardado una eternidad. Como no estábamos demasiado lejos de la rectoría, he pedido a un par de voluntarios que lo trajeran aquí. Lleva un buen rato sin sentido. Estaba preocupado. Iba a llamar a un médico.

Emil inspiró hondo y percibió los aromas poco familiares del incienso y los muebles encerados.

—¿Preocupado? ¿Por qué iba a estarlo? No es mi cuidador. —Emil se puso de pie de manera insegura—. Debo irme.

El obispo le cortó el paso.

—Creo que no. Debería descansar un momento. Deje que lo ayude. Se ha llevado un buen susto.

Emil dijo que no con la cabeza.

—¿Es eso lo que quiere? ¿Ayudarme? ¿Por qué? ¿Para poder jactarse de haberme rescatado otra vez? No. No necesito su ayuda y no pienso quedarme aquí.

—Esperaba que pudiéramos darnos un momento para charlar un poco.

Emil no daba crédito a lo que oía.

—¿Hablar? ¿De verdad cree que tiene algo que decir que pueda interesarme?

Meissner se apartó un poco y bajó la cabeza en un gesto de contrición.

—Había pensado que quizá estaría bien que empezara pidiéndole perdón.

—¿Perdón? —Emil empezó a gritar sin darse cuenta—. Me está pidiendo que... —Se interrumpió al no encontrar las palabras precisas para expresar lo que sentía—. ¿Nos encontramos de nuevo después de casi veinte años y cree que puede borrar lo que pasó entre nosotros pidiendo simplemente perdón?

—No, no. Claro que no. Pero sería un primer paso. —El obispo se hizo a un lado al tiempo que señalaba la puerta—. Váyase si así lo desea —dijo con suavidad.

El rencor de Emil había estallado en un instante, pero la respuesta de Meissner lo había sorprendido. Había imaginado que su furia sería recibida con más furia por parte del sacerdote, pero había ocurrido lo contrario. La cólera se había desvanecido, dejando en su lugar las brasas ardientes de aquello en lo que se había convertido su vida.

Su furia no siempre era de fiar. Las brasas sí lo eran.

—Escuche —dijo Emil con la voz más serena—, es imposible que haya nada que usted y yo podamos decirnos que merezca la pena mencionar, y, dado que lo ocurrido entre nosotros no tiene vuelta de hoja, de verdad creo que lo mejor es que nuestros caminos se separen aquí.

Meissner se quedó mirándolo.

—Le corresponde a usted decidirlo, naturalmente, pero, si me permite, me gustaría decirle que no creo que lo mejor sea que nuestros caminos se separen. Creo que tenemos mucho que decirnos el uno al otro, cosas que tal vez sea difícil verbalizar, pero que, sin embargo, es preciso decir.

Emil permaneció inmóvil, mirando en torno a la habitación, interiorizando el variopinto la variopinta mezcla de adornos que atestaban el espacio, mientras su mente buscaba motivos por los que irse que no fueran el rencor que le embargaba.

—Sería todo un honor para mí que se quedara esta noche a cenar conmigo —dijo Meissner finalmente, rompiendo el silencio.

—¿Por qué?

Obedeciendo a la costumbre, los dedos del obispo subieron involuntariamente hasta el crucifijo que colgaba sobre su pecho.

—¿Se acuerda de lo que me dijo en Auschwitz? «No hay un porqué. El mundo exterior no se inmiscuye en lo que ocurre aquí. Estamos vacunados contra el mundo exterior.» Por ahora, lo único que puedo decirle es que ese porqué es una cuestión demasiado compleja para que yo la pueda comprender. —Se encogió de hombros—. Durante varios años me he visto dominado por una obsesión. He intentado resistirme a ella, pero no lo he logrado. Le he dicho a mi obsesión que no era digno, que nunca lo seré, pero no me hace caso. En el seminario me dijeron que era «mi vocación», pero por más que lo intente yo no lo veo así. —Su voz cobró un tono en el que se adivinaba un anhelo desesperado—. Es más que eso. Es el amor de Dios que pese a todo logra llegar al mundo, tomando como instrumento algo, a alguien, que en otro tiempo sirvió al mal, moldeándolo para sus designios divinos. Así pues, respondiendo a su pregunta por el porqué de una forma tal vez simplista, le diría: porque soy una espada que, a fuerza de golpes, se ha convertido en reja de arado.

1947
Cracovia

Paul Meissner esperaba a su abogado en la celda. No le gustaba aquel hombre. Se daba unos aires de importancia desmesurados.

Por su parte, el abogado de Meissner miraba a su cliente con cínico desdén. Resultaba obvio que aquel alemán era un criminal de guerra. El Estado malgastaba el dinero pagándole un letrado.

Como de costumbre, el abogado había llegado tarde.

—Si pudiéramos encontrar un solo preso de Auschwitz que testificara a su favor, la cosa cambiaría radicalmente —le decía ahora, sin dignarse reprimir un bostezo.

—¿Ha oído algo de lo que le he dicho? —replicó Meissner exasperado—. Yo no tenía nada que ver con los presos. ¿Por qué motivo iba a mezclarme con ellos? Yo solo tenía responsabilidades de gestión y me ocupaba del personal de las SS en los campos satélite. —Enojado, golpeó la mesa con el puño—. Ya le dije que solo tuve relación con uno de los presos. Es a él a quien tiene que encontrar.

El abogado hizo como que consultaba sus notas.

—Ah, sí. El famoso Relojero. Pero dice que no recuerda su nombre; solo su número.

—No se trata de si lo recuerdo o no. Todo el mundo lo llamaba el Relojero. De todos modos, debería poder encontrarlo con su número.

El abogado se mostró escéptico.

—Siempre que se hayan conservado los archivos y haya sobrevivido.

—Sí —aceptó Meissner abatido—. Siempre que haya sobrevivido.

Pero no se había encontrado ni rastro del preso número 163291. No constaba en ninguna lista de prisioneros que habían aparecido en otros campos, como Mauthausen o Bergen-Belsen.

El abogado volvió a bostezar. Era un caso perdido.

El presidente del tribunal se dirigió al abogado de Meissner.

—Antes de que leamos el veredicto y dictemos sentencia, ¿desea el acusado decir algo?

El abogado se puso en pie. Tras estirarse en toda su estatura, se ajustó la toga, tomando una punta con la mano derecha en una pose que imaginó evocadora de Cicerón al tomar la palabra ante un tribunal de la antigua Roma.

—Con la venia de su señoría, mi cliente desea leer una declaración.

En el banquillo de los acusados, con unos pantalones sin cinturón y una camisa sin cuello, Paul Meissner se puso en pie. Apenas unas semanas antes, su comandante, Arthur Liebehenschel, había sido condenado a la horca en la misma sala. Sin embargo, cuando Meissner tomó la palabra, su voz sonó clara y decidida.

—No he intentado ocultar a este tribunal la naturaleza y alcance de mis actividades en Auschwitz. Se cometieron allí crímenes atroces; crímenes imperdonables. No pretendo subestimar el papel que desempeñé ni eludir mi responsabilidad. Reconozco que soy culpable de graves delitos, pero me gustaría que constara en acta que creo haber hecho todo lo posible para salvaguardar mi honor. Antes de mi llegada a Auschwitz, no tenía la menor idea de lo que estaba ocurriendo en Birkenau. Fui sabiéndolo poco a poco. Yo no tuve nada que ver con nada de lo que sucedió allí. Nunca puse un pie en la rampa de desembarque y tampoco tomé parte en ninguna de las *Selektionen*. Ni un solo preso de Auschwitz murió por mi culpa. En cuanto me di cuenta de que no tenía ninguna posibilidad de cambiar las cosas, tomé la única medida que consideré honorable en tales circunstancias: solicité reengancharme al servicio activo, aun a pesar de que mi antiguo regimiento se encontraba combatiendo entonces en el frente oriental. Todo ello quedó recogido en mi diario, que este tribunal ha tenido la bondad de hacer constar en acta. Muchos pensaron que me esperaba una muerte segura en el frente, pero lo prefería a ser cómplice de aquel asesinato en masa. Cuando me rendí, lo hice como oficial de las SS y, a diferencia de otros, jamás traté de ocultarlo. Para mí, se trataba también de una cuestión de honor. Cumplí con mi deber. No pido clemencia a este tribunal y estoy dispuesto a acatar la sentencia que se estime oportuna.

El presidente del tribunal solo tardó cinco minutos en dictar sentencia:

—Por la acusación de genocidio, no culpable; por la acusación de complicidad en genocidio, no culpable. Sin embargo, atendiendo a su propia confesión, lo declaro culpable del abominable crimen de esclavitud. Usted administró un sistema en el que decenas de miles de personas, en su mayoría judías, fueron esclavizadas y, pese a que no murieron por sus acciones o por sus órdenes, muchas perdieron la vida igualmente. Este crimen exige un castigo ejemplar. —Meissner se preparó para lo peor. Aquel tribunal no era conocido por su benevolencia—. Le imponemos una pena de seis años de reclusión y trabajos forzados. La sentencia es de ejecución inmediata.

1962
Kerk de Krijtberg, Ámsterdam

—Seis años de trabajos forzados. Poco castigo para el papel que desempeñó en todo aquello —dijo Clément, al tiempo que rompía unos trozos de pan blanco sobre un espeso caldo de verduras.

—Así es —concedió Meissner—. Pero nada fácil, sobre todo con una pierna protésica.

—¿Nada fácil? ¿Es eso lo que le dice a la gente? Tendría que oírse. ¿Nada fácil? —Emil lo miró incrédulo—. Mucho más fácil que nuestra vida diaria en Auschwitz. Eso es lo que diría yo. ¿Le dieron de comer pan mezclado con aserrín? ¿Tuvo que comer de los restos con los que alimentaban a los cerdos? Debería dar gracias por tener una pierna de madera.

—La pierna me duró menos de dos meses. Me la habían hecho a medida, con la mejor ingeniería alemana, y terminó hecha añicos.

Clément levantó la cuchara y, como si fuera un arma, apuntó a Meissner al tiempo que iba marcando con ella el ritmo de sus frases.

—¿Sabe a qué me suena esto? Es como si se autocompadeciera. ¿Se enteró de que los rusos, cuando liberaron Auschwitz, encontraron miles de prótesis de los judíos a los que habían asesinado en las cámaras de gas? Miles. A lo mejor tendría que haber pedido una.

—¿Y cómo iba a hacerlo si no sabía que las tenían allí? Además, los polacos no movieron un dedo para buscarme una de repuesto. Y es casi imposible realizar trabajos pesados cuando vas en muletas. Desde luego que se empeñaron en hacerme trabajar, pero por más duro que me golpearan seguía cayéndome. Al cabo de un tiempo dejaron de pegarme y, al final, me pusieron en las cocinas. Me dieron un taburete y un cuchillo. Me pasaba todo el día pelando papas y picando verdura. Conseguí que se me diera bastante bien.

—Un gigante con pies de barro.

Paul no respondió a la ironía y se terminaron la sopa en silencio. Luego, el obispo se entretuvo recogiendo los platos de la mesa.

—Seis años —caviló Clément—. Eso no es nada. ¿Quién lo condenó? No creo que fuera judío.

Meissner volvió a sentarse.

—En realidad, al final solo cumplí cuatro. Creo que se cansaron de mí. Me deportaron sin contemplaciones a la zona de ocupación británica y una vez allí me sometieron a un proceso de desnazificación.

—¿En qué consistía eso? ¿Lo obligaron a ponerse una filactería para ver si le daba una embolia o le dieron de comer matzos para ver si se atragantaba?

Meissner suspiró.

—No. Me hicieron rellenar el *Fragebogen*, un cuestionario. Luego, también me interrogaron varias veces. Los ingleses recelaban de mí. Las relaciones entre Occidente y Rusia no pasaban por su mejor momento y sospechaban que era un espía soviético. Tuve que esperar varios meses a que me dieran la exoneración oficial. Ese documento era imprescindible para buscar trabajo. Me ofrecieron un puesto de vendedor de boletos en una estación de trenes, pero ya había decidido lo que quería hacer. Pedí entrar en el seminario para convertirme en sacerdote de la Iglesia católica.

—Así que cambió una organización que cuidaba de usted y le ordenaba qué hacer por otra. No parece una vida especialmente dura, la de cura. —Emil se giró en la silla—. Mire este sitio, sin ir más lejos. No vive en la indigencia, precisamente. De hecho, se diría que todo lo contrario.

Meissner objetó:

—Puede verlo así, pero ese no es el motivo de que quisiera ordenarme sacerdote y creo que lo sabe. Si hubiera querido una vida fácil, habría podido pasarme la vida picando boletos de tren.

—No. —El puño de Emil impactó con fuerza sobre la mesa—. Para que le quede claro: no tengo ni idea de sus motivos. No sé nada de usted. Lleva casi dos horas dándome la lata con sus excusas, pero no responde a la pregunta más importante: ¿por qué?

El obispo negó con la cabeza.

—La misma pregunta de antes. Y solo tengo la misma respuesta: esa voz interior que no admite discusión.

—Y es una voz que solo usted puede oír. ¿La Iglesia no tiene inconveniente en acoger a criminales de guerra en su redil?

—Claro que sí. Pero el fundamento mismo de la Iglesia es el perdón.

—Padre, perdónalos... —recitó Clément.

—Sí. La Iglesia se regocija en cada pecador que se arrepiente.

—¿Por eso quería traerme aquí? ¿Para pedirme perdón? Pues deje que le diga aquí y ahora que no se lo voy a dar.

El obispo se inclinó sobre la mesa y tomó las manos de Emil. El francés las retiró de golpe como si temiera contaminarse.

—Su perdón no puede ayudarme, Relojero —dijo Meissner—. Para mí ya es demasiado tarde. El único perdón que cuenta es el que yo pueda darme a mí mismo y después de casi veinte años sigo sin ser capaz de perdonarme. A veces pienso que ojalá me hubieran puesto frente a un pelotón de fusilamiento, antes eso que quedarme de brazos cruzados y no hacer nada. Sé que tengo el perdón de Dios, pero no me basta con eso. Debe de pensar que soy un arrogante, pero le prometo que no es así. Soy culpable. Estoy avergonzado. Cargaré con la culpa y la vergüenza hasta la tumba. —Miró profundamente a Emil—. Lo que espero es ayudarle a entender que la fuerza del perdón puede curarle a usted, no a mí, ni a nadie más.

El rostro de Clément se avinagró.

—Eso me recuerda sospechosamente a toda la gente que se empeña en que encuentre a un buen alemán, que me insiste en que la guerra ya ha terminado y que ha llegado el momento de perdonar y olvidar.

—No estoy aquí para decirle que olvide. Tampoco quiero que encuentre a un buen alemán. Pero le ruego que me escuche cuando le digo que ya es hora de perdonar, si es que el perdón todavía habita en sus entrañas.

A Emil, el razonamiento de Meissner le parecía impenetrable.

—Me dice que debo perdonar, pero, si no es a usted a quien debo perdonar, ¿a quién, entonces?

—Debe aprender a perdonarse a sí mismo.

Una vez más se hizo el silencio entre ellos. El obispo se puso de pie.

—Por favor, espere aquí. Voy a preparar café. Es algo que se les da muy bien a los holandeses.

Emil observó el entorno. La cocina era muy amplia, con una larga mesa de madera a la que podían sentarse a la perfección diez personas. Aquel sitio no es que fuera lujoso, pero disponía de todo lo que podía necesitar una familia numerosa en el día a día, y además estaba limpio como una patena. En una de las paredes, había un retrato de un papa, aunque Emil no tenía ni idea de cuál de ellos era. En otras dos paredes, vio varias imágenes de santos: lo supo por las aureolas doradas que rodeaban sus cabezas. No encontraba el vínculo entre esas representaciones de santidad y la terca insistencia de Meissner en el perdón. Evidentemente, el cura no entendía ni por asomo lo que había vivido Emil, y todavía menos por qué le resultaba tan repugnante la idea. Aun así... Sentía una mezcla de enfado y curiosidad: enfado por verse puesto en una situación que sentía que no dominaba, y curiosidad, por mucho que le pesara, por saber algo más de lo que había hecho Meissner con su vida después de que lo soltaran de la cárcel. Se preguntó qué habría hecho en el Congo belga.

Meissner volvió a la mesa con una cafetera de barro cocido decorada con motivos tribales de colores chillones. También llevaba unas tazas a juego.

—Me lo traje de África. Si tengo algún objeto de valor, es este. —Meissner dejó el juego de café sobre la mesa y sirvió dos tazas de un brebaje espeso y oscuro.

—Muchos nazis huyeron después de la guerra a lugares remotos, sobre todo en Sudamérica —observó Emil—. Usted fue a parar a África. Alguien podría pensar que eso demuestra con mayor razón que intentaba eludir la responsabilidad de lo que hizo.

Meissner dio un sorbo al café y cerró los ojos un instante, pensando.

—Supongo que sí, siempre que ese alguien fuera una persona de mentalidad poco generosa. Pero no me fui por eso, no al principio. Me enviaron a una leprosería. —Se interrumpió un instante, antes de continuar, suavizando la voz—: Nunca he sido tan feliz como cuando estuve allí. En África, donde la gente tiene tan poco, donde el hilo que te une a la vida es tan frágil, donde la ignorancia mata más que cualquier enfermedad y el hambre puede lanzarse sobre ti sin previo aviso, hay una alegría como no la he visto en ningún otro sitio; la simple alegría de vivir, amar y aceptar los dones de Dios sin hacerse preguntas. No quería volver a Europa. Quería vivir el resto de mi vida entre esas gentes.

Emil lo había escuchado sin interrupciones. Ahora dijo:

—¿Por qué volvió?

—La malaria. Intenté aceptarla como una prueba que me enviaba Dios, pero estaba tan enfermo que no era capaz de hacer nada. Me trajeron a Europa para que me recuperara. Sin embargo, una vez aquí, quedó claro que tenía algo más grave que eso. —El obispo se inclinó sobre la mesa y lo miró con aire grave—. Relojero, me estoy muriendo. Me han enviado de vuelta a casa para morir y esto ni siquiera es mi hogar. Tengo leucemia. No sé mucho sobre la enfermedad, pero por lo visto es un cáncer que afecta a la sangre. Me quedan meses de vida, quizá incluso menos. Pero sigo creyendo que Dios me tiene encomendada una misión en la vida. Y esa misión, Relojero, es usted.

12
EL CAÑÓN DE ALEKHINE

Abril de 1944
Auschwitz III, Monowitz

Las noches son ahora más soportables. Yves se ha aficionado a sentarse en el suelo junto a la puerta del bloque y no entra hasta justo antes de que apaguen las luces. La comida escasa y el trabajo extenuante lo han convertido prácticamente en un esqueleto andante. Está mirando el cielo y teme no despertarse para verlo de nuevo.

Dentro, el preso responsable de la limpieza del bloque encuentra a Emil meciéndose despacio hacia delante y hacia atrás, rezando, como suele hacer cuando está solo.

—Relojero —le dice—, Bodo me envía a buscarte. Quiere hablar contigo.

«Relojero», el apodo ha cundido en el campo. A Emil no le gusta: lo señala entre los demás cuando su mejor escudo contra toda forma de atención no deseada es el anonimato.

Bodo Brack es un hombre rechoncho que cumple cadena perpetua por asesinato. Nunca antes ha mostrado interés por Emil.

—¿Qué quiere de mí?

Cumplido el encargo, se encoge de hombros.

—¿Qué soy yo? ¿Su secretario?

Emil camina despacio hacia la sala común. No se le ocurre

qué puede querer Bodo de él, pero seguro que no es nada bueno. Emil se quita la gorra y se cuadra frente al veterano del bloque. Brack lleva más de dos años en el campo, más que nadie. Todo el mundo sabe que es el reyezuelo entre los *Prominenten*, los presos privilegiados que se ocupan de administrar el campo para las SS. Puede conseguirte comida mejor e incluso unos cupones que pueden usarse para ir al burdel que las SS tienen abierto para casi todo el mundo. Pero no para los judíos. A Brack no le gustan los judíos. Pasan diez minutos antes de que se digne advertir la presencia de Emil.

—Relojero —dice, interrumpiéndose para chuparse los dedos después de masticar un trozo de queso—. ¿Acaso no es de tu agrado este bloque? ¿Acaso no me preocupo por que no te falte de nada?

—Sí —responde angustiado Emil, preguntándose adónde pretende llegar con sus palabras—. Este es un buen bloque y usted es un veterano de bloque muy considerado.

De pronto Brack se pone de pie como un resorte y le propina a Emil un bofetón con el dorso de la mano que lo derriba.

—¡Eres un embustero! —le grita—. Un saco de mierda judía.

Emil se incorpora con dificultad.

—Por favor —dice—. ¿Qué he hecho?

Cae entonces un segundo golpe. Brack hace una seña a sus secuaces, que esperan justo al lado, y estos se lanzan contra Emil y empiezan a patearlo. Solo le queda encogerse como una bola e intentar cubrirse la cabeza con los brazos. Al cabo de un rato cesan las patadas y lo ponen de pie. Se tambalea. Sangra por la nariz y por las heridas que le hicieron solo unos días atrás.

—Esto es solo un aperitivo —le dice Brack en tono amenazador—. A menos que cooperes.

—Sí, claro que cooperaré. Solo pido que me diga qué tengo que hacer.

—¿Dónde estabas el otro día, cuando limpiaron el bloque cincuenta y uno?

—Estaba en el bloque cuarenta y seis.

Bodo intercambia una mirada cómplice con uno de sus secuaces.

—¿Y se puede saber qué hacías en el bloque cuarenta y seis?

—Jugaba al ajedrez. —Emil mira con gesto suplicante a su torturador. «¿Qué puede haber de malo en el ajedrez?», se pregunta para sus adentros.

Pero Bodo no le presta atención.

—¿Con quién jugabas?

Emil sacude la cabeza.

—No lo sé. La partida la organizó el jefe del bloque cuarenta y seis.

—Pues resulta que yo lo conozco y no es tan permisivo con los judíos como yo. Aun así, te deja jugar al ajedrez. ¿Qué le has dado para que te lo permita?

No tiene sentido intentar mentir. Brack ya sabe la respuesta a la pregunta; de lo contrario, no se la habría formulado.

—Le di un reloj.

—¿Y de dónde lo sacaste?

—Le hice un favor a uno de los técnicos alemanes de la Buna. Me dio un reloj viejo que estaba estropeado. Yo lo arreglé.

El alemán acercó su rostro a unos pocos centímetros del francés.

—Pero te olvidaste de algo, ¿no?, apestoso judío.

Emil vuelve a negar con la cabeza.

—No lo sé.

Brack vuelve a golpearlo, aunque esta vez con menos fuerza.

—No me mientas, hijo de la gran puta. Cerdo judío...

—Por favor. Dígame qué es lo que olvidé.

—Olvidaste que, si quieres hacerle un regalo a un *Ältester* de otro bloque, antes tienes que hacérselo al del tuyo.

Uno de los dientes de Emil se le ha aflojado. Cuando lo toca con la lengua, nota que se mueve.

—Lo siento —dice. Por un instante, como un pensamiento

llegado de otro mundo, cae en lo perverso de tener que disculparse ante ese individuo que acaba de darle una paliza—. ¿Cómo puedo compensarle?

Si esperaba que eso sirviera para ablandar a Brack, se lleva una decepción.

—Supongo que ya sabes lo que tienes que hacer —dice Brack. Sus palabras están cargadas de desprecio.

—Sí —reconoce Emil—. ¿Puedo retirarme ya?

—Te irás cuando yo lo diga, no antes. Todavía no he acabado contigo.

Nervioso, Emil traga la sangre que se le ha acumulado en la boca y espera a que caiga el siguiente golpe.

—A partir de ahora, no jugarás al ajedrez a menos que yo te dé permiso.

Emil no se lo esperaba. Es como si lo hubieran condenado a muerte. Pero protestar ahora sería tanto como pedir otra paliza.

Brack percibe el efecto que han provocado sus palabras.

—No he dicho que no puedas volver a jugar. Lo que digo es que solo puedes hacerlo si yo te doy permiso. De ahora en adelante, jugarás al ajedrez para mí.

Abril de 1944
Ministerio para la Ilustración Pública y la Propaganda, Berlín

Con un movimiento rápido de dedos, Wilhelm Schweninger tiró la colilla todavía encendida de su cigarro a la calle y abrió la puerta del Ministerio de Propaganda. Su rango no le daba derecho a entrar en el edificio por el imponente pórtico del Ordenspalais en Wilhelmplatz. En su lugar, tuvo que pasar por una de las entradas de piedra que daban directamente a Wilhelmstrasse.

Tras saludar con la cabeza al portero uniformado, se dirigió a la escalera que debía llevarle a su despacho en el segundo piso.

Durante nueve años, Schweninger había trabajado en la

Sección III bajo la dirección del secretario de Estado Hermann Esser, donde dedicaba la totalidad de su jornada a las oportunidades para la propaganda que ofrecía el turismo. A diferencia de muchos de sus contemporáneos, Schweninger nunca había tenido las puertas abiertas para desarrollar su carrera en las fuerzas armadas o las SS. Su padre, Otto, era granjero. A los catorce años, mientras lo ayudaba en la cosecha, la mano le había quedado atrapada en una enfardadora. El destrozo fue tan grande que la única solución fue amputársela. Tras haber perdido la oportunidad de labrarse un futuro trabajando la tierra, al joven Wilhelm lo habían animado a estudiar y, con el tiempo, pudo matricularse en la Universidad de Heidelberg, donde estudió Filología Inglesa. Fue allí donde descubrió su verdadera vocación: el ajedrez, al que se entregó con tanta pasión que no pudo terminar sus estudios universitarios.

Para que un ajedrecista pudiera jugar al máximo nivel, tenía que afiliarse al *Nationalsozialistische Deutsche Arbeiterpartei*. Su afiliación al partido nazi se había demostrado doblemente útil cuando, en 1935, en vísperas de las Olimpiadas de Berlín, el Ministerio de Propaganda se puso a buscar jóvenes arios con facilidad para los idiomas a fin de emplearlos como guías para la prensa extranjera. A sus veintidós años, y con fama de ser un jugador temible, le pareció una solución perfecta. El Ministerio de Propaganda era el principal ministerio del Reich, de modo que le pareció encaminarse a una interesante carrera profesional.

Ni siquiera el estallido de la guerra había enfriado sus ilusiones de convertirse en un campeón internacional de ajedrez, por lo menos no al principio. Trabajar en la Sección III le brindaba muchas oportunidades de viajar y, como trabajaba para el ministerio, sus superiores espoleaban su talento ajedrecístico, aunque solo fuera por su valor propagandístico. Antes de cumplir los treinta años, se había convertido en el campeón indiscutible de Alemania y había derrotado a varios ganadores nacionales de países ocupados o aliados del Reich. Sin embargo, no tardarían en producirse los desembarcos aliados en el norte de África y el vuelco de la suerte de Alemania en Stalingrado. Las funciones de la Sección III se vieron severamente recortadas, así como las oportunidades de viajar a otros países. De todas las instituciones del Reich, el Ministerio de Propaganda era la más intransigente con las declaraciones o actitudes derrotistas. Aun así, en aquellos días de principios de 1944, había que ser muy miope o terco para no verle las orejas al lobo.

Wilhelm nunca se había manifestado en esos términos, pero, apenas unos días antes, había decidido que debía dar un giro a su carrera para quedar bien situado cuando terminara la contienda. Se había enterado de que *Herr* Schweitzer, un artista gráfico muy apreciado por Goebbels, estaba buscando a alguien que le hiciera de asistente. Bajo el pseudónimo de «Mjölnir», la obra de Schweitzer podía verse en todos los rincones de Alemania: llamativos carteles que instaban a los alemanes de a pie a acometer hazañas heroicas, ya fuera en los frentes de guerra o dentro de las fronteras del país. En todos los despachos del ministerio se tenía en la máxima estima al artista. Si Wilhelm conseguía hacerse con el trabajo, podría ascender a las alturas de vértigo de la Sección II y a un sinfín de oportunidades en la radio, el cine y las artes. Había tenido la entrevista tres días antes y hoy esperaba recibir noticias sobre el resultado.

Sus andares transmitían una evidente confianza cuando entró en el despacho que compartía con Georg Wetzel, un viudo arisco de unos cincuenta años cuya esposa había fallecido en un bombardeo aéreo. El hombre vivía ahora bajo el temor permanente de recibir una carta del ejército informándole de que su hijo había muerto en combate; tanto era así que había encanecido por completo. A pesar de ello, se veía a sí mismo como una figura paterna para Wilhelm e intentaba, torpemente, apoyar la carrera de su protegido.

Con la despreocupación de un artista de circo, el joven tiró el sombrero al perchero y se sentó.

—Vuelves a llegar tarde, Willi —dijo Georg—. No vamos

bien. Si llega a oídos de Falthauser... —Georg señaló con la cabeza el despacho del gerente, que se encontraba al final del pasillo.

Wilhelm ya se conocía el cuento y se encogió de hombros.

—No he podido evitarlo, viejo. Otra vez las bombas. El cableado del tranvía ha desaparecido en toda Hohenzollerndamm. De todos modos, me parece que dentro de poco ya no tendré que preocuparme por él.

—Si las cosas siguen por este camino, pronto no les quedará nada que bombardear —replicó Georg, echando una mirada melancólica a la fotografía de una mujer y un adolescente que tenía sobre el escritorio—. Si la *Luftwaffe* cumpliera de una maldita vez con lo que tiene que hacer... Es que es todas las noches ahora; cada puta noche metido en el sótano esperando a la bomba que lleva tu nombre y luego, por la mañana, nos exigen que lleguemos puntuales al trabajo. Es increíble.

Wilhelm lanzó una mirada de advertencia a Georg.

—Sé discreto, viejo cascarrabias, o tendremos problemas por tu culpa. Ya sabes cuál es la línea oficial.

—Por supuesto que sé cuál es la línea oficial que marca el gordo seboso de Hermann. Por mí, puede metérsela por su trasero de foca.

Schweninger abrió su diario e hizo como que revisaba las páginas.

—Tampoco entiendo por qué te preocupas por eso —continuó Georg—. La gente dice que los Aliados desembarcarán en Francia antes de que termine el verano. ¿Cuánto tiempo crees que aguantaremos cuando lo hayan hecho?

—Déjalo ya, ¿de acuerdo? —Wilhelm levantó la vista del diario con gesto exasperado—. Por el camino que vas, terminarás en un cochino campo de concentración. Escuché en la radio el discurso que dio el *Doktor* G. Creo que te habría convenido hacer lo mismo. «La guerra total es la orden de la hora presente», eso es lo que dijo.

Georg soltó un rebuzno al oír que le mencionaba a Goebbels.

—Sí. Y también dijo que los funcionarios de la Administración harán jornadas más largas para que a unos cuantos puedan enviarnos al puto frente.

—Bueno, es imposible que nos manden al frente. En fin, como dijo el *Doktor*, lo lógico es que los ingleses y los estadounidenses, cuando hayan desembarcado en Francia, se unan a nosotros en la lucha contra los rusos si no quieren ver cómo Europa termina dominada por esa chusma bolchevique.

El viejo negó con la cabeza. Toda la plantilla del ministerio se había reunido para escuchar el discurso de Año Nuevo de Goebbels en la radio, supuestamente un acto de solidaridad. Había caído en viernes y, en vez de cerrar temprano como solían hacer, las puertas del ministerio habían permanecido abiertas, se había servido comida y bebida, y se habían repartido varias radios por el edificio para que todo el mundo pudiera escuchar al ministro. Perfectamente sincronizadas, las dramáticas palabras finales del discurso habían sonado un minuto antes de que todos los campanarios de Alemania empezaran a anunciar el año nuevo. La ovación entusiasta de los miles de empleados había dado paso a abrazos, besos y apretones de manos, acompañados de gritos de «¡Feliz año nuevo!». Georg no pudo menos que reconocer que era bueno, muy bueno: de hecho, casi lo había convencido también a él. El aplauso había parecido sincero y espontáneo, aunque no siempre era fácil saberlo con seguridad. Ahora, con amarga ironía, Georg recordó en silencio las palabras finales del *Doktor*:

«¡Compatriotas, levántense y que se desate la tormenta!».

Abril de 1944
Auschwitz III, Monowitz

Reina la oscuridad en el campo. Todas las puertas están cerradas y los SS patrullan el perímetro con perros y ametralladoras. En la litera que ambos comparten, Emil le pregunta a Yves si imagina qué puede estar tramando el jefe de sección.

Yves tiene una inteligencia más mundana y astuta que Emil, pero está completamente agotado y se queda dormido a media frase. Emil reza por que pueda llegar vivo al verano. Ahora que el frío del crudo invierno polaco ha pasado, quizá no esté todo perdido para él.

Emil tiene una idea. Todo el mundo sabe que Bodo tiene contactos con las SS. Emil se ofrecerá a reparar sus relojes a cambio de más comida y se la dará a Yves. Parece un buen plan, pero evidentemente Bodo querrá algo a cambio.

El sueño se cierne despacio sobre Emil. Percibe los sonidos nocturnos del bloque, los movimientos de sus compañeros, los suspiros pesados, ahogados, de unos hombres hambrientos que duermen y roncan; el llanto ocasional y el continuo ir y venir de los hombres al bote que hace las veces de inodoro. Emil también necesita ir, pero espera. A estas alturas ya debe de estar casi hasta arriba y no quiere ser él quien termine de llenarlo y que luego el vigilante nocturno lo envíe a vaciarlo a las letrinas. Por fin, oye que la puerta se abre y el golpe del bote metálico contra el marco de la puerta cuando alguien se lo lleva fuera. Dentro de diez minutos, podrá usarlo sin peligro.

Todavía no ha amanecido cuando suena la campana del campo. El vigilante nocturno enciende la luz.

Aunque no ha dormido bien, Emil se encuentra mejor. Tiene un plan y está seguro de que funcionará. Lo sabe porque conoce las normas de Auschwitz: todos los que se ocupan de llevar el día a día del campo bajo las órdenes de las SS son unos corruptos. Aceptarían casi cualquier cosa con tal de sacar algo a cambio.

13
UNA APERTURA CERRADA

Abril de 1944
Solahütte, club de campo de las SS, Silesia ocupada

Paul Meissner contempló las vistas del valle desde el porche y respiró hondo. Le encantaba esa época del año y allí, rodeado de pinares, era difícil imaginar que se estaba librando una guerra.

Oficiales y suboficiales ya estaban llegando para la gran final del torneo de ajedrez del campo. Tanto en las rondas previas como en las semifinales, la competición había sido enconada. Incluso Eidenmüller había probado suerte. «Sé mover las piezas —había dicho—. No puede ser tan complicado.» Por fortuna, había tenido la cordura de no apostar a su propia victoria. Meissner había escrito una entrada divertida acerca de ello en su diario. Todo parecía indicar que el subteniente había vaciado más de un bolsillo, pero el resultado de la final era más difícil de prever.

Para sorpresa de todos, entre los oficiales, Otto Brossman, el taciturno capitán al mando de la primera y segunda compañías de guardia, había brillado. Aquel agente tenía fama de rechazar todo lo intelectual, de forma que Meissner se había llevado una gran sorpresa cuando Brossman le confesó que había leído mucha teoría ajedrecística y que en Heidelberg, a mediados de los años treinta, había tomado algunas clases con el campeón universitario.

—Todo es táctica —le dijo a Meissner—. Atacar, defender, atrincherarse, retirarse. ¿Has leído *De la guerra*, de Von Clausewitz? —Meissner reconoció que sí lo había hecho—. Es tal cual lo describe él: «La guerra es muy sencilla, pero hasta las cosas más sencillas son en la guerra muy difíciles». Con el ajedrez ocurre lo mismo. Los movimientos en sí son muy fáciles, pero combinarlos para crear una estrategia ganadora es harina de otro costal. Además —continuó—, no hay dos partidas iguales. Cada una tiene su propia personalidad, tan singular como los jugadores enfrentados. Es fascinante.

Meissner se llevó una grata impresión. Brossman no era mal tipo.

—Será un dignísimo campeón de las SS —le dijo.

El otro finalista, salido de entre las filas de los suboficiales, era todavía más enigmático. El sargento de compañía Hustek trabajaba para la Gestapo en la sección política del campo. De unos cuarenta años, con el pelo oscuro repeinado con gomina hacia atrás y un rostro surcado de arrugas, había barrido a todos sus competidores. Se sabía muy poco de él, aparte de la fama que tenía por el trato brutal que dispensaba a los presos y su odio por los judíos.

—Es un auténtico hijo de puta —le comentó Eidenmüller a Meissner.

El oficial levantó una ceja.

—¿De verdad? Supongo que es una ventaja serlo cuando estás en la Gestapo —replicó Meissner.

—Además, el tipo es muy astuto. Es imposible saber qué anda tramando. No me iría con él ni a la vuelta de la esquina.

El juicio de Eidenmüller resultó acertado: Hustek había superado las rondas fumando como un carretero y había sacado de quicio a sus rivales mirándolos a los ojos sin pestañear hasta que hacían su jugada.

—Me figuro que lo habrá aprendido interrogando a los presos —observó Eidenmüller—. Más efectivo que cualquier tortura, supongo.

—Bueno, creo que encontrará en Brossman a un rival de una pasta distinta —repuso Meissner—. Pone el ajedrez al mismo nivel que sus lecturas de Von Clausewitz.

—Lo siento, señor. ¿Von quién?

Eidenmüller pagaba dos a uno la victoria de Brossman. Por primera vez, Meissner apostó en el torneo; se jugó el salario de una semana. «Así, Eidenmüller aprenderá una lección cuando tenga que pagarme», pensó con una sonrisa de oreja a oreja.

El inicio de la partida estaba previsto para las siete y media de la tarde. Veinte minutos antes de la hora señalada, Brossman se abrió paso entre las hileras de oficiales de las SS que se habían desplazado al club de campo para asistir a la partida.

—¿Hustek no ha llegado aún? —le preguntó a Meissner.

Este negó con la cabeza, pero, antes de que pudiera responder, el comandante entró en la sala, seguido de un oficial de alta graduación de las SS que estaba de visita.

—*Achtung!* —exclamó Liebehenschel. El murmullo de las conversaciones cesó de inmediato cuando los hombres se cuadraron al mismo tiempo en la sala.

—Caballeros —dijo el oficial de visita—, por favor, descansen. Por mi parte, pueden ahorrarse cualquier formalidad. —El murmullo volvió a adueñarse la sala.

—Puede estar orgulloso, Liebehenschel —declaró el visitante en un tono reservado después de observar a los hombres—. No pensaba que el club de ajedrez pudiera tener el éxito que me prometió, pero ahora que lo veo con mis propios ojos debo decirle que estoy muy impresionado. El efecto que ha tenido sobre la moral de sus hombres es indiscutible. Informaré personalmente del gran éxito que ha cosechado.

—Muchas gracias, señor —dijo el comandante bajando la cabeza—. Pero el mérito es del teniente coronel Meissner. La idea fue suya y ha sido él quien lo ha organizado todo. Es un oficial excelente, si me permite decírselo. Una pena que no tengamos más hombres como él.

—Me encantará conocerlo.

—Desde luego.

Unos instantes después, el comandante estaba haciendo las presentaciones.

—Teniente general, permítame que le presente a Paul Meissner, jefe de operaciones para los campos satélite y organizador de esta competición.

Este observó a Meissner.

—¿Es de las *Waffen-SS*? ¿Cómo terminó aquí?

Meissner levantó su bastón.

—Resulté herido en el campo de batalla, señor. Por desgracia, ya no se me considera apto para el servicio activo.

—¿Y su Cruz de Hierro? ¿Dónde la ganó?

—En Kursk, señor. En el frente de Vorónezh.

—Meissner casi nunca habla de ello, señor —terció el comandante—. Es demasiado modesto. Arremetió contra cuatro tanques rusos con un solo cañón Wespe e inutilizó a dos de ellos antes de que nuestros Tigers llegaran al rescate. Sus acciones permitieron salvar a otros dos Wespe que estaban bajo su mando, uno de los cuales ya había recibido un impacto.

El teniente general le tendió la mano.

—Bien hecho, Meissner. Es un privilegio saludarlo. Es usted un motivo de orgullo para las SS.

—Gracias, señor. Cumplí con mi deber, nada más.

—Glücks es el jefe de la Inspección de Campos de Concentración —le explicó el comandante—. Ha venido nada menos que desde Oranienburg para asistir a la final y le he pedido que entregue los premios a nuestros campeones.

Meissner sonrió y echó un vistazo a su reloj.

—Con su permiso, la final está a punto de empezar. ¿Puedo invitarlos a usted y al comandante a ocupar sus asientos?

Hustek llegó justo en ese instante. Sin dignarse saludar a ninguno de los presentes, tomó asiento en la mesa dispuesta para la partida en el centro de la sala.

Meissner estaba indignado; la insolencia de Hustek le resultaba insufrible.

—¡Sargento de compañía Hustek! —berreó con su mejor voz de oficial al mando—. ¡Firmes!

Hustek levantó lentamente la cabeza y vio con frialdad al oficial.

—No recibo órdenes de usted. Soy de la Gestapo.*

La sala quedó en silencio. Meissner apretó con tanta fuerza su bastón que los nudillos se le quedaron blancos.

Una voz surgió de uno de los lados de la sala.

—¿De verdad? Entonces, quizá sí reciba órdenes de mí. —Todas las miradas se volvieron hacia el teniente general.

Hustek se levantó como un resorte y se puso en posición de firmes.

—*Heil Hitler*.

—No me venga con esas. ¿Tiene la desfachatez de insultar a un héroe del pueblo alemán? ¿Dónde está su Cruz de Hierro, eh? Estoy a un tris de mandarlo al frente ruso. Así veremos de qué pasta está hecho.

Hustek tragó saliva.

—No. Le pido disculpas, señor. Mi comportamiento ha sido inaceptable. No volverá a ocurrir.

El comandante lanzó una mirada asesina al sargento. Hasta ese instante, todo había salido a pedir de boca.

—Teniente —dijo con una voz que sonó siniestramente tranquila—. Consideraría un favor personal que me permitiera ocuparme del sargento en persona cuando haya concluido el torneo.

Con una fulminante mirada final a Hustek, el teniente ocupó su asiento. La partida podía empezar.

* La Gestapo tenía presencia en Auschwitz porque había muchos presos políticos, sobre todo comunistas. En la práctica, la Gestapo operaba al margen de las leyes alemanas y solo rendía cuentas ante sí misma.

14
LA DEFENSA DE LOS DOS CABALLOS

Abril de 1944
Auschwitz III, Monowitz

Cuando termina el recuento de presos, Emil necesita ir a las letrinas. Yves lo acompaña. La instalación es primitiva: tendida sobre una zanja, hay una plancha de madera en la que los prisioneros deben sentarse, hombro con hombro; el sitio apesta.

Yves se sienta al lado de Emil. Está preocupado por su amigo después de las palizas que le han dado.

—Tienes la cara hecha un desastre.

Emil se toca con las yemas de los dedos una costra que tiene en la mejilla.

—He estado en mejor forma —reconoce.

Yves se ríe sin energía.

—Lo mismo digo —responde, tendiéndole una mano huesuda como prueba—. Mírame. Me estoy quedando en nada. Jacqueline no me reconocería si me viera.

—¿Jacqueline?

Yves aparta la mirada. El dolor que lleva dentro se ha convertido en un desconsuelo constante, pero ahora, aprovechando que ha bajado la guardia un segundo, vuelve a aflorar a la superficie.

—Mi hija.

Emil termina de vaciar las tripas. Se levanta de la plancha y se sube los pantalones. Se acerca a la llave del agua para lavarse las manos. Solo sale un hilillo de agua, pero tendrá que arreglarse con eso. Está secándose las manos con la camisa cuando Yves aparece a su lado.

Con dulzura, Emil apoya la mano en el hombro de Yves.

—Jacqueline. Qué nombre más bonito —le dice en voz baja—. Háblame más de ella. —Le aprieta el hombro y se sorprende al notar los cantos afilados de sus huesos—. Escucha, estamos juntos aquí, incluso compartimos cama, lo normal sería que lo supiéramos todo el uno del otro, pero no es así, ¿no? No realmente.

—Ella era... —Yves se interrumpe. En su rostro, una farsa agónica de una sonrisa—. No puedo.

—Es difícil hablar de los nuestros, ¿no? —Emil se esfuerza en mirar a su amigo a los ojos—. Pero tenemos que hacerlo, para que no caigan en el olvido.

Caminan juntos de vuelta al bloque. Avanzan dolorosamente despacio. Con la voz entrecortada, Yves le cuenta algo de su vida antes de Auschwitz.

—Mi mujer se llamaba Annette. Este septiembre habríamos cumplido diez años de casados. Jacqueline era hija única. Tenía ocho años cuando nos capturaron a todos en una redada. Estábamos solos, los tres. No teníamos parientes, ¿sabes? Annette y yo éramos huérfanos. Curioso, ¿no crees? Me refiero a que los dos fuéramos huérfanos. —Se detiene un momento para tomar aire. El simple esfuerzo de hablar hace mella en él—. Jacqueline era una niña preciosa. Inteligente y cariñosa, aunque un poco callada; siempre ayudaba a su madre. Y entonces nos llevaron a Drancy. Annette estaba embarazada. Y los alemanes, como si nada. Nos metieron en un cuarto con un montón de gente. Annette se puso de parto unos dos meses antes de lo que tocaba. Tuvo una hemorragia. —Yves se pasa la mano por la cara—. Enviaron a un doctor. Dijo que en un hospital quizá se hubiera salvado. Dijo que lo sentía muchísimo. El bebé tampoco sobrevivió. Era un niño, aunque eso da igual ahora. Así que Jacqueline y yo nos quedamos solos. Tras la muerte de su madre, casi no hablaba. Era como si ella también hubiera muerto, aunque, más o menos, consiguió seguir adelante, de puertas afuera. Creo que lo hacía por mí. Nos volvimos inseparables.

»Entonces llegó el traslado a Auschwitz. Mi hija dormía cuando llegamos. Los cabrones de las SS empezaron a aporrear las puertas, nos gritaban como si fuéramos tarados, y se asustó mucho. Entonces nos separaron. Jacqueline gritaba que quería quedarse conmigo hasta que uno de los guardas se acercó con un perro que empezó a gruñir y ladrar, lo que solo empeoró la situación. —Yves se interrumpe. No encuentra las palabras adecuadas. Intenta serenarse y continúa, con la voz ronca—: Entonces llegó una vieja y me dijo: "No se preocupe, *monsieur*. Yo cuidaré de ella hasta que usted pueda ir a recogerla". Que no me preocupara. La cosa más estúpida que he oído en toda mi vida. ¿Cómo iba a permitir que se la llevaran?

Emil deja de hablar. El dolor de su amigo está en carne viva, como si todo hubiera ocurrido ayer mismo.

—Yves. —Una vez más le pone la mano en el hombro—. No puedes pensar de esta forma. No había nada que pudieras hacer; te habrían matado ahí mismo.

—Puede ser. —El rostro de Yves es la viva imagen de un dolor sin consuelo posible—. Pero es insoportable imaginar a mi niña yendo a la muerte sin nadie que la confortara.

—Lo sé, pero no es culpa tuya. No puedes castigarte por lo que pasó. —Emil está a punto de decirle: «Fue la voluntad de Dios», pero se muerde la lengua.

—Los odio —continúa Yves, con la voz grave y endurecida—. Cuando la gente dice que odia a alguien, normalmente no lo piensa de verdad, pero yo sí. Nos han dado la mejor educación en el arte del odio, Emil, y tenemos el deber de llevar a la práctica lo aprendido. Un día, si Dios me da fuerzas, les haré pagar lo que han hecho.

Emil ve que la historia de su amigo no es muy distinta de la suya propia y se pregunta cuántos de los hombres que hay en Monowitz tienen historias parecidas que contar: miles de familias desgarradas, de mujeres a las que se dejó morir, de niños asesinados. Con rencor, Yves prosigue:

—Aquí hay presos que lamen el culo a los *Kapos* y a los veteranos de bloque intentando ganarse su favor. Se venden por nada, por un pedazo de pan o por una ración más de sopa. Yo me he prometido que nunca lo haré, pase lo que pase. Sería una traición. Preferiría firmar un pacto con el diablo. Si hubiera una forma de devolvérsela a los SS y a la escoria que lleva este sitio, la aprovecharía. Me importan una mierda las consecuencias.

Emil guarda silencio.

—¿Y tú qué? —pregunta Yves.

—¿Yo? —responde Emil. ¿Cómo puede contarle a alguien todo lo que ha perdido, cuando la profundidad de su dolor sigue resultándole insondable? «Pero Yves es mi amigo. Mi único amigo», se obliga a recordar.

—Mi mujer se llamaba Rosa... Se llama Rosa. Cuando llegamos a la rampa de desembarque, vi que la seleccionaban para el trabajo, como a mí. Podría estar viva. Rezo por que lo esté. Teníamos dos niños, Louis y Marcel. Los alemanes también se los llevaron, pero ellos por lo menos estaban con su abuela. No quiero imaginar qué les pasó...

Septiembre de 1939
París

La palabra estaba en boca de todos: «Guerra». Apenas un año antes, el Reino Unido y Francia se habían tragado el farol de Hitler con Checoslovaquia y, ahora, el canciller alemán empezaba a lanzar bravuconadas sobre sus intenciones con Polonia. Emil estaba seguro de que franceses e ingleses no volverían a bajarse los pantalones, pero Hitler no podía ser tan bobo como para no verlo, ¿no? Sin embargo, esos pensamientos estaban muy alejados de su mente mientras caminaba a paso ligero por la rue Cambronne de vuelta a casa. A veces, Rosa sentaba a Louis en el cochecito y salía a buscarle. Le encantaba que lo hiciera.

Levantó la vista y vio que ella venía a la sombra de los árboles que flanqueaban la calle. Se escondió en un portal hasta que ella llegó a su altura y entonces salió de pronto para darle una sorpresa.

Sonriendo, Rosa lo golpeó levemente en el pecho con el puño.

—*Fripon* —le dijo antes de tomarlo del brazo para volver a casa dando un paseo.

—¿Dónde está Louis? —preguntó él.

—En casa con tu madre. —Ella le lanzó una mirada coqueta—. Tengo que decirte una cosa.

—¿De verdad? ¿Qué?

—Ay, no. No tan deprisa. Tienes que adivinarlo.

—¿Adivinarlo? Sabes que no se me dan bien las adivinanzas.

Rosa se rio.

—Está bien... Ya caigo —repuso Emil—. Le Quintette du Hot toca en Le Chat Noir.

—No, tonto. Sabes que solo tocan en Le Grosse Pomme y, de todos modos, ahora están en Inglaterra.

Él sonrió.

—Ya lo sabía. Te estaba poniendo a prueba. —De pronto se puso serio—. ¿Ya han declarado la guerra?

—Aún no.

—Entonces me rindo. Va, dímelo.

Ella sonrió.

—Vamos a tener otro hijo.

—¿Otro hijo? —El rostro de Emil se iluminó de alegría—. ¿Cuándo?

—En mayo, dice el doctor.

Riéndose, Emil tomó sus manos y, durante todo el camino de vuelta a su piso, no dejó de hacerla girar como si estuvieran bailando.

—*Maman* —gritó él, mientras subía corriendo la escalera hasta su puerta—. ¿Rosa te ha dado la noticia? ¡Vamos a ser padres otra vez! ¡En mayo! ¿No te parece maravilloso?

La madre de Emil no los recibió con alegría, sino con un mal presagio.

—Me imagino que no se han enterado. Francia acaba de declarar la guerra a Alemania.

1962
Ámsterdam

Emil se despertó sobresaltado. Todavía estaba oscuro y por un momento no pudo recordar dónde se encontraba. Tenía la respiración acelerada y el corazón le latía con fuerza. Seguro que había tenido una pesadilla, pero no la recordaba. Puso la cabeza en la almohada y trató de volver a conciliar el sueño, pero no encontraba la forma de ponerse cómodo. La almohada del hotel, tan mullida hacía un momento, ahora era compacta e inflexible, pese a que la aporreó varias veces, y no conseguía encontrar una forma cómoda de colocar los brazos y las piernas por más que lo intentara.

Había una razón para que el sueño le fuera tan esquivo: la conversación con Meissner y su idea ridícula de que Emil solo podría encontrar la paz a través del perdón. Y, más ridícula todavía, la idea de que él mismo era la persona necesitada de ese perdón. Emil rechazó esa sugerencia. No era él quien había perpetrado aquellas maldades indescriptibles. Él era la víctima. Volvió a girarse en la cama, presa de una rabia y de una indignación cada vez mayores, pero su intento de serenarse resultó en balde. Enfadado, apartó las sábanas de un manotazo. Maldito Meissner. Al cuerno con él y con su fe inexpugnable.

Pero no es posible escapar a las normas de Auschwitz. Todo está del revés. En Auschwitz el bien es castigado, el mal florece y las víctimas, no los asesinos, son los que deben sentirse culpables. Es incomprensible, pero cierto.

Emil había perdido hacía largo tiempo la esperanza de encontrar algo con lo que purgar el pasado. Y ahora Meissner había aparecido con la promesa de que la llama de la esperanza podía reavivarse... Pero esa esperanza se burlaba de Emil porque había algo que el sacerdote desconocía: el precio del perdón era demasiado alto.

¿Perdonar? No, no podía hacerlo.

Cuando le sirvieron el desayuno, Emil descubrió que había perdido todo el apetito. El café y un par de cigarros le habían dejado un sabor amargo en la boca mientras se dirigía al Krasnapolsky para disputar la siguiente ronda en el torneo. Nada captó su atención durante el paseo. Seguía dominado por unos pensamientos que se habían negado a abandonarlo durante la noche anterior.

¿De verdad era posible que estuviera renunciando al poder redentor que podía ofrecerle el universo porque no era capaz de perdonar? O, como lo habría expresado Meissner, ¿se estaba negando a perdonar? De todos modos, ¿por qué iba Meissner a tener razón? ¿De dónde procedía su autoridad? Era verdad que la Iglesia católica predicaba la doctrina del perdón, pero sus acciones lo desmentían: cualquier judío sabía a la perfección de los abusos que su pueblo había sufrido a manos de la Iglesia durante siglos, hasta el día de hoy, y todo en nombre de un Salvador bondadoso que todo lo perdona. Perdonar, muy fácil decirlo. Demasiado fácil. La promesa de esperanza que Meissner le ofrecía era ilusoria.

Incapaz de conciliar el sueño, y con el anhelo de mirar hacia delante, Emil había vuelto a tirar las diez fichas para disponerlas según el Sefirot, pero el resultado había sido incierto. Una sombra parecía haber caído sobre su capacidad de discernimiento y no pudo disiparla a pesar de intentarlo con todas sus fuerzas. La letra que apareció cuando descubrió la ficha fue א —aleph—, que simboliza la inaccesibilidad de la luz divina. Le decía que había ciertas cosas que estaban más allá de su comprensión y que, frente a ellas, solo cabía la fe; pero ¿fe en qué? Era judío, y pese a que escrutaba la Cábala, la religión de sus padres le había servido de poco para hallar respuesta a las preguntas que martirizaban su alma desde hacía casi veinte años. Esa letra no le estaría diciendo que tuviera fe en los dogmas fáciles y prácticos de los católicos, ¿verdad? A lo largo de los años, Emil se había creado una discreta serie de escudos para proteger las pocas certezas que le quedaban. Era la única forma que veía de sobrevivir. Ahora, Meissner había logrado sembrar la duda dentro de aquella fortaleza. Emil se conjuró para que no echara raíces.

En segunda ronda, Emil había sido emparejado con López, un jugador argentino. Emil había estudiado varias de sus partidas, tanto ganadas como perdidas, buscando sus puntos fuertes y débiles. El sudamericano solía jugar de forma tradicional, atacando por el centro, como Schweninger. Cuando jugaba con blancas, prefería la apertura inglesa; con negras, solía jugar la india de dama.

Emil se sentía fuerte frente a los retos de ambas aperturas y ganó con comodidad. Al felicitarlo, López le comentó:

—Me ha sorprendido, *monsieur* Clément. No ha usado ninguna de las defensas que le he visto jugar en los últimos tres años en partidas del máximo nivel.

Emil esbozó una sonrisa victoriosa, cortés pero no altiva.

—De eso se trata, señor López. Hay que ser impredecible.

Una vez que el árbitro anotó el resultado de la partida y los movimientos quedaron archivados para la posteridad, Emil se dirigió a la salida.

Meissner lo estaba esperando en la puerta.

—Buenos días —lo saludó con calidez—. Seguro que ha ganado, ¿no?

Emil asintió. No estaba seguro de querer hablar otra vez con Meissner. Intentó dejarlo atrás, pero el sacerdote se puso enseguida a su altura.

—Oiga —dijo Emil deteniéndose—. No quiero parecer grosero, pero creo que ayer ya nos dijimos todo lo que había que decir.

—¿De verdad dijimos todo lo que había que decir? —Meissner escrutó a Emil—. Tal vez tenga razón. ¿Quién sabe? Le he dado muchas vueltas a lo que hablamos. Me preguntaba si a usted le ha ocurrido lo mismo.

Emil dudó antes de responder.

—Llevo veinte años dándole vueltas —repuso, y echó a caminar de nuevo dejando atrás a Meissner.

—Me gustaría presentarle a alguien —gritó el obispo al ver que se iba—. Dadas las circunstancias, cuanto antes le vea, mejor.

Emil se detuvo y volteó la cabeza a medias.

—¿Quién es?

Sonriendo, el obispo avanzó cojeando y le puso una mano en el brazo.

—Es una sorpresa, pero creo que le hará bien.

—A estas alturas de la vida, las sorpresas rara vez son agradables.

El obispo perdió la sonrisa.

—No he dicho que la sorpresa sea agradable. Lo que he dicho es que creo que le hará bien. ¿Quiere acompañarme?

—Prefiero no hacerlo. Tengo que dedicar un rato a analizar las partidas de mi próximo rival.

—Hágalo por este moribundo —respondió con dulzura el obispo.

Emil suspiró.

—Está bien. Pero no tengo demasiado tiempo.

—¿No tiene tiempo? —dijo Meissner negando con la cabeza—. Relojero, es muy posible que esto le ocupe el resto de su vida.

15
EL MOLINO

Abril de 1944
Solahütte, club de campo de las SS, Silesia ocupada

La partida empezó. Hustek jugaba con negras. Los oficiales miraban con desprecio al hombre de la Gestapo porque se había comportado como un patán y ansiaban que Brossman se alzara con la victoria. Por su parte, los suboficiales parecían avergonzados por el comportamiento de su representante, pero no podían dejar de pensar que Hustek se llevaría el torneo.

Meissner se sentía nadando entre dos aguas. Como árbitro del encuentro, tenía la obligación de ser imparcial, pero deseaba con todo su ser que aquel sargento de compañía se llevara su merecido.

Durante unos diez o quince minutos, la partida progresó sin una clara ventaja para ninguno de los jugadores. Entonces, Meissner intervino:

—Le agradecería mucho que dejara de hacer eso.

—¿Hacer qué?

—Ver de forma tan amenazadora cuando piensa sus jugadas.

—No se preocupe por mí —refunfuñó Brossman—. No es tan fácil asustarme.

Tan concentrados estaban los espectadores en la partida

—incluido el teniente general— que la conversación llegó a oídos de todos.

—Tenía entendido que la partida iba a ser justa —comentó Hustek, ofendido—. ¿Así irán las cosas a partir de ahora? ¿Los oficiales todos a una para evitar que un chusquero gane el torneo? —Había hablado en voz baja, pero sabía que sus palabras llegarían al público. Levantó la cara y miró con gesto burlón a Meissner.

Hustek se había enrocado para proteger su rey, pero ahora Brossman sacó la dama para amenazar la torre. Si la avanzaba una casilla más podría tomar un peón y, al mismo tiempo, atacar en diagonal la torre. Hustek tuvo que usar toda su fuerza de voluntad para contener la sonrisa. El oficial había caído en su trampa. Movió su alfil en diagonal una casilla, amenazando con dar un jaque que Brossman tuvo que defender en su siguiente jugada. Sin embargo, el movimiento de Hustek también había dejado al descubierto a su propia dama. Brossman sonrió, pensando que Hustek había cometido un error decisivo. En vez de atacar la torre, como había previsto, optó por capturar la dama. Ahora le tocaba sonreír a Hustek. En tres movimientos sucesivos, obligó a Brossman a mover el rey para evitar los jaques, tomando por el camino un peón, una torre y finalmente la dama de su rival.

El cambio debilitó muchísimo el dominio que el oficial había ejercido sobre el centro del tablero. Unos minutos después, Hustek volvió a aplicarle la táctica del molino, capturando esta vez un peón, la segunda torre y un alfil.

Meissner estaba consternado. ¿Las artimañas de un campesino iban a imponerse al estudio intelectual del juego? Eso parecía. Brossman aguantó otros quince minutos, pero su suerte se había decidido en el preciso instante en que capturó la dama de su adversario.

Abril de 1944
Ministerio para la Ilustración Pública y la Propaganda, Berlín

Como de costumbre, Schweninger llegó tarde después del almuerzo. En la cantina, había conocido a una joven y atractiva secretaria a la que había impresionado con sus anécdotas de viajes al extranjero y torneos internacionales de ajedrez. La chica llevaba un vestido de lana con un escote de pico que dejaba ver la redondez de sus senos cada vez que se inclinaba con gesto seductor sobre la mesa. Wilhelm ni siquiera había intentado ocultar lo que hacía: aprovechaba su estatura para echar un vistazo al escote. De eso iba hacer turismo. Se trataba de contemplar las vistas, ¿no? Ella había aceptado quedar con él para cenar y tomar una copa el viernes.

Ya en el despacho, se encontró con que Georg estaba con un humor de perros.

—Otra vez tarde, Willi. Nunca llegarás a nada si sigues así, ¿sabes? —Schweninger puso cara de resignación, pero no dijo nada—. Falthauser está buscándote —continuó Georg—. No parecía contento.

—¿Es una noticia buena o mala?

El viejo se encogió de hombros.

—A saber. Ese tipo es un hijo de perra.

En eso llevaba toda la razón, pensó Wilhelm para sus adentros mientras salía de su rincón y se dirigía al gran despacho que había al final del pasillo.

—Adelante —fue la seca respuesta cuando llamó a la puerta.

Wilhelm entró. No se puso nervioso. Seguro que le llamaba en relación con la entrevista y estaba convencido de que le había ido bien.

—¿Deseaba verme, *Herr* Falthauser?

El encargado levantó la vista de una montaña de papeles que tenía sobre el escritorio. Mostraba la misma actitud apagada de siempre.

—Sí, quería hablarle de su solicitud para el empleo de asistente de *Herr* Schweitzer.

Wilhelm percibió el cambio en el semblante de Falthauser. Parecía satisfecho. Eso solo podía significar una cosa.

—Lamento tener que informarlo de que su solicitud ha sido rechazada.

—¿Rechazada? Pero si... —Wilhelm no daba crédito—. ¿Está seguro de que no hay un error?

El encargado sonreía ahora.

—Ninguno, Willi. Te quedarás con nosotros mientras dure esto. Mejor que te vayas haciendo a la idea. —Falthauser volvió a concentrarse en su trabajo.

Sin salir de su asombro, Wilhelm dio media vuelta y se encaminó a la puerta. Antes de que llegara al umbral, el encargado exclamó:

—¿Quién te crees que eres? ¿Un émulo de Max Amann?

Wilhelm se paró.

—¿Qué? ¿Qué quiere decir?

Falthauser volvió a levantar la vista de sus papeles.

—No te preocupes. Ya lo entenderás cuando llegue el día.

Wilhelm volvió a su rincón arrastrando los pies. Había estado tan convencido de que se lo iban a dar...

—Por la cara que traes, cualquiera diría que te han echado del trabajo, Willi —le dijo Georg.

El joven se derrumbó en su silla.

—Pues tampoco vas tan desencaminado.

—¿Qué quería decirte Falthauser?

—Me ha preguntado si me creía un émulo de Max Amann.

Georg tardó un instante en entenderlo. Luego, con un suspiro y moviendo la cabeza de lado a lado, soltó una risita sardónica.

—No hace gracia.

Georg trató de reprimir la carcajada que le subía por el pecho.

—Puto Falthauser. Ese cabrón es un comediante. El tipo no sería gracioso ni que le fuera la vida en ello, pero esta vez...

—Pues yo no le veo la puta gracia.

—¿No lo entiendes? —replicó Georg, sonriendo—. Es su forma ridícula de explicarte por qué no conseguiste el trabajo.

—No, no lo entiendo. Cuéntamelo tú.

—Porque eres un tullido. Un manco. A Goebbels no le gustan los tullidos. Le recuerdan que él también lo es. Si te quedas aquí en este agujero, sin que nadie te vea, tampoco es tan grave, pero, para cualquier otra cosa, puedes olvidarte. Max Amann es la única excepción.

—¿Qué tiene de especial ese hombre?

—El jefe y Amann se conocen desde hace mucho. Además publica *Das Reich*.

Schweninger lo entendió de pronto. Goebbels escribía el editorial de ese semanario.

—¿Y solo tiene un brazo?

—Solo tiene un brazo. El otro lo perdió en un accidente de caza a principios de los treinta. Hay quien dice que Franz Ritter von Epp le disparó a propósito.

Wilhelm movió la cabeza con gesto incrédulo.

—¿Cómo diablos sabes todo esto?

El viejo sonrió.

—Bueno, no llevas tanto tiempo como yo moviendo el bote...

Con el ceño fruncido, Willi echó un vistazo al cuchitril en el que trabajaba.

—Maldición, preferiría estar muerto.

Abril de 1944
Solahütte, club de campo de las SS, Silesia ocupada

Reuniendo sus últimas reservas de dignidad, Glücks entregó los premios: el primero a Hustek y el segundo a Brossman. Decidió que era el momento oportuno para pronunciar unas palabras. No le gustaba hablar en público, pues temía decir algo inconveniente o que lo que dijera fuera tergiversado por un rival, pero allí, en el club de campo, sentía que pisaba suelo firme. Algo importante iba a pasar en Auschwitz y era esencial levantar la moral de la tropa. Por fortuna, Himmler había pronunciado un discurso sobre la misma cuestión hacía poco. Glücks no tuvo inconveniente en plagiarle: Himmler se lo tomaría como un cumplido.

—Caballeros —comenzó—. Resulta muy gratificante ver un ambiente tan alegre entre nuestros luchadores. Y digo luchadores sin temor a equivocarme porque les aseguro que cualquiera de los presentes es tan luchador como pueda serlo un soldado de la *Wehrmacht* en el frente ruso o en Italia. La única diferencia es que nosotros nos batimos contra un enemigo mucho más astuto y malvado que cualquier ruso, estadounidense o inglés. Nuestro enemigo es el judío, que aprovechará cualquier oportunidad, por pequeña que sea, para traicionar a nuestro pueblo y arrebatarnos nuestro derecho natural. Tenemos que ser inflexibles, no solo con nuestros enemigos, sino también con nosotros mismos. No podemos permitirnos bajar la guardia ni siquiera un instante, pues si lo hiciéramos estaríamos llamando al desastre.

»Es un crimen contra la sangre del pueblo alemán el preocuparnos por la suerte de los judíos en los campos de trabajo o hacer concesiones que todavía pondrían las cosas más difíciles a nuestros hijos y nietos. Si alguien les dice: "Es inhumano emplear a mujeres o niños para cavar zanjas o trabajar en fábricas; no puedo obligarlos porque morirían de agotamiento", deben contestarle: "Si esa zanja no se construye, si no se fabrican esas armas, entonces morirán soldados alemanes, soldados que son hijos de madres alemanas. Eres un traidor a tu propia sangre".

»En cuanto a la difícil tarea que están realizando aquí, en Auschwitz, esta es una página de nuestra historia que no se escribirá jamás y la misión heroica que han tenido en ella nunca se los agradecerá. Pero todos sabemos lo difícil que sería hoy para Alemania, sometida a los bombardeos, las dificultades y las privaciones de la guerra, tener todavía a judíos en cada ciudad como saboteadores y agitadores clandestinos.

»Tenemos el derecho moral —se interrumpió un instante—, no, más que eso, tenemos el deber para con nuestro pueblo, para con nuestra sangre, de destruir a esa raza que quiere acabar con nosotros. Somos como el doctor que tiene que exterminar un germen, porque, si no elimina la infección, esta matará a su paciente. Himmler ha dicho que hay que eliminar sin piedad cualquier infección antes de que pueda echar raíces.

»Este trabajo no es fácil, pero se trata de nuestro deber. No pedimos que nos lo confiaran y, sin embargo, hemos asumido esta pesada carga de buen grado. Pese a todas las dificultades a las que hemos de hacer frente y a los enemigos que querrían destruirnos, podemos estar orgullosos de haber efectuado esta tarea dificilísima en aras del amor de nuestro pueblo y de que el trabajo que hacemos no mellará nuestra alma, nuestra virtud o nuestro honor.

Levantó la mano derecha.

—*Sieg Heil!*

El estruendo que siguió fue ensordecedor. Los hombres reunidos en torno al teniente general debieron de gritar «*Heil!*» tres, cinco, diez veces.

Con el clamor todavía en sus oídos, el teniente abandonó la sala seguido del comandante.

Meissner esperó a que cesara el ruido antes de tenderle una mano a Brossman y decirle:

—Lo lamento.

Acto seguido, se volvió hacia Hustek.

—Sargento —le dijo con brusquedad—, venga a mi despacho el lunes y le prepararé los papeles para su permiso.

—Gracias —contestó Hustek en un tono desdeñoso—. No puede imaginarse las ganas que tengo de viajar.

Meissner intercambió una mirada con Brossman.

—Sin duda —repuso, sin molestarse en disimular la ironía en sus palabras—, no pueden ser más que las que tenemos nosotros.

Hustek se quedó de piedra. Con afectada insolencia, se puso la gorra y salió sin hacer el saludo.

Los dos oficiales lo siguieron con la mirada mientras se perdía entre el gentío. De entre todos los suboficiales presentes, solo uno felicitó al sargento. Se fue con él.

Meissner echaba humo.

—Menudo insolente —dijo.

—La Gestapo —respondió Brossman, como si bastara con aquella explicación—. No permitas que ese hijo de perra te saque de quicio. Y si quieres un consejo, yo que tú empezaría a andar con cuidado. Creo que acabas de granjearte un enemigo en el campo.

Meissner se metió la mano en el bolsillo y sacó la cigarrera. Ofreció un cigarro a Brossman.

—Sé cuidarme solo —dijo—. Además, después de que lo hayan puesto en su sitio, creo que querrá pasar desapercibido durante una buena temporada.

El comandante disfrutaba de una gran casa cerca de la entrada principal del *Stammlager*. Esa noche, celebró una cena para los oficiales de mayor graduación, con el teniente general Glücks como invitado de honor. Liebehenschel se disculpó por la escasa calidad de la comida, aunque, en realidad, la cena fue suntuosa si se comparaba con lo que tenían que comer la mayoría de los alemanes.

Glücks, quien se jactaba de saber medir el carácter de alguien con una sola mirada, encontró en el comandante a un hombre difícil de juzgar: Liebehenschel se mostraba demasiado campechano con sus oficiales e intuyó que no era un hombre que inspirara demasiada lealtad entre sus subordinados. Aun así, sus muestras de hospitalidad eran irreprochables: el vino se escanció con generosidad y terminaron la cena con copas de coñac y puros, lo que relajó el ambiente entre el grupo.

Cuando llegó la hora de que los oficiales se despidieran, Glücks pidió al segundo del comandante, Richard Bär, que se quedara. Mientras dos ordenanzas recogían la mesa de la cena, los tres hombres de las SS se retiraron al salón.

Bär fue el primero en hablar.

—Confío en que su visita haya valido la pena, señor.

Glücks dejó su puro en un cenicero y levantó la copa para que le sirvieran más coñac.

—Siempre vale la pena hablar con oficiales que trabajan en primera línea y conocer por ellos la situación real a la que nos enfrentamos. Pero debo confesarle que he venido por otro motivo. Su torneo de ajedrez simplemente me ha ofrecido una excusa perfecta.

—Oh. —El comandante se sirvió una generosa cantidad de licor en su propia copa.

—Así es. He preferido no decir nada, pero ya no puedo aplazarlo más. Está a punto de ocurrir algo extraordinario y debo cerciorarme de que la maquinaria esté bien engrasada para garantizar el éxito de la operación.

Los dos oficiales de Auschwitz se miraron.

—Lo siento, señor —dijo Liebehenschel—, pero me temo que no entiendo a qué se refiere.

—Quiero que sea sincero conmigo, Liebehenschel. Dígame: ¿cuál es su postura sobre la cuestión judía?

El Liebehenschel frunció el ceño.

—¿Los judíos? Me sorprende que me lo pregunte precisamente usted, señor. Como cualquier buen alemán, creo que son una amenaza y una plaga para la humanidad.

—Sí. Lo que le pregunto es qué deberíamos hacer con ellos.

—Esos cerdos tendrían que trabajar por el bien del Reich, como los obligamos a hacer aquí y en otros campos.

—Pero ¿no cree que deberíamos exterminarlos?

—No he dicho eso, señor. Cuando ya no pueden sernos útiles, ¿qué más se puede hacer con ellos? Sin embargo, considero que es ineficaz matarlos sin más trámite. ¿De verdad no cree que lo mejor es exprimirlos todo lo que se pueda antes de matarlos?

El teniente general carraspeó.

—En Berlín, se dice que no es usted la persona adecuada para comandar Auschwitz, que es demasiado blando con los judíos.

Liebehenschel se puso muy tieso en la silla.

—¿Y quién lo dice?

Glücks tomó nota de la reacción de Liebehenschel.

—Eso da igual. Lo importante es que ha llegado a oídos de Himmler. —Suspiró con visible fatiga—. Mire, Auschwitz es el campo más importante que tenemos en el este. Representa todo lo que nos proponemos hacer para solucionar el problema judío. El comandante de Auschwitz tiene que ser como la mujer del césar, tiene que estar libre de toda sombra de duda. En resumen, no podemos tener a alguien al mando que se muestre blando con los judíos o que dé la impresión de serlo.

Liebehenschel estaba ofendido.

—Señor, si he sido blando con los judíos en Auschwitz, ha sido simplemente porque he recibido la orden de incrementar la productividad de las fábricas. Y tan solo hace unas horas usted mismo me decía que había cumplido muy bien mi labor.

—Así es, pero al mismo tiempo las cifras que nos llegan con respecto a la *Sonderbehandlung** en Birkenau han caído considerablemente.

* Las SS casi nunca se referían abiertamente al exterminio de los judíos. En vez de ello, empleaban el eufemismo *Sonderbehandlung*, es decir, tratamiento especial.

Liebehenschel se inclinó sobre la mesa, deseoso de explicarse.

—Pero si queremos que los campos de trabajo sigan funcionando a pleno rendimiento, tenemos que enviar a menos gente a las cámaras de gas. Es una simple cuestión de aritmética. Desde principios de año, todas las llegadas que estaban en buenas condiciones físicas se han seleccionado para trabajar y los resultados hablan por sí solos. Bajo mis órdenes, hemos iniciado la construcción de una ampliación del complejo de Birkenau para alojarlos.

El teniente general adoptó entonces un tono conspirativo.

—Estoy aquí para informarle de que la situación ha cambiado. Se prevé el transporte de más judíos a Auschwitz, muchos más de los que necesitamos para los campos de trabajo. Hay que aumentar drásticamente la capacidad para su tratamiento especial en Birkenau.

—¿Muchos más judíos? —preguntó Bär—. Creía que prácticamente habíamos vaciado Europa.

El teniente general negó con la cabeza.

—No del todo. Los franceses se están tomando las cosas con calma y parece que en Dinamarca los judíos desaparecieron del mapa de la noche a la mañana. Los nuevos llegarán de otro sitio.

—¿Se nos permite conocer de dónde?

—Hungría. Según Eichmann, hay por lo menos un millón de judíos allí y se ha decidido sacarlos antes de que Horthy y su rebaño de cobardes se entreguen a los rusos.*

* El almirante Miklós Horthy era el regente de Hungría y, de facto, el jefe de gobierno desde 1920. Aunque Hungría era aliada de los alemanes, hasta ese momento solo había permitido una persecución limitada de los judíos. En la primavera de 1944, temiendo que Hungría pudiera rendirse a los soviéticos, el ejército alemán entró en el país. Le siguieron inmediatamente varias unidades de las SS lideradas por Adolf Eichmann con la misión de capturar a los judíos húngaros y transportarlos a Auschwitz. Su número era

Liebehenschel no daba crédito a lo que oía.

—¿Y vendrán todos aquí? Tardaremos un año por lo menos en tramitar la llegada de toda esa gente.

—No disponemos de tanto tiempo. Eichmann dice que puede enviarnos unos doce mil al día.

Liebehenschel torció el gesto. Creía que estaba acostumbrado a las exigencias desmedidas de sus superiores, pero ¿eso?

—No —dijo—. No es posible. Incluso con todos los crematorios a pleno rendimiento, no tenemos la capacidad necesaria para tratar a tanta gente.

Glücks vació su copa.

—Eso es precisamente lo que esperaba que dijera. Siento tener que decírselo, pero queda relevado de su mando con efecto inmediato.

—¿Qué? ¿Relevado de mi mando? Pero... ¿por qué? Ha dicho que estaba haciendo bien mi trabajo. Sin duda... —Liebehenschel se dio cuenta de que estaba balbuceando y dejó de hablar. Se dio un instante y volvió a tomar la palabra, más sereno—. Por supuesto, acataré las órdenes que se me den, pero... ¿quién me sustituirá?

El teniente general señaló con el dedo a Bär.

—Será relevado por su segundo. Él asumirá la responsabilidad del día a día del campo, pero Berlín considera que el tratamiento de los judíos húngaros debe recaer en manos más expertas. El teniente Höss volverá temporalmente para cumplir específicamente con este cometido. En su honor, el nombre en clave que ha recibido la operación es «*Aktion Höss*».

Bär alzó la copa a modo de saludo.

—Gracias, señor. Haré todo lo posible para estar a la altura de mis nuevas responsabilidades.

—¿Y qué será de mí? —preguntó Liebehenschel en voz baja.

---

tan alto que superaba con creces la capacidad de los campos de trabajo: en su inmensa mayoría, fueron gaseados nada más llegar al campo.

El teniente general se inclinó sobre la mesa para apretar el brazo del comandante recién relevado.

—No ponga esa cara de pena. Pronto será el nuevo comandante de Majdanek. Pasará dos semanas de permiso en casa y a la vuelta asumirá su nuevo cargo.

—¿Y cuándo empezará todo esto?

Habiendo cumplido con su encargo, se permitió una pequeña sonrisa.

—Mañana —dijo.

16
*FIANCHETTO**

1962
Ámsterdam

En su hotel cerca de la Oude Kerk, Wilhelm Schweninger estaba haciendo las maletas para volver a casa. Había esperado tener un regreso triunfal, pero no sería así. No le sabía mal irse: el burdo intento de decoración moderna en el hotel lo convertía en un sitio apagado y triste, y todavía estaba escocido por su derrota contra Emil Clément. En la cartera, tenía un boleto para el tren de las 16.17 que salía de la estación central de Ámsterdam rumbo a Berlín, donde había planeado emborracharse hasta perder el sentido.

Oyó que llamaban a la puerta. Vio su reloj y suspiró. El botones se había adelantado: la hora prevista para desocupar las habitaciones era las 11.30.

—No estoy listo todavía —exclamó en alemán, pues sabía que el botones lo hablaba bien—. Vuelva dentro de un cuarto de hora.

—Lo siento, *Herr* Schweninger —contestó una voz, también

* El *fianchetto* es un movimiento de desarrollo. El peón de la columna del caballo se adelanta una o dos casillas, lo que permite que el alfil ocupe el hueco dejado por el peón y pueda moverse por la gran diagonal que este movimiento ha abierto.

en alemán. Sus palabras sonaron con un eco extraño en el estrecho y largo pasillo que se extendía al otro lado de la puerta—. ¿Podría concederme unos minutos de su tiempo? Es un asunto importante.

Schweninger dejó una camisa sobre la cama y abrió la puerta.

—Oh —exclamó sorprendido—. No estaba esperando a un sacerdote.

—Le ruego que disculpe la intromisión, *Herr* Schweninger. Permita que me presente. Soy Paul Meissner.

Schweninger no se apartó de la puerta para dejar pasar al sacerdote.

—¿En qué puedo ayudarlo, padre?

—Se trata más bien de cómo puedo ayudarlo yo a usted —contestó el sacerdote.

—¿Y cómo piensa hacerlo, exactamente?

—Le ofrezco el perdón por sus pecados.

Schweninger negó con la cabeza.

—Lo siento, padre. He perdido la fe y me toma en un mal momento. Estoy a punto de irme de Ámsterdam.

—Lo sé. Por eso es importante que hable con usted.

—Déjese de adivinanzas. Tengo que salir para la estación. Si no le importa... —Schweninger intentó cerrar la puerta.

Meissner puso su hombro contra la puerta y habló apresuradamente:

—Mi número de las SS era el 1214958 y mi número de afiliación al partido era el 6374971. Usted se afilió al partido en 1934 y su número era el 1265409. Aunque tuvo un cargo en el Ministerio de Propaganda, las SS no lo reclutaron por culpa de una lesión en la mano.

Schweninger se quedó lívido, pero luego montó en cólera.

—¿Qué es este engaño? ¿Pretende chantajearme? Pues ya puede olvidarse. Asumí en su momento la responsabilidad de mi pasado y lo dejé atrás. —Volvió a empujar la puerta.

Meissner la bloqueó con el pie.

—Sería un curioso chantaje viniendo de un sacerdote, ¿no cree? Le he confesado mi historia para demostrarle que yo también cargo con la mancha de un pasado que no me permite vivir en paz.

—Mire, desconozco cómo se ha enterado de todos estos datos sobre mí, pero yo no me doblego a amenazas. Si no se va ahora mismo, llamaré a la recepción para que lo echen del hotel.

—No he venido a amenazarle, *Herr* Schweninger; nada más lejos de mi intención. Estoy aquí para ayudarlo. Si me permite invitarlo a comer, se lo contaré todo. Después, podrá tomar su tren con toda libertad. Se lo prometo.

Había algo en el tono de voz de Meissner que hizo que Schweninger dudara. Dio un paso atrás, permitiendo que la puerta se abriera del todo.

—A ver si he entendido bien lo que propone, padre Meissner —dijo—. Si escucho su historia, me invitará a comer y luego no intentará impedir que tome mi tren. —Meissner asintió—. En tal caso, ¿por qué no? Pero se lo advierto: tengo muy buen apetito.

Schweninger tomó su chamarra y salió al pasillo. Seguido por el sacerdote, se dirigió a la puerta que daba a la escalera.

—¿De qué va esto, exactamente? —preguntó mientras caminaban.

—Me gustaría presentarle a alguien. Nos espera en un restaurante en Oudekerksplein.

Mayo de 1944
Auschwitz III, Monowitz

Meissner había recibido una carta. Provenía de Francia. El sobre estaba arrugado y alguien había dejado en él la marca en tinta de su pulgar. Saltaba a la vista que la carta había dado un buen rodeo antes de llegar a su destino. Meissner tardó un momento en reconocer la letra.

I Abteilung
SS Panzer Artillerie Regiment 2
2.º SS Panzergrenadier-Division Das Reich
Montauban, 12 de marzo de 1944

Querido Paul:

Apuesto a que te sorprende recibir noticias mías. ¡Seguro que pensabas que había muerto! Siendo justos, eso tampoco estaría tan lejos de la realidad, pero ya sabes que no soy muy aficionado a escribir. Intenté encontrarte cuando creía que todavía estabas en el hospital de campaña, pero me dijeron que llegaba tarde y que te habían trasladado de vuelta a Alemania. Nadie sabía dónde habías terminado y todavía quedaban muchos rusos a los que plantar cara. Después de que te fueras de vacaciones, nos lanzaron un contrataque con todas las de la ley. Seguramente viste algo en los noticieros, pero en el cine es imposible hacerte una idea de lo que es eso en realidad, ¿no? Ya sabes de qué te hablo. No hueles nada: la tierra arde en torno a ti, se te hace un nudo en la panza cuando ves una columna de T-34 que viene directa hacia ti, y luego llega la euforia, cuando te ves rodeado de una docena de tanques en llamas y has salido sin un rasguño. Te alegrará saber que el viejo Schratt sigue haciendo la vida imposible a los oficiales más jóvenes. Por si no lo sabes, fue él quien te sacó del Wespe cuando te dieron...

Meissner levantó la vista y miró por la ventana. ¿El viejo Schratt? No tan viejo en realidad. El tipo no podía tener tres o cuatro años más que él. Lo recordaba a la perfección: con el casco inclinado hacia la nuca y el mentón como la culata de un fusil. Se alegró de saber que todavía aguantaba. Era uno de esos soldados que todo regimiento necesita; seguramente había nacido con las botas puestas. Cuando Meissner llegó como un joven oficial a tomar el mando de la unidad, aquel hombre le aterrorizaba. El sargento primero se lo llevó a un rincón apartado y le dejó claro que era él quien estaba al mando, no un subteniente recién salido del cascarón enviado por un soldadito de plomo del cuartel general sin nada mejor que hacer. Lo que Schratt le enseñó a Meissner era mucho más importante que cualquier cosa que hubiera aprendido en la academia de oficiales. Le había enseñado a proteger su vida y la de sus hombres. «Lo que te preocupes por cada uno de tus hombres es exactamente lo que se preocuparán ellos por ti cuando llegue la hora de la verdad.» Había tenido razón en eso, como en todo lo demás. Y encima parecía que el viejo Schratt le había salvado la vida.

... En fin, la buena noticia que quería darte es que a nosotros también nos han dado vacaciones ahora. Han retirado la división del frente y, como castigo por no haber luchado como se esperaba de nosotros, nos han enviado a Francia. Estamos destinados en Montauban, a unos cincuenta kilómetros al norte de Toulouse. He de admitir que, después de conocer la monumental estupidez de los campesinos ucranianos, tratar con los franceses es otra historia. Como es evidente, casi todos nos detestan, pero eso no les impide intentar vendernos su queso y su vino. Y las mujeres, Paul... Tendrías que verlas. Son unas auténticas bellezas.

Seguramente no te habrás enterado de que Knocken y Ernst Bock han muerto. A Knocken lo mató una bomba lanzada por algún piloto medio ciego de un Stuka que no supo distinguir entre los comunistas y nuestros hombres. Desde luego, el lunático de Hempel nos ordenó que no disparáramos contra el imbécil, pero, qué demonios, lo hicimos de todos modos. Y a Ernst lo sorprendieron en campo abierto cuando empezaron a atacarnos con fuego de mortero. Le grité que se tirara al suelo, pero él siguió corriendo. Hay que ser imbécil.

En fin, suficientes malas noticias para una sola carta. La buena noticia es que me han ascendido. ¿Puedes creértelo? Si te quedaba alguna duda de que la guerra es una locura, ahí tienes la confirmación. Así que aquí estoy. Han decidido transformar el Das Reich en una división Pánzer con todas las de la ley y yo estoy de vacaciones disfrutando del sol, el vino y las mujeres de Francia. Quien dijo que la guerra era un infierno se equivocó por completo. Si esto es el infierno, te digo que me alegro de haberme pasado la vida pecando. También te alegrará saber que Schratt ha conseguido mantener unida a la mayor parte de tu vieja unidad. Las veces que me lo encuentro —por cierto, ahora es sargento mayor—, siempre me pregunta por ti.

Por aquí te seguimos extrañando, Paul. Supongo que debería decirte que te extrañamos a pesar de la lata que nos dabas con el deber y el honor, pero creo que es por eso. Si algún día consigues que te den un permiso, intenta bajar por aquí y visitar a tus viejos camaradas.

Te saluda atentamente,
tu compañero de armas Peter Sommer

1962
Ámsterdam

Emil había tomado asiento en una mesa al fondo del restaurante y le había dicho al mesero que esperaba a un colega —tal vez dos— para comer. No podía parar de mirar el reloj. Veinte minutos, había dicho Meissner, y ya habían transcurrido casi treinta. Todavía se preguntaba cómo había dejado que el sacerdote lo convenciera de acudir a la cita. Con todo, tenía que reconocer que Meissner podía ser muy persuasivo.

Mientras esperaba, intentó recordar la primera vez que vio a Meissner. Se sorprendió al comprobar que el recuerdo que guardaba de aquel día era borroso. Siempre había pensado que estaba profundamente grabado en su memoria y le desconcertó ver hasta qué punto se le escapaba.

La puerta del restaurante se abrió y dos hombres entraron. Como les daba la luz por la espalda, era difícil saber si se trataba o no de Meissner, pero entonces Emil reparó en el bastón. Sobresaltado, descubrió quién lo acompañaba.

Se levantó con rabia.

—Me engañó —exclamó—. Sabía que no podía confiar en usted. ¿Qué esperaba conseguir trayendo a este hombre? —Levantó un dedo para señalar a Schweninger.

—No se preocupe —contestó este con frialdad al reconocerlo—. Deseo tan poco como usted estar aquí. —Lo saludó con un breve movimiento de cabeza—. Creo que lo mejor es renunciar a su propuesta de comer juntos, padre. ¡Que tenga un buen día!

—Por favor —pidió Meissner—. Déjense ya de este postureo ridículo. Si ni siquiera están dispuestos a hablar, ¿cómo esperan que cambie algo?

—Nunca he dicho que quiero que cambie nada —dijo Emil.

—Y en lo que respecta a mí —añadió Schweninger—, *Herr* Clément y yo no tenemos nada que decirnos.

—¿Nada que decirse? ¿Tan empeñados están en ser enemigos? Seguro que tienen muchas más cosas en común de lo que creen o que les gustaría reconocer. ¿De verdad es tan terrible la idea de mantener una conversación? —Un mesero aguardaba con gesto vacilante detrás de Schweninger—. Tengo una propuesta —dijo Meissner—. Comamos juntos por lo menos.

Mientras tanto, les contaré el principio de una historia que espero que pueda permitirnos llegar a un mínimo entendimiento mutuo.

Emil y Schweninger intercambiaron una mirada de incredulidad. El alemán se encogió de hombros y dijo:

—Qué diablos. Ya puestos, adelante. Además, estoy muerto de hambre. —Vio entonces directamente a Emil—. ¿Qué me dice, *Herr* Clément? ¿Le vale como a mí la promesa de una comida gratis?

Emil torció el gesto. Había algo que le incomodaba en el hecho de sentarse tranquilamente a comer con dos antiguos nazis. Además, el recuerdo del desagradable intercambio con Schweninger todavía seguía fresco en su memoria. ¿Cómo podía esperar Meissner que pudiera darse un acercamiento entre ellos? Lo mejor era no complicarse la vida e irse del restaurante. Y, sin embargo, la noche anterior, cuando había tirado las fichas, estas le habían dicho que tuviera fe. En qué era algo que todavía no sabía. Dudó un instante. Al final, volvió a sentarse en silencio.

Aliviado, el mesero se les acercó.

—¿Desean beber algo?

Pidieron cerveza. Meissner y Schweninger tomaron asiento. Meissner fue el primero en hablar.

—Voy a contarles una historia larga y compleja —dijo—. Como *Herr* Schweninger tiene que tomar el tren esta tarde, voy a ir directo al grano. No creo que ninguno de nosotros sepa por completo lo que quiero contarles, así que todos tendremos que tomar la palabra. Permítanme empezar diciendo que el señor Clément y yo nos conocimos durante la guerra. Ambos nos encontrábamos en Auschwitz. Yo era un oficial de las SS y él era un preso. En circunstancias normales, habría sido harto improbable que nuestros caminos se cruzaran, pero en Auschwitz nada era normal.

Llegaron las bebidas.

—¿Y por qué motivo se cruzaron sus caminos? —preguntó Schweninger.

Meissner no se atrevió a responder. Vio a Emil y este suspiró.

—Ajedrez —contestó él. Se acercó entonces el vaso a los labios y dio un largo trago.

Schweninger no parecía convencido.

—¿Ajedrez? ¿En Auschwitz?

—Sí. Los presos jugábamos. Por lo visto, yo era uno de los mejores.

Una sonrisa revoloteó brevemente en los labios de Meissner.

—¿Uno de los mejores? Venga ya. Nunca habría dicho que uno de sus defectos fuera la falsa modestia. —Se volvió entonces hacia Schweninger—. Los otros presos tenían la impresión de que era tan bueno que casi parecía que tuviera poderes mágicos. Se convirtió en el talismán de sus compañeros, en su campeón imbatible. No puede figurarse los problemas que me dio.

—Todo esto es fascinante —comentó Schweninger, abandonando su máscara de incredulidad. Tomó un sorbo de cerveza—. ¿Sabía que a finales de 1944 vinieron a verme unos SS para pedirme que jugara en Auschwitz?

Meissner sonrió.

—Sí, lo sabía. Yo gestioné la petición. Pero luego me trasladaron a mi vieja unidad. Nunca supe si la partida había llegado a disputarse.

Schweninger levantó las cejas.

—¿Usted? Entonces debía saber a quién estaba previsto que me enfrentara.

Meissner vio a Schweninger y luego a Clément. Ambos lo entendieron de pronto.

—Caballeros, ¿ya saben lo que van a pedir? —preguntó el mesero.

17
RUY LÓPEZ

Mayo de 1944
Pabellón de oficiales de las SS, Auschwitz I

Era un domingo por la tarde. Meissner había puesto la radio en sus dependencias en el *Stammlager* y escuchaba un programa de música ligera, pero las canciones no le sirvieron para mejorar su estado de ánimo. «Tendría que estar de celebración», pensó. Antes de irse, Glücks lo había elogiado por sus esfuerzos para levantar la moral de sus subordinados y por su trabajo en los campos satélite. Además, Liebehenschel había hecho honor a su palabra y había recomendado su promoción a capitán, que Glücks había confirmado sin dudarlo. Asimismo, le había concedido un permiso de una semana.

Si le hubieran dado más tiempo, quizá se habría planteado viajar a Toulouse para ver a su viejo camarada Peter Sommer. En todo caso, la idea de volver a casa le despertaba sentimientos ambivalentes. Notaba que la guerra le había cambiado, que su vida había sido templada y forjada de nuevo en la fragua del combate, y las antiguas certezas que había compartido con sus padres y con su prometida se le antojaban ahora remotas y carentes de importancia. Aun así, creía que debía pasar unos días con ellos. Le preocupaba no haber recibido noticias suyas en las dos últimas semanas, aunque las interrupciones en el servicio postal eran cada vez más frecuentes como consecuencia de los bombardeos.

Por si eso fuera poco, estaba convencido de que alguien había mirado su diario. Solo podía ser Oberhauser. Su criado lo negó, desde luego, pero Meissner no conseguía sacudirse la sospecha, pese a la fama de honradez que tenían esos comebiblias. En adelante, se aseguraría de guardarlo bajo llave.

Justo en ese instante, Oberhauser estaba doblando su ropa antes de meterla en la maleta. Sabedor de que a su criado le resultaba casi imposible escribir a su familia, Meissner se ofreció a llevar una carta suya. Su criado era un tipo muy peculiar; Meissner no entendía la terca devoción con la que se aferraba a aquella religión incomprensible. «¿Por qué no dices simplemente que has abandonado tus creencias? —le había preguntado—. Es lo único que se te pide para volver a casa. A nadie le importará que sigas creyendo en lo tuyo, siempre que lo hagas en privado.»

Sin embargo, Oberhauser se había mostrado inflexible. «Los testigos de Jehová tenemos el mandamiento de vivir en la verdad —le había respondido—. Si hiciera lo que me propone, estaría mintiendo. Mejor perder la vida al servicio de Jehová que plantearme siquiera volverle la espalda.»

Oberhauser estaba cosiendo la insignia del nuevo rango de Meissner en sus uniformes cuando Eidenmüller llegó para informar a su superior de que el sargento de compañía había partido ese mismo día para Berlín. Meissner lo interpretó como un sutil recordatorio de que debía pagar su apuesta fallida por la victoria de Brossman.

—Todo fue estupendamente hasta el final —fue el comentario de Meissner.

—¿Quiere decir que no ganó quien debía ganar, señor?

Meissner sonrió con ironía. Se preguntó de dónde le salía a Eidenmüller esa facilidad inconsciente para relajar el ambiente. Fue a su cuarto a buscar la billetera y pasó junto a su criado.

—Oberhauser, ¿se ha enterado de nuestro pequeño torneo?

El criado asintió.

—Sin duda desaprueba que el sargento segundo haya ganado tanto dinero con las partidas, ¿no?

—No me corresponde aprobar o desaprobar nada, señor.

Meissner volvió al salón, contó varios billetes y los depositó en la mano de Eidenmüller.

—¿Sabía, señor, que los presos también juegan al ajedrez?

Meissner vio a su criado con cara de sorpresa. No era habitual que Oberhauser se ofreciera a dar información sin que se la reclamara expresamente.

—¿Los presos? No, no lo sabía. ¿De dónde diablos habrán sacado el tablero y las piezas?

El criado acercó la costura a la luz para comprobar que los puntos habían quedado bien.

—No sabría decirle, señor.

—Supongo que esto es cosa del jefe de bloque y los *Kapos*, ¿no?

—No, señor. Son los políticos, sobre todo, y algunos judíos.

—¿Judíos? ¿De verdad? Nunca habría imaginado que tendrían fuerzas para jugar.

—No, señor, supongo que no. Pero dicen que uno de los judíos es buenísimo, tanto que parece tener un talento sobrenatural. Le he oído decir a alguien que es imbatible.

—Imbatible, ¿eh? —A Meissner la idea le pareció tronchante—. ¿Qué te parece, Eidenmüller? Si de verdad hubiera un jugador imbatible, no le convendría nada a tu negocio de apuestas, ¿verdad?

Eidenmüller sonrió de oreja a oreja. En efecto, el torneo de ajedrez le había llenado los bolsillos.

—Oh, no me atrevería a decirlo, señor. Nadie es imbatible, y menos todavía un judío. A fin de cuentas, nosotros somos la raza superior, no ellos.

—Me parece que tendríamos que plantear un reto.

—Por supuesto, señor. No podemos permitir que un judío se pasee por aquí creyéndose imbatible, ¿verdad?

—Así es —convino Meissner—. No podemos permitirlo.

1962
Ámsterdam

La conversación durante la comida fue cortés, aunque un tanto reservada. Mientras los otros dos hombres hablaban sobre el tiempo que pasaron en Auschwitz, Schweninger apenas dijo nada. Aun así, demostró tener muy buen apetito.

—Siempre me he preguntado —dijo Meissner, mientras el mesero recogía los platos— por qué le llamaban Relojero.

Emil le miró sorprendido.

—Porque fabricaba y reparaba relojes. Antes de que me enviaran a Auschwitz, tenía un taller en París. Luego, en el campo, gracias a mis conocimientos y a que sabía hablar alemán, me pusieron a trabajar en un taller mecánico. Corrió la voz y al poco tiempo estaba reparando relojes para los guardas de las SS y los capataces civiles.

La incredulidad de Schweninger volvió a manifestarse.

—¿Hablaba alemán?

—Crecí en Metz. —Emil tomó un trago de cerveza—. Me mudé a París mucho después. Aunque mi familia era francesa, Metz fue alemana hasta que cumplí los seis años. En los años treinta, había mucha gente en Metz que deseaba continuar bajo gobierno alemán y seguir el ejemplo de los nacionalsocialistas con respecto a cómo había que tratar a los judíos. —Se interrumpió—. Un día, unos hombres con el brazalete de la esvástica atacaron a mi madre y la tiraron al suelo. Le gritaron que era una sucia judía y que cada vez faltaba menos para que los judíos recibieran su merecido. Aunque luego los detuvieron, mi madre estaba muy asustada. Decidimos que había llegado la hora de irnos.

Sus palabras fueron seguidas de un silencio incómodo. Ninguno de los dos alemanes pudo devolverle la mirada a Emil.

—Sí —balbuceó Schweninger—. Supongo que no fue fácil, pero en Alemania las cosas estaban peor todavía.

—¿Peor? —saltó Emil—. ¿Peor para quién?

Schweninger bajó la cabeza, avergonzado.

—Para los judíos. Las cosas iban mal para todos, pero para los judíos...

Meissner trató de desviar la conversación con tacto.

—Me figuro que la situación fue espantosa. Aun así, seguro que no fue nada fácil tomar la decisión de hacer las maletas y trasladar a toda su familia.

—No crea que fue tan difícil. Mi padre había muerto en la guerra, luchando por el Káiser. Incluso le concedieron una Cruz de Hierro. Mis dos hermanas murieron en la epidemia de gripe que hubo después. Solo éramos yo y mi madre. Vendimos el negocio familiar, que era una casa de empeños, y me instalé como relojero en París, cerca de la estación de Montparnasse. Fue allí donde conocí a mi mujer.

1935
París

Emil adoraba París. Después de las calles tristes y estrechas de Metz, era una ciudad abierta, brillante y emocionante. Su madre y él se habían instalado en un piso cerca del bulevar Garibaldi, con su línea de metro elevada, no muy lejos del taller que tenía alquilado en Montparnasse.

Después de dos años, el negocio empezó a arrancar y un grupo cada vez más amplia de clientes entendidos enviaban a familiares y amigos a comprar los relojes que fabricaba aquel joven maestro artesano de Metz. Además, Emil estaba obteniendo un reconocimiento en los círculos ajedrecísticos de París. No había sido fácil; algunas personas no recibían de buen grado a los judíos, pero su asombrosa brillantez en el tablero le hizo ganarse el aprecio de mucha gente.

Aun así, por una vez el ajedrez no era el centro de su vida. A sus veintitrés años, Emil se había convertido en un asiduo de Le Chat Noir, un club de jazz a tiro de piedra de la place d'Anvers. El jazz no era el único atractivo del local. Había una chica, Rosa. Nunca había conocido a una chica igual. Era inteligente, ingeniosa y tenía una alegría contagiosa y sencilla que resultaba desbordante. Emil estaba enamorado.

Le Chat Noir no era como su mayor rival, el Moulin Rouge, con sus números de cabaret y sus pantomimas. La clientela de Le Chat acudía allí por dos motivos: para disfrutar de los ritmos vertiginosos del jazz y para bailar como si el mundo estuviera a punto de terminar.

Una noche de septiembre, chorreando felizmente de sudor después de bailar, Emil pidió champán para su círculo de amigos.

—¿Champán? —preguntó Rosa, con los ojos brillantes—. Vas a tirar la casa por la ventana, ¿no?

—Es justo lo que me gustaría esta noche —repuso Emil, sonriendo primero a Rosa y luego a sus compañeros de juerga—. Esta noche es la más importante de mi vida.

—Tampoco es para tanto —contestó alguien—. La noticia de que Duke Ellington vuelve a París es un buen motivo para descorchar una botella de champán, pero no me parece que eso la convierta en la noche más importante de tu vida.

—También es mi cumpleaños —dijo Emil.

—¿Tu cumpleaños?

Un mesero llegó con dos botellas de champán y otro trajo una charola con las copas. Con un alarde de desbordante espuma, el mesero sirvió el champán hasta que todos tuvieron su copa. Alguien empezó a cantar *Cumpleaños feliz*. En un instante, todo el público se sumó a la canción, luego se animaron un clarinete y una trompeta con sordina y al cabo de pocos segundos toda la banda se puso a tocar la canción. Todos reían, lanzaban vítores y brindaban, sumidos en un arrebato de puro hedonismo.

Rosa atrajo a Emil hacia sí y le dio un beso.

—No me habías dicho que era tu cumpleaños —comentó ella en voz baja, con los labios arrimados a su oído—. No te he comprado un regalo.

Con los ojos brillantes de felicidad, Emil dijo:

—El mejor regalo sería que me hicieras el hombre más feliz del mundo.

Rosa abrió los ojos de par en par cuando Emil hincó una rodilla en el suelo. La banda seguía tocando variaciones libres del *Cumpleaños feliz* y Emil tuvo que gritar para hacerse oír:

—Rosa, ¿quieres casarte conmigo?

Ella le tomó la cara entre las manos. Brotaron lágrimas, lágrimas de felicidad. No podía contenerlas.

—¿Casarme contigo?

Fingió titubear, hasta que vio asomar la duda en el rostro de Emil. Sus labios bellos y generosos se abrieron formando la mayor de las sonrisas.

—No seas tonto —contestó riéndose—. Claro que me casaré contigo.

Emil se puso de pie y llamó al mesero.

—Más champán —exclamó—. ¡Escúchenme todos! ¡Vamos a casarnos! Rosa no sabe en qué lío se está metiendo, pero nos casamos.

Al día siguiente se lo dijo a su madre. Había supuesto que ella compartiría su ilusión.

—¿Casarte? —dijo como si no pudiera creerlo—. ¿Vas a casarte?

Emil estaba tan emocionado que no podía quedarse quieto. Asintió con gesto sonriente y empezó a jugar con los cubiertos, desplegando y volviendo a plegar su servilleta.

—Sí, *maman*. Me caso.

Pero su madre no recibió la noticia con la misma alegría. No se levantó de la silla para darle un beso a su hijo y felicitarlo. En vez de ello, preguntó:

—¿Y quién es la afortunada? ¿Qué sabes de ella?

—Solo que es la mujer más bonita que he visto en mi vida. La amo y ella me ama a mí. Eso es todo lo que importa.

Su madre rechistó sacudiendo la cabeza de un lado a otro.

—Pero ¿qué sabes de su familia? ¿Es judía?

Al oír esa pregunta, la alegría pareció marchitarse en el pecho de Emil.

—No, *maman*. No es judía. Es católica.

—¿Católica? ¿De verdad? ¿Y qué dicen sus padres de que se case con un judío? ¿Y si no lo aprueban? ¿Cómo se casaran entonces?

Emil trató de sonreír, aunque no había esperado que su madre adoptara aquella actitud.

—No necesita el permiso de sus padres para casarse. Tiene más de veintiún años. Además, ni siquiera vive con ellos. Es del sur.

—Así que vas a casarte con esa chica, una católica del sur que ya tiene la edad suficiente para contraer matrimonio y que no vive con sus padres. Por favor, no me digas que te has juntado con una cabaretera y la has dejado preñada.

El tono destemplado de su madre fue muy difícil de soportar.

—*Maman*, por favor, no seas así. No es una bailarina y no está embarazada. Pensé que te alegrarías por mí. Estamos enamorados.

—¡Pfff! —resopló su madre—. Tan enamorado no estarás si no la has traído a casa para que conozca a tu madre.

—Voy a traerla hoy para que la conozcas, *maman*. Te lo ruego, no te pongas imposible. Hazlo por mí. Cuando la conozcas, la querrás tanto como yo, te lo prometo.

Su madre alargó la mano por encima de la mesa para tocar la de Emil.

—Eres mi hijo, todo lo que me queda en el mundo. Claro que quiero que seas feliz. Pero hay muchas cosas que resolver. Para empezar, ¿dónde se casaran? ¿Será en una sinagoga o en una iglesia?

—Tienes razón. —Emil agarró la mano de su madre y la apretó para tranquilizarla—. Hay muchas cosas que resolver. Pero vamos a aparcarlas de momento mientras tú y Rosa se van conociendo.

Al final, su enlace no se consagró ni en una iglesia ni en una sinagoga: se conformaron con una ceremonia civil y un pequeño banquete en el restaurante de uno de los amigos de Emil. Las reticencias de su madre fueron cediendo con los meses, y el cariño con el que trataba a su nuera parecía sincero.

Para su viaje de novios, fueron a Suiza, a Basilea, donde Emil le presentó a Walter Nohel, quien por entonces estaba a punto de cumplir los setenta años y había sido su maestro cuando era un chico de catorce años.

—El maestro Nohel me enseñó a jugar al ajedrez —le dijo Emil—. La mayoría de la gente cree que el ajedrez es solo un juego, pero es mucho más que eso. Lo crearon los ángeles para complacer a Dios.

Nohel también le dio acceso a un conocimiento más profundo de su religión y a la Cábala, algo de lo que Emil nunca había hablado con nadie, ni siquiera con su madre. Fue precisamente en la contemplación de la Cábala donde Emil hizo los descubrimientos más profundos sobre el ajedrez, pues descubrió que le permitía conectarse con los pensamientos divinos de los ángeles y tirar de sus fuerzas cuando jugaba.

Era evidente que existía un estrecho lazo de afecto entre aprendiz y maestro. Una noche, mientras cenaban, Nohel dijo:

—Me estoy planteando jubilarme. Adolf Boeckh me ha hecho una oferta muy razonable por el taller. Te acordarás, tiene el local en la esquina de Koenigstrasse.

Emil lo recordaba a la perfección. Sus escaparates eran un derroche de luz y los artículos resplandecían entre baratijas de todo tipo, «un monumento al mal gusto», decía siempre su maestro, quien solía referirse a la tienda llamándola el «bazar de Boeckh». Y ahora, después de tanto tiempo, parecía que el elegante establecimiento de Nohel iba a sufrir el mismo destino espantoso.

Resultaba evidente que a su maestro lo tentaba la oferta, pero no le apetecía en lo más mínimo ver cómo la obra de su vida quedaba en nada.

—¿Cómo te va en París? —le preguntó—. ¿Tu negocio prospera?

—Mucho más de lo que habría soñado. Tengo un local maravillosamente situado en Montparnasse y mi clientela crece a buen ritmo.

—Y tienes buena fama —añadió Rosa.

—Por supuesto —convino Nohel con gesto sabio—. Pero ¿no te gustaría volver a Basilea? Me encantaría dejarte a ti el negocio en vez de a ese bobo de Boeckh. —Vio esperanzado a su antiguo aprendiz—. El negocio está bien asentado y es rentable. Además, no te pediría que me lo pagaras todo de una vez. Podrías comprarme el negocio a plazos, en unos cuantos años. —Nohel sonreía, entusiasmándose por momentos con la idea—. No hace falta que me respondas ahora. Date tiempo para pensarlo. Luego, vienes a verme antes de volver a París, ¿está bien?

Más tarde, Emil y Rose hablaron sobre el asunto. Era tentador, pero Basilea no podía compararse con París.

—¿Crees que puede haber un Le Chat Noir en Basilea? —preguntó Rosa.

—Si lo hay, lo tienen muy escondido —contestó Emil—. Tanto que pasé aquí siete años y ni siquiera así pude encontrarlo. Basilea debe de ser la ciudad más aburrida del mundo, después de Metz —añadió.

1962
Ámsterdam

—Me parece extraordinario que entre tantas privaciones pudieran jugar al ajedrez.

Esas palabras de Schweninger provocaron una mirada severa en Meissner.

—Le aseguro que es por completo cierto.

—No me malinterprete, por favor. No pongo en duda la veracidad de la historia de *Herr* Clément. Solo digo que es extraordinario, que casi parece un lujo en un sitio así, donde ese tipo de cosas no tenían cabida.

—No creo que sea posible entenderlo si no se ha estado allí —repuso Clément—. Todo era extraordinario. El simple hecho de sobrevivir era extraordinario. No tengo palabras para describir las privaciones que sufrimos. Muchas veces me he planteado la siguiente pregunta: «¿Cómo puede un hombre ser tan despiadado como para someter a sus semejantes a tanta brutalidad?». Y sin embargo ocurría todos los días. —Clément se estremeció—. Cada cual hacía lo que podía para sobrevivir. Yo jugué al ajedrez. —Vio entonces a Schweninger—. Me pregunto qué habría hecho usted en mi lugar.

—Me parece que es una pregunta bastante injusta teniendo en cuenta que no estuve allí. De todos modos, seguro que habría encontrado algo que hacer.

—¿Algo que hacer? ¿Como qué? —Al ver que Schweninger se encogía de hombros, quedándose mudo, Emil siguió insistiendo—: En serio. Quiero saberlo. —Su voz adoptó un tono autoritario—. Dígame: ¿qué habría hecho, con exactitud, para sobrevivir?

Schweninger se ruborizó.

—Usted no es el único que logró salvarse —replicó—. Me pregunta qué habría hecho: simplemente me habría adaptado. Habría cumplido las normas. No me habría metido en líos.

Clément sonrió.

—¿Cumplir las normas? —preguntó negando con la cabeza—. Ya se lo he dicho: no es posible entenderlo si no se ha estado allí.

Schweninger apeló a Meissner.

—De acuerdo, no estuve allí y eso no tiene vuelta de hoja. *Herr* Clément dice que es imposible que yo lo entienda.

Meissner llamó al mesero para que les sirviera los cafés.

—No creo que nadie pueda entender en realidad la paradoja de Auschwitz. Ni siquiera las personas que estuvieron allí.

—¿La paradoja? ¿Qué paradoja?

—Las condiciones de Auschwitz eran espantosamente degradantes, pero tanto los presos como los guardianes terminaron aceptándolas como algo normal. Fue como si entráramos en otro mundo, donde las normas habituales de la civilización quedaban en suspenso. Los presos estaban por completo a merced de todo aquel que tuviera alguna autoridad, por pequeña que fuera. Lo normal es que se hubiera dado algún tipo de solidaridad entre los presos, pero no fue así. La necesidad de sobrevivir era tan perentoria que algunos presos abusaban de sus compañeros sin pensarlo dos veces. Aun así... —El sacerdote dejó de hablar mientras el mesero les servía las tazas.

—Aun así ¿qué? —le instó a continuar Schweninger.

—Aun así, había sitios donde el espíritu humano todavía resplandecía. Por eso enviaron a un gran número de agentes de la Gestapo, para sofocar toda esperanza antes de que pudiera prender. No pudieron apagarla del todo. —Tomó entonces la taza y se la llevó a los labios, pero volvió a dejarla sobre la mesa sin dar un sorbo—. Y creo que *Herr* Clément jugó al ajedrez en Auschwitz por ese motivo, porque, para él, era una forma de reivindicar su humanidad.

Schweninger se volteó hacia Emil.

—¿Es eso cierto?

Emil suspiró. Le parecía posible, pero ¿era verdad? Negó con la cabeza y dijo:

—Sinceramente, no lo sé.

Schweninger torció el gesto y se atusó el pelo.

—¿Cómo se conocieron ustedes dos? —preguntó.

—Le ruego que tenga un poco de paciencia —respondió Meissner—, o no entenderá las circunstancias extraordinarias en las que nuestros caminos se cruzaron.

18
LA APERTURA AHLHAUSEN

Mayo de 1944
Auschwitz III, Monowitz

Bodo Brack no solo había sobrevivido durante dos años en Auschwitz; había prosperado.

Durante los años de la República de Weimar,* Brack se había ganado muy bien la vida organizando grupos de matones al servicio de los socialdemócratas en sus reyertas con los comunistas y los nazis. A él, los políticos y su postureo le traían sin cuidado; lo único que le interesaba era lo que podía sacar de ellos. En 1929, intuyendo que Berlín iba a convertirse en coto de caza mayor, abandonó Hamburgo y puso rumbo a la capital del país. Joseph Goebbels había sido nombrado *Gauleiter*** de la ciudad —un cargo absolutamente extraoficial hasta que los na-

* El período de gobierno democrático en Alemania entre el final de la Primera Guerra Mundial y la Ley Habilitante de marzo de 1933, en virtud de la cual el Reichstag concedió poderes dictatoriales a Hitler y votó su autodisolución como órgano democrático.

** Durante ese período, cuando los nazis perseguían alzarse con la victoria en las urnas, un *Gauleiter* no era más que un líder regional del partido nazi. El Gauleiter de Berlín era una puesto clave si los nazis querían hacer progresos en la capital. Una de las tácticas nazis era intentar deslegitimar todas y cada una de las instituciones del gobierno, incluida la policía, que a menudo trataba de frustrar sus acciones contra sus adversarios políticos.

zis se hicieron con el poder— e inició enseguida una campaña de represalias contra el jefe de policía, Isidor Weiss. Malinterpretando el sentir de la ciudad, Brack había decidido que podría llenarse los bolsillos si se arrimaba a los comunistas, que en esos momentos recibían financiación de manos de Stalin.

En el verano de 1931, el politburó comunista de Berlín decidió que la provocación era la mejor estrategia para decantar la balanza a su favor. Mucha gente creía que la policía era una marioneta en manos de los socialdemócratas, de modo que esta tenía muy mala imagen en los barrios comunistas de la ciudad. Había que tomar medidas ejemplares. En agosto, un coche paró frente al cine Babylon, cerca de Bülowplatz. Dos hombres armados se bajaron y acribillaron a tres agentes de policía.

Los comunistas esperaban que se produjera una sublevación popular, pero habían subestimado a Goebbels, quien supo sacar partido de la crisis. Se hizo el indignado como si jamás hubiera roto un plato: era intolerable, decía, ver hasta qué punto se había degradado el estado de derecho y que unos criminales pudieran tirotear con total impunidad a tres policías que cumplían con el simple deber de proteger la seguridad de los ciudadanos. Prometió que el peso de la ley caería rápidamente sobre los culpables.

La red de confidentes nazis empezó a trabajar a pleno rendimiento para descubrir la identidad de los asesinos. Al cabo de unos pocos días, los kioscos anunciaban a bombo y platillo que se buscaba a tres hombres por asesinato: Bodo Brack, Erich Mielke y un tercero, del que todavía se desconocía el nombre. La recompensa ofrecida por cualquier información que ayudara a dar con su paradero era enorme.

A Mielke, un miembro de alto rango del partido comunista, lo sacaron a escondidas de Berlín rumbo a Moscú. Brack no corrió la misma suerte.

No fue la policía la que dio con su paradero, sino los camisas pardas. Aunque aquel asunto tal vez hubiera podido destensar las relaciones entre Goebbels y el jefe de policía, el *Gauleiter* no estaba dispuesto a compartir el mérito por la captura de uno de los asesinos. Brack se encontraba en un apartamento en el distrito de Fischerkiez. Los camisas pardas se infiltraron en pequeños grupos, cubiertos con abrigos que ocultaban sus uniformes. Pese a que hacía calor, nadie pareció reparar en lo extraño de su atuendo. Cuando irrumpieron en el edificio, propinaron una brutal paliza a Brack, pero aun así lo trasladaron vivo a la comisaría de policía.

Durante el juicio, el fiscal solicitó la pena de muerte, pero el juez era simpatizante de los comunistas. Brack fue sentenciado a cadena perpetua y trabajos forzados.

Cuando los nazis llegaron al poder, demostraron tener buena memoria. En 1936, abrieron un campo de concentración al norte de Berlín donde podían encarcelar a sus adversarios políticos lejos de la vista del público. Un día, sacaron a Brack de su celda y lo pusieron a disposición de dos hombres que vestían el uniforme negro de las SS. Lo trasladaron a Sachsenhausen. Una vez allí, le raparon la cabeza y le entregaron la ropa que tendría que vestir durante su reclusión: un tosco uniforme de rayas azules con un parche verde en forma de triángulo en el pecho y su número de presidiario debajo: el 11442. Todavía lucía ese número.

Las SS vieron que la forma más eficiente de gestionar un campo de concentración era elegir a ciertos presos y confiarles el día a día. Instauraron un sistema con *Ältesten*, o veteranos, que eran los hombres que se ocupaban del control de los barracones, y *Kapos*, que se encargaban de supervisar las brigadas de trabajo. A estos *Prominenten* se les concedían ciertos privilegios, pero solo los mantenían si controlaban con puño de hierro a sus compañeros presos. Y estaban dispuestos a todo con tal de no perder sus puestos en el campo. Si los degradaban a la condición de preso común, su vida sería muy corta, ya que sus compañeros se cobrarían venganza. El sistema engendró una violencia extrema, toda vez que los *Ältesten* y los *Kapos* competían por granjearse el favor de sus amos, los oficiales de las SS, quienes rara vez imponían límites a su brutalidad.

Si los nazis pensaron que el confinamiento en Sachsenhausen supondría el final de Brack, estaban equivocados. Brack descubrió que, entre los presos, quienes llevaban el triángulo verde podían medrar. Los verdes eran criminales convictos. Les iba mucho mejor que a los presos con el triángulo rojo —los comunistas— o que a los homosexuales y los judíos. En el campo, Brack encontró su medio natural. Fue como si alguien hubiera podido entrar en su mente y, tras descubrir sus mejores aptitudes, hubiera creado el patio de recreo perfecto para él. De forma instintiva, averiguó cómo lograr que el sistema sirviera a sus fines. Dado que los comunistas se negaban a cooperar con las autoridades del campo por una cuestión de principios y los agentes de las SS detestaban a los homosexuales y a los judíos, los criminales como Brack se convirtieron en sus colaboradores naturales y ascendieron con rapidez en la perversa jerarquía del presidio. En 1942, a cambio de la promesa de que se le conmutara la cadena perpetua por una pena de quince años, aceptó que lo trasladaran de Sachsenhausen a Auschwitz.

Brack empezó como *Kapo* en el primer campo que se construyó en Auschwitz, el *Stammlager*, pero las cosas no resultaron como había previsto. El historial de Brack —que sugería posibles simpatías comunistas— lo había acompañado en su viaje a Polonia. En el panteón del odio nazi, ser comunista era casi tan malo como ser judío. Lo llevaron a la sala de interrogatorios situada en el barracón de castigo.

Al igual que la mayoría de los edificios en el *Stammlager*, el barracón de castigo era de ladrillo y tenía dos pisos. Condujeron a Brack al piso superior por una escalera sin iluminar. Las manchas oscuras sobre las paredes desnudas y el suelo de concreto daban testimonio de lo que cabía esperar. Dos SS lo ataron a una pesada silla.

Llevaba allí unos veinte minutos con un vigilante por toda compañía cuando se abrió la puerta, que dio paso a un hombre moreno, rechoncho, con profundas arrugas en el rostro y el pelo abundante y grasiento. Klaus Hustek era agente de la Gestapo y alimentaba un odio visceral hacia los comunistas.

Nada más verlo, Brack reconoció en él a un hombre con tan poca consideración por sus semejantes como él mismo.

—¿Cómo es posible —preguntó en voz baja— que te hayas colado en este campo como verde cuando todo el mundo sabe que eres un terrorista comunista?

—Sargento primero —respondió Brack, tratando de mantener la calma—. Me condenaron por asesinato. No maté por convicciones políticas, sino porque me pagaron. La política no me interesa para nada —añadió.

La respuesta le valió un bofetón.

—No quiero mentiras, Brack. ¿Entendido? A mí no me engañas. Dime, ¿a quién sobornaste para conseguir el triángulo verde?

El sargento se sentó y encendió un cigarro sin dejar de mirar al preso con sus ojos imperturbables y de pesados párpados.

—A nadie —protestó Brack—. ¿Cómo iba yo a sobornar a nadie? ¿Qué podría tener yo que quisiera alguien?

Hustek hizo un gesto brevísimo y el vigilante, que esperaba detrás, golpeó a Brack con un bastón, lo que le provocó una gran roncha en la mejilla derecha. Una nueva inclinación de cabeza y cayó otro golpe, preludio de varios más.

Brack trató de apartarse de los golpes, pero fue inútil. Al cabo de menos de un minuto, su rostro se convirtió en una pulpa morada y sanguinolenta.

—Suficiente.

El vigilante le tiró entonces una cubeta de agua.

Hustek fumaba con avidez mientras contemplaba con aire pensativo al preso. La mirada de Brack se había colocado junto a la ventana, que daba a un barracón parecido a unos veinte metros de distancia.

La voz del agente de la Gestapo lo sacó de su ensimismamiento.

—Mira, no es muy recomendable enemistarse conmigo —le dijo con tranquilidad. En otras circunstancias, casi habría parecido que se mostraba afable con él.

Brack trató de hablar, pero el miedo le atenazaba la garganta y tenía la boca llena de sangre. Como no se atrevía a escupirla al suelo, la engulló. Intentó toser y respondió:

—Por favor, créame. Estuve en Sachsenhausen desde 1936 y, antes, casi cuatro años, en Spandau. No soy comunista y no he sobornado a nadie.

Hustek aplastó la colilla con su bota militar.

—Hoy es tu día de suerte. Voy a creerte. —Levantó entonces la vista para mirar directamente al hombre atado a la silla—. Pero quiero que te quede muy clara una cosa: a partir de ahora, eres mío. Cada vez que respires en este campo será porque yo te lo permito. Voy a dejarte vivir, pero a cambio harás algo por mí. Vayas a donde vayas, serás mis ojos y mis oídos en el campo, y me informarás de todo lo que veas y oigas. ¿Lo has entendido?

—Sí.

Hustek tendió la mano al vigilante y este le entregó el bastón. Con un revés, lo descargó de nuevo sobre el rostro maltrecho del preso.

—No te he oído, Brack. ¿Qué has dicho?

Brack escupió un cuajo de sangre y gritó:

—¡He dicho que sí! Haré todo lo que me pida.

—Muy bien. —Hustek se puso de pie y caminó hacia la puerta. Al abrirla, le dijo al vigilante—: Que lo asignen al bloque catorce. Es una ratonera de comunistas polacos. —Se volvió entonces hacia Brack—. Quiero resultados, y los quiero rápido.

Conseguir los resultados que Hustek le había pedido fue

tarea fácil. Lo precedía la fama de ser un comunista que había matado a tres esbirros de la policía, a lo que se sumaba el hecho evidente de que había recibido una tremenda paliza, de modo que no le resultó difícil que los polacos confiaran en él. Al cabo de menos de dos semanas, seis de sus compañeros de bloque murieron fusilados en el muro exterior del bloque de castigo.

Aquello no le quitó el sueño. Durante el año siguiente, su misión fue ganarse la confianza de los presos polacos a medida que iban llegando al campo. No solo buscaba a comunistas: Hustek le había pedido información sobre la resistencia polaca, el mercado negro y las redes de contrabando, entre otras muchas cosas, y Brack sabía cumplir. Aun así, el agente de la Gestapo y él no se respetaban en absoluto. Brack tenía olfato cuando se trataba de adivinar lo que pensaban de él y sabía que Hustek lo consideraba escoria. El hombre de la Gestapo le merecía a él la misma opinión. Lo odiaba por el dominio que tenía sobre su vida y, en la interminable oscuridad de las noches de invierno, tramaba sin descanso el día en que podría cobrarse venganza. Cuando ascendieron a Hustek a sargento de compañía, le regaló a Brack uno de los cupones que los *Prominenten* podían usar en el burdel del campo. A Brack le concedieron una hora con una puta polaca y maldijo con todo su ser a Hustek por ello.

En agosto de 1943, mientras la batalla de Járkov se hallaba en su apogeo, Brack fue transferido al campo de Monowitz. Le sorprendió lo lejos que estaba del *Stammlager* e imaginó que Hustek no se molestaría en hacer todo el viaje hasta el otro extremo de Oświęcim para reunirse con él.

Pese a haberse convertido en un esclavo del agente de la Gestapo, a Brack no le había ido nada mal y estaba decidido a que le fuera incluso mejor en Monowitz. Ninguno de sus compañeros del triángulo verde podía hacerle sombra cuando se trataba de organizar una banda de matones y, al cabo de poco tiempo, su posición como mandamás oficioso del submundo del campo quedó asegurada.

Casi un año después, uno de los *Prominenten* le habló de un judío que le había dado un reloj a cambio de que le permitiera jugar al ajedrez. Al principio, no sintió más que una ligera curiosidad, pero cuando se enteró de que el judío era de su bloque montó en cólera. No podía permitir que semejante desaire quedara impune: a aquel judío había que bajarle los humos. Se tenía bien merecida la paliza que le dio. Pero ahora el judío le tenía desconcertado. Brack podía entender que la gente necesitara algo con lo que distraerse de la miseria permanente de la vida como prisionero, pero ¿el ajedrez? Sabía que a los polacos les gustaba jugar, y también a algunos de los presos políticos, pero ¿un judío? Tendría que estar exhausto cuando terminaba el día. En realidad, su negativa a que Clément jugara había obedecido sobre todo a su voluntad de confirmar su dominio sobre el preso francés, pero no tardó en preguntarse cómo podría sacar provecho de ese juego estúpido.

Como él mismo, muchos de los *Prominenten* pasaban demasiado tiempo ociosos, mortalmente aburridos, y se entretenían pegando a los presos y consiguiendo de vez en cuando algún cupón para el burdel. Brack se preguntaba ahora si lograría hacer que se interesaran por el ajedrez.

Si hubiera estado en el *Stammlager*, habría podido organizar algunas cosas del Kanada para ofrecerlas como premio, pero la economía en Monowitz era tan reducida que, a excepción de los cupones para el burdel, era difícil pensar en algo que sus compañeros del triángulo verde pudieran valorar. Los prisioneros eran otra historia: casi cualquier cosa tenía valor para ellos, siempre que pudieran cambiarla por comida, pero eso a él no le serviría de nada. No: por más que se esforzara, no veía la forma de conseguir que aquel juego pudiera servir a sus intereses.

Mandó a buscar al Relojero.

—Dame el reloj que me prometiste y podrás jugar a ese juego estúpido.

El francés le ofreció algo envuelto en un trozo de tela.

—Iba a venir ahora mismo —dijo.

Brack abrió despacio el envoltorio. Era un reloj de bolsillo.

—A Muckermann le diste uno de pulsera —soltó con brusquedad.

Emil supo que tenía que elegir con cuidado las palabras. Había temido la llegada de ese momento.

—Lo siento, *Herr* Brack. Había supuesto que un hombre de su categoría querría algo más apropiado a su importancia. —Se le había caído el alma a los pies cuando el capataz polaco le había dado aquel trasto viejo. Pero después de pulirlo había quedado bastante bien y, aunque la caja era de latón, y no de oro, tenía un bonito escudo de armas grabado y una agradable sonería que Emil había logrado reparar. Se acercó para enseñarle cómo funcionaba—. Da las horas —dijo, al tiempo que giraba las manecillas para hacerlo sonar.

Brack, sorprendentemente, sonrió. Ese reloj le serviría para ganarse cierto respeto. Por otra parte, también era una forma de advertir a los demás *Prominenten* de que el Relojero le pertenecía. Y fue entonces cuando se le ocurrió de pronto cómo podría beneficiarse con el ajedrez: los prisioneros eran todos trabajadores esclavos, esclavos sin dueños, pero eso cambiaría. Seguro que había muchos buenos jugadores de ajedrez en el campo. A partir de ese momento, se dedicaría a localizarlos y entonces los haría enfrentarse a unos con otros, como peleas de gallos; no, no como peleas de gallos, algo más sofisticado que eso... Como carreras de purasangres. Y las partidas serían una forma de entretenimiento que él, Bodo Brack, organizaría para confirmar su dominio.

1962
Ámsterdam

Schweninger se inclinó hacia delante con gesto desconcertado.

—A ver si lo he entendido bien —dijo—. Los presos que jugaban al ajedrez eran esclavos y lo hacían a las órdenes de ese bruto para divertir a sus esbirros... ¿Como los gladiadores de la antigua Roma?

—Eso es —reconoció Emil.

—Yo me habría negado a jugar —declaró con rotundidad el alemán.

Meissner puso cara de resignación. Por su parte, Emil dijo:

—No me cabe la menor duda de que eso es exactamente lo que usted hubiera hecho, pero en mi caso no habría servido de nada y lo más probable es que me hubieran matado.

—Entonces habría jugado por debajo de mi nivel, para aguarles la fiesta.

Emil vio con dureza al alemán.

—No jugaba para entretenerlos. Jugaba por mí. Jugaba porque el ajedrez era algo que las SS no podían arrebatarme. Con o sin ajedrez, éramos esclavos. Por lo menos, de esta forma tuve la oportunidad de practicar el juego sublime.

Schweninger resopló al tiempo que sacudía la cabeza con gesto despectivo.

—Ese Brack, ¿sabe qué fue de él después de la guerra?

—Sí. Pero no quiero adelantar acontecimientos. Ha dicho que quería saber cómo nos conocimos el obispo y yo.

Meissner levantó la mano un poco y negó con la cabeza.

—Por favor. Le agradecería que dejara de llamarme «obispo». Me llamo Paul.

—Y yo Emil, aunque insista en llamarme Relojero.

Meissner pareció avergonzado.

—Sí, es verdad. Lo siento.

Emil asintió con gesto seco.

—En fin, la primera vez que vi a Paul fue a finales de mayo o principios de junio...

—Yo recuerdo la fecha exacta. El 21 de mayo de 1944. Cayó en domingo.

—Me sorprende que lo recuerde.

—No debería. Era el cumpleaños de mi madre.

—A mi madre la asesinaron en Auschwitz. ¿Lo sabía, Paul? —La voz de Emil había atravesado el local; varios clientes se dieron la vuelta para mirarlos—. Celebró su último cumpleaños en 1943 —continuó Emil, bajando la voz.

Se hizo el silencio en la mesa.

El intercambio había incomodado a Schweninger. Sin saber qué decir, echó un vistazo a su reloj.

—Dios mío —exclamó—. ¿Han visto qué hora es? He perdido el tren.

De forma instintiva, Emil y Paul consultaron sus relojes.

—Madre de Dios —murmuró desconcertado el sacerdote.

Schweninger empezó a rascarse la mejilla con aire pensativo.

—*Herr* Clément... —Su voz se hizo más grave y carraspeó para aclararla—. Espero no ofenderlo si le doy el pésame.

Emil había cerrado los ojos, pero hizo un gesto breve y brusco con la cabeza.

Schweninger apartó la silla de la mesa para levantarse. Las patas rascaron el suelo.

—Lo siento, pero debo irme. Si no vuelvo a mi hotel, me quedaré sin habitación.

Meissner se inclinó sobre la mesa para acercar la mano a la manga de Schweninger.

—No se preocupe por eso. Es culpa mía. Insisto en que se quede conmigo, en el Krijtberg.

—¿Es un hotel?

La pregunta le provocó un estallido de ansiedad al sacerdote: quería que Schweninger se quedara en Ámsterdam, al menos por el momento.

—No —contestó—. Es un sitio que gestiona mi orden. Es una iglesia con una casa adosada. Normalmente, se alojan sacerdotes como yo cuando vuelven de las misiones. Ahora solo somos dos; el párroco y yo. Casi todas las habitaciones están vacías. Me sería muy fácil darle alojamiento. —Rezó para sus adentros una rápida plegaria por que su capacidad de persuasión fuera tan fuerte como de costumbre—. Los cuartos tal vez son un poco espartanos comparados con su hotel, pero están limpios y el ama de llaves nos prepara un buen desayuno todas las mañanas. ¿Qué le parece? ¿Por qué no lo prueba?

19
LA VARIANTE NAJDORF

Emil volvió a su hotel. Meissner le había pedido que se vieran los tres más tarde, pero no estaba seguro de que le apeteciera.

Caía la tarde y el sol brillaba con fuerza, pero apenas calentaba cuando Emil se detuvo en uno de los puentes sobre el canal Singel y se preguntó qué estaba haciendo. Schweninger y Meissner habían sido nazis y se habían comprometido con el sueño de un imperio alemán que sojuzgaba al resto de Europa. La esclavitud había sido el menor de los múltiples crímenes cometidos. Sin embargo, Schweninger había protestado de inmediato, esgrimiendo que él jamás se habría sometido, como tantos habían hecho.

¿Tenía razón? Por más que lo pensara, Emil no lo sabía. Descubrirlo le sorprendió: no lo sabía. Hasta ese día, había tenido las ideas muy claras, sobre todo en lo que respectaba a su odio por los alemanes, un odio que había alimentado como un padre alimenta a su hijo, hasta convertirlo en prácticamente lo único que dotaba de sentido a su vida. El odio y el ajedrez: ¿era esa la suma total de su existencia? «Meissner tiene razón —se dijo de mala gana—. ¿Qué clase de vida es esta?»

Contempló el agua que corría bajo el puente y vio a un desconocido que lo miraba desde la turbia quietud del canal. Oyó la voz de Yves, con la misma claridad que si hubiera estado a su lado en el puente: «Uno de los dos tiene que salir con vida de aquí, aunque solo sea para contarle al resto del mundo lo que está pasando».

Eso era justo lo que había hecho. Había cumplido con la obligación contraída con los miles de personas que habían perecido en Auschwitz. Nadie conocía el número exacto: durante su juicio, Höss había asegurado que el balance de víctimas se contaba por millones, tantos que los números se convertían en algo lejano, abstracto; no eran personas reales, eran cifras que habían ingresado en una calculadora, como si se tratara de un ejercicio de contabilidad. Y Emil había cumplido con su deber. Había testificado. Había escrito su libro. Había prestado testimonio del horror... Pero no bastaba con eso. Por más que hiciera, no podía librarse del dolor de la pérdida y la culpa. Meissner también llevaba razón en eso; ahora lo entendía. No bastaba con dar testimonio. Tenía que conseguir que la gente entendiera la verdad de la existencia en un campo de la muerte; hasta qué punto penetraba en todas las conciencias, envenenando cada vida, torciendo cada pensamiento.

Por doloroso que fuera, Emil decidió que le contaría su historia a Schweninger. Entonces, quizá el alemán lo entendería. Y quizá él, Emil, encontraría algo de paz.

Quizá.

Martes, 6 de junio de 1944
Auschwitz II, Birkenau

Está ocurriendo una desgracia. El campo lo intuye, pero no puedo verlo. Está escondido, oculto en profundidades insondables. El campo ha notado este pulso de dolor y terror otras veces, pero nunca con tanta intensidad, repitiéndose una y otra vez. El campo indaga su origen, empeñado en encontrarlo, y tiende frenéticos zarcillos de conciencia por las veredas y entre las múltiples barracas de Birkenau. La noticia se transmite por los pilares de concreto que hunden sus raíces en la tierra y por los kilómetros de vallas electrificadas; corre el susurro por el apartadero de ferrocarril, donde ahora los vagones de ganado vacían a diario su cargamento humano.

Seguimos las vías, dejamos atrás el arco por el que pasan los trenes cuando acceden al campo. Delante, hay una arboleda de abedules. Sus troncos plateados reflejan la luz del sol y proyectan juegos de luz y de sombra en la hierba. Prestamos atención. Lo único que oímos es el crujir de las hojas y el suspiro de una brisa de principios de verano. Ahora los vemos: una columna de gente que espera en silencio entre los abedules, haciendo cola frente a un edificio bajo, de ladrillo, en el que se alza una enorme chimenea. Un humo espeso se derrama en el cielo, una mancha negra en el impoluto azul del verano. Huele a algo desconocido, un aroma empalagoso y desagradable. En torno al edificio, protegida por los árboles de miradas entrometidas, se extiende una pradera, y la gente está ahí: hombres, mujeres y niños, esperando pacientemente su turno para bajar por una escalera que los llevará al sótano.

Todo se lleva a cabo de forma ordenada y tranquila, sin empujones ni prisas. Les han dicho que los han llevado a este sitio para darse un baño. «¿Un baño?», pregunta incrédula una voz. Es una mujer. Los nervios hacen que su voz suene demasiado fuerte. No quería que los SS que los rodean armados con metralletas y perros la oyeran. No se fía de los alemanes. Todos saben cómo tratan a los judíos y toda esa organización se le antoja demasiado sofisticada para algo tan banal como un baño.

Un oficial la llama sonriendo con gesto benevolente.

—¿De dónde eres? —pregunta.

—De Debrecen.

El oficial arquea las cejas como si quisiera repetir la pregunta.

—De Hungría —se explica la mujer.

—¿Y cuánto ha durado el viaje en tren?

—Seis días.

El oficial asiente como si ya lo supiera.

—¿Seis días enjaulada con un montón de gente y no quieres darte un baño?

Pese a todo lo que saben por experiencia sobre las SS, algunas de las personas que tiene cerca no pueden evitar sonreír.

—No somos unos bárbaros, ¿sabes? —prosigue el oficial. Mira con mayor detenimiento a la mujer y desea que no hubiera abierto jamás la boca. Es joven, unos veinticinco años, y pese a la mugre y el pelo apelmazado es muy guapa.

—¿A qué te dedicabas antes de venir aquí? —pregunta él.

—Era costurera.

—¿Y eras buena?

Ella se ruboriza.

—Por supuesto.

—¿Ropa de hombre o de mujer?

—De mujer. Sobre todo, ropa interior.

Una vez más, la mujer recibe el impacto de su sonrisa benevolente.

—Bueno, aquí aprenderás a confeccionar ropa de hombre. Andamos escasos de buenas costureras. —Cuando pronuncia la palabra «buenas», la mira directamente y le guiña el ojo—. Buscamos a toda la gente posible para hacer los uniformes de nuestras tropas.

Ella no parece convencida, de modo que el oficial se dirige a la gente que tiene a su alrededor.

—¿Alguien más sabe coser ropa? —Se levantan un par de manos.

El oficial señala a un hombre que lleva a un pequeño en brazos.

—¿Y tú? —dice—. ¿Qué hacías?

—Era zapatero.

—¿Podrías hacer botas militares?

—Claro.

—Pues entonces te irá bien aquí. —El oficial abre los brazos como si quisiera envolver a toda la gente que lo rodea—. No somos estúpidos —dice—. Sabemos reconocer el trabajo bien hecho y lo recompensamos. Así que seamos prácticos. Dejen a un lado sus dudas. Están en un campo de trabajo. Después del baño, repartiremos las tareas. Les doy mi palabra de oficial alemán.

Su discurso es tranquilizador, pero esas personas no saben que acaban de entrar en el reino de las mentiras. Así es como el campo los recibe y ellos bajan despacio por los escalones de concreto hasta llegar a una cámara alargada en el sótano, donde se los ordena que se desnuden: hombres, mujeres y niños, todos juntos.

Hay colgadores con números para la ropa. Se les pide que recuerden el número para poder encontrar sus cosas cuando hayan terminado. Muchos tratan de cubrir su desnudez con las manos mientras avanzan arrastrando los pies por el pasillo que conduce a las regaderas. Son muchísimos y están apretados, demasiado apretados. De pronto las puertas se cierran de golpe y se oye el ruido inconfundible de unos pesados cerrojos que se cierran.

Las luces se apagan.

Se oyen voces en la oscuridad: «¿Qué está pasando?». Hay quien llama a sus seres queridos. Otros empiezan a llorar. Los niños gritan y se agarran a sus madres y padres. Entonces, oyen un fuerte chirrido en el techo y una columna de luz desciende al interior. Revela rostros asustados que miran hacia arriba, al origen del ruido.

Arriba, unos hombres de las SS con máscaras de gas han retirado las rejillas de los conductos que descienden a los baños. Tienen en sus manos unas latas etiquetadas con una calavera. Las abren y vierten un polvo granulado en los conductos. Cae suavemente sobre la gente que aguarda debajo: una arenilla fina y ligera. Despide un olor empalagoso.

Las rejillas vuelven a su sitio. Abajo, todo queda de nuevo a oscuras. Entonces, alguien grita:

—¡No puedo respirar!

Luego otra voz:

—Es gas. ¡Gas venenoso!

Algunos empiezan a chillar. Los que están más cerca de las puertas las golpean con desesperación, suplicando que los dejen salir. Se extiende el pánico y corren hacia las puertas. Niños y ancianos son aplastados. Ahora casi todo el mundo grita, sobre todo las mujeres y los niños. Durante unos breves minutos, el ruido es ensordecedor. Cuando amaina, se oye a alguien recitando el *Kadish*, la oración fúnebre de los judíos. Algunos resisten más tiempo al veneno, pero en cuestión de minutos todos callan, todos mueren.

Las bocas de muchas de las víctimas permanecen abiertas, como si sus gritos continuaran después de la muerte.

Al término de este día de verano, cerca de cuatro mil vidas han sido aniquiladas. La única preocupación de los SS que han orquestado esta matanza es sacar todos los cadáveres de las regaderas y quemarlos antes de la llegada de la remesa que se espera para la mañana siguiente.

Todo lo que queda en la cámara subterránea son las últimas trazas del gas y la ropa vacía que cuelga silenciosa de las paredes, en hileras acusadoras. También el silencio de mil voces ausentes.

Un lamento recorre el campo por el horror que acaba de presenciar; un lamento agudo e incesante que nadie oye: no lo oyen los hombres de las SS que dirigen el campo; no lo oyen los miles de presos que aún resisten; no lo oye la orquesta que toca sus absurdas canciones alegres al principio y al término de cada jornada; no lo oyen los pájaros que han abandonado los árboles que rodean el campo; no lo oye la propia tierra sobre la que este se asienta.

Solo el viento lo oye, pero no es más que un llanto entre otros muchos y, antes de que pueda recordarse, se pierde.

1962
Kerk de Krijtberg, Ámsterdam

La cena en la rectoría fue ligera: sopa de cebolla de primero y arenques fritos con papas cocidas de segundo.

—Me gustan mucho los arenques —dijo Meissner de buen humor—. Lo que no entiendo es por qué diantres les puso tantas espinas nuestro Señor. —Dirigió una sonrisa a Emil; estaba contento de que el jugador de ajedrez hubiera decidido volver.

Schweninger permanecía en silencio, masticando con gesto impasible. Como siempre, el apetito tenía preferencia sobre la conversación, que llegaba después.

Terminada la cena, se retiraron al mismo salón sombrío donde Emil se había despertado después de su desvanecimiento.

—Creo que me toca a mí retomar la historia —dijo el sacerdote, ofreciendo cigarros a sus invitados—. A fin de cuentas, toda historia tiene varios puntos de vista.

Arrimó una cerilla a las brasas de la chimenea para encenderla y luego, sentándose en una butaca, dio una profunda calada a su cigarro antes de tomar la palabra.

—Tal vez les sorprenda saber que de niño no me educaron en el odio a los judíos. Mis padres eran católicos devotos y solo se me exigieron convicciones antijudías cuando tuve que apuntarme a las Juventudes Hitlerianas. Aun así, mis padres nunca se tomaron demasiado en serio toda esa retórica, y yo tampoco. Cuando llegué a Auschwitz, me pareció que el trabajo que desempeñaban los judíos era de vital importancia para el Reich y no se me ocurrió pensar que el nuevo comandante, Bär, se opondría a la idea de enfrentar a ese judío «imbatible» —Meissner señaló en ese instante a Emil— a nuestros campeones de las SS. Después de todo, como habría dicho mi ordenanza, Eidenmüller, no podíamos permitirnos la humillación de tener a un judío que se creyera invencible, ¿no?

Al ver que ni Emil ni Schweninger decían nada, Meissner continuó:

—Me habían concedido un permiso y había pensado ir a Colonia a ver a mi familia, pero cuando llegué a la estación de Oświęcim me enteré de que los bombardeos aliados habían alterado gravemente el transporte ferroviario entre Silesia y Alemania, así que tuve que aplazar mi viaje. Como el domingo siguiente era día de descanso en Monowitz, convoqué a Eidenmüller y le dije que quería ver en persona a ese genio judío del ajedrez.

Mayo de 1944
Auschwitz III, Monowitz

Era la primera vez que Meissner entraba en la sección del campo de Monowitz en la que estaban confinados los presos. En la oficina de administración, comprobó el número del bloque donde el prisionero 163291 tenía su litera. Acompañado del militar responsable del bloque —un suboficial de las SS— y de Eidenmüller, cruzó el campo a buen paso.

Los presos del bloque se cuadraron al instante cuando el líder gritó «*Achtung!*».

Al fondo, un hombrecillo entró sin que nadie lo viera en el dormitorio. Sus ojos se posaron en un chico, de unos quince años, del que se rumoreaba que era el *Piepel** de Brack, aunque nadie lo decía abiertamente. El hombre agarró al chico por el pescuezo.

—¿Dónde está Bodo? —preguntó en tono áspero.

—Bloque treinta y nueve.

—Baja la voz. ¿Qué está haciendo allí?

* Algunos de los *Prominenten* empleaban chicos adolescentes como criados personales. A veces, abusaban de ellos sexualmente.

—El Relojero está jugando contra uno al que llaman el Holandés Errante.

—Está bien. Ve a buscarlo. Dile que te mando yo y que hay un capitán en su bloque. No sé qué está haciendo aquí, pero dile que venga volando, ¿entendido?

Meissner echó un vistazo a la sala común del barracón y se quedó sorprendido. Hasta ese instante no se había fijado en lo miserables que eran los interiores de los bloques. Había imaginado que no serían muy distintos de los barracones de los suboficiales de las SS: austeros, funcionales, pero no completamente desprovistos de toda comodidad. Lo que le llamó la atención de forma instantánea fue el olor. Sabía que en la fábrica de la Buna muchos de los trabajadores civiles empleaban la expresión *Stinkjude* cuando aludían a los presos del campo. Meissner había imaginado que era una burla. No lo era. Era una referencia al hedor empalagoso de unos hombres que vivían hacinados y que no se habían podido lavar en meses.

—¿Dónde está el encargado? —bramó el suboficial de las SS. Nadie parecía saberlo.

—Manden a alguien a buscarlo —dijo Meissner, antes de indicarle a Eidenmüller con la cabeza que lo acompañara al exterior—. Por el amor de Dios —masculló cuando salieron del barracón—. ¿Cómo se las arreglan para vivir así? —El oficial se metió la mano en el bolsillo de la chamarra y sacó su cigarrera.

El ordenanza encendió una cerilla y, con una mano, protegió la llama de la brisa.

—Gracias a Dios que no nos faltan cigarros, ¿eh, señor? Si no fuera por el tabaco, ese olor sería insoportable.

Antes de que terminaran de fumar, se les acercó un preso bien afeitado. Se cuadró ante ellos, se quitó la gorra con gesto elegante y se presentó:

—Prisionero 11442. Jefe de bloque Brack, capitán. A su servicio.

Meissner estaba asombrado. Era la primera vez que veía

a un preso con el uniforme impecablemente limpio. Parecía como si le acabaran de coser el triángulo verde esa misma mañana.

El suboficial se les unió antes de que Meissner pudiera articular palabra.

—¿Dónde diablos te habías metido? —le gritó.

Brack ni se inmutó. Eso también fue una novedad para el oficial. Solo había visto a presos encogidos de miedo cuando un SS les dirigía la palabra.

—Lo siento. Estaba... Estaba viendo una partida de ajedrez.

—¿Ajedrez? ¿De qué diablos me estás hablando? ¿Ajedrez?

—No pasa nada —intervino el oficial—. Por eso hemos venido. Yo también quería ver esa partida.

Sonriendo, dejó caer a sus pies la colilla todavía encendida del cigarro y con un gesto le ordenó a Brack que los llevara ante los jugadores.

Siguieron al inmaculado uniforme de rayas azules unos doscientos metros. Meissner se fijó en que Brack llevaba unas botas bien enceradas en lugar de los toscos zuecos de madera que se daban al resto de los presos.

El jefe de bloque se detuvo frente a un barracón con una pequeña placa en la que se leía el número 39. Abrió la desvencijada puerta de madera. Meissner echó un vistazo dentro. Encontró exactamente lo mismo que en el bloque del que habían salido hacía un momento: una estufa de ladrillo un poco apartada del centro y una claraboya estrecha en el techo para que pasara la luz. La única diferencia estaba a la derecha, donde vio un tablero de ajedrez sobre una caja de madera y a dos individuos sentados en cajas más pequeñas a lado y lado. Había unos treinta o cuarenta hombres apiñados a su alrededor, algunos en sillas improvisadas, otros de pie.

Con un chirrido de goznes herrumbrosos, la puerta se abrió llenando de luz el interior. Brack sujetó la puerta para que pasaran los miembros de las SS al tiempo que gritaba «*Achtung!*».

Todas las miradas se volvieron hacia la entrada. Los presos se pusieron de pie inmediatamente cuando vieron el uniforme de Meissner.

El suboficial se abrió paso entre los presos.

—¿Qué significa esto? —gritó—. ¡Voy a mandar que los azoten a todos!

Meissner contemplaba la escena casi como si no fuera con él. La mayoría de los espectadores de la partida llevaban triángulos verdes, aunque también había un par de triángulos rojos. Los dos ajedrecistas llevaban un triángulo rojo sobre uno amarillo. Judíos.

Los jugadores se quedaron tiesos, con la mirada al frente. Los oficiales de mayor rango casi nunca entraban en los barracones de los presos. Y, cuando lo hacían, solía tratarse de doctores de las SS para hacer la *Selektion* de los enfermos y agotados y enviarlos a las cámaras de gas. A ningún preso judío se le habría ocurrido pensar que tales visitas pudieran reportarle algún beneficio. La presencia de un oficial de las SS siempre inspiraba pavor.

—Sargento —dijo Meissner en tono cortante—, gracias por su colaboración. Nos ha sido de gran ayuda, pero a partir de ahora me encargo yo. —A continuación se volvió hacia Brack—: Veo que están jugando al ajedrez. Soy un gran admirador de este deporte mental y me gustaría ver el final de la partida. Dígales a estos hombres que sigan a lo suyo y que hagan como si no estuviéramos aquí.

1962
Kerk de Krijtberg, Ámsterdam

—¿Fue así como ocurrió? —dijo Emil—. Lo había olvidado.

Schweninger no pudo morderse la lengua.

—¿Olvidado? ¿Cómo iba a olvidar algo así?

Emil movió lentamente la cabeza a un lado y otro y se volvió hacia el alemán:

—Eso lo dice porque no ha estado en Auschwitz. Cuando un oficial de las SS se presentaba en el bloque, lo único que te preocupaba era si había venido a hacer una *Selektion*. El miedo te impedía pensar en otra cosa.

Schweninger frunció el ceño.

—No entiendo a qué se refiere con *Selektion*.

Sin apartar la vista del fuego, Meissner habló en voz baja, como si salmodiara:

—Las SS tenían encomendada la misión de mantener la producción en las fábricas de armamento y, al mismo tiempo, hacer que las cámaras de gas funcionaran sin parar. Con las *Selektionen* se lograban ambas cosas. Cada cierto tiempo, se enviaba al campo a un equipo de médicos de las SS, acompañados de un pelotón de soldados, para elegir a aquellos presos que ya no estaban en condiciones físicas de realizar el trabajo que se les ordenaba, ya fuera por enfermedad o por hambre. Se los enviaba a las cámaras de gas de Birkenau. Llegaban tantísimos judíos en transportes desde casi todos los rincones de Europa que nunca fue difícil encontrar a sustitutos.

—¿Y usted lo sabía? —preguntó Schweninger.

Meissner asintió, con los ojos clavados en las brasas que ardían en la chimenea.

—Al principio no, pero luego entendí lo que pasaba. ¿Cómo no iba a saberlo?

—¿Y no se plantó?

—¿Qué podía hacer? —Meissner se encogió de hombros. Luego levantó la vista—. Intenté persuadir al comandante de que aquel sistema no era eficiente y que, si mejorábamos las condiciones de los presos, la productividad en las fábricas de armamento aumentaría. Pero me dejaron muy claro que, si seguía por ese camino, la gente empezaría a tildarme de amigo de los judíos y que las cosas me irían muy mal.

—¿Muy mal? —Clément estaba indignado—. Nos moríamos de hambre. De frío. De cansancio. Éramos unos parias. No tengo palabras para describir el sufrimiento que se nos infligió. ¿Y pensó que las cosas podían irle mal? ¿Qué le habría pasado? ¿Le habrían prohibido la entrada al burdel?

—Nunca estuve allí —repuso Meissner poniéndose tenso—. Hice lo que pude. Ni un solo preso acabó en las cámaras de gas por mi culpa. Ni uno solo.

—Qué noble por su parte —se burló Clément, arrugando el labio—. Siguió formando parte de un sistema que enviaba a hombres y mujeres inocentes a la muerte. Tiene las manos tan manchadas de sangre como si los hubiera llevado usted mismo a las cámaras de gas.

—No crea, *Herr* Clément, que no me he reprochado mis faltas. —La voz del sacerdote se quebró por la culpa—. Y lo seguiré haciendo durante el resto de mis días.

—Aun así —dijo Schweninger, al cabo de un momento—, ¿no había nada que usted pudiera hacer?

—Logré salvar una vida. Tuve que conformarme con eso.

—¿Y qué vida salvó usted?

La respuesta a esa pregunta la dio Emil.

—La mía.

20
EL CONTRAGAMBITO ALBIN

Mayo de 1944
Auschwitz III, Monowitz

El resultado de la partida era más que previsible: el Relojero tenía contra las cuerdas al Holandés Errante antes incluso de que llegaran los SS, pero alargó el duelo para complacer a Brack y los otros *Prominenten* que habían empezado a seguir las partidas.

Todo el mundo sabía que el Relojero pertenecía a Brack, pero este había dado a entender que no tenía inconveniente en que los otros veteranos de bloque o los *Kapos* apadrinaran a un preso para que se enfrentara a su campeón. Aun así, no había sido Brack quien había hecho correr la voz de que el francés era imbatible: había sido Pasinski, un polaco que aseguraba haber derrotado al campeón alemán en la Olimpiada de Ajedrez celebrada en Múnich en 1936.

Pasinski estaba en el campo desde la liquidación del gueto de Varsovia en 1943. Tenía un don para vivir a costillas de los demás, lo que le había permitido resistir cuando la mayoría de los presos con los que había entrado en Auschwitz estaban muertos. Antes de la guerra, había sabido encauzar su astucia innata convirtiéndola en un talento formidable para el ajedrez y tenía ganas de bajarle los humos a aquel francés del que todo el mundo hablaba.

En el sorteo, a Pasinski le habían tocado las blancas y optó por una apertura bastante convencional. Su primer movimiento fue adelantar el peón de dama dos casillas. El Relojero hizo lo mismo, bloqueando el peón blanco. El polaco adelantó entonces el peón de alfil dama dos casillas, ofreciéndolo en sacrificio a las negras. Clément, rechazando el gambito, adelantó su peón de rey dos casillas y lo colocó junto a su compañero. Entonces, el polaco tomó ese segundo peón, permitiendo de este modo que el peón de dama de las negras avanzara una casilla más y se situara frente a la dama enemiga, con lo que creó una cuña en la defensa blanca.

En tan solo seis movimientos, Pasinski perdió la iniciativa y, con ella, la partida. Más tarde, aseguró que conocía el contragambito con el que había jugado el Relojero, aunque afirmaba que esa defensa no se utilizaba nunca al máximo nivel. Cualquier otro jugador que hubiera optado por ese movimiento habría perdido la partida, insistía el polaco.

Según Pasinski, la forma en que el Relojero intuía el pensamiento de su adversario era sobrenatural. Y eso lo hacía imbatible.

Una vez terminada la partida contra el holandés, Eidenmüller ordenó a Brack que acompañara al Relojero al despacho de Meissner.

—Pero lo quiero afeitado, bañado y con el uniforme limpio. ¿Entendido?

Había transcurrido una hora cuando el prisionero número 163291 se encontró en posición de firmes en el despacho de un capitán.

El aroma del café en la estancia era embriagador. El oficial de las SS estaba recostado en su silla, con los pies encima de la mesa, y miraba el humo de su cigarro, que se elevaba hacia el techo. Un sargento sirvió una taza de café al oficial y luego se colocó junto a la puerta.

Tras cinco meses de supervivencia en el campo, Emil Clément sabía a la perfección que no debía pronunciar ni una palabra ante un SS hasta que este se la dirigiera expresamente y, por ello, se mantuvo de pie, tieso, con la mirada clavada en la pared que había detrás del oficial, conteniendo las ganas irrefrenables de rascarse porque la tela basta de su nuevo uniforme le picaba en las axilas.

1962
Kerk de Krijtberg, Ámsterdam

—Entonces recuerda que lo convocó a su despacho, ¿no? —preguntó Schweninger, señalando a Meissner con una inclinación de cabeza—. Pero no tenía ni idea del motivo. Increíble.

—No tanto —replicó Clément—. Nos veíamos enfrentados a diario a situaciones absurdas como esa. Después de la limpieza a fondo a la que me sometieron, supuse que no me llamaban para aplicarme un castigo. Simplemente, pensé que aquello tenía que ver con mi habilidad para reparar relojes.

—¿Estaba asustado?

—Claro que sí. —Emil movió la cabeza con gesto incrédulo ante la ingenuidad de la pregunta de Schweninger—. Siempre. Solo la gente que había perdido la cabeza no tenía miedo. Cada vez que te hablaba un SS, era como el juego del gato y el ratón. No te permitían mirar al SS, pero de todos modos tenías que adivinar lo que quería de ti. Intentabas deducirlo por cómo te miraba o por la actitud que tenía o por cómo te hablaba. Si te gritaba, entonces sabías que estaba enfadado por algo y que seguramente iba a caerte una paliza. Una paliza imprevista podía ser dolorosa, pero era preferible a los latigazos.

—Supongo que los reservaban para las infracciones más graves, ¿verdad?

Clément extendió las manos.

—Seguro que sí. Algunos hombres iban con los pantalones

manchados de lodo o perdían algún botón del uniforme. Vi a hombres azotados por un descuido así.

Schweninger bajó la cara avergonzado.

—Pero no esperaba que fuera a ocurrirle eso, ¿no?

El francés asintió.

—No, pero siempre cabía esa posibilidad. Hasta hablar daba miedo. Cualquier cosa que dijeras podían tergiversarla y usarla contra ti. Ponías toda la atención del mundo para intentar deducir si había algún sentido oculto que debías entender y así poder dar la respuesta que el SS quería oír, pero era casi imposible. Todo lo que te decían podía ser mentira, y los SS eran como rottweilers, ansiosos por saltar encima de cualquier palabra descuidada y hacértela pagar con sangre.

—¿Y fue así como se sintió la primera vez que hablamos? —preguntó Meissner en una voz casi inaudible.

Emil asintió.

—Lo siento —dijo el sacerdote con la voz ronca—. No tenía ni idea.

Mayo de 1944
Auschwitz III, Monowitz

El capitán bajó los pies de la mesa, descabezó el cigarro en un cenicero hecho con la vaina de un proyectil y se dirigió al preso.

—¿Su nombre?

—Clément. Emil Clément.

—¿De dónde es?

—Francia.

—Me han dicho que es usted un magnífico jugador de ajedrez. ¿Es verdad?

Por un instante, Emil bajó la guardia; en vez de mantener la vista fija en la pared, la dejó caer y vio al oficial.

—¿Si juego al ajedrez? Lo siento, pero no entiendo a qué se refiere.

—Pues es una pregunta muy sencilla. ¿Juega bien al ajedrez? ¿Sí o no?

—Creo que sí. Perdón, sí, capitán.

—Habla bien el alemán para ser francés.

—Sí. Crecí en Metz.

—Entonces casi se podría decir que es alemán, ¿eh? —Sonriendo, el oficial se inclinó sobre la mesa y tomó un sorbo de café.

Emil volvió a clavar la mirada en la pared.

El café pareció ayudar al oficial a poner en orden sus ideas.

—¿Cuánto hace que juega al ajedrez?

—Desde que tenía unos catorce años.

—¿Y alguna vez ha participado en competiciones nacionales o internacionales?

—No, capitán.

—¿Está seguro? Me resulta difícil creerlo cuando me informan de que ha derrotado por lo menos a un jugador de nivel internacional en el campo.

—¿Quién se lo ha...? —Emil se mordió la lengua—. En realidad no tiene nada de particular, capitán. Incluso antes de la guerra, no era fácil para un judío entrar en el equipo nacional francés. Luego, con la caída de Francia, se volvió imposible.

—¿Sabe que celebramos un torneo de ajedrez entre el personal de las SS destinado en Auschwitz?

—No. No lo sabía.

—¿Le gustaría jugar contra las SS?

Esa pregunta no tenía ningún sentido; a Emil le costó entenderla. Siempre te hacían una pregunta trampa, todos los presos lo sabían. Quizá era esa la pregunta que daría pie a la paliza o a algo peor. ¿Cuál era la respuesta correcta? Si respondía que sí, le dirían que era un judío de mierda y un engreído, y la paliza estaría servida. Sin duda, la respuesta correcta era no. De esta forma demostraría que sabía cuál era su sitio y que no era tan estúpido como para pensar que podía desafiar el orden establecido, incluso si se lo invitaba a ello.

—¿Y bien?

—No me corresponde a mí decidir si debo jugar contra las SS, capitán.

Meissner se inclinó hacia delante.

—¿No quiere jugar? ¿Está completamente seguro? Podría concederle ciertos privilegios si lo hiciera.

Emil se pasó la lengua por los labios. Se le había secado la boca de repente.

—¿Tengo permiso para hablarle con franqueza, capitán?

El oficial pareció recibir con sorpresa que le hicieran semejante pregunta.

—Por favor, adelante.

—Los privilegios que pueda ofrecerme no me servirían. ¿Cuánto tiempo cree que podría conservarlos? Además, si ganase a uno de sus hombres, no creo que pudiera sobrevivir demasiado tiempo: me apartarían de mi *Kommando* de trabajo y me matarían a palos, o habría una *Selektion* y sería uno de los elegidos para salir por la chimenea del campo.

Meissner torció el gesto. Lo había sorprendido la tajante negativa del preso a su oferta de un mejor trato.

—¿De modo que se niega a jugar?

—Con todo el respeto, capitán. No puedo hacerlo.

—¿Y si se lo ordeno?

—Entonces lo haré, pero no para ganar.

Exasperado, Meissner se puso de pie.

—¿De verdad se engaña usted hasta el punto de creer que tiene elección?

Sin embargo, el prisionero 163291 se mantuvo en sus trece.

—Uno siempre puede elegir, capitán, si está dispuesto a aceptar las consecuencias.

1962
Kerk de Krijtberg, Ámsterdam

—¿Así que se negó después de todo? Tuvo que ser muy valiente para hacerlo. Bravo por usted.

Las palabras de Schweninger desconcertaron a Emil. ¿En la voz de ese alemán había un tono de aprobación?

—No fue cuestión de valentía, *Herr* Schweninger —replicó con frialdad—. Lo hice simplemente para sobrevivir. No veía cómo iba a cumplir con esa propuesta inverosímil y salir con vida.

El alemán le acercó la mano y le dio una palmada en el antebrazo.

—Por favor —dijo, en un tono de voz sorprendentemente cálido—. Deje de llamarme *Herr* Schweninger. Llámeme Willi, como todo el mundo.

El reloj sobre la chimenea dio las diez. Meissner miró a Emil.

—¿Tiene partida mañana? —preguntó.

—No. No vuelvo a jugar hasta pasado mañana.

—Entonces, caballeros, ¿me permiten invitarlos a una última copa?

Aceptada su propuesta, Meissner salió del salón y volvió al cabo de unos minutos con tres copas y una botella de *kümmel.*

—Lamento decirles que es un licor holandés —se disculpó—. No es tan bueno como los alemanes, pero por lo menos no es imbebible. —Sirvió tres copas generosas—. *Prosit* —dijo.

Meissner y Schweninger brindaron con sus copas y las mantuvieron en alto a la espera de que Emil se uniera al brindis. Emil no se movió. En vez de ello, miraba absorto el líquido incoloro que contenía su copa. Meissner y Schweninger intercambiaron una mirada de incomodidad.

Poco a poco, Emil levantó su copa.

—*Prosit* —murmuró.

Tomaron un buen trago y agradecieron la placentera calidez del alcohol que bajaba por sus cuerpos.

—En fin, ¿dónde nos habíamos quedado? —dijo Meissner.

Schweninger usó su vaso para señalar a Emil.

—Nuestro amigo acababa de rechazar su amable oferta de jugar al ajedrez contra las SS. —Tomó otro trago—. Y lo he felicitado por negarse. —Le guiñó el ojo a Emil y se sacó un paquete de Camel del bolsillo. Después de llevarse un cigarro a los labios, ofreció tabaco a sus compañeros.

—Sí —dijo el sacerdote, tomando uno—. Pero nuestro amigo no tardó mucho en cambiar de parecer, ¿verdad?

21
LA DEFENSA BÁLTICA

Mayo de 1944
Auschwitz III, Monowitz

Eidenmüller estaba furioso; no recordaba la última vez que había estado tan cabreado. Menudo descaro tenía ese apestoso pedazo de mierda judía. Maldición, no era extraño que todo el mundo odiara a ese cerdo desagradecido. Había seguido el intercambio entre el capitán y ese tonto asqueroso con creciente incredulidad, deseando cruzar el despacho y darle a ese imbécil insignificante una buena tunda ahí mismo. Pero sabía que el capitán no lo habría tolerado, de modo que había tenido que permitir que el hijo de puta hiciera de las suyas. De momento.

Eidenmüller intentó tranquilizarse. Su jefe quería una partida de ajedrez. Él se encargaría de dársela.

Esperó una semana antes de volver al bloque donde se alojaba el judío. No había nadie en la sala común, a excepción de quien estaba pasando la escoba por los tablones irregulares del suelo. El hombre se puso a barrer con más agilidad cuando se dio cuenta de que Eidenmüller había entrado.

—¿Dónde está Brack?

El preso interrumpió su trabajo y se cuadró, sujetando el palo de la escoba como si fuera un fusil. A Eidenmüller aquella imagen casi le provocó un ataque de risa.

—En el bloque diecinueve.

Ya en el bloque diecinueve, Eidenmüller abrió la puerta y echó un vistazo dentro. Brack estaba conversando desganadamente con otros tres verdes.

—Brack —lo llamó Eidenmüller—. Quiero hablar contigo un momento, si no te importa.

No quedaba rastro de la cortesía que Brack había mostrado frente a Meissner.

—¿Sí? ¿De qué? —dijo, entrecerrando los ojos al salir a la radiante luz del sol.

—Vamos a dar un paseo.

Picado por la curiosidad, Brack se colocó al lado del SS y caminaron tranquilamente en dirección a la plaza de armas.

—Háblame de tu jugador de ajedrez —le ordenó Eidenmüller.

—¿El Relojero?

—¿Así lo llaman? ¿Por qué?

—Porque eso es lo que hace. Repara relojes.

—¿Para los presos?

Brack lo miró con cara de preguntarse cómo podía ser tan estúpido aquel SS.

—¿Tú qué crees?

Siguieron caminando un poco sin hablar hasta que Eidenmüller le dijo:

—¿Sabes? Mi jefe quiere organizar unas partidas entre ese judío y algunos de los jugadores de las SS.

Brack se paró en seco, asombrado.

—¿Por qué iba a querer hacer eso?

—Ha corrido la voz, Brack. ¿Entiendes a qué me refiero? No digo que sea culpa tuya, pero es curioso eso de que corra la voz. En cuanto empieza a correr, no hay manera de pararla.

—¿De qué diablos me estás hablando?

—«Imbatible», Brack. Esa es la palabra que corre de boca en boca. Tu ajedrecista judío. No podemos permitirlo, ¿no? Figúrate, un puto judío imbatible. Así que alguien tiene que ganarle, pero no puede ser un chanchullo. Todo el mundo se enteraría enseguida. Mi jefe quiere que se enfrente a algunos de nuestros mejores ajedrecistas de las SS y, créeme, tenemos un par que son buenísimos. Pero hay un problema, ¿no?

—¿Un problema?

—Sí. Ese cochino no quiere jugar, ¿no?

Siguieron caminando un poco.

—¿Qué quieres que haga exactamente? —preguntó Brack.

—Mi jefe es un tipo decente, ¿sabes? —afirmó Eidenmüller, pasando por alto la pregunta—. Así que no le sentaría bien enterarse de que he asustado a su ojito derecho para obligarlo a jugar. Por eso no voy a decirte qué es lo que tienes que hacer. Tú ya sabes manejarte. Simplemente, asegúrate de que ese cabrón acceda a jugar.

—¿Y qué voy a ganar yo con ello?

Eidenmüller sonrió de oreja a oreja.

—Para empezar, tendrás mi gratitud eterna. Luego, ¿cuándo fue la última vez que te tomaste un buen trago de *Schnapps*?

Cae la tarde y Emil e Yves vuelven a su bloque después del recuento de presos. Avanzan con dolorosa lentitud. Yves ha salido por completo agotado de la fábrica de la Buna. Todas las noches, algunos de los presos tienen que cargar con sus compañeros cuando vuelven a los bloques. A casi todos ellos los descartarán en la próxima *Selektion*.

Hace días que Emil teme que su amigo sea uno de los elegidos.

—Podemos intentar que te admitan en la enfermería —le ruega Emil—. Podrías decir que te has caído, que te has torcido el tobillo y que te cuesta mucho apoyar el peso. No podrán demostrar que no es verdad. Los doctores son judíos. Se apiadarán de ti. Solo necesitas unos pocos días de descanso y serás un hombre nuevo.

Son palabras vacías y lo sabe. Sin embargo, con gran sorpresa, ve que Yves accede a ello y se suma a la larga fila india de presos que esperan frente al dispensario. Su amigo lleva días sin hablar de otra cosa que no sea comida; sueña constantemente con darse un gran banquete. Aun así, cuando Emil le ofrece media ración de su pan, Yves se niega a aceptarla.

Emil ayuda a su amigo a sentarse en el suelo, Yves apoya la espalda en la pared de madera.

—Dame tu tazón —le dice—. Voy por tu ración de sopa. Vuelvo dentro de un segundo.

Su bloque no está muy lejos. Sin embargo, cuando Emil llega al principio de la cola, el preso que reparte la sopa exclama:

—Aquí está. Avisa a Bodo.

Sacan a Emil de la cola y lo llevan a la sala común. Una palabra de Brack basta para que todos se vayan. En la sala, solo quedan Emil, Brack, Widmann, que es su chivato, y media docena de matones.

Es evidente que algo va mal.

—Eres un puto incordio y un desagradecido, judío de mierda —dice Brack.

Emil no responde.

—¿Quién diablos te crees que eres?

Emil sigue sin responder.

Brack levanta la voz. Casi chilla.

—¡Te he dicho que quién diablos te crees que eres, atontado!

Y Emil sabe que va a morir.

1962
Kerk de Krijtberg, Ámsterdam

El ama de llaves asomó la cabeza por la puerta del salón.

—Si no necesita nada más, padre, voy a retirarme.

—Por supuesto. ¿Le ha hecho la cama a *mijnheer* Schweninger?

—Dos camas, padre. He hecho dos camas. Pensaba que tenía dos invitados. Les he dejado preparado el desayuno para mañana.

—Gracias.

—Es que mañana no estaré. Es mi día libre.

—Gracias, señora Brinckvoort. Estoy seguro de que nos las arreglaremos a la perfección. —Cuando el ama de llaves cerró la puerta, Meissner se volvió hacia Emil—. Ya ha oído lo que ha dicho: tiene una habitación preparada, si le parece. ¿Por qué no deja el hotel y se queda aquí hasta que termine el torneo? Estoy seguro de que pueden pasarlo bien juntos, analizando las partidas.

—Un momento —lo interrumpió Schweninger—. Solo he accedido a quedarme una noche. No he dicho nada de quedarme todo el torneo.

—Como quiera. Solo era una idea. —Meissner tomó la cafetera. Estaba vacía—. ¿Alguien quiere otro café? Estará listo dentro de un momento.

Los dos ajedrecistas miraban absortos las brasas de la chimenea mientras esperaban a que el sacerdote volviera de la cocina. Parecía tardar más de lo necesario.

Por fin, Emil rompió el silencio.

—Hace años que me lo pregunto —empezó a decir titubeando—. Quiero decir que he leído varios libros, pero nunca se lo he preguntado a alguien que estuvo allí, que formó parte de todo eso... —Su voz se apagó.

—¿Qué es lo que se preguntaba, *Herr* Clément?

Emil respiró hondo.

—¿Cómo personas inteligentes como usted y Paul pudieron dejarse embaucar por Hitler hasta el punto de convertirse en criminales?

Apenas un día antes, esa pregunta habría ofendido sobremanera a Schweninger. Sin embargo, ahora se la tomó con filosofía.

—Vaya pregunta —contestó—. Me la he planteado muchas

veces y la verdad es que es muy descorazonador. Mucho se ha hablado de la mediocridad de nuestros políticos, de las consecuencias terribles de la Gran Depresión y de las reparaciones de guerra que tuvo que pagar Alemania, pero lo cierto es que muchos queríamos darle un sí entusiasta a Hitler. Sabíamos que era un hombre peligroso, pero nos prometió guiarnos al destino que nos correspondía. ¿Quién podía decir no a eso? —Soltó un profundo suspiro—. Al principio, el peligro no tenía una forma concreta, pero entonces el partido nazi se infiltró en cada recoveco de nuestras vidas para vigilarnos y controlarnos: los camisas pardas, los movimientos juveniles, las sociedades artísticas, la maquinaria propagandística, incluso el servicio postal y, luego, la Gestapo. Era como enfrentarse a un coloso que te imploraba que dijeras «¡sí!», que te obligaba y te incitaba a hacerlo, sin saber lo que ese «¡sí!» quería decir. De todos modos, aun a pesar de ese trasfondo de miedo, lo que dominaba era una sensación eufórica, liberadora. El Führer sabía lo que había que hacer y lo único que se esperaba de nosotros era que lo dejáramos todo en sus competentes manos. Si lo hacíamos, todo iría bien y volveríamos a ser fuertes: un pueblo, una sangre, unidos por un destino común, desfilando juntos hacia un porvenir maravilloso en el que las viejas incertidumbres serían desterradas. Si hubiera formado parte de ello, lo entendería. Era irresistible.

Emil meneó la cabeza con lentitud.

—No, nunca habría podido sumarme a eso. Soy judío.

Meissner volvió al salón.

—¿Un café?

—No, gracias —dijo Schweninger, al tiempo que se levantaba de la silla—. Creo que voy a acostarme.

—¿Tan temprano?

Pero el ambiente en la sala se había enrarecido, y el incipiente sentimiento de camaradería había desaparecido.

—¿Y qué me dice usted, Emil? ¿Se quedará a dormir esta noche?

—No. Creo que es mejor que vuelva a mi hotel.

Se levantó y, después de pasar junto a Paul, se dirigió a la puerta, tomando su abrigo por el camino. Meissner lo siguió.

—¿Lo veremos mañana?

Emil se detuvo frente a la puerta abierta.

—No lo sé. Puede ser. Necesito tiempo para pensar. Ha sido un día largo. Quizá las cosas me parezcan distintas mañana.

—Rezaré por usted.

—Gracias, pero no sé qué valor pueden tener las plegarias de un cristiano por un judío.

—Cristianos y judíos le rezan al mismo Dios.

—Eso dicen. —Emil se dio la vuelta—. Buenas noches —se despidió cuando ya se iba.

Como siempre, Meissner se despertó temprano. Se lavó, se puso la sotana, bajó cojeando la breve escalera de la rectoría y salió a la calle desierta. Se sentó cómodamente en un banco que daba al canal. Con la sola compañía del canto de los pájaros, se encendió un cigarro, pero le supo amargo y lo tiró al agua. Se giró entonces para mirar la iglesia dedicada a san Francisco Javier, con su doble portada y sus torres puntiagudas. Los jesuitas llevaban allí más de tres siglos, dos de ellos de forma clandestina. Meissner solía inspirarse en la tenacidad con la que aquellos hombres habían mantenido la fe entre los católicos holandeses después de que el país se declarara protestante, pero ese día no. Suspiró, pasó un momento más en compañía de los pájaros y se puso de pie.

Después de sacarse una llave del bolsillo, abrió la puerta de la iglesia y entró. Se preguntó si había acertado al reunir a Emil y Willi. Todo había salido mejor de lo que esperaba hasta que los dejó a solas. Algo ocurrió entonces, pero ¿qué? Se acercó a la barandilla del altar. Cuando olía el barniz de las maderas y la cera de las velas solía tener la sensación de llegar a casa. Se arrodilló y juntó las manos para rezar, pero las palabras que debían darle serenidad en esa ocasión se habían vuelto mecánicas y vacías de todo contenido. Vio el reloj. Todavía no eran las siete. Decidió dar misa.

En la sacristía, se puso el alba y se echó la estola sobre los hombros. De un aparador, sacó un poco de vino y una sola hostia. Volvió a la iglesia y se colocó frente a una de las capillas laterales, dedicada a la Virgen.

—Santa María, Madre de Dios —murmuró—, ayúdame, por favor, a hacer el bien.

Puso la copa de vino y la hostia sobre el paño del altar y, después de arrodillarse, se santiguó:

—*In nomine Patris, et Filii, et Spiritus Sancti...*

Meissner volvió a la sacristía sintiéndose mejor, como solía ocurrirle después de decir misa en soledad. «Pidan y se los dará», pensó. Pues bien, él había pedido. Ahora todo quedaba en manos del Señor. Como Schweninger todavía no se había levantado, decidió aprovechar para preparar el café y freír un poco de tocino. Los aromas despertarían sin duda a su invitado.

Al cabo de unos pocos minutos, Willi entró en la cocina frotándose los ojos.

—Creo que he oído que alguien salía —dijo.

—He sido yo. He ido a la iglesia. —Cambió de inmediato de tema—. ¿Café?

Ninguno de los dos habló de la noche anterior mientras desayunaban. Una vez fregados los platos, se sentaron para fumar y Schweninger dijo:

—No nos explicó por qué *Herr* Clément cambió de opinión.

—No. De hecho, si le parece bien, creo que prefiero esperar a que se lo cuente él mismo.

Schweninger extendió la mano sobre la mesa de la cocina para tirar la ceniza del cigarro en un cenicero.

—De acuerdo —convino.

Permanecieron en un agradable silencio un rato, hasta que el sacerdote dijo:

—¿Por qué no me habla de lo que hizo durante la guerra? Estuvo en el Ministerio de Propaganda, ¿verdad?

Schweninger asintió.

—Así es. Sección tercera: turismo.

—¿Y durante su paso por el ministerio estuvo siempre en la misma sección?

—Sí. Al principio me gustaba, era muy glamuroso, sobre todo durante las Olimpiadas, y tenías la posibilidad de viajar. Pero al cabo de un tiempo me di cuenta de que no iba a prosperar. Incluso cuando solicité un traslado, para el que estaba más que capacitado, me lo denegaron. Tardé un poco en entenderlo, pero al final me di cuenta de que tenía una mancha en el currículum que no podría borrar nunca.

—¿Cree que alguien se la tenía jurada?

Schweninger apagó el cigarro con tanta fuerza que la colilla se desintegró entre sus dedos.

—Es la única explicación que le veo.

—¿Sabe quién era?

—Claro que sí. Estoy convencido de que fue el Enano Maligno en persona, aunque, por supuesto, el tipo nunca se habría rebajado a decírmelo a la cara.

—El Enano Maligno, ¿se refiere a Goebbels?

Schweninger asintió.

—Sí, el viejo con el pie deforme.

—¿Qué pasó?

Agosto de 1936
Múnich

Fue un desastre: una humillación total y absoluta.

Berlín, 1936. Alemania era la anfitriona de los Juegos Olímpicos. Un año antes, se había producido un estallido contra los judíos del país que había desembocado en la aprobación de la Ley de Ciudadanía y la Ley para la Protección de la Sangre y el Honor Alemanes, las llamadas Leyes de Núremberg, que desposeían a los judíos de su ciudadanía y les prohibían participar en la vida pública. Cuando la Federación Alemana de Ajedrez —la *Grossdeutscher Schachbund*— propuso celebrar una Olimpiada de Ajedrez en paralelo a los Juegos Olímpicos, la Federación Internacional de Ajedrez, la FIDE, proclamó que el antisemitismo en Alemania les impedía participar en la Olimpiada. En una argucia cínica, Alemania acordó suspender la normativa que prohibía la participación de ajedrecistas judíos, y la Asamblea General de la FIDE aprobó en votación dar libertad a las federaciones nacionales para que decidieran si querían participar en el torneo. Aunque la *Schach-Olympia 1936* fue un torneo totalmente extraoficial, se inscribieron más equipos que en cualquier edición anterior, y las autoridades nazis vieron en el certamen un magnífico instrumento de propaganda. Tomaron parte varios grandes maestros judíos de muchos países distintos, incluidos Boris Kostić, Lodewijk Prins y un joven genio polaco, Mendel Najdorf.

Debutando con el equipo alemán, había un joven ajedrecista, Wilhelm Schweninger, cuyo juego atrevido —o temerario, al decir de algunos expertos— le había granjeado fama en todo el país. Parecía encarnar la fiebre de optimismo que se había apoderado del Tercer Reich de Hitler. Desde que las Leyes de Núremberg habían prohibido la entrada de los jugadores judíos en la Federación Alemana de Ajedrez, el país se había hundido en la clasificación internacional. Schweninger, convencido de su superioridad innata, aprovechó sus nuevos contactos dentro del Ministerio de Propaganda para informar a sus compatriotas de que iban a cambiar las tornas: fue aclamado como el rostro del renaciente ajedrez germano, que no tardaría en recuperar el lugar que le correspondía por derecho en la vanguardia del ajedrez internacional.

El juego del joven Schweninger fue tan arrogante y agresivo como todo el mundo esperaba. En la primera ronda, tuvo que enfrentarse a un judío que representaba a Letonia y que era tan despiadado como él. Schweninger obtuvo una victoria convincente y la prensa alemana lo alabó como la prueba viviente de la superioridad aria frente a los judíos. En Múnich, se organizó a toda prisa una cena en su honor e incluso recibió un telegrama de felicitación de Goebbels. Con la euforia, llegó a pensar que tendría un ascenso meteórico en el ministerio. Los ricos y los famosos le harían la corte y las chicas guapas se desvivirían por él.

Pudo disfrutar de su sobrevenida celebridad exactamente un día.

En la segunda ronda, le tocó jugar contra otro judío, el legendario Najdorf. El polaco había dado su nombre a una variante de la defensa siciliana. Por supuesto, Schweninger esperaba que su rival empleara su célebre estrategia y se llevó una gran sorpresa cuando Najdorf empezó con un sencillo gambito de dama y procedió a vapulear al joven alemán, llevando la partida a su inevitable conclusión con pasmosa rapidez. Cuando le dio mate, Najdorf vio a su adversario con frío desprecio.

Completamente desmoralizado, Schweninger trató de conservar la dignidad. «Enhorabuena, *Herr* Najdorf», dijo, al tiempo que le tendía la mano. Najdorf no se la estrechó y, sin mediar palabra, se dio la vuelta y se levantó de la mesa.

Hirviendo de rencor, Schweninger gritó al ver que se alejaba:

—*Herr* Najdorf, pronto llegará el día en que los judíos recibirán el mismo trato que tanto les gusta dar a los demás. Ya veremos entonces si sigue pensando que no soy digno de que me estreche la mano.

Sin embargo, el ganador siguió caminando como si nada hacia la salida. Furioso, Schweninger le gritó: «*Heil Hitler!*». Pero eso no fue lo peor de todo. Dos países, Polonia y Hungría, habían presentado equipos formados íntegramente por jugadores judíos. El equipo alemán fue barrido por ambos. Se rumoreaba que Goebbels había montado en cólera. La Olimpiada había sido un fracaso y Wilhelm Schweninger era uno de los principales culpables.

1962
Kerk de Krijtberg, Ámsterdam

—¿Así que Goebbels no le perdonó que hubiera perdido con un judío?

—Siendo justos, creo que hubo algo más.

—¿Quiere ser justo con el hombre que le arruinó la carrera?

Un asomo de sonrisa surcó los labios de Schweninger.

—No creo que lo mío fuera una carrera en el mundo del ajedrez, la verdad. Hice bien mi trabajo como guía de la prensa inglesa durante los Juegos Olímpicos de Berlín, pero ahí acabó la cosa. Después de aquello, nunca fui más que un oficinista con ínfulas. Creo que lo que molestó tantísimo a Goebbels fue que utilizara mis contactos en el ministerio, no para dar una buena imagen del equipo alemán, sino para exagerar mis méritos. Si hubiera tenido éxito, todo habría salido bien. En realidad, tuve la mala fortuna de cruzarme con Najdorf.

—Está aquí, en Ámsterdam. Lo sabe, ¿verdad?

—¿Najdorf? Sí, lo sé. Había pensado en presentarme y disculparme por haberme comportado como un patán hace tantos años, pero dudo que se acuerde del episodio a estas alturas. —Schweninger se puso de pie—. Disculpe, tengo que ir al baño.

Cuando volvió, Meissner estaba lavando los platos.

—¿Qué ocurrió después de Múnich?

Schweninger se apoyó en la encimera y vio cómo el sacerdote frotaba un sartén.

—No estaba dispuesto a permitir que ese único revés marcara mi carrera como ajedrecista. En 1940 me convertí en el campeón indiscutible de Alemania, pero para entonces Goebbels tenía cosas más importantes en las que ocupar su tiempo que un ajedrecista que había permitido que un judío lo derrotara. Seguí mejorando mi estilo agresivo, que había basado en los textos de Spielmann, aunque ese hombre también era judío. Si hubiera podido batirme con él, nadie habría podido poner en tela de juicio mi reinado como campeón de Alemania y Austria, pero el hombre había huido a Suecia.

—Es como si estuviera predestinado a que los judíos marcaran su carrera, y ahora acaba de perder con otro. ¿Siente rencor?

—No. Siendo sincero, soy el único culpable de lo que pasó en Múnich. Fui arrogante y, sencillamente, no estuve a la altura. Aunque la verdad es que solo tenía veintitrés años. Lo que no puedo explicarme es cómo logró Clément batirme de forma tan convincente aquí en Ámsterdam. Me creía mejor jugador. Ha sido todo un correctivo descubrir que no lo era.

—Tendría que haberlo visto en Auschwitz.

Al mediodía, viendo que Emil no aparecía, Meissner propuso que fueran caminando a su hotel.

—Me temo que *mijnheer* Clément salió —los informó la recepcionista.

—Creo que sé dónde está —dijo Meissner.

22
EL GAMBITO MÚNICH

1962
Leidseplein, Ámsterdam

Era un radiante día de primavera. Meissner y Schweninger volvieron sobre sus pasos por el canal Singel. Esquivando bicicletas y tranvías, Meissner guio a su compañero por varios puentes hasta que llegaron a una plaza abierta: el Leidseplein. Bajo los árboles, que echaban sus primeros brotes, había varias mesas con tableros de ajedrez. Meissner señaló una que estaba justo enfrente de un café.

—Ahí está —dijo.

Cruzaron la calle.

—Pensé que lo encontraríamos aquí —indicó Meissner con una amplia sonrisa.

Emil levantó la vista del tablero y parpadeó deslumbrado.

—¿Le importa? —preguntó Schweninger, señalando una silla.

Emil no respondió; en su lugar, miró con gesto inquisitivo a su adversario. Estaba jugando contra un adolescente que parecía un tanto nervioso por la intromisión.

—Por favor, no se preocupe por nosotros —pidió Meissner—. Solo somos unos simples admiradores del juego. Si lo incomodamos, no dude en decírnoslo y les dejaremos solos.

—No, padre. No pasa nada —respondió el joven.

La partida avanzaba lentamente. A cada movimiento —tanto en los suyos como en los de su adversario—, Emil describía lo que estaba ocurriendo sobre el tablero. La clave para la victoria, explicó, era saber anticipar qué iba a hacer el otro jugador con cuatro movimientos de antelación, pero al mismo tiempo conseguir que tus jugadas fueran impredecibles.

Al cabo de un rato, el joven dijo:

—Me ganará dentro de cuatro movimientos.

Emil sonrió.

—Muy bien, aunque no es eso lo que tenía en la cabeza cuando te dije que debías calcular lo que iba a pasar. Aun así, felicidades: estás empezando a pensar como un ajedrecista.

El adolescente se disponía a levantarse cuando Schweninger lo agarró del brazo.

—¿Sabes con quién has jugado?

El joven dijo que no con la cabeza.

—*Herr* Clément es el campeón de Israel, aunque en realidad es francés. Dentro de una semana, más o menos, ganará el campeonato internacional. —Schweninger vio entonces a Emil con gesto elocuente—. Hay quien dice que es imbatible.

El chico se quedó impresionado.

—¿De verdad? De haberlo sabido, no habría...

Emil se rio entre dientes.

—Entonces me alegro de que no lo supieras. Gracias por la partida. He disfrutado mucho.

Un mesero se acercó a la mesa.

—La caminata me ha dado hambre —anunció Meissner—. ¿Comemos algo?

Mientras daban cuenta de un almuerzo de pan, queso y cerveza, Schweninger comentó:

—Esta mañana le pregunté a Paul por qué usted cambió de idea y decidió jugar contra las SS. Me dijo que se lo pregunte.

Emil torció el gesto.

—¿Ah, sí?

Junio de 1944
Auschwitz III, Monowitz

—¿Ha cambiado de idea? —Meissner mira con atención al prisionero que acaba de cuadrarse ante él. Su rostro no tiene color y ve que le falta un diente cuando abre la boca. Parece que le han dado una buena paliza. Meissner suspira. No era eso en absoluto lo que quería.

—¿Por qué? —le pregunta.

La respuesta lo deja pasmado.

—Perdóneme, capitán —dice Emil—, pero la última vez que nos vimos me habló de ciertos privilegios que podría concederme si aceptaba jugar. No pido nada para mí, entiéndame. Se lo pido por un amigo.

—¿Un amigo? ¿Y se puede saber quién es ese amigo? ¿No será Brack, por casualidad?

Emil niega con la cabeza.

—No, capitán. Es el hombre con el que comparto litera. Se llama Yves Boudeaud. Su número es el 162870.

—¿Y qué quiere que haga por ese amigo suyo?

—Es muy simple. Ahora mismo está en la enfermería, recuperándose de una lesión. Lo cierto es que se muere de hambre y está agotado. Morirá si nadie lo ayuda. Es un hombre bueno. Solo pido que lo destinen a trabajar en las cocinas cuando le den el alta. Allí, el trabajo no es tan duro y podrá acceder a mejores raciones.

Perplejo, Meissner sacude la cabeza. Esperaba una petición mucho más exagerada. Lo que ese hombre le pide es un favor casi sin importancia. Tiene que haber algo más.

—¿Y ya está? ¿Nada más?

Emil duda antes de responder. Cuando habla, la voz le traiciona al quebrársele.

—Mi mujer y mis hijos, señor. No sé qué ha sido de ellos, pero, si siguen vivos, me gustaría que se tomaran medidas similares con ellos.

Meissner permanece callado un momento, sopesando su respuesta.

—Siento decirle que no puedo prometerle tal cosa. Si siguen con vida, estarán en Birkenau y allí no tengo autoridad. Pero le concederé la otra petición, la de su amigo, con una condición.

—Por supuesto, siempre que esté en mi mano.

—Descuide, no me cabe duda de que lo estará. La condición es que debe ganar.

Emil reflexiona un momento sobre las palabras del oficial.

—No lo entiendo —dice por último—. ¿Por qué es tan importante que gane?

—Malinterpreta mis intenciones. A mí me da igual si gana o no. Lo que considero imprescindible es que juegue a ganar. De lo contrario, no sería una competición en buena lid y el resultado no sería válido.

A Emil le cuesta penetrar en el razonamiento del oficial. Lo normal sería que un SS deseara que un judío perdiera, ¿no? ¿Acaso tiene alguna importancia? Para él, la cuestión es muy sencilla: si gana, Yves vivirá. Si no, morirá con toda seguridad.

—Entiendo —dice, aunque en realidad no lo entienda en absoluto. Lo que le pide este oficial no tiene ningún sentido. El cerebro de Emil se afana en reordenar las palabras del SS, como si fueran piezas en un tablero, intentando encontrarles algún sentido oculto, un movimiento que deba interpretar—. Pero si gano —continúa, eligiendo las palabras con cuidado—, Yves será destinado a las cocinas de forma permanente, ¿no? ¿Y me da su palabra de que no lo seleccionarán para las cámaras de gas?

—Está planteando una nueva condición —señala Meissner—. Lo que dice es que jugará por la vida de su amigo. Es una gran responsabilidad.

—Es posible —concede Emil—, pero aun así tengo que hacerlo. Él haría lo mismo por mí.

—En tal caso, haré lo que me pide. Su amigo será destinado a trabajar a las cocinas y me ocuparé de que en su cartilla de prisionero quede constancia de que ha sido designado *Schutzhäftling** y que, por tanto, queda libre de las *Selektionen*.

—Entonces, jugaré.

El preso se inclina y sale del despacho.

Cuando empieza a bajar la escalera, Meissner llama a su ordenanza.

—¿Ha tenido algo que ver con esto?

El rostro de Eidenmüller, plantado en el umbral, se convierte en un alarde de inocencia herida.

—¿Yo, señor? ¿Qué, señor?

—El preso, Eidenmüller. Le han dado una paliza. De verdad espero que no haya tenido nada que ver.

—¿El preso, señor? ¿Se refiere al tipo que acaba de estar aquí? ¿El Relojero?

—¿El Relojero?

—Así lo llaman, señor.

—Pues sí, idiota. El Relojero.

El ordenanza sacude la cabeza con teatralidad.

—No, señor. Le aseguro que no, señor. Tiene que haber sido ese jefe de bloque, señor. Brack, creo que se llama, señor. Un mal elemento. No me gusta nada, señor. Ni un pelo.

—Bien, quiero que haga algo por mí, Eidenmüller, ¿de acuerdo? Quiero que vaya a ver al tal Brack en persona. Quiero que le diga que en adelante hay que dejar tranquilo al Relojero. Está bajo mi protección y, si le ocurre algo, me ocuparé de que a Brack le ocurra exactamente lo mismo. ¿Lo ha entendido?

—Sí, señor. Entendido. Alto y claro, señor.

* Preso en detención preventiva.

1962
Gran Hotel Krasnapolsky, Ámsterdam

En la siguiente partida del torneo se enfrentó a un húngaro que jugaba bajo bandera estadounidense. Emil eligió blancas y adelantó el peón de dama dos casillas. El húngaro respondió sacando su caballo de rey y dejándolo dos casillas por delante del alfil. Emil adelantó entonces el peón de alfil dama y lo dejó junto a su compañero. El húngaro movió su peón para bloquearle el camino, ofreciéndolo en sacrificio a las blancas. Emil rechazó el gambito y adelantó una casilla más su primer peón, ofreciéndolo al caballo de las negras. Como el cambio de un caballo por un peón no es equitativo, el húngaro adelantó su peón de caballo dama, planteando un segundo gambito. Emil tomó el peón. Su adversario adelantó entonces su peón de torre un escaque y Emil también lo capturó. El húngaro tomó el peón con su alfil de dama, dejándolo en una diagonal privilegiada. Observando la partida desde un lateral, Schweninger le susurró a Meissner:

—¿Qué está haciendo? ¿No ve que le están tendiendo una trampa?

—¿Una trampa? No me lo parece. Le saca un peón de ventaja. Eso está bien, ¿no?

—No. Las blancas siempre empiezan con la iniciativa, pero ahora la han perdido. Mire la posición del húngaro: está mucho más desarrollada. Además, su alfil es una amenaza porque domina la diagonal.

Sin embargo, Emil era plenamente consciente de lo que estaba haciendo su rival. El húngaro le había planteado una variante de la defensa Benoni, que era una de sus favoritas cuando jugaba con negras. Había visto antes esa variante, en circunstancias por completo distintas, cuando había muchísimo más en juego.

Junio de 1944
Auschwitz III, Monowitz

Emil debe aguardar a terminar la jornada de trabajo antes de poder visitar a Yves en la enfermería y darle la noticia. Su amigo sigue delicado, pero se le ve más despierto y sus ojos han perdido la pátina apagada de la desesperanza. Emil le dice que tiene mejor aspecto y enseguida le cuenta el trato al que ha llegado con el oficial de las SS.

—Así —dice Emil, sintiéndose más relajado de lo que se ha sentido en meses—, cuando te den el alta, te destinarán a trabajar en las cocinas y, si hay una *Selektion*, no serás de los que salgan convertidos en humo por la chimenea.

La respuesta de Yves, sin embargo, no es la esperada.

—¿Y si pierdes?

—No voy a perder.

—Pero podrías perder. Lo que dices, Emil, es que, si pierdes, con toda seguridad me van a meter en la próxima *Selektion* y, si ganas, te deberé la vida.

—Yves, confía en mí. No voy a perder.

Con una pasión que Emil no le había visto en mucho tiempo, Yves responde:

—Confío en ti, Emil, pero no se trata de eso. ¿No lo entiendes? No puedo consentir que negocies con mi vida. No soy una pieza de ajedrez con la que puedas jugar en un tablero.

Emil se queda de piedra ante la reacción de su amigo.

—Pero dijiste que uno de los dos tenía que sobrevivir para contar lo que ocurre en este sitio.

—Me refería a ti, Emil. No a mí. No esperaba, ni espero, sobrevivir. Mírame. No voy a durar demasiado. Unos días, unas semanas, como máximo.

—No. Yves, por favor. Escúchame. Esto funcionará. Seguro que sí.

—No, Emil. No voy a consentirlo. No quiero que mi vida

dependa de los caprichos de un oficial de las SS. Lo que te da hoy te lo puede quitar mañana.

Emil se angustia al ver la terquedad de su amigo. Sin darse cuenta, empieza a jalar de los hilos que se han soltado del dobladillo de la manga.

—No creo que te quite nada. Me dio su palabra.

Yves no parece convencido.

—¿Te dio su palabra? ¿A un judío? ¿Y tú le has creído? Seguro que a estas alturas ya has aprendido a no confiar en ningún alemán. Son unos mentirosos, del primero al último. Es muy posible que esté riéndose de ti ahora mismo.

Emil suplica a su amigo.

—Por favor, Yves. Deja que lo intente.

—No. Te lo prohíbo.

Emil cae en la trampa que le ha tendido el reino de las mentiras: para salvar la vida de su amigo deberá abandonar la verdad, algo que se había prometido no hacer. Le dice a Yves que respetará su decisión, que no jugará para salvarle la vida. El día que Yves salga del Ka-Be será demasiado tarde para que pueda impedírselo.

El suboficial encargado del bloque había llamado a Bodo Brack. Le entregó un papel.

—¿Qué es esto?

—Es un aviso del cambio de situación de uno de los prisioneros. El preso 162870, Boudeaud, ha sido nombrado *Schutzhäftling* por orden del capitán Meissner. Se debe modificar su registro en consecuencia.

—¿Por qué han modificado su situación?

—Ni idea. Es lo que me han ordenado y punto.

De vuelta en el bloque, Brack le entrega el papel a Widmann.

—¿Quién es el tal Boudeaud? —pregunta.

—Es un franchute. Comparte catre con el Relojero. La parejita son como uña y carne.

—¿Y qué tiene de especial el tipo ese?

—Nada, que yo sepa. Aunque está hecho polvo, desde hace unas semanas. No creo que dure mucho, la verdad. Está en el Ka-Be desde hace unos días.

Más tarde, cuando Emil vuelve al bloque, Bodo lo agarra del cuello de la chamarra y lo saca a rastras por la puerta.

—¿A qué diablos estás jugando?

—¿Jugando? No sé de qué me habla.

—Tu putilla. No me vengas con que no sabes de quién te hablo. El tipo con el que compartes catre. ¿Eres tan imbécil como para pensar que no me iba a enterar?

—Sigo sin saber de qué me habla.

La respuesta le vale un bofetón en la cara.

—¡No me jodas, estùpido! —le grita Brack—. ¿Cómo diablos has conseguido que a tu amiguito de mierda lo pongan con los presos protegidos por orden de un puto capitán?

Emil da explicaciones, se prepara para la paliza, pero cuando termina de hablar Brack se limita a echarlo de allí. Emil no sabe cómo interpretar lo ocurrido, pero aprovecha la oportunidad para largarse.

—Embustero de mierda —le suelta Bodo entre dientes cuando lo ve irse.

La partida tiene lugar dos días después. Yves sigue en la enfermería. Lavan a Emil y lo llevan en una camioneta al *Stammlager*. Se sienta en la parte de atrás con un guarda de las SS. El conductor no parece darle importancia al asunto y conduce de forma temeraria, lanzando el vehículo en cada curva sin la menor consideración por el bienestar de los demás ocupantes. Emil está aturdido y mareado cuando llegan. Lo hacen desfilar a los barracones de la tropa, donde se ha preparado una gran sala con una mesa y un tablero en el centro.

Lo dejan esperando en un pasillo después de decirle que se

quite la gorra y se ponga de cara a la pared. Al pasar, algunos hombres lo empujan contra la pared o lo golpean. Está de los nervios, no sabe dónde caerá el siguiente golpe, y el tiempo pasa con exasperante lentitud. Finalmente, oye una voz conocida.

—Relojero. —Es el capitán Meissner—. Venga conmigo.

La sala está llena de hombres de las SS, en su mayoría suboficiales, pero también ve a un par de oficiales. Emil no reconoce a nadie. Lo conducen al tablero de ajedrez.

—Su adversario llegará enseguida —le dice Meissner.

Emil nunca se ha encontrado entre tantos miembros de las SS. Se cuadra y fija la mirada en la pared.

Alguien le trae un taburete.

—Siéntate —le dice como si le hablara a un perro.

Sujetando su gorra con ambas manos, Emil obedece.

Llega su adversario, un suboficial de las SS. En el cuello de la guerrera luce las estrellas y bandas que indican que se trata de un sargento mayor de brigada. Es un hombre fornido, con una verruga en el mentón y ojos de lechón que asoman entre unos gruesos pliegues de grasa.

—¿De verdad que tengo que hacer esto? —pregunta el suboficial a Meissner.

—Sí, Frommhagen. Quiero una competición seria y usted quedó finalista en el campeonato de los suboficiales. Su deber es defender el honor de las SS.

El suboficial pone cara de resignación. Llaman a Meissner y, cuando este se va, Frommhagen apela a Eidenmüller.

—¿Todo esto porque alguien ha dicho que ese perro judío es imbatible? A mí no me parece tan especial. ¿Por qué no lo fusilamos y asunto concluido? Yo mismo lo haré encantado si su jefe no quiere mancharse las manos.

Meissner vuelve a la sala.

—Muy bien, manos a la obra, ¿de acuerdo?

Como es costumbre en los torneos, Meissner tiende las manos a los jugadores para sortear con qué color juegan. Frommhagen es quien elige. Le tocan las negras. Emil empieza la partida adelantando dos casillas su peón de dama.

La confianza de Emil se ha marchitado. Es un peso terrible saber que tiene que ganar la partida para evitarle una muerte casi segura a Yves. El taburete es incómodo y Emil pierde la paciencia. Cuando cambia de postura por tercera vez, su adversario gruñe:

—Para de moverte, estúpido judío.

Emil recuerda palabra por palabra lo que le dijo a Yves: «Confía en mí. No voy a perder». Ahora, le da miedo no poder cumplir su promesa.

Al cabo de diez movimientos, Emil tiene un peón de ventaja, pero su adversario se ha desarrollado mejor y su alfil, amenazándolo en la gran diagonal del tablero, limita en gran medida la mejor estrategia de Emil como jugador: su imprevisibilidad.

1962
Gran Hotel Krasnapolsky, Ámsterdam

Emil tenía la mirada perdida cuando su adversario pulsó el botón del reloj. El húngaro lo había desconcertado con una apertura bastante heterodoxa y sorprendentemente efectiva. Vio a su contrincante, casi esperando verle el parecido con un sargento de brigada de las SS con una verruga. Estaba inquieto, sin duda por todo el tiempo que había pasado con Meissner dándole vueltas al pasado. Bien, si lograba superar esa fase del campeonato, tendría que ponerle fin a esa historia, por lo menos mientras durara el Interzonal. Estaba en juego la clasificación para el campeonato del mundo. Pero antes tenía que batir al húngaro.

La noche anterior, cuando Emil había tirado las fichas de la Cábala, había sacado una «ח» —heth—, que significa *Benelohim*, los hijos de Dios. Lo había interpretado como una señal de que Dios lo miraba con benevolencia, como un anuncio de que iba a volver a ganar. Ahora, se subía por las paredes pensando en lo fácil que había caído en la celada que le había tendido su adversario. Por fortuna, la clasificación en esa fase del torneo no dependía de un solo resultado, ya que se disputaba a la mejor de tres partidas. Aun así, Emil no paraba de devanarse los sesos intentando encontrar una salida a la posición que había planteado el húngaro. El reloj descontaba los segundos. Si adelantaba el peón de rey, el alfil negro podría recorrer la diagonal y tomar el alfil de rey de las blancas, que todavía no se había movido. Emil lo tomaría con su rey, pero al precio de dejar a su monarca a la intemperie, lo que aún daría más iniciativa a su adversario. Podía sacar el caballo de dama, pero eso le dejaría sin opciones inmediatas de ataque. La teoría dictaba jugar seguro en esa posición, pero cada fibra de su instinto le decía que eso era precisamente lo que su rival deseaba. Sin tomar una decisión consciente, su mano se decantó por el alfil de dama y lo movió al flanco de rey para amenazar el caballo negro. No era un movimiento convencional, pero tal vez haría dudar a su contrincante. Si pudiera ganar un poco de espacio, por lo menos podría rascar unas tablas...

Un tablón del entarimado chirrió. Fue un ruido llamativo en el ambiente silencioso de la sala. Le despertó el recuerdo de otra partida.

Era lo último en lo que quería pensar, pero no pudo evitar que el recuerdo se colara en su cabeza. Vio de nuevo las venitas de la nariz y las mejillas del hombre de las SS, le llegó una vez más su aliento a *Sauerkraut* y cerveza, y oyó los gritos de sus camaradas, que lo animaban a liquidar a ese incordio de judío.

El húngaro vio la amenaza sobre su caballo. Lo movió, tomando el solitario peón blanco que ocupaba el centro del tablero, pero fue un error decisivo.

Con un grito silencioso de júbilo, Emil adelantó su reina para capturar el caballo. El cambio le permitió ganar el centro del tablero. No le gustaba jugar de esa forma, pero sus probabilidades de victoria habían aumentado sensiblemente.

Más tarde, Schweninger alabó con gran locuacidad la victoria de Emil:

—La apertura de las negras ha sido muy inteligente —dijo—. Muy heterodoxa. Creo que nunca había visto nada igual. Si respondes según los cánones, como ha hecho Emil, casi sin darte cuenta te ves en una situación muy comprometida. Es casi imposible escabullirse sin realizar alguna concesión importante. Lo que ha hecho Emil ha sido un golpe maestro: osado pero excéntrico. Tu rival piensa que se le escapa algo y tú puedes recuperar la iniciativa.

—Lo había visto antes —replicó Emil—. Se llama gambito Volga. No esperaba encontrármelo aquí. Me ha tomado por sorpresa.

—¿Dónde lo vio? —preguntó Meissner.

—En Auschwitz. En la primera partida que jugué, el sargento mayor de brigada empleó la misma apertura. No tengo ni idea de dónde pudo aprenderla. Ese día también me tomó por sorpresa. Era la primera vez que veía esa apertura y recuerdo haber pensado que era inteligente, mientras me preguntaba al mismo tiempo cómo iba a enfrentarme a ella. Me jugaba mucho en esa partida.

—Fascinante —comentó Schweninger—. Escuche, se me acaba de ocurrir algo. Creo que sé dónde pudo aprenderla.

Emil respondió con una mirada escéptica.

—¿De verdad? ¿Dónde?

—Fue en 1936. En la Olimpiada de Ajedrez de Múnich. Estoy seguro de que fue Thorvaldsson quien la jugó, aunque más tarde también la utilizó Eliskases. En esa época, lo llamábamos el gambito Múnich.

23
LA DEFENSA FRANCESA

De los diarios del capitán Paul Meissner

Domingo, 11 de junio de 1944. Creo que no calculé del todo bien las consecuencias. Bär está furioso conmigo. Se muestra inflexible y me reprocha no haber hablado con él antes de hacer que un judío se enfrentara con un miembro de las SS. Quería hacer fusilar al Relojero inmediatamente por haber tenido la temeridad de ganar la partida. No se ha calmado cuando le he explicado que puse al judío en una situación en la que no podía permitirse la derrota. Tampoco parecía demasiado convencido cuando he intentado hacerle ver que esa partida era importante porque entre los judíos del campo se había extendido la idea de que uno de ellos era imbatible. A una idea no se la vence pegándole un tiro, le dije. Frommhagen era el jugador más débil de los que llegaron a la final del campeonato del campo y el Relojero sudó para ganarle. Si hacemos que se enfrente a nuestros jugadores más fuertes, es muy probable que termine encontrando la horma de su zapato y dentro de poco tiempo nadie se acordará del judío «imbatible». Casi me da pena cuando me lo imagino midiendo su inteligencia con gente como Hustek. Por lo menos he conseguido que el comandante acceda a que continuemos con las partidas previstas, aunque sigue descontento. Le he dicho que, si tan cuestionable le parecía mi iniciativa, podía ordenar mi traslado a otro sitio. Me ha contestado que ahora mismo la *Aktion Höss* va a toda máquina y que podía olvidarme de mi traslado. Parece ser que soy indispensable, al menos por ahora. Aun así, le escribiré a Peter Sommer para ver si hay algu-

na posibilidad de reengancharme a mi antiguo regimiento. Es probable que pronto se vean envueltos en nuevos combates en Francia, si es que no han empezado ya. Goebbels ha asegurado que echaría al enemigo al mar dentro de menos de una semana, pero hay muy pocos indicios de que eso esté ocurriendo. El Führer prometió que Alemania jamás volvería a librar la batalla en dos frentes y ahora estamos luchando en tres. ¿Estoy cayendo en el derrotismo? Si fuera más sensato, destruiría este diario, pero hay algo que me lo impide. Me digo que es la voz de la razón. Sabe Dios que la razón es un bien muy escaso en estos tiempos, sobre todo aquí. No hay razón, solo órdenes. En cuanto a este judío, me cuesta reconocerlo, pero hay algo en él que me perturba. Su principal motivo de preocupación es la vida de su amigo, no la suya propia. Esa es la actitud que cabría esperar de unos camaradas que se han enfrentado a la muerte en pleno campo de batalla, no de un judío hundido en las miserias de la avaricia. Empiezo a preguntarme si todo lo que se ha dicho sobre esta raza es verdad, o si el Relojero, como Lot en la ciudad de Sodoma, es el único hombre bueno en medio de una multitud malvada.

1962
Ámsterdam

La victoria de Emil había sido reñida, pero Meissner insistió de todos modos en que la celebraran. Les habló de un pequeño restaurante familiar en el Oude Turfmarkt donde servían una comida italiana maravillosa. No estaba muy lejos, apenas a diez minutos de paseo. Él invitaría.

Al pasar por el vestíbulo del Krasnapolsky se encontraron con Lijsbeth Pietersen.

—Buenas tardes, *mijnheer* Clément —dijo ella. Llevaba un libro en la mano—. He comprado sus memorias. Le agradecería que me firmara el libro, si no es mucha molestia... —Sus ojos se posaron en los acompañantes de Emil—. Oh, *mijnheer* Schweninger. No esperaba verlo. Pensaba que... —Lijsbeth se quedó callada.

—¿Qué es lo que pensaba, señorita Pietersen? —quiso saber Schweninger.

—Nada, solo que pensaba que... ustedes dos... —Lijsbeth se puso colorada.

—Quizá pensaba que *Herr* Schweninger y un servidor teníamos tan poco en común que no íbamos a poder vernos y disfrutar en compañía... —aventuró Emil con suavidad.

—No... Lo que quería decir es que...

—Digamos simplemente que hemos llegado a un acuerdo —dijo Willi—. Hemos descubierto que es mejor hablarnos que gritarnos el uno al otro.

—Entonces son...

—Hablamos, señorita Pietersen, y de momento tenemos suficiente con eso —dijo Emil, al tiempo que le tendía la mano para agarrar el libro—. Por cierto, ¿lo ha leído?

—Sí. Es muy emocionante. Cuesta creer que la gente pudiera hacer cosas tan terribles.

—Sí, a mí también me lo parece. —Escribió algo en la primera página y se lo devolvió—. *Au revoir*, señorita Pietersen.

Los tres hombres bajaron la escalinata del hotel y, tras cruzar la plaza Dam, se metieron por un pasaje abovedado que llevaba a la avenida Rokin. Las calles eran un hervidero de gente y por doquier se oía el campanilleo de los timbres de las bicicletas mientras sus dueños se abrían paso entre la muchedumbre. El sol de la tarde se reflejaba en las ventanas de los bares, que estaban llenos de gente que tomaba una copa después del trabajo.

—Esta ciudad es alucinante —dijo Emil, olvidándose por un momento del discurso de Willi sobre los méritos del juego agresivo. Se detuvo para mirar unos gabletes antiguos que coronaban las fachadas de enfrente. No había dos iguales. De vez en cuando, se intercalaba entre ellas un edificio moderno, de aspecto torpe y ostentoso.

—¿Por qué les da por construir estas cosas? —preguntó señalando una de las edificaciones modernas—. No entiendo cómo meten estos horrendos bloques de concreto en un sitio así.

—Fue por los bombardeos aéreos —explicó Meissner—. Varios edificios antiguos se derrumbaron. Los holandeses no intentaron ocultarlo construyendo réplicas. Las nuevas construcciones son como un memorial a lo que tuvieron que sufrir durante la guerra.

—Sí, supongo que tiene sentido —intervino Schweninger, retomando la marcha—. Como le estaba diciendo —continuó—, Capablanca seguramente será considerado el mejor jugador de nuestro siglo. La sencillez de su juego de ataque y la rapidez con la que jugaba eran absolutamente... —Se percató de que hablaba solo y paró de caminar. Al volverse vio que Meissner se apoyaba en un farol, con el cuerpo doblado, y que Emil estaba a su lado con una mano sobre su hombro y cara de preocupación.

—¿Qué pasa? —dijo Willi, volviendo sobre sus pasos con toda la rapidez que le permitía su corpulencia.

Meissner le hizo un gesto con la mano.

—No es nada —respondió. Tenía el gesto crispado de dolor y su voz no era más que un susurro agónico—. Solo es un malestar que me viene de vez en cuando. No se preocupe. Se me pasará pronto. Es la malaria —añadió.

Pero no se le pasó.

No estaban muy lejos de un bar con el omnipresente letrero verde y blanco de cerveza Heineken. Willi entró a buscar una silla.

Meissner sonrió débilmente.

—En fin, Relojero —dijo—. Ahora soy yo quien necesita ayuda. ¿Le parece bien si dejamos la cena para otro día? Le estaría muy agradecido si me ayuda a volver al Krijtberg.

Pese a que hacía fresco esa tarde, el sacerdote tenía la frente empapada de sudor.

Willi volvió con una silla.

—Voy a buscar un taxi —dijo.

Cuando llegaron a la rectoría, tuvieron que ayudarlo a bajarse del taxi e ir hasta la puerta. Willi llamó varias veces al timbre. Oyeron pasos en el vestíbulo y la voz del ama de llaves que decía: «Ya voy. Ya voy».

—Por el amor de Dios —exclamó ella cuando los vio. Se apartó enseguida para que pudieran entrar—. ¿Qué ha pasado? —preguntó santiguándose.

—No se encuentra nada bien —explicó Emil—. Creo que debería llamar a un médico.

Estaban subiéndolo a su dormitorio cuando empezó a sangrarle la nariz. Después de llamar al otro cura del Krijtberg, el ama de llaves se sentó a un lado de la cama y, llorosa, intentó contener la hemorragia. El padre Scholten, un belga arisco, rezaba al pie del lecho. Sus labios se movían silenciosamente mientras pasaba entre los dedos las cuentas de un rosario. Cuando llegó el doctor, todos bajaron a la cocina.

Les pareció que pasaba un largo rato con su paciente.

—¿Cómo está, doctor? —preguntó el ama de llaves con voz temblorosa cuando este bajó.

—Le he dado un poco de láudano y ahora está descansando. Es mejor que lo dejen dormir. Lo que necesita es un poco de paz y tranquilidad. —El doctor estrechó una mano del ama de llaves entre las suyas y añadió—: Está muy enfermo, señora Brinckvoort, aunque me figuro que ya lo sabía —dijo con tacto el doctor.

—Pero se recuperará, ¿verdad? —preguntó Willi.

El doctor movió la cabeza lentamente.

—Es muy improbable. Por supuesto, rezaremos por que ocurra un milagro, pero me temo que la ciencia médica ya no puede hacer mucho más por él.

—¿Por una malaria? —En la voz de Schweninger había algo más que un poco de indignación. ¿Cómo era posible que los médicos holandeses estuvieran tan atrasados con respecto a los alemanes?

Una mirada de comprensión cruzó el rostro del doctor.

—¿Es eso lo que le ha dicho? Sí, puedo entenderlo. Supongo que no quería su compasión.

—Si no es malaria, ¿qué es?

—Es leucemia —intervino Emil—. Se muere.

Junio de 1944
Auschwitz III, Monowitz

Han pasado dos semanas desde que los Aliados desembarcaron en Francia. Después de duros combates, los británicos han avanzado hasta Caen y los estadounidenses han alcanzado el flanco occidental de la península de Cotentin y han aislado Cherburgo. Hitler ha prohibido al general Von Schlieben, comandante de Cherburgo, que se retire con su ejército a las fortificaciones del muro atlántico, con lo que no le ha dejado más opción que aguantar y luchar hasta que sus hombres terminen exhaustos o muertos.

Aunque está aislado en la cuenca carbonífera de Silesia, el campo es consciente de lo que está ocurriendo a casi dos mil kilómetros: las noticias llegan a través de los trabajadores polacos de la Buna. El campo desborda de alegría. En los años transcurridos desde su construcción, no ha conocido un momento así. En su recinto al otro lado de la alambrada, se oye a los prisioneros de guerra británicos abuchear a los guardas.

Aunque los reclusos no saben cómo celebrarlo, nada puede impedir que las escasas semillas de esperanza germinen. Los presos caminan con una energía desacostumbrada cuando los hacen desfilar con sus *Kommandos* de camino al trabajo, y las desenfadadas canciones que toca la orquesta del campo ya no parecen tan absurdas. Emil, como otros, ya ha incumplido la regla que prohíbe la esperanza en Auschwitz y las noticias dan más calado a su optimismo.

Aun así, hace varios días que está triste. Cuando a Yves le dieron el alta del Ka-Be y lo destinaron a las cocinas, supo de inmediato que Emil no había cumplido con su palabra. Enfadado, lo acusó de haber traicionado su confianza. Extraña forma de traición salvar la vida de un amigo, le había contestado Emil, pero Yves no quiso escucharlo.

Hay discordia entre ellos, e Yves ha decidido cambiarse de litera. Emil ahora comparte lecho con un italiano, un hombre alto y taciturno que no respeta su espacio.

Emil extraña la camaradería que tenían y reza por que su amigo le perdone pronto. Las noticias que llegan de Francia le dan aliento y decide que esa misma tarde, cuando vuelva de la fábrica, irá a buscar a Yves y volverá a pedirle perdón.

Al volver de la Buna, los presos notan que algo ha cambiado. Hay miedo en el campo. Como un mal presagio, el terror acecha en los caminos cuando hacen esperar a los presos en el patio de armas después del último recuento del día.

En la cabecera de la *Appellplatz* hay un patíbulo. Del travesaño cuelgan tres sogas. Varios oficiales de las SS observan la escena. El Relojero reconoce la esbelta silueta de Meissner, apoyado en su bastón y con todo el aspecto de querer estar en otra parte.

El recuento concluye con inusitada rapidez. Un suboficial comprueba que estén todos. Faltan tres hombres. En vez de ordenar que se pase lista de nuevo, informa a su superior y este asiente con gesto seco. A continuación, la orquesta ataca con energía los primeros compases del *Rondò alla Turca*, de Mozart. Tocan bien y algunos de los oficiales que ocupan la plataforma de madera sonríen satisfechos.

Hay un murmullo entre los hombres reunidos en la plaza cuando unos soldados de las SS sacan a tres presos magullados y ensangrentados con las manos atadas a la espalda. Les han puesto una cuerda al cuello y tiran de ellos como si fueran perros. El oficial jefe ordena con un gesto que la orquesta deje de tocar y sube los peldaños del cadalso. Grita a los miles de personas reunidas en la plaza. Aunque solo se le oye desde las primeras filas, sabe que sus palabras se habrán repetido mil veces antes de que la plaza de armas se vacíe.

—Estos hombres son unos ladrones —grita—. Se los ha descubierto robando comida. Sus actos son un crimen contra la generosidad del Reich alemán, que tiene a bien darles sustento todos los días. También son un crimen contra ustedes. La comida que robaron era su comida. Al llenar sus barrigas, han vaciado las suyas. Un crimen tan monstruoso merece sin duda un castigo ejemplar.

Emil está muy alterado. No ha visto a Yves en el recuento. Los hombres de las SS obligan a los presos a levantar la cabeza. Emil cree que va a vomitar. El preso de la derecha es Yves.

Un suboficial lee en voz alta los nombres y números de los tres condenados. Les ponen la soga al cuello y se la ciñen. La orquesta reanuda su obscena parodia de jolgorio. Derriban los taburetes de un puntapié y el campo observa impotente cómo los presos patalean y se retuercen, asfixiándose hasta el último estertor.

Varias lágrimas recorren las mejillas de Emil, aunque ya no está seguro de si llora por sí mismo o por su amigo.

Y todo por un puñado de papas podridas.

Meissner está indignado. Alejándose del lugar de la ejecución, alcanza al oficial jefe y lo agarra para darle la vuelta.

—¿De verdad que era imprescindible?

El teniente Vinzenz Schottl mira a su superior con una sonrisa desdeñosa.

—Por supuesto que sí. Los descubrimos robando comida. Se les ocurrió la ridícula excusa de que querían repartir una ración extra entre los presos que se están muriendo de hambre.

Era necesario tomar medidas ejemplares. —Schottl se echa hacia atrás la gorra y se planta con los brazos en jarras, una actitud que, en un recluta, habría que considerar insolente—. ¿Por qué se preocupa por la suerte de unos cuantos judíos inservibles?

—A uno lo habíamos designado *Schutzhäftling*, por orden mía.

El oficial jefe ve a su superior bajo una nueva luz nada halagadora.

—¿De verdad? ¿Por qué lo hizo?

—Tenía mis motivos. ¿Por qué no respetó su estatus o, por lo menos, habló conmigo antes?

—No tenía ni idea. Le aseguro que en su cartilla no había ninguna indicación.

Indignado, Meissner da media vuelta y se va. Su subordinado le grita:

—Capitán, debería tener cuidado, no vaya a ser que la gente empiece a decir que quiere a los judíos.

24
EL ATAQUE TORRE

1962
Ámsterdam

Hay un hombre en la calle Gerard Doustraat, junto a la sinagoga. Lleva kipá, pero duda de si entrar. La función del edificio es evidente: hay una estrella de David en el óculo del gablete, en lo alto de la fachada, pero aun así vacila. Piensa que no se le ha perdido nada allí. Sin embargo, siente un deseo irreprimible de rezar y se ha enterado de que en esa misma sinagoga se celebró Rosh Hashaná en 1943, antes de que los últimos judíos de Ámsterdam fueran deportados a Auschwitz.

Siente un vínculo con este lugar, pero se pregunta si es por el tiempo que pasó en Auschwitz o si se debe a que un judío no puede escapar a la historia de su pueblo.

Sale un hombre. Luce una barba gris acerada y lleva el sombrero de ala ancha, típico de los ortodoxos.

—Buenos días —le dice en yidis.

El hombre no ha hablado yidis en casi veinte años.

—Buenos días —le responde en hebreo.

—Bienvenido —le dice el judío, tendiéndole la mano—. Shmuel Jacobsen. Soy el rabino. ¿Es nuevo por aquí o está de visita?

—De visita —responde el hombre con gesto ausente.

—¿Quiere pasar?

—No lo sé.

El rabino tiene asuntos que atender en otra parte, pero no quiere irse si esta persona que ha encontrado la sinagoga necesita que lo ayude de una forma u otra. Finalmente, el visitante rompe el silencio.

—Un amigo mío se muere. De cáncer. Me siento muy mal. No sé qué hacer.

El rabino le sonríe con afecto.

—¿Por qué se siente mal? Usted no es la causa de su cáncer. Quizá debería esforzarse en hacerle más llevaderos sus últimos días y, cuando ya no esté, recordarlo con alegría. Pero no se atormente. Es la voluntad de Dios.

—No puedo evitarlo. La última vez que un amigo mío murió tampoco fui yo el responsable, pero he cargado con la culpa de su muerte desde entonces. Ha sido una pesada carga. No quiero tener que cargar con esa culpa por partida doble.

—¿Quiere entrar? Quizá hablarlo lo ayude.

El visitante dice que no con la cabeza.

—No, gracias. Ya hace días que lo hablo y de momento no me ha servido de nada. Algo me ha atraído a este lugar, pero ahora no estoy seguro de que deba estar aquí.

El rabino junta las yemas de los dedos con gesto pensativo, como un católico al rezar. Se da varios golpecitos en los labios con los dedos. Es evidente que el hombre está angustiado.

—¿No se encuentra bien? —le pregunta—. Que un judío diga eso de una sinagoga no es poca cosa.

El hombre aparta la mirada largo rato: se mira los pies, la calle, escruta los árboles en busca de pájaros, todo menos encontrarse con la mirada tranquila del rabino.

—Es complicado —responde por último.

—¿Complicado? —El rabino arquea las cejas y sonríe—. Cuando se es judío, todo resulta complicado.

El hombre niega con la cabeza. Despacio, se sube la manga

izquierda de la chamarra y le enseña el tatuaje en el brazo. Seis números: 163291.

El rabino suspira. De pronto lo entiende.

—¿Dónde? —pregunta.

—Auschwitz. —El hombre imagina los postes de concreto y el alambre de espino alzándose entre ambos, una barrera tanto más impenetrable cuanto que hace años que dejó de existir.

—Deberíamos hablar —dice el rabino. Apoya una mano en el antebrazo del visitante y lo acompaña al interior de la sinagoga.

Junio de 1944
Auschwitz III, Monowitz

Han pasado dos días desde la ejecución de Yves. Ahora todo el mundo sabe qué ha ocurrido. Yves y otros dos presos robaron en la cocina una cesta llena de pan y se pasearon por el campo repartiéndolo entre los *Muselmänner*, los hombres que han sucumbido a la desesperación. Se trataba de un plan condenado al fracaso porque era una temeridad. Casi todos los *Muselmänner* ignoraron el pan que les ofrecían: ni siquiera reconocieron qué era lo que intentaban darles. Nada podía socorrerlos, ni siquiera una ración de pan más.

Era inevitable que los descubrieran y castigaran. Emil se pregunta si ese fue el motivo de que Yves lo hiciera: decidido a aferrarse a los últimos rescoldos de su dignidad, se había negado a que otra persona decidiera sobre su vida o su muerte. Emil siente la culpa como un dolor. Si no hubiera llegado a ese trato con el capitán...

Una voz le dice que Yves habría muerto igualmente: un día más de trabajos forzados habría terminado de matarlo. Sus compañeros lo habrían llevado de vuelta al campo, ya fuera muerto o destinado a la siguiente *Selektion*. Pero Emil no puede escuchar esa voz. La voz de la razón no tiene cabida en Auschwitz. La arrolla una lógica perversa que le dice que, además de la muerte de su madre y las de sus hijos, es también responsable de la muerte de su amigo y tendrá que cargar con ese peso hasta la tumba.

El capitán ha vuelto a convocarlo. Aunque no quiere ir, no puede negarse. Un *Kapo* al que no conoce lo lleva al edificio y ambos esperan en un pasillo; Emil está de cara a la pared. Al cabo de un rato llega el ordenanza. Le da un cigarro al *Kapo* y le dice que se lo fume fuera.

El ordenanza espera a que este se vaya para hablar con Emil.

—No sé si debo hablar contigo —le dice a Emil, a quien la voz del ordenanza le suena tosca e inculta—, viendo que no eres más que un judío apestoso. Pero le interesas a mi jefe. No tengo ni idea de por qué, pero es lo que hay, y además es mi jefe, así que no me queda otra que seguirle la corriente. De todos modos, es un buen tipo, así que no quiero que nadie lo embauque. Cuenta que tuviste que esforzarte para derrotar a Frommhagen. Dime, ¿es verdad? ¿Tuviste que esforzarte o hiciste como que era más difícil de lo que era en realidad?

—Tuve que esforzarme —responde Emil, hablando a la pared.

—Bueno, ¿y cómo crees que se te dará con uno de los oficiales? Porque eso es lo que el jefe te tiene preparado ahora.

—Yo... no lo sé —balbucea Emil—. Depende.

—¿Depende? ¿De qué, exactamente?

—Si se lo dijera, no me creería.

—Ponme a prueba.

—Depende de si los ángeles quieren hablar conmigo.

El SS golpea la cabeza de Emil contra la pared y le hace sangre en la nariz.

—Puto judío de mierda —exclama enfadado—. Tendría que haber sabido que era perder el tiempo.

1962
Gerard Doustraat, Ámsterdam

El rabino le pide a Emil que espere en un cuarto amueblado con un sofá, sillas y una mesa de centro. Es el sitio al que acuden las parejas para hablar de los preparativos de boda y donde las familias organizan los funerales de sus seres queridos. Al cabo de un rato, el rabino vuelve con dos tazas de té y le ofrece una a Emil.

—Hábleme de su amigo —dice.

—¿Cuál de los dos? ¿El que está muerto o el que está muriéndose?

—¿Acaso importa? De uno u otro, o de ambos. De lo que usted considere importante.

—El amigo que murió —explica Emil— era mi compañero de litera en Auschwitz. Llegamos al campo en el mismo transporte. Se moría de hambre. Intenté salvarlo. Había llegado a un acuerdo con un alemán, pero aun así lo mataron. Fue en 1944, en un día de verano. Para él no hubo *chevra kadisha* que se ocupara de su cuerpo, tampoco *tahara*, ni lecturas de la Torá, ni *kevura*. Arrojaron su cuerpo a un horno crematorio. No tuvo los siete días de duelo ni una *matzevá* para recordar su fallecimiento. Que yo sepa, no tiene parientes que puedan encenderle una vela de *yahrzeit*. Soy la única persona que se acuerda de él.

El rabino le pone una mano en el brazo. Es un gesto de consuelo, de pena compartida, de compasión natural.

—Y el amigo que se muere ahora —dice con suavidad—, ¿también estuvo en Auschwitz?

Emil levanta la vista y mira al rabino a los ojos.

—Sí —responde—, pero no de la forma que se imagina.

—¿Cómo entonces?

A Emil le resulta demasiado fácil revivir el dolor. Si el cielo tiene una tonalidad concreta, en especial al anochecer; o si se encuentra en medio de una gran multitud; o si oye una orquesta que toca una pieza de Mozart; o si ve algo tan banal como un trozo de pan duro, todas esas cosas pueden desencadenar una oleada de recuerdos incontenibles que se inmiscuyen en su vida sin que él los haya convocado. Ve tres cuerpos suspendidos, sus siluetas recortadas en el cielo, colgando de unas sogas tan finas que parecen hilos de seda. Ve a Meissner hablando con otro oficial de las SS; ve la multitud de presos a su alrededor, sometidos a una nueva demostración salvaje del poder de las SS; ve la alambrada que rodea la *Appellplatz* y, al otro lado, los barracones de las SS. Conserva una visión cristalina de todas esas cosas, como si todavía estuviera allí, y, sin embargo, no puede recordar las caras de sus hijos. Los ve como los vio la última vez, mientras caminaban entre las sombras, de la mano de su abuela, sin volver la vista atrás, y recuerda las últimas palabras que les dirigió: «Sean buenos con la abuela».

—Es el oficial de las SS con el que hice un pacto abyecto.

La mano del rabino se aparta del brazo de Emil.

—Y su supervivencia..., ¿fue consecuencia de ese pacto?

—Sí.

—¿Y su amigo no pactó?

—No.

—¿Y ese oficial tuvo algo que ver con la muerte de su amigo?

Emil dice que no con la cabeza.

—Pero ¿tampoco la impidió?

—No.

—Puedo entender que se sienta en deuda con ese hombre porque le salvó la vida. Pero la amistad es algo muy distinto.

—Exacto. Es algo muy distinto. —Emil se pone de pie. Los recuerdos amenazan con sepultarlo—. Gracias, rabino —se despide.

—Espero haber sido de ayuda.

—Yo también lo espero.

No hay un atajo entre la calle Gerard Doustraat, el canal Singel y la Kerk de Krijtberg, de modo que Emil tarda un buen rato en llegar a pie. No está solo en su paseo. Por compañeros tiene tanto a los vivos como a los muertos: voces que no puede acallar, palabras que aúllan en su conciencia.

«La amistad es algo muy distinto.»

El rabino lleva razón. No puede haber amistad con Meissner. ¿Cómo podría haberla?

«No hay perdón. No puedo perdonar.»

No. Hay cosas para las que no existe perdón; hay cosas para las que no existe redención posible. A veces, hay que ser valiente para no perdonar, porque lo fácil, precisamente, es perdonar, aunque no esté bien hacerlo.

«Su perdón no puede ayudarme, Relojero.»

Maldito Meissner. ¿Cómo se le pudo pasar a ese hombre por la cabeza entrometerse en su vida? No tenía ningún derecho a hacerlo.

«Preferiría firmar un pacto con el diablo.»

Esas palabras resuenan en su mente como la campana de una vieja iglesia que dobla por las almas de los difuntos. Yves lo había visto todo con meridiana claridad. Nunca habría consentido hacer un trato con los nazis y sus secuaces.

«No hay un porqué.»

Pero sí lo hay. El porqué es Auschwitz y los cientos de miles de personas que pasaron hambre, sufrieron y fueron asesinadas. Si los muertos pudieran hablar, ¿acaso perdonarían? Y casi puede oírlos: todos los que esperaron pacientemente a bajar la escalera que llevaba a las cámaras de gas, todos los que se derrumbaron por inanición o a los que apalearon hasta dejarlos sin vida, todos los que sucumbieron a las profundidades del invierno o a las balas de los SS en las marchas de las muerte: sus voces son un clamor que exige ser escuchado.

«Puedo ayudarle a entender que la fuerza del perdón puede curarle.»

No. No necesito que nadie me perdone. No hice nada malo.

«No puedo consentir que negocies con mi vida.»

El recuerdo de esas palabras es como una traición. Atraviesan la barrera de certezas que Emil ha ido levantando a lo largo de los años para protegerse.

«Perdóname.»

Una sencilla palabra que está grabada en su memoria, brillante como el diamante, una palabra que el paso del tiempo jamás empañará. Ahora lo llaman: voces distantes escupidas por los megáfonos, un coro que canta un lamento, el gentío que anima a los jugadores en un partido de futbol. No logra distinguir las voces, hasta que se ve de pronto junto a la cama de su mujer en los días anteriores a que ella muriera. Es la voz de su esposa. «No puedes reprocharte nada —le dice Emil con una honda sensación de impotencia—. No tienes ninguna culpa.»

¿Cómo entendió ella lo que él no pudo entender?

Ha llegado al puente que cruza Vondelpark y se da cuenta de que no está muy lejos del Leidseplein. No sabe cuánto tiempo ha pasado desde que salió de la sinagoga. Le parece que han sido horas. Deja de caminar, sus manos se agarran a la barandilla metálica que flanquea el puente, la aferran. Quiere gritar: a los coches y a las camionetas que pasan, a los ciclistas, a la gente que pasea por el parque que hay bajo el puente. Quiere gritar: «¡Basta! ¡Déjenme tranquilo! Quiero algo de paz. ¿No he sufrido bastante ya?».

De pronto amaina el viento que aúlla en su mente. El clamor de voces cesa. Lo único que se oye es la brisa que susurra entre los árboles. Solo queda un pensamiento en su cabeza: el porqué de Auschwitz. Los muertos esperan. Tiene el deber de servirles, pero el sufrimiento de los desaparecidos ha terminado. No puede sufrir por ellos. Ellos tampoco lo desearían. Querrían que viviera.

No toma la decisión de forma consciente. Simplemente ocurre. Lo que le dijo sin pensarlo al rabino es verdad: «Un amigo mío se muere». Desde Auschwitz, Emil ha temido dejar crecer cualquier sentimiento de amistad, pero ahora estos sentimientos lo invaden por sorpresa. Se ve envuelto en un vendaval de emociones: se siente más ligero, seguro y libre. No puede explicar cómo ha ocurrido, pero sabe que es verdad.

Paul Meissner es su amigo.

1962
Kerk de Krijtberg, Ámsterdam

El ama de llaves acompañó a Emil hasta la habitación del obispo. Las cortinas estaban echadas y el cuarto se encontraba en penumbra.

—Está muy débil —dijo ella en voz baja—. Se despierta un momentito y luego vuelve a dormirse. Creo que es el láudano. —Se giró para salir de la habitación—. Procure no inquietarlo demasiado. Si necesita algo, estaré en la cocina.

Emil arrimó una silla a la cama y se sentó. Meissner tenía los ojos cerrados. Parecía sumido en un profundo sueño. Emil agachó la cabeza. Entonces lo entendió de pronto: este era el lugar en el que tenía que rezar, no la sinagoga.

Empezó a hablar con la voz queda:

—Hoy he ido a la sinagoga, la primera vez en años. Creía tener preguntas a las que solo Dios podía dar respuesta. Me equivocaba. Las respuestas estaban en mí, pero no lo sabía. Encontré la respuesta en una palabra que pronuncié sin pensar. Le dije a alguien que usted era amigo mío. Una palabra tan pequeña para algo tan grande. En cuanto pronuncié la palabra, reconocí la verdad que contenía, como una columna de luz que atraviesa un cielo oscuro.

»Tuve un amigo que murió en Auschwitz, el mejor amigo que he tenido nunca. Traté de salvarle la vida, pero él no me lo permitió, no quiso renunciar a su dignidad. Lo ahorcaron por robar comida. ¿Se acuerda? Usted presenció la ejecución; yo lo vi. ¿Se acuerda de lo que hablamos cuando me volvió a convocar después de aquello? No fue una conversación fácil.

»Recuerdo que me llevaron a su despacho. Me sangraba la nariz. Usted se dio cuenta y echó una mirada fulminante a su ordenanza. "Se ha caído", dijo el ordenanza. Me fijé en la cara que puso y vi que no le creía. Echó al ordenanza del despacho y me ofreció un pañuelo. —Emil se quedó en silencio un momento—. No puede imaginarse lo hermoso que fue volver a sentir el tacto de un trozo de lino blanco y limpio entre los dedos. Me sabía mal mancillar su pureza empleándolo para limpiarme la sangre. Quería conservarlo para poder sacarlo de vez en cuando y recordar la sensación de tocar algo limpio. Y recuerdo también lo que dijo...

—Siento lo de su amigo. —Las palabras surgieron en un susurro ronco y Meissner deslizó una mano temblorosa sobre la colcha buscando la mano de Emil—. Eso es lo que dije, ¿verdad?

Las lágrimas empañaron los ojos de Emil.

—Sí, Paul. Eso fue lo que dijiste.

Junio de 1944
Auschwitz III, Monowitz

—Siento lo de su amigo —dice el oficial por segunda vez.

Emil no responde. Se lleva el pañuelo a la nariz.

—No rompí la promesa que le hice —continúa el oficial—. Parece ser que hubo un error administrativo.

—¿Perdón? ¿Un error administrativo?

—Exacto. Es un infortunio, pero son cosas que pueden ocurrir en tiempos de guerra. Estoy seguro de que lo entenderá. —El discurso del oficial es frío y formal, como si fuera consciente de lo vacías que deben de sonar sus palabras—. Aun así, usted merece algo por su victoria. Me ocuparé de que se le pase a considerar *Schutzhäftling* y que quede constancia de ello en su cartilla.

—¿Un infortunio? ¿Eso es todo lo que piensa decirme? Mi amigo está muerto. —Emil se vuelve para ver si el ordenanza los escucha, pero ya se ha ido—. Por cómo lo cuenta, es como si hubiera jugado en la feria para ganar un juguete. Jugué para salvar la vida de mi amigo y ahora está muerto.

La voz del oficial permanece impasible.

—Respeté mi parte del trato. Su amigo sabía lo que estaba haciendo. No es a mí a quien debe culpar si su amigo demostró tan poco interés por su vida. Yo lo he tratado con justicia.

Emil no da crédito a lo que oye. ¿Es posible que este oficial no sepa que se encuentran en Auschwitz y que aquí no cabe la justicia en el trato?

—¿Me permite hablarle con franqueza?

El oficial asiente con una leve inclinación de la cabeza.

—Dice usted que me ha tratado con justicia. Si eso fuera cierto, me habría saludado con respeto, me habría ofrecido café y un cigarro. Hay un abismo insalvable entre nosotros. Además, ¿qué estoy haciendo aquí? Nadie me ha condenado por ningún crimen. Sin embargo, me arrebataron a mis hijos y seguramente estén muertos; mi mujer es muy posible que lo esté también. Soy un esclavo obligado a vivir y trabajar en las condiciones más primitivas a cambio de unas raciones de hambre, ¿y dice usted que me ha tratado con justicia? Yo, mi destino y el destino de todos los miles de personas que sufren y mueren aquí a diario le traen sin cuidado.

Meissner advierte la verdad en los reproches de Emil, pero reconocerlo es imposible.

—Hice cuanto pude, pero el asunto ya está cerrado. De nada sirve seguir discutiendo.

—Entonces, ¿por qué me llamó?

—Quiero que juegue otra partida de ajedrez.

—¿Por qué? ¿Para poder timarme otra vez?

—No me provoque, Relojero. No lo timé la otra vez. El asunto no estaba en mis manos. Casi me acusaron de querer a los judíos.

Emil no responde. La nariz ha dejado de sangrarle. Pliega el pañuelo e intenta devolvérselo. Meissner lo rechaza.

—En fin —dice—, esta otra partida la jugará contra uno de los oficiales.

Emil se niega a que lo embauquen de nuevo.

—No pienso hacerlo.

—Le ofrezco las mismas condiciones que la otra vez. Si gana, salvará una vida.

Emil levanta la cabeza de golpe.

—Mi mujer —dice—. Jugaré por la vida de mi mujer.

Meissner tuerce el gesto.

—Ya se lo dije. No tengo autoridad en Birkenau. Solo aquí, en Monowitz. Tendrá que elegir a otra persona.

—Pero no hay otra.

—¿Nadie cuya vida merezca salvarse?

—No he dicho eso. No conozco a nadie lo bastante bien como para elegir.

—Entonces, elija al azar. Puede echarlo a la suerte. Me da lo mismo cómo y a quién elija, pero quiero que se dé prisa.

Emil sabe que no tiene otra opción. Gane o pierda, lo obligarán a jugar, como la otra vez.

—¿Cómo voy a saber que la persona a la que elija estará a salvo esta vez?

—Supervisaré en persona la entrada en el libro del campo.

Emil se da por vencido.

—¿Cómo le hago saber a quién he elegido?

—Dígaselo a su jefe. Él me lo trasladará.

—Tengo sed —dijo el obispo con la voz ronca.

Había un vaso de agua encima de una cómoda junto a la

cama. Emil se acercó para dárselo, pero Meissner negó con la cabeza.

—Ayúdame a incorporarme. —Puso una mueca de dolor cuando Emil lo agarró de los brazos y tiró de él—. No me gusta el láudano —dijo—. Me nubla la cabeza.

Emil volvió a ofrecerle el vaso. Meissner lo tomó y bebió sediento.

—Lo cuentas exactamente como lo recuerdo. He reflexionado muchas veces sobre las conversaciones que mantuvimos en Auschwitz. —Meissner calló un instante, como si quisiera poner en orden sus ideas—. ¿Te acuerdas de que el otro día te dije que creía que Dios me había encomendado una misión final en la vida?

—Sí. Dijiste que yo era tu misión.

—No te lo conté, pero estoy seguro de que Dios, aunque no tuviera nada que ver con que te enviaran a Auschwitz, también pensó una misión para ti cuando estuviste allí. —Meissner miró inquisitivamente a Emil—. Por más que te empeñes, es imposible escapar a las misiones que Dios nos encomienda.

—Pero ¿qué misión iba a encomendarme Dios en ese sitio?

—Yo era la misión. —Meissner vio el gesto de incredulidad en el rostro de Emil—. Por favor, no pienses que soy un egocéntrico. Los católicos creemos que el cielo recibe con más alegría a un pecador arrepentido que a noventa y nueve personas piadosas que no han necesitado arrepentirse de nada. Yo era ese pecador y fuiste tú quien me encaminó por la senda del arrepentimiento.

Emil se quedó mirando al sacerdote.

—Ahora sí que no entiendo nada. Hace días me hablabas del perdón, pero hoy añades otra cosa. ¿Qué es más importante? ¿El perdón o el arrepentimiento?

Meissner tomó otro sorbo de agua.

—Para un pecador como yo, sin arrepentimiento no puede haber perdón. Después de la guerra, mientras esperaba mi juicio por crímenes de guerra, me di cuenta de que en Auschwitz era imposible buscar el perdón de Dios, porque lo habíamos expulsado del campo de forma tan radical como nosotros nos habíamos encerrado dentro. Auschwitz era una fortaleza diseñada para mantener a Dios, la misericordia y la compasión lo más lejos posible.

—Así que te arrepentiste y Dios te perdonó. —Emil cerró los ojos un instante, para reflexionar sobre las palabras de Paul. Había algo que se le escapaba—. Pero dijiste que no bastaba con eso. ¿Qué más necesitabas?

—Solo me tenía, y me tengo, a mí mismo.

Emil se frotó la cara con la mano. Se sentía exhausto. «No puedo consentir que negocies con mi vida.»

—¿Y has sido capaz de perdonarte a ti mismo? —preguntó.

—Aún no —respondió el obispo—. Quizá nunca podré. Pero tengo que conservar la esperanza. De lo contrario, estaré perdido.

—Eso es lo que me decía a mí mismo todos los días que estuve en Auschwitz.

—¿Y ahora?

—Ahora me pregunto si esa esperanza a la que me aferré con uñas y dientes compensa lo que he tenido que pagar por ella desde entonces.

—Lamento oírlo.

—Ya estamos otra vez con los lamentos. El perdón. Como si esa palabra tan pequeña, tan débil, pudiera servir de algo.

Meissner volvió a echarse en la cama, exhausto. Emil se quedó a su lado unos minutos y luego bajó a la cocina.

El ama de llaves estaba en los fogones, removiendo el contenido de una cacerola.

—Estoy preparando un caldo para el obispo —dijo ella—. El doctor ha dicho que es importante que reponga fuerzas. ¿Quiere un poco?

—Gracias. Es usted muy amable.

—*Mijnheer* Willi ha vuelto mientras estaba hablando con el

obispo. Me ha dicho que no quería molestarlos. ¿Le importaría ir a avisarle de que la comida está lista?

Emil volvió a subir la escalera y buscó la habitación de Willi. Abrió dos cuartos vacíos antes de dar con él. Schweninger estaba escribiendo sentado a una pequeña mesa. Levantó la vista cuando Emil entró en la habitación.

—Buenas tardes —dijo el alemán alegremente—. ¿Cómo se encuentra nuestro enfermo?

—Todo lo bien que cabría esperar, supongo. La comida está lista, si tienes hambre.

Cuando bajaron a la cocina, el padre Scholten había vuelto de decir la misa de las doce. La señora Brinckvoort sirvió unas generosas raciones de caldo humeante en tres tazones y se sentaron todos. El sacerdote bendijo la mesa y pronunció una segunda plegaria por la recuperación de Paul Meissner.

—Padre —dijo Emil titubeando—, hace un par de días, el obispo me preguntó si quería alojarme aquí. En su momento, le dije que no, pero, si no tiene inconveniente, he cambiado de idea. Me gustaría quedarme cerca de él mientras esté tan enfermo.

—Desde luego —respondió el sacerdote. Se volvió entonces hacia el ama de llaves, que estaba dejando un tazón en una charola—. Señora Brinckvoort, ¿podría prepararle una habitación a *mijnheer* Clément? —Volvió a mirar a Emil—. Perdone la pregunta, pero ¿cómo llegaron a ser tan buenos amigos usted y el obispo?

Emil respondió con una sonrisa apenada.

—No estoy seguro de que «buenos amigos» sea la mejor forma de describirlo, pero desde luego somos amigos. En cuanto al cómo, eso mismo me pregunto yo. Supongo que es porque tuvimos que vivir muchas cosas juntos durante la guerra.

Antes de que el sacerdote pudiera responder, se oyó un fuerte golpe en el piso de arriba. La señora Brinckvoort fue la primera en salir por la puerta.

Encontraron al obispo de rodillas en el descanso de la escalera. El ama de llaves intentaba ayudarlo a ponerse de pie.

—Se cayó —anunció ella de forma innecesaria.

—Por favor —dijo Meissner débilmente—, no hagamos un drama. Solo necesitaba ir al baño, nada más. He pensado que podía ir solo.

—Deja que te ayude —se ofreció Emil, tomando el brazo de Meissner y colocándoselo sobre el hombro. Se volteó hacia los demás—: Les llamaré si necesitamos ayuda.

Los dos avanzaron despacio por el descanso de la escalera hasta llegar al baño. Emil llevó al enfermo hasta el inodoro y lo ayudó a desabrocharse la pijama.

—Espero fuera —le dijo—. Llámame cuando hayas terminado.

Aunque fue complicado llevarlo de vuelta a la cama, Meissner le insistió en que no pidiera ayuda a los demás. Una vez instalado entre sus almohadas, y jadeando de dolor, Meissner alargó la mano y la puso sobre el brazo de Emil.

—Gracias —susurró—. Sé que la cosa pinta mal, pero aún no estoy acabado. Estos episodios vienen y van. Volveré a estar en forma enseguida. Entretanto, sigue hablando con Willi. Ese hombre no es tan malo como crees.

Más tarde, Willi se ofreció a ayudarle a trasladar sus cosas al Krijtberg. En la habitación del hotel, se fijó en las pequeñas piezas de marfil con las letras hebreas.

—¿Qué es eso? —preguntó.

Emil las guardó en un bolso de piel.

—Luego te lo cuento.

Más tarde, fueron juntos a un bar a tomarse una cerveza. Se sentaron en un silencio incómodo y de vez en cuando daban un sorbo. Al cabo de un rato, Emil preguntó:

—Antes de jugar conmigo, ¿analizaste alguna de mis partidas anteriores?

—Claro. Conseguí las planillas de muchas de tus partidas. Quería ver qué tipo de posiciones preferías y encontrar algún patrón en tu juego.

Emil tomó un sorbo de cerveza.

—¿Y lo conseguiste? ¿Encontraste algún patrón?

El alemán negó con la cabeza.

—Me resultaba extraño. Tu juego parecía muy metódico. Estaba convencido de que jugabas según algún sistema, pero no conseguía descubrirlo. Cada vez que creía detectar un patrón de juego, se desvanecía enseguida, como si estuviera burlándose de mí. «Estoy aquí», me decía desde el tablero. «Mírame mejor.» Era como la voluta de humo de un cigarro: está suspendida en el aire, pero de pronto alguien abre una puerta y el humo desaparece.

Emil sonrió.

—Claro que tengo un sistema; aunque quizá, más que un sistema, es una filosofía. Pero en Auschwitz aprendí a ser discreto con mis cosas. Es difícil romper un hábito adquirido.

—¿Una filosofía? Pues entonces todavía me intriga más. No deberías guardártelo. —Willi lo miraba con vivo interés—. El ajedrez es algo que nos supera, tanto a ti como a mí. Deberías hablarle a la gente de tu filosofía y ver qué ocurre cuando le incorporen sus propias maneras de pensar el juego.

—Ese es el problema. Ni siquiera yo entiendo de verdad cómo funciona. Cuando recurro a ella, no me dice qué movimientos debo hacer. Se trata más bien de la actitud mental con la que debo abordar la partida.

—¿Es una forma de meditación?

Emil no respondió. En vez de ello, se metió la mano en el bolsillo de la chamarra, sacó un paquete de tabaco y se encendió un cigarro. Tras expulsar una bocanada de humo hacia el techo, le ofreció el paquete a Willi y dijo:

—Sí, supongo que podría describirse así.

Willi tomó un cigarro.

—Mira —repuso, sujetándolo sin hacer fuerza entre los dedos—, si crees que no es asunto mío, no tienes más que decírmelo. —Se llevó el cigarro a los labios.

—No, no es eso, no exactamente. —Emil se pasó la mano por el pelo—. Lo que sucede es que nunca se lo he contado a nadie.

Con su mano buena, Willi encendió el cigarro y dio una profunda calada.

—De acuerdo. No quiero meterme donde no me llaman. Pero que conste que lo has mencionado tú.

—Mi sistema se basa en la Cábala.

—¿La Cábala?

—Sí. Es una ciencia mística judía basada en el alfabeto hebreo. ¿Recuerdas las fichas que has visto antes? Cada una lleva una letra que simboliza uno de los poderes de los distintos coros de ángeles. En cierto modo, siento que puedo conectar con ese poder y entonces no tengo que pensar en los movimientos que debo hacer. Simplemente, lo sé.

Schweninger esbozó una sonrisa burlona.

—Así que Dios te echa una mano. No me parece justo.

Emil negó con la cabeza.

—No es la mano de Dios. Es el poder de los ángeles. Es algo distinto.

—Pero de todos modos sigue sin ser justo.

—No, supongo que no lo es.

—Hay gente que diría que te engañas.

—Sí. Y quizá tendrían razón.

—Bueno, dime cómo funciona eso de la Cábala.

Emil se tomó un momento para poner en orden sus ideas.

—La víspera de una partida importante tiro las fichas del alfabeto bocabajo y las ordeno formando una figura. Elijo la que me parece mejor. La letra que descubro debajo representa el coro de ángeles al que debo invocar.

Willi afiló la mirada.

—¿Y qué letra me tocó a mí?

—La quinta, he.

—¿Y qué significó para ti?

—La he representa la espada del Todopoderoso y la fuerza que emana del poder ilimitado de Dios. El significado que tuvo para mí fue que podía confiar en obtener la victoria.

—Pero ¿cómo influyó en tu estilo de juego?

—Intuí que debía hacerte creer que estaba jugando con cautela. Ya conocía tu fama como jugador de ataque y pensé que, si jugaba con cierta pasividad, pensarías que estaba asustado y entonces presionarías con todo sin darte cuenta de la trampa que te tendía. Y funcionó, ¿verdad?

Willi sonrió, sacudiendo la cabeza.

—Demasiado sutil para mí. —Vació el vaso—. ¿Otra cerveza?

25
EL SISTEMA COLLE

Junio de 1944
Auschwitz III, Monowitz

Bodo Brack tenía un dilema. Se llamaba Widmann.

Brack no le tenía en demasiada estima, pero le era útil. Widmann conocía a gente, tenía contactos influyentes fuera del campo. Lo habían condenado por intento de homicidio, pero antes se había ganado la vida como proxeneta, y no le había ido mal precisamente. No era de los que se dejaban ver por las esquinas, intentando negociar con putas baratas. Sus chicas tenían clase y prestaban servicios a una clientela muy selecta: oficiales de alta graduación y funcionarios públicos. Todo le salía a pedir de boca hasta que un subalterno de la Gestapo decidió que a Widmann le iba demasiado bien y que debía compartir su fortuna con los demás. Convencido de que podía contar con la protección de sus clientes, Widmann disparó al hombre de la Gestapo y pensó que lo había matado. El problema fue que Widmann no era un asesino nato y su víctima sobrevivió para contarlo. Al poco de su llegada a Auschwitz, Widmann había vuelto a las andadas, ganándose a los guardas con buenas palabras y convirtiéndose enseguida en el principal traficante de *Mahorca*, el tabaco adulterado que intercambiaba por los cupones que las SS repartían para el burdel del campo.

A Brack le importaban poco los negocios de Widmann,

pero sabía que la guerra no podía durar siempre y que tener esos contactos fuera del campo sería muy valioso. Widmann había sido *Kapo* al mando de un *Kommando* de construcción. Las condiciones de trabajo eran brutales y no resultaban en absoluto de su agrado, de modo que Brack solo tuvo que proponerle que fuera su secretario de barracón para seducirlo. Las tareas eran ligeras y ya no tendría que ir a la fábrica de la Buna bajo las lluvias torrenciales del invierno polaco: Widmann había aceptado sin pensarlo dos veces.

Sin embargo, se percató ahora Brack, una cosa era tener cerca a Widmann en Auschwitz y otra muy distinta depender de él cuando la guerra hubiera terminado. Tenía que encontrar una forma de amarrar a Widmann, pero de momento no se le ocurría cómo hacerlo.

La llegada de Eidenmüller le obligó a dejar sus cavilaciones. El SS le dio una botella de *Schnapps* y le hizo un gesto para que lo acompañara afuera.

—¿No te gusta el sol? —preguntó Eidenmüller.

—No mucho. Además, las vistas no son nada del otro mundo, ¿verdad? —Se rieron los dos—. ¿Qué quieres esta vez?

—Es el Relojero.

—¿Qué hizo ahora el cabrón?

—Nada. Mi jefe quiere que juegue otra partida. Contra un oficial, esta vez.

—Y el muy imbécil se ha negado a jugar de nuevo, ¿verdad?

—No, aceptó.

—Entonces, ¿qué?

Eidenmüller se detuvo bajo la sombra de un abedul.

—Pues mira, Brack: tenía organizado un pequeño negocio de apuestas y perdí una buena pasta con la última partida.

—¿Porque el judío ganó?

—Sí. Fue un pequeño error de cálculo. Me dije, nadie es imbatible, y todavía menos un judío insignificante que se dedica a reparar relojes. Y Frommhagen, el tipo al que ganó, no es nada malo. Pues bien, lo que necesito saber es si de verdad el Relojero es tan bueno.

—No fui yo quien dijo que el Relojero era imbatible —se justificó Brack—. Fue un polaco. Nos dijo que había participado en un torneo de ajedrez de los grandes en Múnich, en 1936. Según él, el Relojero habría ganado a cualquiera de los tipos que disputaron ese torneo. Dijo que el Relojero era tan bueno que parecía tener un talento sobrenatural.

Eidenmüller carraspeó y lanzó un escupitajo.

—Tonterías.

—Es posible —dijo Brack mientras se encogía de hombros—. ¿Quién sabe?

—Esta vez jugará contra un oficial de las SS. ¿Por quién apostarías tú?

Brack soltó una risita.

—¿Por quién crees?

Eidenmüller echó un vistazo al sol e hizo una mueca.

—Me lo figuraba —dijo, y empezó a irse.

—Espera —le llamó Brack—. ¿Qué saca él si también gana esta partida?

—Lo mismo que la otra vez. Podrá salvarle la vida a alguien.

—¿Cómo?

Eidenmüller se detuvo y miró perplejo a Brack.

—Creía que estabas enterado. Cuando haya una *Selektion*, su protegido estará a salvo.

El rostro de Brack se iluminó de pronto.

—Entiendo. Y... ¿quién es el afortunado?

—Quien le dé la gana.

«Quien le dé la gana...» Las palabras de Eidenmüller pusieron en marcha los engranajes del cerebro de Brack. Cuando llegó al bloque, sonreía de oreja a oreja.

Había encontrado una respuesta a su problema.

La victoria de Emil sobre uno de los todopoderosos SS circuló por su bloque y algunos de sus compañeros tuvieron la audacia de mencionársela a los *Kapos* de sus *Kommandos*. En casi todos los casos, lo que recibieron a cambio fue una patada o un azote con una cuerda llena de nudos, pero ello no impidió que el rumor se extendiera: los nazis no eran imbatibles.

Cuando Emil llegó esa noche a su bloque, vio que Brack lo estaba esperando. Se le encogió el estómago: la pavorosa paliza que había recibido de manos del veterano del bloque seguía dolorosamente viva en su recuerdo. ¿Por qué lo estaría esperando Brack? El único motivo que se le ocurrió fue que Brack había recibido la orden de cortar de raíz los rumores.

Con espanto, vio que Brack le pasaba un brazo por el hombro como si fueran íntimos amigos y se lo llevaba fuera del bloque para que nadie pudiera oírlos.

—Bueno, Relojero, creo que tú y yo no empezamos con buen pie. Me dije, Bodo, tú y el Relojero deberían ser amigos, buenos amigos. Te gustaría, ¿verdad? El caso es que tengo una pequeña propuesta que hacerte. —Le dio una torpe palmada en el hombro—. Ambos sabemos que esta guerra no durará para siempre, ¿verdad? Pues me parece que, si tú me ayudas y yo te ayudo a ti, los dos podríamos sobrevivir.

Emil vio con recelo al jefe de boque.

—¿Qué quiere?

—Quiero que nos ayudemos, nada más. Mira, he estado investigando un poco. Sé muchas cosas sobre ti. Por ejemplo, que tu mujer está en el campo.

La expresión en el rostro de Emil informó a Brack de que había dado en el blanco.

—Está muerta —murmuró Emil—. Estoy seguro.

—¿Y si no lo está? ¿Y si estuviera en mi mano ayudarla? ¿Qué harías tú por mí a cambio?

Emil escudriñó la cara de Brack, intentando averiguar si era sincero.

—Cualquier cosa —soltó con la boca repentinamente seca—. Haría cualquier cosa. ¿De verdad está viva?

—Lo está. Como mínimo, su nombre no ha aparecido en ninguna de las listas de muertos.

—¿Dónde está?

—En Birkenau.

—¿Puedes hacerle llegar un mensaje?

Brack movió la cabeza poco a poco.

—Aquello es un caos. Tienen montada una *Aktion* enorme. Miles de judíos llegan de Hungría a diario y todos salen directamente por la chimenea.

—Si es un caos, ¿cómo vas a ayudarla?

—Podría conseguirle más comida.

—¿Qué quieres que haga?

—Muy fácil. Sigue jugando... y ganando. Me he enterado de tu trato con el oficial de las SS: yo elegiré la vida por la que vas a jugar y, a cambio, haré lo que pueda por tu mujer.

—¿Quieres elegir por quién juego? ¿Y si te digo que no?

Brack sonrió, una mueca empalagosa.

—No creo que eso te convenga, Relojero. Piensa en tu pobre mujer. Además, también te puedo ayudar de otras maneras. —Dio unos pasos esperando que Emil lo siguiera, pero este no se movió. Brack le hizo un gesto con la cabeza indicando el bloque—. Caminando —mandó.

Brack llevó a Emil a la cola donde repartían la ración de sopa de la noche. Pasaron delante de todo el mundo y le dijo al preso que estaba sirviendo las raciones:

—Por si no lo sabías, este hombre es el Relojero, y es amigo mío. De ahora en adelante, cuando le des la sopa, que sea del fondo de la olla, no de arriba, ¿entendido? —Le hizo un gesto a Emil para que preparara su tazón. El cucharón se hundió en el fondo y emergió con trozos de papa y nabo—. Dale dos —le ordenó Brack. Luego, le guiñó el ojo a Emil—. En fin, Relojero. ¿Tenemos un trato?

Como un hombre que se ahoga, el hambre de Emil ascendió de pronto a la superficie, jadeando en busca de aire.

Inclinó la cabeza muy ligeramente.

Más tarde, Widmann le preguntó a Brack qué tramaba.

—Una póliza de seguro —fue la respuesta—. Quiero proponerte algo. Seguro que algunos de los judíos tienen parientes ricos en Inglaterra o Estados Unidos, pero no consiguen comunicarse con ellos. Nosotros sí podríamos. —Se acercó un poco más a Widmann y, bajando la voz, le explicó el trato al que acababa de llegar—. Cada vez que el Relojero gane una partida, me las ingenié para que sea yo quien elija la vida que se salva. Así pues, vamos a celebrar una subasta. Los judíos pueden pujar para ver quién da más por salvar su vida. Nos comunicamos con sus familiares a cambio de que nos hagan un buen ingreso en una cuenta de un banco suizo.

Widmann sonrió.

—Me gusta cómo suena. ¿Qué propones exactamente?

Brack le pasó una botella de *Schnapps*.

—Setenta para mí y treinta para ti. Yo tengo al Relojero y tú tienes los contactos. Lo único que tienes que hacer es pasar el mensaje a los parientes. ¿Qué me dices? ¿Trato?

Con o sin *Schnapps*, Widmann no se dejaría comprar tan barato. Tomó un buen trago del licor y resopló satisfecho después de engullirlo.

—Setenta-treinta no me parece un buen trato. Sesenta-cuarenta me suena mejor.

Brack rio, se escupió en la palma de la mano y se la tendió a Widmann.

—Trato hecho. Si nos lo montamos bien, habrá de sobra para los dos. Cuando salgamos de aquí, tendremos una fortuna. —Entonces, se acercó a Widmann, estrechó su mano, estrujándola con su mano fuerte y pesada hasta que este hizo una mueca de dolor, y le dijo—: Que no se te ocurra traicionarme —le gruñó—. Si lo haces, te despertarás un día atado como un pavo listo para el horno, porque es allí adonde irás.

Widmann apartó la mano, se la frotó con cuidado y vio a Brack con gesto inquieto.

—No te preocupes, Bodo. Puedes confiar en mí.

—¿Confiar en ti? No creo. Pero mientras sepas a qué árbol arrimarte, no tendremos problemas.

1962

Kerk de Krijtberg, Ámsterdam

Después de cenar, el obispo insistió en bajar al salón. El ama de llaves se quejó y rezongó, pero Meissner no se dejó amilanar.

—El doctor... —objetó ella.

—No será la primera vez que se equivoca —la interrumpió él terminando la frase—. Ni la última, señora Brinckvoort. Me encontraré mucho mejor si puedo sentarme con mis amigos y tener una conversación civilizada con ellos. —Señaló entonces una vitrina antigua que había en la pared—. Si echa un vistazo ahí dentro, encontrará lo que queda de la botella de *kümmel.* Le estaría muy agradecido si me sirve una buena copa.

—Pero el doctor...

—Al diablo con el doctor. Si no va a buscarla usted... —Vio con gesto elocuente a Willi.

Schweninger se puso de pie.

—Será un placer —dijo.

Nada acostumbrada a que el obispo le hablara con dureza, el ama de llaves se escabulló de la sala.

—Un brindis —dijo Meissner, levantando su copa con una sonrisa irónica en los labios—. Por la vida.

Por la mañana, Emil y Willi salieron de camino al Krasnapolsky para la siguiente partida del torneo.

—¿Tiraste anoche las fichas? —quiso saber Willi. Al ver que Emil asentía, le preguntó—: ¿Qué te ha salido?

Emil negó con la cabeza.

—Las fichas no siempre te dan una respuesta clara. Eso fue lo que pasó anoche. No pude entender qué intentaban decirme. Hoy no podré apoyarme en nadie que no sea yo mismo.

—¿Y cómo te sientes cuando pasa esto?

—Normalmente, me siento muy solo, aunque hoy quizá no tanto.

—Ganarás —afirmó Willi con seguridad—. Tengo una corazonada.

Esta vez, el rival de Emil eligió las blancas en el sorteo. Sus primeros movimientos fueron bastante inofensivos. Adelantó el peón de rey una casilla y situó el de dama en la cuarta fila antes de sacar su caballo de rey.

Schweninger había encontrado una silla desde la que podía seguir la partida. Media hora después, Lijsbeth Pietersen se sentó a su lado.

—¿Qué está pasando? —le susurró.

—Esta partida es muy distinta de la anterior —le respondió él—. El húngaro juega a la defensiva, desde el primer movimiento. Es como si supiera que no puede ganar y quisiera evitar a toda costa una humillación. En mi opinión, *Herr* Clément ganará sin duda.

—*Mijnheer* Schweninger, ¿le importa si le hago una pregunta personal?

—Depende de la pregunta.

—La semana pasada, usted y *mijnheer* Clément se llevaban a matar. Ahora, me parece que siempre los veo juntos. ¿A qué se debe este cambio?

Schweninger se echó hacia atrás en la silla.

—El ajedrez —repuso sonriendo—. Eso es lo que nos ha unido.

La señorita Pietersen frunció los labios con gesto digno.

—*Mijnheer* Schweninger, si no quería responder, bastaba con decirme que no. No me tome el pelo, por favor.

—No le tomo el pelo. Se lo prometo. Yo tampoco lo entiendo, pero, por primera vez en mi vida, siento que se me ha revelado un atisbo de la verdadera fuerza de este juego.

—¿Ha sido *mijnheer* Clément?

—Sí, él mismo.

Aunque la partida se alargó más de dos horas, el resultado no estuvo en duda en ningún momento. Cuando concluyó, Emil y Willi volvieron por el canal Singel sin hablar. Al llegar al Krijtberg, Willi subió directamente por la escalera, pero Emil se quedó merodeando por la calle.

—Si no te importa —dijo Emil—. Necesito pasar un rato a solas.

—Claro. ¿Irás al Leidseplein?

—Creo que sí.

—Tendría que habérmelo imaginado.

De vuelta en el Krijtberg, Meissner estaba en el salón, con un chal sobre los hombros. Aunque parecía haber envejecido años en cuestión de días, tenía la mirada despierta y brillante.

—¿Cómo ha ido hoy? —preguntó cuando vio entrar a Willi en la estancia.

—Emil ganó.

—Por supuesto. —Meissner se movió de forma envarada en la silla y echó un vistazo al pasillo, como un colegial travieso que está pendiente de la llegada de la maestra—. Willi, ¿sería mucho pedir que me dieras un cigarro? La señora Brinckvoort me ha escondido los míos.

Se sentaron en un fraterno silencio, mientras contemplaban la lumbre y echaban el humo de sus cigarros al techo.

—Si la señora Brinckvoort nos atrapa, se armará una buena. —Meissner se rio y empezó a toser.

—No me extrañaría. —Willi tiró la colilla al fuego. Parecía preocupado.

—¿Va todo bien, Willi? —preguntó Meissner.

—No, la verdad es que no. —Hizo una pausa, antes de anunciar—: Estoy planteándome dejar el ajedrez.

—¿Dejar el ajedrez? Por el amor de Dios, ¿por qué?

—Hasta hace unos días, pensaba que el ajedrez no era más que un juego, un juego con normas que se podían entender y que, con la suficiente dedicación, podía llegar a dominarse. Pensaba que era un maestro; los jugadores de mi país tenían la deferencia de llamarme «maestro». Pero es un título hueco. —Levantó la cabeza y vio con gesto perplejo a Paul—. Me pregunto si de verdad conoces tan bien a Emil Clément. Para él, el ajedrez no es un juego, ni siquiera un arte, es un acto religioso. No es algo que uno pueda dominar. Es algo que hay que vivir. No creo que pueda competir con eso.

26
EL ATAQUE TROMPOWSKY

Junio de 1944
Auschwitz I

Eidenmüller se subía por las paredes. Le había ordenado a Brack que se asegurara de que el Relojero se hubiera bañado y llevara un uniforme limpio. No había hecho ninguna de las dos cosas. El preso apestaba. No podían llevarlo a la cantina de los oficiales en ese estado; a Meissner le habría dado un soponcio. Pero Brack insistía en que no era culpa suya: no había agua en los baños de los presos y no había encontrado uniformes limpios por ningún lado. La solución de Eidenmüller había sido recurrir a los baños de los barracones de los reclutas, pero no vio la manera de resolver el tema del uniforme. Se juró que le echaría un buen regaño a Brack por haberlo puesto en ese apuro.

El Relojero estaba de cara a la pared, junto a la entrada de la cantina de los oficiales, esperando la llegada del sargento. No daba crédito a su buena suerte: un baño caliente... y con jabón. Era como si le hubieran permitido darse un lujo infinitamente decadente. Por primera vez en meses se sentía limpio y, cuando inspiraba, era el olor fuerte del jabón lo que olía y no el tufo rancio de los prisioneros. Fue casi un crimen que lo obligaran a vestirse con sus mugrientos harapos después del baño.

Dentro, el sargento encontró a su oficial. Meissner consultó el reloj y le dijo en tono seco:

—¿Por qué llega tan tarde? Hace un cuarto de hora que lo espero.

Eidenmüller miraba al frente. Allí no podía tomarse libertades, delante de tantos oficiales.

—Lo siento mucho, señor. He tenido que llevar al preso a los barracones de los reclutas para que se diera un baño.

Al lado de Meissner, un oficial torció el gesto.

—¿Un judío dándose un baño en los barracones de las SS? Me sorprende que no haya provocado un motín.

—A mí también, señor. Pero las órdenes del capitán eran que el judío tenía que estar limpio antes de traerlo aquí y no había agua en los baños de los presos.

—¿Dónde está? —preguntó Meissner.

—Fuera, señor, aguardando a que le den permiso para entrar.

—¿Qué esperas? Tráelo.

El murmullo de las conversaciones se interrumpió de golpe cuando Emil entró en la cantina. Los oficiales estaban alineados en las paredes. En su mayoría, habían bebido. Miradas malévolas acompañaron al Relojero en su recorrido a la mesa que habían dispuesto en el centro de la sala. Emil se detuvo cerca de Meissner y se cuadró. Una risita rompió el silencio. Meissner echó una mirada colérica.

Alguien habló.

—Bueno, por el amor de Dios, ¿adónde vamos a parar? ¿Un puto judío aquí?

Se oyó entonces un grito: «*Achtung!*». Todas las miradas se volvieron hacia la puerta, donde había aparecido el comandante del campo, Bär.

—Caballeros —declaró Bär en voz alta—, lo que estamos a punto de presenciar pondrá de manifiesto la veracidad de los principios nacionalsocialistas: asistiremos a una demostración práctica de la superioridad de los arios sobre los judíos. Ello nos obliga a tolerar esta desagradable intromisión. —Arrugó la nariz como si le molestara un olor y luego vio directamente a Meissner—. Capitán, me gustaría zanjar este asunto lo antes posible.

Acercaron un banquito al Relojero para que pudiera sentarse. En el sorteo le tocaron las negras. Su rival llevaba en el lado izquierdo del cuello las tres estrellas de plata de un subteniente. Esperó con aire indiferente a que Emil se instalara y luego apagó su cigarro a medio fumar bajo el talón de su bota antes de adelantar el peón de dama. El Relojero respondió colocando su caballo de rey frente al peón de alfil. El SS sacó entonces su alfil de dama para amenazar al caballo negro.

Meissner contemplaba la escena con gesto impasible. No veía en qué podía beneficiar a las blancas aquel último movimiento. Si el Relojero no movía el caballo, el alfil blanco podría tomarlo, pero este también sería capturado. Le pareció que el SS había jugado de forma imprudente.

Antes de la llegada del Relojero, Meissner había tratado de prevenir a su subordinado contra cualquier exceso de confianza, pero había sido en vano. Hacía tan solo seis meses, el subteniente Kurt Dorn todavía estaba en la escuela de oficiales de las SS. Tras dos meses en la unidad canina de Mauthausen, lo habían enviado a Auschwitz. Dorn era un ejemplar típico de la nueva camada de oficiales: suplía su poca inteligencia con una obediencia ciega. Meissner no recordaba que le hubieran comido el coco de esa forma cuando estuvo en la escuela de oficiales. Quizá las cosas eran algo distintas en las *Waffen-SS*: a ellos se les exigía pensar, porque sus enemigos podían devolverles los golpes. La arrogancia de Dorn era prodigiosa. Estaba encantado con aquella partida, le había dicho a Meissner, porque le daba la oportunidad de demostrarle a un cochino judío cuál era su sitio: en el lodo con todos los otros cerdos.

Una de las normas fundamentales de la teoría ajedrecística es no mover la misma pieza dos veces seguidas en la apertura. Emil se saltó esa regla y, con su segundo movimiento, amenazó el alfil con su caballo. En tan solo dos jugadas, Dorn se las había ingeniado para perder la iniciativa y ahora estaba a la defensiva. Ya podía dar por perdida la partida.

Los últimos movimientos se desarrollaron en un silencio angustioso. El ambiente era tan hostil que Emil no se atrevía a levantar la vista del tablero.

Con gesto malhumorado, Dorn derribó el rey blanco con el dedo reconociendo así su derrota.

—Pura potra —rezongó, al tiempo que lanzaba una mirada amenazadora al Relojero—. O eso o has hecho trampa. —Emil no dijo nada. No se atrevía a mirar al SS a los ojos—. Pon las piezas y echamos otra partida —le ordenó el oficial.

Meissner se acercó al tablero.

—¿Está seguro? Yo no he visto ningún indicio de trampas. Quizá debería...

—No habrá revancha —intervino el comandante—. Llévense al judío de aquí.

Eidenmüller sacó al Relojero de la cantina mientras el comandante echaba una mirada fulminante a Meissner.

—El lunes a primera hora espero su informe sobre lo ocurrido.

1962
Kerk de Krijtberg, Ámsterdam

—Entonces —dijo Willi—, ganaste tu segunda partida sin despeinarte. No me extraña que los oficiales de las SS estuvieran enojados. Les diste un buen sopapo en los morros. Por lo menos, habrías podido fingir que te había resultado difícil.

Emil apartó las sobras del desayuno y sacó un cigarro.

—No fue tan fácil —contestó—. Para empezar, estaba muy asustado. Da miedo estar en una sala repleta de gente que te quiere ver muerto. Notaba sus miradas, cómo deseaban ponerme una pistola en la nuca. Un disparo y nos olvidamos de este judío insoportable. Eso era lo que pensaban. —Emil calló un momento e hizo girar el cigarro entre los dedos de forma inconsciente—. Si me hubiera enfrentado a un jugador experto, habría encontrado algún patrón en su juego y lo habría utilizado para demorar la conclusión inevitable de la partida, pero ese hombre tan solo conocía las reglas básicas y no reflexionaba sobre sus movimientos. Seguro que llegó a la final del torneo del campo de pura casualidad. Él fue el único responsable de su derrota.

—Aquel hombre pecó de arrogancia y desidia —indicó Meissner—. Había muchos como él entre las filas de las *Totenkopfverbände.* ¿Qué más podía esperarse de unos hombres cuya única misión era vigilar a unos presos muertos de hambre y acompañar a mujeres y niños a la muerte?

Las palabras de Meissner cayeron como un jarro de agua fría y durante un rato los tres permanecieron en silencio.

—¿Y qué me dices de los ángeles? —preguntó Willi por último—. ¿Fueron a ayudarte esa vez?

—¿Qué ángeles? —inquirió Meissner con la voz ronca.

Willi señaló con el dedo a Emil.

—Nuestro Relojero cree que puede invocar a los ángeles para que le aconsejen. Una ventaja absolutamente injusta, diría yo. —Se dio una palmada en el muslo y se echó a reír.

Meissner dirigió una mirada curiosa a Emil.

—Siempre supe que había algo más en ti de lo que aparentas. Háblame de tus ángeles.

Con el cigarro sin encender colgando de los labios, Emil se puso de pie, tomó la tetera y fue a la llave del agua. Después de llenarla, la zarandeó mirando a sus compañeros y derramó unas cuantas gotas de agua sobre las baldosas.

—¿Alguien quiere más té? —preguntó.

—Sí —dijo Meissner—, pero deja de escabullirte y contesta a la pregunta.

Emil rascó una cerilla para encender el fogón. Después de colocar la tetera sobre el fuego, se agachó para encenderse el cigarro y escupió una bocanada de humo azul cuando este prendió.

—No es mucho misterio —repuso—. He creado un sistema basado en la Cábala. Cada coro de ángeles representa un atributo concreto. Medito sobre ese atributo y dejo que guíe mi estilo de juego.

Meissner asintió, como si de pronto se hubiera topado con una revelación que durante largo tiempo se le había hurtado.

—Volviendo a la pregunta de Willi, ¿qué te dijeron los ángeles en esa ocasión?

—No era fácil convocarlos en Auschwitz. No podía tirar las fichas porque no las tenía.

—¿Y qué hiciste? —quiso saber, inclinándose hacia él, impaciente por oír la historia.

—Tuve que encontrar un número al azar que se correspondiera con una letra del alfabeto hebreo. Estaba con tu ordenanza cuando...

—¿Con Eidenmüller?

—Sí. Conté el número de veces que Eidenmüller me llamaba judío. El número se correspondía con Sebaot, el Dios de los ejércitos. El coro de ángeles que representa su poder se llama Principados. Supe al instante que podía barrer a mi adversario sin tener en cuenta ninguna otra consideración.

La tetera empezó a silbar. Emil apagó el fogón y puso el té, removiendo las hojas para que quedara bien fuerte. Mientras lo hacía, vio a Meissner y continuó:

—Después de ver lo mal que le había sentado al comandante el resultado, no entendí que te permitiera organizar más partidas —afirmó, mientras añadía leche a sus tazas y, para el obispo, una cucharada de azúcar.

—Sí. La conversación que tuve con él fue interesante.

Junio de 1944
Auschwitz I

Meissner estaba en la puerta del despacho del comandante a las siete en punto. Había dedicado gran parte del domingo a pensar en lo que le iba a decir, aunque había algo que no podía confesarle a su superior o quizá ni siquiera a sí mismo: el hecho de que el Relojero hubiera empezado a inspirarle respeto, por más que le pesara.

Eran casi las nueve cuando apareció Bär y entró en su despacho acompañado de un oficial de alta graduación. Parecía preocupado hasta que dijo:

—Ah, Meissner. Aquí está. Gracias por venir. —Señaló entonces al otro oficial—. Creo que no conoce al teniente Höss, ¿verdad?

Meissner juntó los talones y levantó el brazo para saludarlo.

—El teniente coronel fue el primer comandante de Auschwitz. Ha regresado temporalmente para supervisar la *Aktion* contra los judíos húngaros. Estamos obteniendo unos resultados magníficos.

—Es un honor, señor —dijo Meissner bajando la cabeza de forma respetuosa ante Höss, al tiempo que se preguntaba si el comandante se había olvidado de la partida de ajedrez.

—Tan magníficos —continuó Bär— que el teniente coronel ha propuesto incrementar el ritmo de la *Aktion*. Eichmann dice que puede enviarnos un transporte más al día, pero aquí no disponemos de hombres suficientes para procesarlos a todos. Su sección es la única con efectivos disponibles. Como es usted un genio en tareas organizativas, confío en que podrá arreglárselas si le robo, digamos, cincuenta hombres con sus correspondientes suboficiales. No necesitaremos a los oficiales, ¿verdad? —concluyó Bär mirando a Höss.

—Señor —replicó Meissner—, me veo obligado a recordarle, con el debido respeto, que la orden de dar prioridad a la producción de armamento procedía directamente de Himmler en persona. No veo cómo vamos a poder mantener la capacidad si me priva de tantos hombres.

—Tonterías. ¿Dónde está ese espíritu indoblegable por el que son famosas las SS? —El comandante le dedicó a su subordinado una sonrisa condescendiente—. De todos modos, después de la escena que nos montó el sábado, había pensado que querría hacer algo para restañar su buen nombre.

—¿Mi buen nombre, señor?

—No nos andemos por las ramas, Meissner. Es usted un oficial rematadamente bueno, tal vez demasiado para ser verdad, según empieza a decirse. Imagino que no quiere que la gente piense que es un amante de los judíos.

Meissner estaba indignado.

—Señor, protesto. No se trata de si amo u odio a los judíos. Lo único que importa es el deber. Y mi deber era, y creo que sigue siéndolo, producir el mayor número posible de balas, proyectiles y cascos de acero.

—Tiene toda la razón —intervino Höss con suavidad—. Lo único que importa es el deber. La orden de intensificar la *Sonderbehandlung* de los judíos húngaros proviene de las más altas instancias. Seguro que no hace falta que entre en detalles. El tiempo apremia; los húngaros están dudando. Podrían rendirse a los bolcheviques en cualquier momento. Así las cosas, esta operación pasa a tener prioridad sobre cualquier otra consideración. Lo entiende, ¿verdad?

Solo había una respuesta aceptable.

—Desde luego, señor.

—Estupendo. Asunto cerrado.

—Bien, hablemos ahora de ese ajedrecista judío —dijo Bär.

—Ah, sí —se adelantó Höss—. Como le venía diciendo de camino, opino que es una idea sumamente interesante. Aunque lo cierto es que no parece haber salido a pedir de boca, de momento.

—Señor —intervino Meissner—, creo que puedo explicar por qué las cosas no han ido según lo previsto.

Bär tomó asiento e invitó a Höss a hacer lo mismo.

—Prosiga, por favor —dijo en tono sarcástico.

—En la primera partida, era evidente que al sargento mayor Frommhagen no le interesaba participar. El judío sin duda se dio cuenta y sacó provecho de ello.

—Resulta difícil reprocharle que no tuviera ganas de jugar con un judío —apuntó Höss—. Es comprensible que esa trampa le pareciera de mal gusto.

—¿Y cómo explica entonces lo ocurrido con Dorn? —quiso saber Bär—. No le faltaban ganas de darle a ese judío una lección.

—Así es, pero subestimó a su rival. Según mi experiencia, un error fatal cuando hay que tratar con judíos, señor.

—Aun así, creo que debemos finiquitar este experimento.

—Por supuesto, señor. Como usted quiera.

—No sé si estoy de acuerdo —comentó Höss—. Ese tal Dorn, si no he entendido mal, perdió por exceso de confianza. ¿No se le ocurrió pensar que su derrota encierra una poderosa metáfora de la clase de dificultades que asedian al partido?

Meissner y Bär se miraron extrañados.

—Escuchen —continuó Höss—. Aunque el ajedrez es un duelo intelectual muy serio, Dorn cometió la imprudencia de dar por segura la victoria. ¿No lo ven? El nacionalsocialismo padece el mismo problema. Si no lo afrontamos sin tregua, nuestro partido se dormirá en los laureles, se le endurecerán las arterias y terminará muriendo. Y las SS, como guardián natural del partido, deben estar a la vanguardia de este desafío.

Bär cambió de postura en la silla. La incomodidad que le habían causado esas palabras no podía ser más evidente.

—No se hagan los sorprendidos —prosiguió Höss—. No es ninguna herejía lo que he dicho. Todas las semanas pueden leerse ideas del mismo tenor en el periódico del partido. En mi opinión, lo que está haciendo Meissner debería aplaudirse como un audaz experimento diseñado para afrontar el exceso de confianza dentro de las filas de las SS y, al mismo tiempo, para poner de manifiesto el peligro incuestionable que suponen los judíos, quienes aprovecharán cualquier debilidad que perciban en nosotros. Habida cuenta de que el judío sabe exprimir al máximo su astucia innata, el experimento está dando los resultados que cabría esperar, y deberíamos llevarlo hasta su conclusión lógica.

—¿Cuál sería? —preguntó el comandante.

—La derrota del judío a manos de las SS, desde luego. Pero solo cuando empecemos a tomárnoslo seriamente.

La mirada que Bär le echó a Meissner era inequívoca: «Más vale que esto salga bien».

—De acuerdo —aceptó—. Pero a partir de ahora, Meissner, será responsabilidad suya asegurarse de que nuestros hombres no subestimen la astucia de su rival.

—No creo que sea necesario a estas alturas —apuntó Höss.

—No, señor —respondió Bär—. Pero, si no le importa, prefiero no dejar nada al azar.

27
LA APERTURA INGLESA

Junio de 1944
Colonia

Las vías de ferrocarril que salían de Cracovia en dirección oeste habían sido reparadas, de suerte que Meissner pudo por fin volver a casa aprovechando un permiso. Había escrito a sus padres para hacerles saber que iba a visitarlos, pero ellos no le habían respondido. De hecho, llevaba más de un mes sin recibir noticias suyas, aunque no estaba demasiado preocupado: los bombardeos aliados seguían perturbando en gran medida todas las comunicaciones dentro de Alemania, salvo las más urgentes.

Las escenas de devastación que lo recibieron en Colonia lo impresionaron en lo más hondo: la ciudad casi había dejado de existir como organismo vivo. Estaba acostumbrado a las carnicerías del campo de batalla, pero aquello era distinto: era su ciudad, las calles que habían alimentado sus esperanzas y sus sueños. Hasta donde alcanzaba la vista, salvando la catedral, todo lo que quedaba de la ciudad eran ruinas y esqueletos de edificios devorados por el fuego que había caído del cielo en una tempestad vengativa. Solo habían pasado ocho años desde que había abandonado la casa de sus padres para estudiar en la universidad. En esa época había sido una bulliciosa metrópolis con tres cuartos de millón de almas;

ahora era una ciudad fantasma, que apestaba a urbe muerta: escapes de gas, humo, cloacas reventadas y a la vista de todo el mundo.

La casa de su infancia, situada en Friedrichstrasse, era una ruina carbonizada. No encontró ni rastro de sus padres ni de su prometida. Sabía que debería estar buscando noticias suyas como un loco, pero la magnitud de la desolación lo abrumaba, anestesiando sus emociones. No podían haber sobrevivido.

En el ayuntamiento no sabían nada y lo único que logró averiguar en el centro de protección civil fue que la zona había recibido el impacto de varias bombas incendiarias unas seis semanas antes. Ahora, todo lo que quedaba era la silueta ennegrecida de la catedral con sus dos agujas idénticas elevándose al cielo, milagrosamente conservadas en medio de aquel infierno como si así lo hubiera deseado Dios mismo.

Meissner se detuvo en los escalones de la catedral y vio a unas pocas personas que iban entrando a la misa del domingo. El mundo se había vuelto incomprensible para él. ¿Qué clase de fe —se preguntó— podía atraer a la gente al templo en un día como ese? ¿La devoción desesperada de quienes rezaban por su salvación antes de que el fuego también los consumiera, o la soberbia de quienes creían no merecer la ira de Dios y le suplicaban fervientemente que enviara aquella lluvia de destrucción a otra parte? ¿Y qué había sido de su propia fe? ¿La había perdido o estaba agazapada? Dios sabía que había visto suficiente como para que su fe quedara reducida a la nada: los horrores del frente oriental y de Auschwitz eran mucho más de lo que se le podía exigir presenciar a un hombre. Pero descubrir que el infierno también había visitado su casa, y su familia, era insoportable. Sabía que debía sentir dolor, rabia, pena, furia, pero lo cierto es que no sentía nada. Estaba vacío.

La única certeza era que aquella ciudad ya no podía ofrecerle nada.

Dio una última calada a su cigarro y lo tiró al suelo antes de dar media vuelta y alejarse de las puertas de la catedral.

Meissner tenía la orden de presentarse en la WVHA, la oficina económica y administrativa de las SS, antes de volver de su permiso, a fin de informar a Glücks sobre el estado de las fábricas de armamento que Auschwitz administraba. Después de la devastación que acababa de presenciar, le parecía una pérdida de tiempo.

Había tensiones entre los cuadros más altos de las SS: la RSHA* y su recadero, Eichmann, estaban empeñados en exterminar al mayor número posible de judíos, mientras que la WVHA quería mano de obra esclava para sus fábricas. La situación en la guerra era cada vez más desesperada, pero nadie parecía atreverse a tomar una decisión sobre a cuál de esas dos exigencias contrapuestas había que dar prioridad. De todos los papeles en aquella obra, el que menos entendía Meissner era el que desempeñaba Höss. En la WVHA solo tenía por encima a Glücks, pero ello no le suponía ningún impedimento para ejecutar las exigencias de la RSHA con eficacia discreta pero imparable.

No había trenes para Berlín, pero Meissner logró que dos oficiales de las SS lo acercaran a Potsdam en coche. Ambos eran de la SiPo** y acribillaron al *Waffen-SS* con preguntas sobre sus experiencias en el frente oriental y en Auschwitz.

—Yo me había propuesto ir al este, para servir con los *Einsatzgruppen**** —le confió uno de los hombres de la SiPo—,

* *Reichssicherheitshauptamt*: la Oficina Central de Seguridad del Reich. La ejecución de la «Solución Final de la Cuestión Judía» se contaba entre sus competencias.

** *Sicherheitspolizei*: Policía de Seguridad del Estado. Sus oficiales eran miembros de las SS.

*** Los escuadrones de la muerte de las SS que siguieron los pasos del ejército alemán adentrándose en Polonia y Rusia, donde asesinaron en masa a comunistas y judíos.

pero me dijeron que la cuota para la región ya estaba completa. Entonces, empezamos a oír historias sobre cómo afectaba el trabajo a los hombres que sí habían ido, cómo tenían que inflarlos a alcohol para que pudieran continuar, y que muchos terminaron suicidándose. En cierto modo, me alegré de habérmelo ahorrado.

—Por eso montaron los campos de exterminio —añadió el otro—. Para encontrar una forma más limpia de liquidar a los judíos.

—Pues parece que ha funcionado —dijo el primero—. Mírese: no parece que le haya hecho mucho daño estar en Auschwitz.

—No participo en las liquidaciones —contestó Meissner, intentando mantener un tono de voz neutro. La SiPo era conocida por descubrir a disidentes y sediciosos en los lugares más insospechados, incluso entre los héroes de guerra—. Yo estoy en el campo de trabajo principal. Mi responsabilidad es que las fábricas de armamento sigan funcionando, así que podría decirse que me interesa mantener con vida a los judíos más que matarlos.

—¿Y eso no le causa conflictos con los otros oficiales?

Meissner torció el gesto.

—Sí, de vez en cuando.

—¿Y qué hace?

—Les digo que obedezco órdenes, igual que ellos.

En Potsdam tomó un tren que lo dejó en el centro de Berlín y, una vez allí, suplicó a uno de los mensajeros que lo llevara en su vehículo desde la sede de las SS a las oficinas de las WVHA en Oranienburg.

Glücks parecía menos interesado en el estado de las fábricas y de sus esclavos que en el rendimiento del teniente Höss. Meissner había intuido que al teniente general no le gustaba su subordinado y que buscaba información para desacreditarlo.

No era una intriga en la que Meissner quisiera verse involucrado y respondió en todo momento de forma escueta y con evasivas. Sabía que su actitud no le serviría para ascender a la más alta jerarquía de los campos de concentración, pero, a menos que un milagro salvara a Alemania de una derrota total, no le pareció que aquello fuera algo que debiera preocuparlo demasiado.

La última etapa de su viaje de vuelta a Cracovia la hizo solo en un compartimento de tren. Desde que había salido de Colonia, había tenido tiempo de sobra para reflexionar sobre adónde lo había llevado el destino. Los nazis habían mentido. Todo el edificio estaba construido sobre mentiras. Mentalmente, fue tachando una por una las mentiras de las que tenía pruebas sólidas: los bolcheviques eran subhumanos a los que derrotarían con facilidad; no caería ninguna bomba enemiga sobre las ciudades alemanas; nunca se le pediría a Alemania que volviera a combatir en dos frentes distintos a la vez. Y por último estaba la cuestión de los judíos. ¿Cuántas mentiras se habían contado sobre ellos? Eran incontables. Y él se había tragado todas esas mentiras, de la primera a la última. ¿En qué lo convertía eso? ¿En un tonto, en un cómplice o en ambas cosas?

En Berlín había logrado hacerse con material de escritura y, empleando su maleta como escritorio, empezó a redactar una carta que esperaba que pudiera ayudarlo a escapar.

Auschwitz
30 de junio de 1944

Querido Peter:

Parece que ha pasado una eternidad desde que combatimos codo con codo contra los rusos en Vorónezh, aunque en realidad ha transcurrido menos de un año. Cuesta creerlo, ya lo sé. ¿Te acuerdas de que solíamos de-

cir que nos reiríamos en las narices de la muerte? De eso hace una eternidad. Mis responsabilidades en el KZ son mucho menos espectaculares que en el frente, pero hay que cumplir. La cantidad de material que podemos aportar al esfuerzo bélico es asombrosa. En las plantas cuya dirección me han encomendado se fabrican miles de cascos de acero, balas y proyectiles todas las semanas. ¿Te imaginas cómo les iría sin todo ese material? Además, me dicen que dentro de unas pocas semanas empezaremos a producir combustible sintético en la planta que la Buna-Werke *tiene aquí en Auschwitz. Vuestros Pánzer necesitarán esa gasolina, así que te recomiendo que no me mires por encima del hombro, aunque ahora no sea más que un director de fábrica con ínfulas.*

Tengo que confesarte que la vida en Auschwitz no me está resultando nada fácil. La mayoría de los oficiales de las Totenkopfverbände *ven en los hombres de las* Waffen-SS *a unos simios descerebrados que saben empuñar un fusil, pero poco más. Creen que su misión es la más difícil e importante. Se les ha confiado la lucha contra el enemigo eterno de Alemania, aunque ese enemigo no pueda devolver los golpes. Me refiero a los judíos, desde luego. Cuando te enfrentas a una columna de tanques enemigos, todo es muy sencillo. O matas o te matan. Los rusos lo saben tan bien como nosotros. La batalla se libra sin cuartel en uno y otro campo. Cuando nos adoctrinaron en la escuela de oficiales, acepté todo lo que se nos dijo sobre el peligro que suponían los judíos, pero nunca se me ocurrió pensar que todo ese discurso llegaría hasta los extremos que he presenciado aquí. Créeme cuando te digo que miles de judíos —hombres, mujeres e incluso niños— mueren asesinados aquí cada día. No hay un día de tregua en la matanza.*

Me digo que soy un hombre afortunado. No me han

destinado al campo donde se cometen las matanzas y no estoy involucrado en esas atrocidades. De hecho, estoy absolutamente aislado de ellas. Pero eso no me absuelve de una culpa de la que debo ser partícipe, porque estoy aquí y no hago nada para impedirlo. Me digo que sería inútil: ¿qué conseguiría, aparte de que la Gestapo me fusilara? Pero el remordimiento me roe por dentro despiadadamente. Hasta hace poco no me di cuenta de lo absurdo que era todo esto. Un par de hombres de la SiPo me llevaron en su coche. Durante el viaje, les dije que trabajaba en la producción de armamento y que, por ese motivo, prefería que a los judíos les perdonaran la vida porque de este modo podían trabajar en las fábricas, en vez de asesinarlos nada más llegar al campo. En eso se ha convertido mi vida: un oficial de las SS en un campo de la muerte que intenta mantener con vida a sus presos cuando todos sus compañeros quieren verlos muertos. A mis espaldas, van diciendo que quiero a los judíos.

Tengo que salir de aquí antes de terminar siendo como ellos. Solo me queda mi honor. Acabo de volver de Colonia. Madre, padre y María murieron en un bombardeo. ¿Crees que hay alguna forma de que pueda volver al regimiento? De ser así, por lo menos podría albergar la esperanza de morir en combate.

La puerta del compartimento se abrió. Un revisor apareció en el hueco con la mano tendida, esperando el boleto. Meissner tapó la página para que el individuo no leyera lo que había escrito. A continuación, se metió la mano en el bolsillo de la camisa y sacó su permiso de viaje. Después de echarle un vistazo de trámite, el revisor recortó el pico del documento y se lo devolvió, al tiempo que se disculpaba por haber importunado al capitán.

Cuando el hombre se fue, Meissner releyó las páginas que

había escrito. Negando con la cabeza, las rompió en mil pedazos. Todo estaba mal en el texto. Todo salvo una cosa. Tenía que encontrar la forma de escapar.

1962
Kerk de Krijtberg, Ámsterdam

Emil se despertó sin recordar dónde estaba. Tardó unos momentos en orientarse. La habitación no se parecía a ningún otro sitio en el que hubiera dormido. Estaba amueblada con sencillez: una cama estrecha, un mueble ropero, una cajonera, una mesa de escritorio con su silla y, en un rincón, un reclinatorio con un crucifijo en la pared. Emil sabía de la devoción católica por la cruz, pero, aun así, su presencia en la habitación le inquietaba: el Salvador sufriente con su promesa de redención, el hombre que había dicho poco antes de morir: «Padre, perdónalos, porque no saben lo que hacen». Cada vez que veía un crucifijo, Emil recordaba esas palabras. Pasados unos momentos, ya no pudo controlarse y empezó a mirarlo a cada rato, como si lo desafiara a pronunciar esas palabras en voz alta.

Los judíos no se arrodillan cuando rezan, pero Emil lo hizo ahora, apoyándose en el reclinatorio. No sabía qué forma debía darle a su plegaria. Antes de su encuentro con Meissner en el Leidseplein, su vida era sencilla pero segura. Cargaba con la losa de Auschwitz adondequiera que fuera y se había acostumbrado a su lúgubre compañía. Sabía desde hacía largo tiempo que el campo había sido un organismo vivo; era dolorosamente consciente de que el infierno había instalado una sucursal en ese pedazo de tierra. El campo era tanto una víctima como un testigo: observaba, esperaba, lloraba; llevaba la cuenta de los crímenes que se sucedían dentro de sus confines, pero era incapaz de impedirlos o castigarlos. Había sido esa certeza la que había orientado la vida de Emil durante casi veinte años. Su deber era dar testimonio, no olvidar nunca, no perdonar nunca. Pero con ello su vida se había vuelto amarga, algo que soportar y no con lo que disfrutar.

Recordó en ese instante algo que Meissner le había dicho la noche anterior. «Pero tengo que conservar la esperanza. De lo contrario, estaré perdido.»

Emil comprendió que era él quien estaba perdido. Las normas de Auschwitz lo habían cegado, en especial la norma que prohibía la esperanza. A pesar de todos los años que habían transcurrido desde entonces, Emil no era capaz de ver dónde estaba o adónde iba. Su vida había perdido todo sentido. Su entrega al ajedrez le había permitido seguir avanzando, pero se había vuelto algo mecánico, algo con lo que poder medirse, un disfraz que ocultaba el estado real de su alma.

Levantó la vista hacia la figura en el crucifijo.

—¿Nada más? —dijo moviendo solamente los labios—. ¿Es así como rezan los cristianos? ¿Escuchando?

Los ojos de bronce le devolvieron una mirada ciega. Emil negó con la cabeza y se levantó del reclinatorio.

Encontró a Meissner en la cocina. Tenía mejor color en las mejillas y parecía un poco menos débil que el día anterior.

Al sentarse a la mesa, frente a Meissner, Emil decidió hablarle de su encuentro con el Cristo crucificado. No sabía cómo iba a responder el cura; quizá con un discurso sobre el sentido del redentor y de la redención. Después de todo, Meissner había sido misionero: su trabajo era ganar almas para Cristo.

En vez de ello, Paul le preguntó:

—¿Qué buscabas cuando te arrodillaste ante la cruz?

La pregunta le dejó atónito.

—¿Qué te hace pensar que buscaba algo?

Meissner sonrió.

—Según mi experiencia, la gente se reserva las plegarias

para momentos de gran necesidad. Te presentas ante Dios como suplicante y le pides que intervenga. —Meissner suspiró—. Pero me temo que la cosa no funciona así. La mayoría de las veces, lo máximo a lo que uno puede aspirar es a recibir algún tipo de intuición... Una revelación, por así decir. Creo que eso es lo que te ha ocurrido a ti. Se te ha revelado algo, pero de ti depende decidir qué haces a partir de ahora.

Emil negó con la cabeza.

—Creo que esperaba encontrar algo más que eso.

—¿Como qué?

—No lo sé. Pensaba que alguien como tú, un cura, tendría una relación más estrecha con Dios, que sabrías lo que hay que decirle.

—Pero ahí reside el problema, ¿no lo ves? Dios no acostumbra a ser tan directo. Ambos buscamos lo mismo, el perdón, pero parece empeñado en rehuirnos. Y cuando acudimos a Dios en busca de una respuesta, Él guarda silencio. ¿Por qué? Desde que nos hemos reencontrado, no he podido pensar en nada más. —Paul se inclinó hacia Emil y le puso la mano en el brazo, al tiempo que lo miraba a los ojos—. Pero hay algo que sí he conseguido entender. El perdón está ligado a la esperanza. Si no tienes esperanza, no puedes perdonar. En mi fe, abandonar la esperanza es un pecado muy grave. La esperanza es lo que tenemos que redescubrir, tú y yo, antes de que se nos acabe el tiempo. Y el mío se agota por momentos.

28
APERTURA DE PEÓN DE REY

Julio de 1944
Auschwitz III, Monowitz

Nadie sabe por qué corren tan rápido las noticias, pero el ambiente en el campo ha cambiado con la victoria del Relojero sobre el segundo oficial de las SS, al menos por unos días. Se percibe cierto orgullo entre algunos de los presos, en especial los del bloque de Emil: uno de los suyos ha desafiado a los invencibles SS y les ha ganado, no una, sino dos veces. Y, como si las buenas noticias fueran contagiosas, otro rumor ha empezado a propagarse por el campo: no habrá más *Selektionen*. Sin embargo, en este caso no se trata sino de un cruel espejismo. Esas falsas profecías son moneda corriente. El Relojero, en cambio, es real, y los presos judíos que todavía albergan una esperanza secreta en sus almas hablan de él con una suerte de nostalgia, como si se tratara de una gloria de tiempos pasados que ha caído en el olvido pero a la que de pronto recuerdan. No es ningún secreto que las victorias del Relojero en las partidas de ajedrez contra los SS suponen que un preso —un preso judío— pueda burlar las cámaras de gas. Ahora, adondequiera que vaya, lo escolta un grupillo de presos renqueantes, como si siguieran a su mesías, y más de uno incluso tiene la osadía de tirarle de la manga, con la esperanza de que se fije en él y decrete su salvación en la próxima partida. Se ha convertido en su adalid, el único hombre que se ha atrevido a desafiar las humillaciones que caen sobre ellos todos los días. Hay quien dice que tiene poderes mágicos. Gritos de aliento acompañan cada paso que da. Incluso algunos de los *Kapos* lo saludan respetuosamente cuando lo ven pasar, un privilegio insólito tratándose de un judío.

Brack está encantado con su protegido. Emil recibe una litera para él solo, con paja limpia y una manta más. Cuando sale del bloque por la mañana, el preso encargado de la limpieza inspecciona la chamarra de Emil para asegurarse de que luce el número obligado de botones.

Toda esa atención le molesta. Casi desde el día de su llegada al campo, tuvo un compañero en quien confiar, pero ahora está solo. No se fía de Brack. Entre ladrones, no hay honor que valga, y menos todavía entre asesinos. Conoce de sobra la afición de Brack por la brutalidad gratuita. Sabe de un incidente ocurrido el año anterior, cuando un preso político recién llegado se revolvió enfadado al ver que el *Ältester* lo apartaba de un empujón en la cola de la sopa. El triángulo rojo en la chamarra sitúa a quien lo lleva en una posición mucho más privilegiada que la tosca estrella de los judíos, pero ello no impidió que Brack ordenara a sus secuaces hundir la cabeza del comunista en la sopa hasta que este se ahogó. Los repartidores de la sopa siguieron a lo suyo como si allí no hubiera pasado nada.

No, las flamantes atenciones que Brack dedica al bienestar de Emil no son más que una tapadera. Su vida ha mejorado enormemente, pero ¿por cuánto tiempo? Emil todavía no tiene del todo claro qué es lo que saca Brack de todo esto, pero por fuerza tiene que verle alguna ventaja, porque de lo contrario no lo haría. En cuanto deje de serle útil, Emil sabe que lo dejará tirado.

También le preocupa no haber recibido noticias de Meissner desde la partida contra el subteniente Dorn.

Una tarde, un judío holandés lo para cuando vuelve a su

bloque después del recuento de presos. El holandés intenta darle su ración de pan. Cuando Emil se niega a aceptarla, le dice:

—Pero tiene que haber algo que pueda hacer para darte las gracias.

—¿Las gracias? ¿Por qué?

—Por salvarme la vida. Salvaste mi vida cuando ganaste la última partida contra los alemanes.

Emil se aparta consternado.

—No me des las gracias. No pienses ni por un instante que me presto a esto voluntariamente. Me han obligado a hacerlo como te obligan a todo lo demás en este sitio. No es más que una jugarreta cruel de los alemanes. Una de tantas.

El hombre niega con la cabeza.

—No puedo darte la razón, amigo mío. Tu valentía golpea de lleno en el corazón de este régimen malvado. Según la Torá, quien salva una vida salva mil. Esa es la verdad.

—¿Valentía? —dice Emil—. Por favor, no confundas la extorsión con la valentía. Cuando entré en la sala donde debía jugar contra el oficial de las SS, tenía tanto miedo que casi perdí el control de mis tripas. No me explico cómo conseguí ganar. Que la vida de alguien dependiera de mi rendimiento en una partida de ajedrez es un escándalo. —Emil deja de caminar y levanta la mano para señalar el edificio de la *Kommandatur* al otro lado de la valla electrificada—. Solo a las SS podía ocurrírseles un plan tan monstruoso en el que nosotros, sus víctimas, nos consideremos sus beneficiarios.

Pero el holandés no da su brazo a torcer.

—Te equivocas, amigo mío. La misma existencia de un sitio como este es una contradicción. Cada aspecto de la vida es aquí dentro lo contrario de lo que es afuera. No podemos juzgar lo que ocurre en este lugar según las normas de la sociedad civilizada. Aquí no existen ni el bien ni el mal, solo la supervivencia. Es un deber sobrevivir y cada vida que pueda salvarse es una victoria.

Emil se da cuenta de que el hombre no está abierto a dialogar y trata de irse, pero el holandés lo agarra de la manga y no lo suelta.

—No sé cómo te llamas, amigo mío. Solo sé que te llaman el Relojero. Yo me llamo Kastein, Avram Kastein, de Róterdam. Antes de la guerra, era un hombre rico. Cuando esto termine, si sobrevives, ven a Róterdam a verme. No te será difícil encontrarme. Verás que puedo ser muy generoso.

En su empeño por mostrarle la gratitud, intenta agarrar la mano de Emil, pero las palabras del holandés le han horrorizado. No puede prestarse a semejante mercadeo. Para él, aceptar un pago sería lo mismo que una traición. ¿Cómo iba a sacar tajada del sitio en el que su familia ha sido exterminada? ¿Cómo ha podido este hombre dejarse corromper por la perversión de Auschwitz hasta el punto de plantearse hacerle una oferta semejante? Sin mediar palabra, se zafa del holandés y da media vuelta para huir de él. Pero Kastein le grita desde la distancia:

—*Herr* Brack ya me avisó de que podías ser una persona difícil, pero mi palabra es sagrada. Si sobrevivimos, recuerda que pago mis deudas, cueste lo que cueste, antes o después.

Pero Emil ya no le oye. Acaba de entender de qué forma está eligiendo Brack a las personas cuyas vidas penderán de un hilo durante sus partidas de ajedrez. Saberlo le provoca escalofríos.

Un ordenanza entró en el despacho de Bär y esperó a que este advirtiera su presencia. Al cabo de unos minutos, se vio obligado a decir:

—Siento importunarlo, señor. El capitán está aquí. Desea hablar con usted.

Bär cerró el expediente que estaba leyendo.

—¿Meissner? Pensaba que todavía estaba de permiso. —Al ver que el ordenanza no respondía, dijo—: Muy bien, hazlo pasar. Y que ese comebiblias nos sirva un poco de café.

Bär observó a Meissner de arriba abajo mientras este, apoyándose con gesto resuelto en el bastón, entraba cojeando en el despacho. No se puso de pie para saludar a su subordinado. Se limitó a señalarle una silla para que se sentara.

—No lo esperaba de vuelta tan pronto —dijo—. ¿Pasó algo?

—Nada que no hayan tenido que sufrir otros miles de alemanes, señor. —Viendo que Bär lo miraba perplejo, Meissner continuó—: Fui a casa durante el permiso. La habían bombardeado. No queda nada.

—¿Nada?

Un músculo se crispó en la mandíbula de Meissner. Negó con la cabeza.

En ese instante, entró un preso con el triángulo violeta de los testigos de Jehová. Llevaba una charola con una jarra y dos tazas. El comandante esperó a que la dejara sobre la mesa y luego le dijo que se fuera.

—¿Cómo está?

—Me las arreglo.

El tono brusco de la respuesta de Meissner hizo que el comandante examinara con más detenimiento al oficial. Era imposible no fijarse en la fuerza con la que aferraba el bastón y se preguntó si lo hacía para evitar que le temblaran las manos.

—Podría conseguirle unos días más de permiso, si lo considera necesario.

—No. Gracias, señor. Pero hay algo que sí me gustaría pedirle.

El comandante se llevó la taza a los labios y tomó un sorbo de café antes de contestar.

—¿Sí? ¿Qué?

—Podría aprobar mi solicitud de reenganche al servicio activo.

Bär afiló la mirada al tiempo que se recostaba en la silla.

—Mucha gente, incluido el Himmler, diría que lo que está

haciendo usted aquí es servicio activo y, ciertamente, una tarea fundamental para el esfuerzo bélico. —Sacudió la cabeza—. Lo siento, Meissner, pero queda descartado. La *Aktion* húngara está en el momento culminante. No podemos prescindir de usted. —Tomó otro sorbo de café, como si quisiera indicar que el asunto quedaba zanjado, pero Meissner no se amedrentó.

—Con todo el respeto, señor. Me importa más bien poco lo que Himmler pueda opinar sobre el asunto. Estoy en mi derecho de solicitar un traslado y usted no tiene motivos de peso para negármelo.

—¿Que no tengo motivos de peso? ¿De verdad lo cree? —Bär frunció el ceño. La terquedad de su subordinado rozaba la impertinencia—. Afronte los hechos, Meissner. Aunque pudiera encontrar una unidad que lo aceptara, teniendo en cuenta que no se halla en plenitud de facultades físicas, ¿se hace cargo de lo difícil que nos resultaría encontrar a alguien que lo sustituyera? Las pocas veces que consigo que me envíen a un oficial aquí, solo me llegan los restos: oficinistas, maestros de escuela y carteros resentidos que solo quieren vestir el uniforme para darse aires con las mujeres cuando vuelven a casa. Son informales e indisciplinados. Lo siento, pero no puedo refrendar su solicitud. Es un oficial demasiado bueno como para que lo deje irse.

Meissner se puso tenso. Se había propuesto dejar Auschwitz.

—Soy oficial de las *Waffen-SS* —dijo con rabia—. Me alisté para luchar contra los enemigos del Reich, no para hacer de niñera con los judíos.

—Si se refiere a ese ajedrecista que parece haber adoptado, la respuesta al problema es muy sencilla: deshágase de él. Ocúpese de que su nombre figure en la próxima *Selektion* y asunto resuelto.

—No puedo, señor. Es una cuestión de honor.

Hubo un breve silencio.

—En tal caso, no puedo hacer nada para ayudarlo.

1962
Leidseplein, Ámsterdam

Meissner se había recuperado un poco e insistió en que quería salir a que le diera el aire. Dijo que le apetecía ir con Emil a lo que describió con gesto sonriente como «el mejor club de ajedrez de Ámsterdam». No estaba en condiciones de caminar, de modo que tomaron un taxi hasta el Leidseplein. Willi tenía un asunto que atender y dijo que se reuniría con ellos allí.

Cuando llegaron, Emil pidió café y unos panes, y luego atravesaron el salón hasta llegar a la parte trasera del bar. Meissner se dejó caer en una silla de una mesa con tablero y apoyó el bastón en la pared que tenía detrás. Emil se sentó enfrente y empezó a colocar las piezas.

—¿Echamos una partida?

—¿Yo? —dijo Meissner—. ¿Contra ti? —Soltó una carcajada.

—¿Por qué no?

—Te aburrirás conmigo, seguro.

—No importa. Vamos a jugar por amor al juego.

—En ese caso, sí. Me encantaría echar una partida de ajedrez contigo.

A Meissner le tocaron las blancas y movió su peón de rey dos casillas al frente.

—Cuesta creer que después de tantos años esté jugando al ajedrez contra el célebre Relojero —comentó.

—Sí, ¿quién habría imaginado que un humilde judío llegaría tan lejos? —Emil hizo el mismo movimiento con su peón de rey.

Justo en ese instante entró Willi. Llevaba una charola con lo que habían pedido.

—El mesero me ha dado esto para ustedes —dijo, echando un vistazo al tablero mientras dejaba la charola en una mesa cercana—. Ajá. La apertura del doble peón de rey. Interesante.

—Arrimó una silla y se sentó al lado de Meissner—. ¿Sabías, Paul, que las blancas solo pueden hacer veinte movimientos iniciales? La apertura de peón de rey es muy potente. Te permite dominar el centro del tablero y liberas enseguida al alfil y la dama.

—Es una bonita idea —dijo Meissner.

—¿El qué?

—Que se pueda liberar a un alfil.*

Willi sonrió cohibido.

—Estaba pensando que deberíamos continuar con la historia —dijo.

—¿Por si acaso no llego al final?

Emil y Willi se miraron con gesto preocupado. Paul se echó a reír, pero enseguida empezó a toser.

—No, claro que no —negó Willi—. Estoy impaciente por saber cómo se las arregló nuestro amigo cuando todo el peso de las SS cayó sobre él.

—Bueno —dijo Emil con una sonrisa—. Como puedes ver, sigo aquí, cosa que no pueden decir las SS, de modo que puedes sacar tus propias conclusiones.

—Es interesante —repuso Meissner—. La idea de libertad. Le he dado muchas vueltas desde la guerra, y no por los años que pasé en la cárcel. —Se le quebró la voz y tuvo que carraspear—. No es algo de lo que suela hablar, pero después de que Emil ganara su segunda partida, me concedieron un permiso y volví a Alemania, a Colonia. Me cambió la vida.

Willi dio un mordisco a su pan relleno de jamón cocido.

—¿De verdad? ¿En qué sentido?

—Me liberó —respondió Meissner escuetamente, al tiempo que tomaba su taza de café—. Deben tener en cuenta —continuó, mientras movía su caballo de rey— que por desgracia ya sabía lo

* En inglés, *bishop* significa tanto «alfil» como «obispo», de ahí la reacción de Willi al comentario irónico del sacerdote. *(N. del t.)*

que era la destrucción. Había combatido en Kursk, quizá la más sangrienta de las batallas en el este. Había visto muchísimos combates, combates de verdad, pero aun así lo que me encontré en casa me superó por completo. Pensaba que ya había visto el infierno sobre la faz de la tierra, pero me equivocaba. Colonia era un auténtico infierno, porque era mi hogar. Nunca había visto nada parecido. La destrucción era horrible. Horrible.

La voz de Paul se había convertido en un murmullo, de modo que Willi dijo en voz baja:

—¿Y tu casa?

—Destruida. —Paul suspiró fatigado. Se metió la mano en el bolsillo, sacó un pañuelo y se sonó la nariz ruidosamente. Cuando retomó la palabra, tenía la voz embargada por la emoción—. No me quedaba nada, ni nadie. Estaba solo en el mundo. No, eso no es del todo cierto. Todavía tenía a las SS. Se convirtieron en mi familia. Pero no las SS de los campos, que eran una vergüenza, una sórdida pandilla de maleantes empeñados en llenarse los bolsillos con la «Solución Final». —Hizo un gesto de dolor al oír sus propias palabras—. No quería saber nada de ellos, como es obvio. Quería escaparme, volver a las *Waffen-SS*, a mi antiguo regimiento, volver a un sitio donde poder servir con honor de nuevo.

—¿Honor? —intervino Emil—. Me parece incomprensible que alguien pueda hablar de servir con honor en una organización como las SS.

Meissner pasó el brazo por encima del tablero y le apretó la mano a Emil.

—Entiendo a la perfección que lo pienses, Emil, y haber servido en Auschwitz no me deja en buen lugar, lo sé. Confieso que estaba convencido de que el nacionalsocialismo, con sus valores de orden, unidad y obediencia, traería la salvación al pueblo alemán. Pensé que podía contribuir a esa lucha sin que me manchara. —Meissner apartó la mirada—. Estaba equivocado. Pensé que las SS eran un cuerpo de elegidos que haría realidad la obra de la providencia. También me equivoqué en eso, pero esperaba que, si podía reincorporarme a mi antigua unidad, por lo menos podría restaurar mi amor propio.

—¿Y eso fue lo que pasó? —preguntó Emil con frialdad.

Meissner agachó la cabeza.

—No.

29
GIUOCO PIANO

Viernes, 21 de julio de 1944
Auschwitz III, Monowitz

¡Alégrense, alégrense! Hitler ha muerto, lo han asesinado en su cuartel militar en Prusia Oriental. Por primera vez desde que se recuerda, los presos no tienen que formar con sus *Kommandos* y desfilar hacia sus trabajos después del recuento matinal. Hoy se los obliga a volver a los barracones. Los guardas de las SS han salido en masa y patrullan el perímetro del campo con sus perros. No llevan las armas colgando del hombro, sino listas para disparar, con el dedo cerca del gatillo. Parecen inquietos y recelosos. La fábrica de rumores funciona a pleno rendimiento y las historias que escupe se vuelven más fantasiosas con el paso de las horas: Hitler fue asesinado por su propia guardia, a Göring lo han matado con una bomba, a Goebbels lo ha ahorcado una turba en la calle. Poco a poco, los presos van saliendo a la luz del sol y se reúnen a lo largo de la valla. Observan sorprendidos a los guardas.

Pasan las horas. Se reparte la ración de sopa del mediodía. Eso sirve para congregar de nuevo a los reclusos en el centro del campo, ya que nadie es capaz de ignorar la llamada del hambre. Sin embargo, comen rápido, la curiosidad se impone y vuelven enseguida a la alambrada para intentar averiguar a qué se debe esa insólita situación.

No saben que en Berlín se ha librado una batalla en el cuartel del ejército entre soldados leales a los militares que conspiraron para asesinar a Hitler y varias unidades de las *Waffen-SS* cuya fidelidad al Führer está más allá de toda duda. Sin embargo, ahora parece que nadie está libre de sospecha; por lo visto, incluso algunos altos oficiales de las SS están implicados.

Los guardas del campo tampoco están enterados del asunto. Les han explicado que están en alerta máxima porque se teme que los partisanos polacos intenten entrar en el campo y liberar a los presos. Naturalmente, los guardas miran con recelo a los miles de rostros reunidos a lo largo de la valla perimetral.

El día se hace largo y, aunque no se ha permitido que ningún preso salga de camino a las fábricas, se ordena el recuento de la tarde. Pero los presos no se separan de la alambrada. Haber pasado el día contemplando el horizonte ha despertado en muchos ciertas ansias de libertad. A estas horas, ya ha circulado el rumor de que los partisanos se disponen a atacar el campo de forma inminente, así que no quieren dejar pasar la oportunidad de escapar. Se dicen para sus adentros que los partisanos deben de estar escondidos entre los árboles que se ven al sur, esperando reunir todas sus fuerzas para lanzar la ofensiva, o quizá aguardan a que caiga la noche, pues sería un disparate arriesgarse a atacar a plena luz del día.

Suena la campana del campo, la señal que avisa a los presos de que deben volver a sus bloques. Algunos caminan de forma automática. Otros voltean sus cabezas un instante, pero no parecen dispuestos a renunciar a las posiciones que han ocupado junto a la valla. Es un día sin precedentes. No quieren que concluya con una nueva capitulación. Un grupo de guardas se acerca a la alambrada. Mueven los brazos y gritan furiosos a los presos que se dispersen, amenazándolos con consecuencias nefastas si no obedecen. Los perros ladran y tiran de sus correas, mostrando los colmillos. Algunos presos, envalentonados por los rumores, se atreven a contestarles con más gritos, lanzándoles obscenidades e insultos. Si las palabras pudieran matar, no quedaría en pie ni un solo guarda.

Sin previo aviso, una metralleta empieza a disparar, una larga ráfaga de fuego que no termina hasta que un clic metálico indica que el cargador está vacío. El eco de los disparos se oye por todo el campo, alertando a presos y guardas por igual, pero no es el ataque de los partisanos. Los disparos dejan un paisaje de hombres tendidos en el suelo, muertos o heridos, algunos gritando todavía, mientras la sangre se extiende sobre la hierba agostada. Unos cuantos presos se ponen a correr, pero la mayoría siguen mirando embobados, como si los disparos los hubieran congelado. Con el rostro desencajado por la furia, el guarda que ha disparado extrae el cargador vacío e introduce otro. Se echa hacia atrás el casco con gesto decidido y se seca la frente con la manga, como si hubiera salido airoso de un encargo difícil. Se voltea hacia sus compañeros y señala con la cabeza a los presos que no se han ido. Los SS sonríen satisfechos y levantan sus armas.

No hay necesidad de dar orden alguna: cuando vuelve a disparar, sus compañeros lo imitan. Un aguacero letal que impacta en la masa indefensa y la derriba al instante. Ahora, todos los presos corren despavoridos para salvar sus vidas. No se giran para ver cuántos han caído en la huida.

Todo termina al cabo de apenas unos segundos.

Los guardas se ríen.

—Putos judíos —dice uno de ellos recargando su metralleta mientras se alejan de la escena, dejando tras de sí una carnicería—. Nunca aprenderán.

En su despacho, alertado por los disparos, Meissner inspecciona su pistola y se asegura de tener una bala lista en la recámara antes de guardarla en la funda. Con parsimonia, se pone la gorra de plato, recoge su bastón y sale cojeando al antedespacho. Los suboficiales y soldados rasos se han levantado de sus mesas y miran perplejos por las ventanas. Ninguno va armado o está listo para entrar en acción.

—Atento todo el mundo —les grita Meissner—. Apártense de las ventanas.

Avergonzados, los hombres vuelven a sus escritorios.

—¿Quién está al mando aquí?

Un sargento primero toma la palabra.

—Yo, señor.

—Grawitz, ¿verdad? Mande a un cadete al capitán Brossman. Que le diga que estamos listos para ayudarlos y que aguardamos sus órdenes. Luego, arme a nuestros hombres y reúnalos abajo. Rápido. Vuelvo dentro de cinco minutos. Eidenmüller, venga conmigo.

Sin más palabra, Meissner se dirige a la escalera, acudiendo a la irresistible llamada del combate, con su ordenanza en la estela. Llegan sin contratiempos a la sala de los guardas junto a la entrada principal. Encuentran allí a Schottl, el oficial jefe. Está gritando al teléfono.

—¿Qué ocurre? —pregunta Meissner.

Schottl mira con desprecio a su superior. No ha olvidado el intercambio que tuvieron durante las ejecuciones.

—Nada de lo que tenga que preocuparse, señor.

—Gracias, teniente —responde fríamente Meissner—, pero creo que me corresponde a mí juzgarlo. Me ha parecido oír fuego de ametralladora, varias armas. ¿Sabe dónde se han producido los disparos?

Al ver que Schottl no responde, Meissner se vuelve hacia un suboficial.

—Usted. ¿Dónde han sido los disparos?

—En la valla sur, señor, o eso nos ha parecido.

—Gracias. —Meissner se gira ahora hacia Schottl y le señala la puerta—. ¿Vamos?

Schottl echa una mirada asesina al sargento de compañía antes de decir:

—¿No cree que sería mejor quedarnos aquí, para tener un puesto de mando central?

—Según mi experiencia —responde Meissner—, nada es mejor que una evaluación *in situ.* Pero si usted considera...

Schottl capta de inmediato la insinuación velada de su superior, como hace también el resto de los hombres en la sala de guardia.

—No, señor. Desde luego que no. Usted primero.

No tardan mucho en llegar. Es una masacre. Un escuadrón de cuatro hombres y un sargento primero ya se han personado en el lugar de los hechos.

—¿Saben qué ha ocurrido? —les grita Meissner.

—No, señor. También acabamos de llegar.

Meissner da la vuelta a un cadáver con la punta de la bota. Tiene tres orificios de entrada ensangrentados en el pecho.

—Vean si queda alguno con vida —dice.

Schottl se opone.

—Señor, ¿no cree que deberíamos prepararnos para un ataque? Nos han puesto en alerta por un posible asalto partisano. Esto podría formar parte de la operación.

—Lo dudo —replica Meissner—. Si hubieran sido los partisanos, lo que tendríamos aquí serían alemanes tendidos, no presos. Creo que tenemos a un SS de gatillo fácil.

—Señor —grita uno de los guardas—. Aquí hay uno vivo. ¿Qué hago con él?

—Si todavía puede hablar, pregúntele qué ha pasado. Luego, llévelo a la enfermería.

Schottl se niega.

—No tiene sentido preguntarle a un preso qué ha pasado. Lo único que saben hacer es mentir. Y no vamos a perder el tiempo llevándolo al dispensario. —Desenfunda su pistola y se acerca al herido que está tendido en el suelo. Sin mediar palabra, le acerca el cañón a la cabeza y pulsa el gatillo.

Meissner está indignado, pero no puede hacer nada. Él solo es un administrador y Schottl es el oficial al mando. Decide irse. No es que sea aprensivo; ha visto morir a muchos hombres, pero nunca antes que ejecutaran a alguien con semejante frialdad.

—Vámonos antes de que haga algo de lo que me arrepienta luego —le ordena a Eidenmüller.

A la vuelta, Eidenmüller pregunta:

—¿Es verdad, señor? ¿Han intentado asesinar al Führer?

—Me temo que sí. Por lo que me han contado, parece que había muchos implicados en la conspiración. Seguro que se conocerán más detalles en los próximos días, pero me han asegurado que el Führer, a pesar de las heridas, está vivo.

Se encuentran con Brossman, el comandante de los guardas, que encabeza un pelotón de hombres.

—Supongo que no sabe qué ha ocurrido, ¿no? —pregunta Meissner.

Brossman se detiene a su lado y deja que un suboficial conduzca a los hombres.

—Parece ser que se ha producido un incidente desafortunado —explica, encogiéndose cuando se oye un disparo—. Digamos que a uno de nuestros chicos se le ha resbalado el dedo sobre un gatillo demasiado sensible.

—Más de un chico, diría yo —responde Meissner cuando se oye el eco de otro disparo en el aire de la tarde.

—¿Qué está pasando ahora? —pregunta Brossman, refiriéndose a los disparos.

—Más «incidentes desafortunados». Schottl es especialmente propenso a este tipo de incidentes.

—Es un desgraciado —sentencia Brossman.

—Sí —remacha Meissner, antes de volverse hacia Eidenmüller—: Hemos dejado colgados a nuestros hombres. Vaya a decirles que no hay motivo de alarma. Vuelvo enseguida.

Justo en el mismo instante en que Eidenmüller se va a toda

prisa, Brossman señala con la cabeza en dirección a los disparos esporádicos que todavía se oyen.

—¿Tengo que ir a verlo?

Meissner sacude la cabeza.

—No, a menos que quiera ver la magnitud de la carnicería.

—¿Cuántos?

—Cien por lo menos. Y Schottl está empeñado en que sean más. —Meissner se saca la cigarrera del bolsillo del abrigo. Después de abrirla, toma un cigarro y se la tiende a Brossman, quien saca un encendedor. Ambos inspiran profundamente, disfrutando del ardor del humo en sus pulmones. Dan la espalda a la matanza y caminan de vuelta a los edificios de las SS.

—¿Cómo te las arreglaste para terminar aquí, Otto?

Brossman frunce los labios y se saca una hebra de tabaco con el dedo.

—No tengo ni puta idea —contesta—. Era sargento primero en Mauthausen. Me enviaron allí porque tenía formación como ingeniero de minas. Pero en cuanto llegué fue como si les diera igual. Me metieron en el destacamento de guardas y, para cuando quise darme cuenta, ya me habían enviado a la *Junkerschule* de Bad Tölz.*

—¿De verdad? Yo también estuve allí. ¿Cuándo te enviaron?

—En 1940. ¿Y a ti?

—Más tarde, en otoño de 1941. —Meissner retoma el hilo de la conversación—. Y después de tu formación como oficial, ¿viniste aquí?

—No. Me enviaron a Polonia. Hasta septiembre de 1941 estuve a las órdenes de Globocnik en Lublin. Dios, ese hombre es un cabrón sanguinario, te lo juro. Con la invasión de Rusia, esperaba que me enviaran al este con los *Einsatzgruppen*, pero tuve la suerte, o eso creo, de que me destinaran aquí. En esos

* En Bad Tölz había una de las tres *Junkerschule* donde recibían formación los oficiales de las SS.

momentos solo existía el *Stammlager*, con unos cuantos miles de prisioneros de guerra rusos a los que pusimos a trabajar en la construcción del campo de Birkenau. Me encargaron el mando de la compañía de guardas, y así hasta hoy. ¿Y tú?

Meissner sonríe con timidez.

—Yo lo único que quería era estar en las *Waffen-SS*. Muerte o gloria, ese soy yo. Me había planteado hacer carrera en la *Luftwaffe*, pero, cuando estaba en mi último año de universidad, un *Waffen-SS* vino a darnos una charla. Eran las fuerzas de choque del Führer, nos dijo, la guardia imperial del nacionalsocialismo. No tuvo que decir más. —Se queda callado un momento—. Todo estaba mucho más claro que ahora. —Deja caer la colilla al suelo—. Otto —continúa—, quería hablarte de ese condenado ajedrecista judío. ¿Estarías dispuesto a enfrentarte con él? Te lo advierto: es bueno. Le costó batir a Frommhagen, pero creo que fue porque estaba nervioso. A Dorn le ganó con facilidad.

Es una tarde cálida. Brossman se quita la gorra y seca la badana con un pañuelo.

—¿Dorn? Ese es peor que Schottl. No entiendo qué pretenden las SS dejando entrar a imbéciles como esos dos.

—Bueno, ¿qué te parece? ¿Jugarás contra el judío? Eso sí, asegúrate de ganar la partida, o Bär me hará fusilar.

Brossman mira al cielo e inspira por la nariz.

—¿Lo hueles? Son los crematorios de Birkenau. Es imposible acostumbrarse a ese olor, ¿no te parece? Entre tú y yo, Paul, estoy harto. Harto de la guerra, harto de las matanzas. Creo que quizá nos hemos equivocado con los judíos. Nunca podremos deshacernos de todos, así que ¿por qué molestarnos en intentarlo? —Brossman mueve la cabeza—. Sí, jugaré contra tu judío y haré todo lo que pueda para ganarle, pero no prometo nada.

—Por su bien, espero que ganes.

—¿Por qué?

—Porque después de ti tendría que enfrentarse a Hustek.

—Maldición. Eso no se lo deseo a nadie, ni siquiera a un judío piojoso.

—Exacto. Pero por otra parte...

—¿Sí?

—He visto jugar al judío. No soy un experto, pero creo que se sale de lo normal. ¿Y si te gana a ti y luego también a Hustek? Entonces, ¿qué hacemos?

El eco de otro disparo rompe la tranquilidad. Brossman frunce el ceño.

—Por suerte, no voy a tener que preocuparme de eso.

1962
Leidseplein, Ámsterdam

—Recuerdo esa noche como si fuera hoy —dijo Willi—. Vaya alboroto se armó. No sabíamos qué pasaba. La sede del ministerio estaba rodeada de soldados y nos dijeron que no podíamos salir. El tullido estaba histérico, creía que iban a sacarlo a rastras y que lo fusilarían. Entonces, sobre las siete de la tarde, recibimos una llamada telefónica del Führer. El oficial al mando de los soldados entró en el edificio y habló con él. Esa llamada lo cambió todo. Nos ordenaron que pusiéramos la radio porque iban a retransmitir un boletín de emergencia. Fue entonces cuando nos enteramos de lo que había ocurrido. Había estallado una bomba, pero Hitler había sobrevivido. Los traidores se habían escondido en el cuartel general del ejército. Se ordenó a la población de Berlín que no saliera a la calle. No estábamos muy lejos del cuartel general y, al cabo de un rato, se empezaron a oír disparos, muy claramente. Luego, poco después de la medianoche, Skorzeny llegó con una compañía de las SS y todo terminó.

—Siempre me he preguntado qué habría pasado si Hitler no hubiera sobrevivido —dijo Paul.

Willi reflexionó un momento.

—Lo normal es que el ejército hubiera tomado el poder para negociar la paz con los Aliados —replicó abatido—. Es posible que los rusos no nos hubieran invadido.

—Entonces, quizá fue mejor que sobreviviera —intervino Emil—. Si Alemania no hubiera sufrido una derrota tan catastrófica, solo habría sido cuestión de tiempo que otro Hitler apareciera dirigiéndonos de nuevo al desastre.

—No creo que hubiéramos permitido algo así.

—Ojalá pudiera compartir tu confianza, Willi. —La voz de Emil sonó repentinamente dura—. Pero, habiendo vivido de primera mano lo que Hitler y sus secuaces eran capaces de hacer, me perdonarás si te digo que ningún precio sería demasiado alto para asegurarnos de que no volviera a ocurrir jamás.

30
LA DEFENSA CHIGORIN

Agosto de 1944
Auschwitz III, Monowitz

No le corresponde a un prisionero pedir audiencia con un oficial de las SS, pero ya han pasado casi dos meses desde la partida con Dorn y sigue sin tener noticias de Meissner. Incluso Brack empieza a mostrar síntomas de inquietud. Por ello, supone un cierto alivio cuando, finalmente, reciben el aviso de que el Relojero debe presentarse ante el capitán sin demora.

Un *Kapo* escolta a Emil hasta el despacho de Meissner. El oficial está solo, no hay ni rastro de Eidenmüller. Parece preocupado. Ordena al *Kapo* que se vaya y Emil se cuadra, esperando. Meissner sale entonces al antedespacho y vuelve con una cafetera y dos tazas.

—Por favor, tome asiento —dice, mientras llena una taza y se la da al preso, que observa boquiabierto.

—Gracias —acierta a decir Emil al sentarse. Toma un sorbo de café. Quema, pero el aroma es embriagador. Es café, café de verdad.

—¿Un cigarro? —Le alarga un paquete—. Quédeselo.

Le tiemblan las manos cuando abre el paquete y se pone un cigarro entre los labios. No tiene con qué encenderlo y aguarda, hasta que el oficial señala una caja de cerillos sobre la mesa.

Emil inspira profundamente, saboreando el primer golpe de

nicotina. Pasan unos momentos hasta que se percata de que Meissner lo está observando.

—¿Por qué hace esto? —pregunta Emil.

—La última vez que hablamos me acusó de no ser una persona civilizada. Nada más lejos de la verdad. Los alemanes somos un pueblo educado. Pero hemos permitido que una banda de matones se haga con el control del país. Esa es nuestra deshonra y la gran desdicha de todos ustedes. Hay poco que yo pueda hacer para remediarlo, pero he decidido que no lo aguanto más. No me permiten abandonar mi puesto, pero dejaré de respetar sus reglas del juego.

—¿Sus reglas?

—También eran mías, pero ya no lo son.

Emil aparta la mirada, estupefacto. Se pregunta si está soñando. Que un oficial de las SS le hable en esos términos resulta inconcebible.

—¿Está jugando conmigo?

Hay cierta aspereza en la voz de Meissner cuando responde:

—No. Se han terminado los juegos, Relojero.

Emil intenta pensar una respuesta, pero no se le ocurre nada. Le da la sensación de hallarse en una profunda caverna, avanzando a tientas, tratando con desesperación de comprender las palabras que revolotean como murciélagos en la oscuridad. Se pregunta si lo está poniendo a prueba y, finalmente, responde con amargura:

—Da igual si está jugando conmigo o no. Nada puede cambiar mi situación. No hasta que los nazis y todo lo que representan hayan sido destruidos por completo.

El oficial de las SS se pone tenso. Por un instante, su mirada se posa en un retrato de Hitler que cuelga de la pared.

—Lo sé —dice—. Lo siento. De verdad.

Las palabras de Meissner son impactantes, asombrosas. Golpean en el Relojero con la fuerza de un terremoto: ciudades enteras se derrumban y desaparecen en una gran polvareda.

La transformación que ha sufrido el SS le deja perplejo. Se oye decir, como si la voz procediera de la sala de al lado:

—¿Perdón? Por el amor de Dios, ¿de verdad espera que le crea? Da la impresión de ser sincero, pero si me dicen que esto es una nueva y refinada crueldad que se le ha ocurrido, no me sorprendería en absoluto. ¿Cómo sé yo que esto no me estallará en las narices, que no me caerá algún castigo sin que sepa de dónde viene?

Meissner no responde. En cambio, se incorpora apoyándose en los brazos y se acerca al perchero, de donde cuelga su cinturón. Saca la pistola de la funda, retira la corredera e introduce una bala en la recámara. Cuando termina, se la da a Emil.

—Está cargada —dice—, así que tenga cuidado.

—¿Qué quiere que haga con esto?

—Lo que quiera.

—Pero ¿por qué?

—Quiero que finjamos durante unos minutos que no estamos en uno de los círculos del infierno y que somos dos hombres civilizados manteniendo una conversación civilizada.

—¿Y en qué círculo del infierno cree que estamos?

—¿No es obvio? En el noveno.

—¿El noveno? ¿El de los herejes?

—No —responde Meissner moviendo la cabeza—. No, el de los traidores.

Traidores. La palabra resuena como las réplicas de un seísmo. Emil toma conciencia de la pistola que tiene en la mano. La sensación es extraña. Pesa, el metal negro es suave al tacto, y está fría. La ve como si la observara con una lupa: hay rastros de grasa en las partes móviles y algún desperfecto en la empuñadura, quizá producto de una batalla. Con cautela, coloca el índice sobre el gatillo. Sería un juego de niños disparar al SS. Imposible fallar a esa distancia.

Si todavía estuviera vivo, ¿qué haría Yves? La respuesta es segura: mataría al alemán. Pero Emil no es Yves y, además, lo han despojado de todas las certidumbres que habían guiado su vida: si mata a Meissner, ¿significará eso que se ha rebajado a su nivel? Y la más incierta de todas sus incertidumbres: ¿qué ocurre si Meissner está siendo sincero?

Hay un reloj de pared sobre el dintel de la puerta. El Relojero le echa un vistazo. Lleva treinta minutos en el despacho y todavía no ha llegado el golpe inesperado.

Con cuidado, deja la pistola sobre la mesa.

Meissner sonríe, pero ese gesto parece fuera de lugar.

—¿Qué quiere de mí?

—Quiero que haga realidad los más funestos presagios del Führer sobre los judíos.

—No entiendo lo que me dice.

—Relojero, es usted uno de los presos más peligrosos del campo. Me sorprende que la Gestapo no se haya interesado por usted.

El miedo se dibuja en el rostro de Emil.

—¿Por qué iban a hacerlo? No soy preso político.

—Claro que lo es. Todo judío lo es, porque, según el Führer, todo judío forma parte de una conspiración internacional contra Alemania.

—Ah, ya. La conspiración internacional —menciona Emil con sarcasmo—. Yo era una persona normal y corriente, me deslomaba para abrirme camino en el mundo, un relojero con una tiendecita minúscula en París. ¿Qué peligro representaba yo para Alemania? ¿Cómo puede pensar que formo parte de una conspiración mundial? Esa idea no resiste el más mínimo análisis racional.

—Eso es justo lo que diría si en realidad formara parte de una conspiración, ¿no cree? —Meissner abre un cajón del escritorio y saca una botella—. ¿Quiere un coñac?

—No, gracias. En mi estado, seguramente una copa me mataría. —Emil inspira hondo y percibe el aroma cálido del alcohol cuando el oficial se sirve un generoso trago—. De acuerdo —continúa—, entonces, ¿qué me dice de los campesinos pobres e incultos de Ucrania? La mayoría no ha puesto nunca un pie fuera de sus pueblos. ¿Cómo iban a formar parte ellos de una conspiración internacional?

Meissner se da un golpecito en la nariz con el dedo.

—Ah, esa es la parte más inteligente del plan. Todas esas gentes formaban una inmensa quinta columna. Durante años han permanecido en letargo, esperando con paciencia su hora, provocando en nosotros una falsa sensación de seguridad. Pero cuando recibieran el aviso, se levantarían y arrasarían con el pueblo alemán.

—¿Cómo puede creerse esa patraña? —pregunta Emil asombrado—. No es más que un delirio cargado de odio.

—Estoy de acuerdo. Pero ¿no le parece extraño que entre los nueve círculos del infierno de Dante no haya ninguno que represente el odio?

La mirada de Emil se desvía hacia la botella medio vacía de coñac. Meissner se da cuenta y sonríe con picardía.

—No estoy bebido, Relojero. No todavía.

—Me gustaría un poco más de café, si queda.

—Claro. Sírvase usted mismo.

Mientras el Relojero llena su taza, Meissner agarra la pistola y presiona el fiador.

—Casi me daban ganas de que usted me hubiera disparado.

—¿Dispararle? ¿Por qué iba a hacer eso?

—Porque soy su enemigo.

1962
Kerk de Krijtberg, Ámsterdam

Emil sacó la cafetera del fogón y llenó las tazas de nuevo.

—Cada vez que me tomo un café, me acuerdo de ese día en tu despacho —dijo—. Nunca he probado un café más rico, ni antes ni después. Era exquisito.

—Pero ¿qué querías que hiciera Emil? —pregunta Willi a Meissner.

—Pues era bastante simple, aunque en aquel momento todavía no lo tenía del todo pensado. —El rostro de Meissner se fue relajando a medida que volvía atrás en el tiempo, recuperando sus recuerdos—. Tardamos un tiempo en darnos cuenta de lo mal que había encajado el comandante las victorias de Emil. Como dijo Höss, aquello era una prueba para el nacionalsocialismo y una llamada de atención contra el exceso de confianza entre las SS. Bär no lo veía así, lo consideraba un experimento peligroso que había que parar cuanto antes. Entonces, me di cuenta de que ambos tenían razón. Sabía que Emil tenía un don extraordinario y que ganaría siempre, contra viento y marea. Ello revelaría una de las grietas del nazismo: la idea de una raza superior era un mito, una fantasía con pies de barro, construida sobre los delirios siniestros de un megalómano. Recuerda las charlas ideológicas que nos daban en la academia de oficiales de las SS. Nos decían que los rusos eran infrahumanos, pero entonces vimos cómo eran de verdad cuando nos los encontramos en el frente oriental: personas como nosotros. Nos habían mentido. ¿Y si nos habían mentido también a propósito de los judíos? Creo que fue en Colonia cuando me di cuenta de que todo eso no tenía el menor sentido. Fue entonces cuando supe que quería que Emil ganara.

Meissner tomó un sorbo de café mientras ponía en orden sus ideas.

—La siguiente partida iba a disputarse a mediados de agosto. Yo quería volver a usar la cantina de oficiales, pero Bär me lo prohibió. Quería hacerlo en la prisión del *Stammlager*, donde nadie pudiera verlo. Muy injusto para Emil, por supuesto, pero esa era la idea: intimidarlo. Todos los presos sabían qué ocurría dentro de esos muros. Como es natural, a Eidenmüller le daba igual y también aceptó apuestas esta vez. —Meissner sonrió brevemente al recordarlo—. De hecho, me dijo que la gente apostaba más fuerte que nunca. Pero lo que fue una verdadera sorpresa fue quién vino a presenciar la partida.

Agosto de 1944
Auschwitz I

Se ha vaciado una sala en el piso superior de la cárcel del *Stammlager*.

Otto Brossman ha oído historias sobre este sitio, aunque nunca ha estado dentro: calabozos en el sótano tan estrechos que solo se puede permanecer de pie; presos encerrados en esas celdas, abandonados al hambre y la oscuridad, hasta la muerte. Se dice que algunas celdas se han tapiado para emparedar a sus ocupantes.

La sala en sí intimida. El yeso de las paredes está pintado de un color crema claro, pero en muchos sitios se ven manchas oscuras. No es difícil imaginar qué ocurre entre estos muros. Se ha dispuesto una sola mesa con dos sillas de madera en el centro de la sala. El tablero aguarda la llegada de los jugadores.

—Creo que al judío se le pondrán los pelos de punta cuando vea esto —dice Brossman en voz baja.

—Pues ya somos dos —responde Meissner.

El Relojero entra acompañado por Eidenmüller. Meissner saluda a su ordenanza bajando la cabeza, pero ignora intencionadamente al preso.

—¿Ya estamos todos? —pregunta Brossman.

—Sí. El comandante no quería espectadores. También insistió en darte ventaja. No habrá sorteo. Tú eliges con qué color juegas.

—Entonces quiero blancas.

El SS adelanta su peón de dama a la cuarta fila. Sin dudar, el preso juega el mismo movimiento. El SS saca su peón de alfil dama y lo deja junto a su compañero. El preso saca su caballo de dama. El SS hace lo propio con su caballo de rey. El preso mueve su alfil de dama y lo coloca en el flanco contrario. El peón blanco captura el negro y el preso contrataca tomando el caballo blanco con el alfil. El alfil negro cae víctima de un peón blanco, y entonces sale la dama negra para tomar el peón negro del centro del tablero. Todo ocurre con una rapidez casi irreflexiva.

Las blancas tienen una ligera ventaja, y Meissner contiene el aliento.

La partida se ve interrumpida por el sonido de unas fuertes pisadas en la escalera. Una sombra se acerca por el descansillo y, de pronto, aparece Hustek.

—Oh —dice con fingida sorpresa—. Pensaba que no habían empezado todavía. Siento llegar tarde, aunque la verdad es que no se me envió una invitación oficial.

—¿Qué está haciendo aquí, Hustek? —pregunta Meissner, aunque ya conoce la respuesta—. El comandante quería una partida discreta, no un acontecimiento multitudinario.

—Pero yo no soy una multitud, ¿no? —responde Hustek—. Vine solo. Cuando me enteré de todas las molestias que se han tomado por esta partidita, pensé que ya era hora de ver con mis propios ojos al judío imbatible. Así que aquí estoy.

—Largo, Hustek. Es una orden.

Pero Hustek no se intimida. Con una sonrisa cargada de empalagoso desdén, dice:

—Creía que ya habíamos convenido que, como soy de la Gestapo, no respondo ante usted. Además —añade, casi como si se le acabara de ocurrir—, viendo que voy a ser el siguiente en batirme con el judío, a menos que haya un milagro y pierda esta noche —suelta una risita—, Bär me ha dado permiso para estar aquí. Si no tiene usted inconveniente, capitán...

Meissner clava la mirada en el hombre de la Gestapo y trata de encajar su sonrisa petulante y su relajada actitud de insubordinación. Luego, echa un vistazo a Brossman y percibe en su gesto un asomo de resignación.

El preso sigue concentrado en el tablero.

—No se preocupen por mí —añade Hustek—. Me quedaré calladito como un ratón. Hagan como si no estuviera aquí.

—Está bien —accede Meissner, optando por una retirada táctica. De momento.

Hustek se apoya en una de las paredes, enciende un cigarro y no vuelve a decir palabra. Pero observa, sin pestañear.

Antes de la partida, Emil había ido a ver a Brack.

—Quiero saber a quién tengo que salvarle la vida esta vez.

—No es asunto tuyo —le responde Brack.

—Creo que sí lo es. Tengo que saber quién es la persona que saldrá por la chimenea si tengo la mala fortuna de perder. Quiero que me mire a los ojos y que entienda el riesgo que está asumiendo.

—Bueno, lo entiende perfectamente —replica Brack—. Lo mismo que cualquier otro judío que esté aquí. Todos saben que tarde o temprano caerán en alguna de las *Selektionen* y nunca más se sabrá de ellos. Pero ahora también tienen la posibilidad de apostar a que eres realmente imbatible, que es lo que piensan todos, y por motivos que escapan a su comprensión se salvará una vida.

—De todos modos quiero verlo.

—Después —insiste Brack—. Lo verás después.

1962
Kerk de Krijtberg, Ámsterdam

—Esos primeros movimientos se jugaron a velocidad de vértigo —recordó Paul.

—No me extraña —respondió Willi—. Una respuesta nada convencional. El oficial de las SS seguramente había preparado bien su estrategia, pero aun así lo sorprendiste a contrapié. ¿Cuándo empezaste a respirar más tranquilo?

—Después de que tomara mi alfil.

—Seguro que fue un calvario. Ni en una película de terror me habría imaginado disputar una partida en una cámara de tortura, con la vida de un hombre en juego.

—La situación no era fácil —reconoció Meissner—. Nos jugábamos mucho, incluso más de lo que creíamos en ese momento. Sabía que, si Emil ganaba, yo tendría problemas, pero al mismo tiempo, en mi fuero interno, lo estaba animando. Brossman consiguió ventaja al inicio y me puse más nervioso que si tuviera enfrente un tanque ruso. No puedo hablar por Emil, pero la idea siniestra de que la Gestapo estuviera al corriente de nuestro torneo hacía difícil incluso respirar. Me imaginaba perfectamente qué tipo de cosas solía hacer Hustek en esa sala. Eidenmüller había preguntado a varias personas por él y lo que descubrió no era nada halagüeño, ni siquiera para alguien de la Gestapo.

Willi se estremeció.

—Nunca conocí a nadie de la Gestapo. No que yo sepa, por lo menos —dijo.

—Pues qué suerte la tuya. Pero Hustek... El simple hecho de estar en la misma habitación que él te hacía sentir incómodo. Si te lo hubieras encontrado por la calle, habrías sabido de inmediato que era mejor guardar las distancias.

—Exacto —apuntó Emil—. Nunca percibí tanta maldad en ninguno de los hombres de la Gestapo que me encontré.

—¿Hubo otros? Eso nunca lo mencionaste —dijo Meissner, con cierta sorpresa.

—¿Y por qué iba a hacerlo? Nunca me preguntaste cómo terminé en Auschwitz.

—Supuse que te habían enviado allí porque eras judío. No le di más vueltas, me temo.

—No, no me sorprende que no lo hicieras. Éramos unos diez mil judíos en Monowitz, con diez mil historias diferentes que contar sobre cómo habíamos acabado allí. No tenías motivo para preguntarme.

Octubre de 1943
Annecy

Emil volvía empapado de la ciudad después del chaparrón: otra visita inútil. Cada vez que iba corría el riesgo de que lo detuvieran. Annecy no era una gran ciudad y los desconocidos no tardaban en hacerse notar.

En la confusión que siguió a la derrota de Francia, Emil se había llevado a su familia al sur, a la casa de los padres de Rosa en Périgueux. A finales de 1942, cuando los alemanes ocuparon los territorios de Vichy, Emil consiguió hacerle llegar una carta al maestro Nohel en la que le pedía asilo. Este le había respondido enseguida: «Ven inmediatamente —le escribía—, antes de que las redadas de judíos vayan a más». Pero la madre de Emil estaba enferma. Tenía los tobillos hinchados y un poco de fiebre. El doctor les dijo que no podía viajar. Así que lo habían aplazado hasta el verano siguiente. Ni siquiera con el buen tiempo fue un viaje fácil: tenían que llegar a la frontera suiza con dos niños pequeños y una madre anciana, intentando no llamar la atención.

Cerca de Annecy, se habían encontrado con un granjero que había salido temprano para meter a sus vacas en el establo. Emil le dijo que se dirigían a Ginebra. El granjero les explicó que no estaban lejos, a unos cincuenta kilómetros, pero que la frontera estaba muy vigilada. Les ofreció refugio en su granero y le habló a Emil de un café en la ciudad donde podría contactar con miembros de la Resistencia, quienes tal vez pudieran guiarlos. Le dijo que preguntara por Jacques. Si le respondían que Jacques se había ido para cuidar de su madre enferma, entonces tenía que decir que había oído que madame Blanchard se estaba recuperando y que esperaba que Jacques pudiera volver pronto.

Emil había vuelto a ese café cuatro días seguidos para preguntar a los parroquianos si conocían a Jacques. Lo único que obtenía eran miradas de incomprensión. Aquello no presagiaba nada bueno. Tenían que irse pronto, antes de que alguien explicara a los alemanes que un desconocido preguntaba con insistencia por un hombre a quien parecía no conocer.

Cuando volvió al granero, lo encontró vacío.

Tratando de controlar su corazón desbocado, Emil se acercó con sigilo a la casa del granjero. Había dos vehículos en el patio: un coche militar pequeño de los que empleaban los alemanes y un Renault negro. Emil notó el olor fuerte de un cigarro. Un soldado alemán estaba apoyado en una de las construcciones de la granja, haciendo aros de humo para matar el aburrimiento.

Emil oyó entonces que sus hijos gritaban dentro de la casa. Tenía dos opciones: salvarse él o tratar de buscar una excusa para salir del apuro.

Ignorando al soldado, entró tranquilo en la casa.

Solo había una sala en la planta baja, con una gran chimenea y una cocina que ocupaba por completo una de las paredes, con una mesa delante. En un rincón, había una cómoda antigua cargada de todo tipo de platos y utensilios de cocina.

Aunque era una sala grande, parecía abarrotada. En un rincón estaban su madre, su mujer y sus dos hijos; en el otro, el granjero con su esposa. En torno a la lumbre, había cuatro hombres: dos vestidos de uniforme militar, uno con ropa de civil y un gendarme francés.

—¿Qué demonios está pasando aquí? —exigió saber Emil.

La respuesta llegó del hombre vestido de civil. Su francés era correcto, aunque con un acento execrable.

—¿Quién es usted, *monsieur*?

—Me llamo Emil Clément. —Contempló angustiado a su mujer. Sus dos hijos se agarraban nerviosos de la falda de su madre. Cuando Rosa vio que su marido la miraba, la expresión valiente que había adoptado por los dos niños se vino abajo. Sus ojos le suplicaban en silencio que encontrara la forma de rescatarlos. La abuela estaba fuera de sí, le temblaban los labios y no paraba de retorcer un pañuelo entre las manos. Los niños se asustaron al oír la voz de Emil y empezaron a llorar—. Y esta es mi familia. Exijo saber qué está pasando aquí.

Intervino entonces el gendarme.

—*Monsieur* —dijo casi disculpándose—, le presento a *Herr* Hefelmann. Me temo que deben acompañarlo.

—¿Por qué? No he hecho nada malo.

El gendarme se encogió de hombros.

—Aun así, *monsieur*...

—¡Exijo saber qué está pasando aquí!

Su arrebato provocó una sonrisa en el rostro del hombre vestido de civil, una sonrisa burlona e hipócrita.

—Soy el teniente Hefelmann. De la Gestapo —precisó con un toque de maldad—. *Monsieur*, queda detenido.

—¿De qué se me acusa? —inquirió Emil al gendarme—. Tengo el derecho de saberlo.

—Usted no tiene derechos —le espetó el hombre de la Gestapo—. Es judío.

1962
Kerk de Krijtberg, Ámsterdam

—La Gestapo nos estuvo interrogando durante casi una semana. ¿De dónde veníamos? ¿Cómo habíamos viajado hasta allí? ¿Dónde nos habíamos alojado? ¿Quién nos había ayudado? Las mismas preguntas, una y otra vez. Primero a mí, luego a mi esposa, luego a mi madre. Creo que mi mujer fue quien peor lo pasó. Era la primera vez que se veía enfrentada al antisemitismo y, sencillamente, no podía entender qué estaba pasando. «¿Por qué?», preguntaba sin cesar, una y otra vez. —Emil levantó la vista—. Aún hoy, si mi mujer pudiera entrar aquí y formularme esta pregunta, seguiría sin ser capaz de darle una respuesta.

—Nos adoctrinaron —afirmó Meissner en voz baja—. Nos lavaron el cerebro y nos adoctrinaron para que obedeciéramos.

—Pero ¿por qué lo hicieron? ¿Cómo surgió ese odio a los judíos?

—No solo era a los judíos. Los nazis también odiaban a los comunistas, a los homosexuales, a los gitanos.

—No has contestado.

—No lo he hecho porque no sé la respuesta.

Willi los interrumpió.

—¿Te torturaron?

Emil movió la cabeza despacio.

—No hizo falta. Tenían a mis hijos. Les dije todo lo que sabía.

—¿Cómo se llamaban? Me refiero a tus hijos.

—Louis y Marcel. Louis cumplió cinco años mientras estábamos en la cárcel de Annecy. Marcel tenía tres.

Emil bajó la cabeza y se tapó la cara con las manos, incapaz de continuar.

31
LA VARIANTE JANOWSKI

1962
Ámsterdam

Por la mañana, los tres tomaron un taxi para ir al Krasnapolsky. Al llegar a lo alto de la escalinata del hotel, Meissner tiró de la manga de Willi.

—Espera —dijo sin aliento—. Necesito descansar un momento.

Willi lo miró con cautela.

—¿Estás seguro de que te encuentras lo bastante bien para esto? El doctor te dijo que...

El rostro de Meissner se llenó de arrugas. Willi no supo si era a consecuencia del dolor o del enojo.

—Si dependiera de él, me tendría en una silla de ruedas encerrado en un sanatorio. Estoy bien, de verdad. Así que deja de preocuparte.

En la siguiente ronda del torneo, Emil debía enfrentarse a un inglés, David Abramson.

—¿Es judío? —preguntó Willi.

—Ni idea —respondió Emil—. ¿Acaso importa?

Willi se encogió de hombros.

—Me preguntaba si tu Cábala te funcionaría jugando contra otro judío.

Fue una partida difícil. Al inglés le tocaron blancas y, en

consonancia con su nacionalidad, jugó la apertura inglesa, adelantando dos casillas su peón de alfil dama.

—Bien. Un movimiento inicial ortodoxo —susurró Willi al oído de Meissner.

La respuesta de Emil no lo fue: sacó su peón de caballo rey.

Willi sonrió.

—Ya no debería sorprenderme —dijo—. Una vez más, sabe que su adversario tiene un plan de juego bien estructurado, de modo que se dispone a desbaratarlo enseguida con un movimiento nada convencional.

Dos horas después, la partida seguía su curso. Willi y Meissner salieron un momento para ir al comedor del hotel por un café y un sándwich.

—¿Los jugadores no pueden tomarse un descanso? —preguntó Meissner.

—Por supuesto, si lo solicitan. Pero a Emil ni se le ocurriría acompañarnos. No puede perder la concentración.

La partida continuó casi hasta que agotaron el tiempo previsto por la organización y terminó en tablas. Los jugadores se despidieron cordialmente, emplazándose a la mañana siguiente para volver a jugar.

—¿Cuántas rondas te faltan por jugar? —preguntó Paul a Emil, mientras esperaban los tres un taxi frente a la entrada del hotel.

—¿Si gano a Abramson? Solo dos.

—¿Así que esto son los cuartos de final?

—Supongo que sí.

—No lo había pensado.

—Yo tampoco.

De vuelta en el Krijtberg, vieron que la señora Brinckvoort les había dejado la cena preparada: un estofado que solo tuvieron que calentar. Emil se había saltado la comida y devoró la carne. Después de lavar los platos, se excusó.

—¿Adónde vas? —preguntó Meissner.

—Es obvio, ¿no? —exclamó Willi desde la despensa, donde estaba secando los platos—. Tiene que tirar las fichas.

—¿De verdad? —inquirió Meissner, antes de continuar en un tono ligeramente divertido—: ¿Sabías que la Iglesia tiene normas estrictas contra la adivinación y ese tipo de prácticas?

—No se trata solamente de tirar las fichas —intentó explicar Emil—. No soy un curandero que tira huesos o una pitonisa que se dedica a leer los residuos del té. Yo medito sobre la voluntad de Dios. Tengo que abrirme a la voluntad divina. Si no lo hago, por más que tire las fichas no sacaré nada en claro.

—Creo que me hago una idea —contestó Meissner—. Y me encantaría ver cómo lo haces algún día.

—De hecho —dijo Willi—, ¿cómo lo hiciste antes de enfrentarte a Brossman? ¿Y cómo terminó la partida? Llevo todo el día en ascuas.

—Se hace tarde, Willi —dijo Meissner—. Es una larga historia y Emil tiene una partida importante mañana. Quizá sea preferible esperar a que supere esta ronda. —Echó una mirada disimulada a Emil—. De todos modos, me gustaría ver cómo lo haces.

Emil bajó de su habitación con las fichas y las puso bocabajo sobre la mesa de la cocina. Formó una columna vertical de tres fichas, una de cuatro y por último otra de tres.

—Esta es la forma de las Sefirot —explicó—. En resumidas cuentas, cada una de las diez posiciones representa una manifestación distinta de la voluntad infinita. Pero esas distintas manifestaciones no significan que la voluntad de Dios pueda cambiar o lo haya hecho. En realidad, lo que varía es nuestra capacidad de percibir la voluntad divina. El punto más alto simboliza la voluntad creativa infinita. Los otros simbolizan la sabiduría, el entendimiento, el conocimiento, la compasión, el juicio, la belleza, la eternidad, la sumisión y el éxito. Después de meditar, decido cuál de las fichas voy a levantar.

—¿Cuál elegirás esta noche? —quiso saber Willi.

—Ninguna. —Se volteó hacia Paul—. Me gustaría que eligieras tú.

Paul no se lo esperaba.

—¿Estás seguro? ¿Y si...?

—Estoy seguro, Paul.

Meissner meditó su decisión de pie junto a la mesa.

—¿Cuál de ellas significa la compasión?

Emil señaló la tercera ficha de la columna central.

—Se llama Tiféret —dijo—. Da equilibrio a las dos posiciones superiores: Geburá, que significa la severidad, y Jesed, que es la bondad incondicional.

Meissner giró la ficha.

—¿Qué letra ha salido?

—La vet.

—¿Qué significa?

—Simboliza un coro de los ángeles llamado Ofanim. En sentido estrictamente literal, simboliza el altruismo de la sabiduría. ¿Qué significa esta noche? Eso no lo sé.

Agosto de 1944
Auschwitz I

Brossman no supo conservar su ventaja inicial. Cuando el juego amainó después de la ráfaga de movimientos de la apertura, el Relojero encontró la forma de golpear en lo más profundo de las filas enemigas. Tras el jaque mate, Brossman se quedó mirando el tablero varios minutos, intentando comprender en qué se había equivocado. Meissner le indicó a Brossman que abandonaran la sala. Eidenmüller los siguió con el Relojero. No cruzaron palabra.

Klaus Hustek se quedó rezagado, rumiando lo que acababa de presenciar. No compartía la opinión de Meissner con respecto a las habilidades ajedrecísticas de Brossman, pero aun así no cabía duda de que el judío era bueno. Tendría que hacer algo al respecto. Hustek se preciaba de ser un hombre metódico. No condenaba de antemano a los desgraciados a los que tenía que interrogar; eso no era más que una farsa para hacerles perder el aplomo. Aun así, consideró que Meissner se había dejado embaucar por el judío y que haría todo lo que estuviera en su mano para protegerlo. Tendría que encontrar una forma de neutralizar al capitán.

Por la mañana, Hustek pidió hablar con el comandante. Intuyó que Bär estaba muy inquieto por las partidas de ajedrez con el Relojero y, por ello, moduló su conducta: en una inversión casi total al modo en que se había comportado en la final del campeonato de las SS, se mostró respetuoso y atento.

—No me malinterprete, señor —dijo—. No es que no quiera batirme con el judío. Claro que sí. Quiero ponerlo en su sitio, de una vez por todas. Se trata simplemente de que quiero prepararme a fondo y, con todos los rumores que circulan sobre el intento de asesinato del Führer, tengo que concentrar mis energías en cazar a cualquier conspirador que pueda estar agazapado en el campo. Lo que sugiero, por tanto, es aplazar la partida con el judío un mes, o quizá más.

Bär estuvo de acuerdo.

—¿Tiene una fecha pensada?

—Sí, señor. El trece de octubre. Y me gustaría que la partida se disputara en Solahütte, con su permiso, por supuesto.

Cuando le transmitieron la noticia, Meissner se quedó desconcertado.

—¿Aplazada hasta octubre? —Consultó el calendario—. ¿Un viernes, trece? ¿Qué estará tramando ese hombre?

Eidenmüller notaba cambiado a su superior jerárquico desde que había vuelto de su permiso: se le veía pensativo y mucho más reservado. Eidenmüller había intentado averiguar a su torpe manera qué le pasaba a su jefe, pero este se lo había quitado de encima.

En torno a una semana después de la partida entre el Relojero y Brossman, Eidenmüller se encontraba en los barracones de las SS en Monowitz. Estaba buscando al sargento primero Hoven, uno de los pocos SS que habían apostado a que ganaría el Relojero. Eidenmüller le debía dinero y él siempre pagaba sus deudas.

Hoven, que era un chismoso sin remedio, tenía la responsabilidad de supervisar los registros de presos en el campo de Monowitz. Mientras observaba cómo Eidenmüller contaba el dinero que le debía, no pudo reprimir las ganas de explicarle su último chismorreo.

—Apuesto a que ya te has enterado de quién ha empezado a interesarse por tu Relojero —dijo, con una sonrisita de suficiencia.

Eidenmüller levantó la cabeza con brusquedad.

—No es mi Relojero.

—Pero te has enriquecido con él, ¿verdad?

—Negocios, solo negocios. En fin, dime quién se ha interesado por él.

—Ese asqueroso de la Gestapo, Hustek.

—¿Hustek? —repitió Eidenmüller levantando una ceja—. Tampoco me sorprende. Es el siguiente rival del Relojero.

—Diría que el cabrón ha hecho bastante más que interesarse, no sé si me entiendes. —Hoven se dio un golpecito en la nariz con uno de sus huesudos dedos.

—¿El cabrón? —preguntó con curiosidad Eidenmüller.

—A ti nunca te ha interrogado la Gestapo, ¿verdad? —Al ver que Eidenmüller negaba con la cabeza, Hoven continuó—: A mí sí, y fue Hustek. Y lo llamo cabrón siendo generosos. Si me degradaron y me enviaron aquí fue por su culpa. Digamos que yo tenía un tinglado bien montado, con beneficios, hasta que el tipo metió las narices. —Frunció los labios con asco—. Puta Gestapo. La verdad es que son todos unos cabrones.

Eidenmüller solo tardó unos minutos en presentarse desencajado en la puerta del despacho de Meissner. Pero no pudo entrar; el comandante había llegado antes y Eidenmüller dedujo de inmediato de qué estaban hablando. No podía estar más equivocado.

—Los aviones son estadounidenses —estaba diciendo Bär—. Al parecer, proceden de bases italianas. Ahora que estamos dentro de su radio de acción, lo más probable es que empecemos a ver más vuelos de reconocimiento en los próximos días. ¿Qué dispositivos tenemos preparados para protegernos de los ataques aéreos?

Meissner se acercó cojeando a un archivador y extrajo una gruesa carpeta.

—En estos mapas vienen indicados los refugios antiaéreos para todos los campos, con su distribución —dijo, alargándoselos—. Hemos dado prioridad a la *Buna-Werke*, con muros contra explosiones y refugios subterráneos para los civiles y el personal de las SS.

—Pero ¿no para los presos?

—No, señor. Según el reglamento, son prescindibles. Ahora que llegan más transportes a diario, es muy sencillo suplir cualquier baja.

—Bien. ¿Y qué me dice de su Relojero?

—¿Mi Relojero, señor? —Meissner escudriñó el rostro del comandante para averiguar en qué estaba pensando, pero su gesto era pétreo—. Por supuesto, no se ha previsto ninguna medida especial para él. Si se produce un ataque aéreo, tendrá que arreglárselas como todos los demás presos.

—Bien. —El comandante se levantó y se puso la gorra. Cuando llegó a la puerta, dijo—: Sería gracioso si el Relojero terminara siendo baja de lo que él mismo podría considerar «fuego amigo», ¿no le parece?

Eidenmüller entró inmediatamente después de que el comandante se fuera. Meissner estaba estudiando un gran mapa del complejo de la Buna sujeto con tachuelas a una de las paredes. Casi no lo vio.

—Señor. Hay algo importante que debería saber.

—Tendrá que esperar. He de inspeccionar las instalaciones de los refugios antiaéreos en la Buna. Si es urgente, vaya a ver a Schneider. Él lo ayudará.

—Imposible, señor. He venido por el Relojero.

Hustek se había aplicado de inmediato a su plan y estaba satisfecho con los resultados. Lo que le había contado al comandante sobre la necesidad de perseguir a renegados de Hitler dentro del campo era una tontería, por supuesto. Era muy improbable que los conspiradores hubieran tenido en cuenta los campos al tramar sus planes. En realidad, los campos eran un motivo de vergüenza para ellos. Lo que Hustek quería era disponer de tiempo para dar con la forma de apretarle las clavijas al Relojero. Y creía que había encontrado la forma perfecta.

Recurriendo al más simple de los procedimientos de la investigación policial, fue al archivo donde se guardaban las fichas de los presos. Todos los trabajadores esclavos del campo estaban inscritos en el registro: cuando morían, también se anotaba, añadiendo una referencia a la entrada original. A Hustek no le iba a costar demasiado averiguar el auténtico nombre del Relojero, la fecha de su entrada en el campo y su lugar de procedencia. Luego, bastaría con buscar a otro preso con el mismo apellido que hubiera llegado en el mismo transporte. Con toda probabilidad, estarían emparentados.

El sargento Hoven tenía buenos motivos para recelar de Hustek. Un año antes, lo habían destinado al Kanada junto con otros hombres. Al cabo de un tiempo, empezaron a sospechar de él por apropiación indebida de artículos de joyería. Hustek se había encargado de interrogarlo. Aunque era impensable que a nadie se le ocurriera utilizar la violencia física contra un SS, el hombre de la Gestapo le metió el miedo en el cuerpo. En efecto, Hoven hacía meses que robaba, pero mantuvo la boca callada y al final no pudo demostrarse nada. Por recomendación de Hustek, sin embargo, lo habían degradado y transferido lejos de la tentación. Desde entonces, se la tenía jurada a la Gestapo en general y a Hustek en particular, aunque no había podido desquitarse, de momento.

Cuando Hoven vio entrar a Hustek por la puerta puso tal cara de sorpresa que el afinadísimo detector de sospechosos del miembro de la Gestapo se disparó de inmediato. ¿Tenía Hoven algo que ocultar? ¿Otra vez? Era posible, incluso probable. Hustek lo anotó mentalmente y se prometió estudiarlo más adelante.

—Estoy buscando información sobre el Relojero —dijo Hustek.

—¿El Relojero?

—No finjas que no sabes de quién hablo.

—No, claro que no. —Hoven se pasó la lengua por los labios—. En Monowitz todo el mundo conoce al Relojero. ¿Qué quería saber?

—Tú consígueme su ficha y luego olvídate de que he estado aquí.

—¿De qué me habla? —preguntó Meissner enojado.

—Es Hustek, señor —respondió Eidenmüller—. Me lo ha contado Hoven, de la sección de registros. Hustek ha estado husmeando en busca de información sobre el Relojero.

—No entiendo por qué se sorprende tanto. Hustek es de la Gestapo. Eso es justo lo que cabría esperar de él.

—Sí, señor. Pero creo que hay más. Hustek quería saber cómo se llama realmente, de dónde viene, en qué transporte llegó, todo. No le interesa el Relojero, sino con quién llegó al campo.

Meissner lo entendió de pronto.

—Su esposa.

—Exacto, señor. Y no daría mucho por la vida de esa mujer si Hustek da con ella.

—No, no pretende eso —razonó Meissner—. Si la encuentra, se servirá de ella para que el Relojero se deje ganar. —Enfadado, el oficial golpeó la pared con el puño—. ¡Es obvio! ¿Por qué no lo he pensado antes? —Meissner intentó calar a su ordenanza con la mirada—. ¿Y qué me dice de su amigo Hoven? ¿Le dio a Hustek la información que buscaba?

Eidenmüller nunca había visto tan nervioso a su jefe.

—No, señor. Todavía no. Ha dicho que tardaría unas horas en obtener la información del archivo. Hustek ha dicho que volvería mañana.

—¿Sabe dónde está ella?

—Ahí es donde podríamos amargarle la fiesta, señor. Hustek no pidió a Hoven ningún detalle sobre la mujer; seguro que dispone de sus medios para enterarse de dónde está. Pero Hoven tiene los registros de todos los presos asignados a los campos satélite, y esos campos están bajo nuestra jurisdicción, señor.

—¿Y?

—La hemos encontrado. Está en la fábrica de municiones de Rajsko. Si actuamos rápido, podremos localizarla antes que Hustek.

Rosa Clément no está en la fábrica de municiones. Está en la enfermería del campo femenino de Birkenau. Ha contraído la *durchfall* —una diarrea provocada por el hambre—, y no está en condiciones de trabajar. Tendrá descanso y raciones suplementarias de comida durante dos semanas, con el objetivo de que se restablezca y pueda reincorporarse al trabajo; si no, la enviarán a las cámaras de gas. Su destino es incierto en el mejor de los casos. Incluso si supera la *durchfall*, las fábricas de muerte tienen que cumplir con una cuota diaria y, si faltan víctimas, la seleccionarán de todos modos.

Rosa no quiere morir, pero ha perdido el miedo a la muerte. Ha visto tanta muerte en el campo que ya no tiene sentido temerla. La sensación que la domina no es de miedo, sino de agotamiento. Cuando llegó al campo, la pusieron a trabajar en la enfermería, pero al cabo de unos meses alguien decidió que sobraban enfermeras y faltaban trabajadoras en la fábrica de municiones, de modo que ahora está en un *Kommando* al que llevan todos los días a una planta mal ventilada donde fabrica obuses con otras mil mujeres. Es verano y el calor en el interior de la fábrica es sofocante. El aire es seco y está cargado de polvo de nitrocelulosa, lo que provoca en las mujeres una tos seca. Rosa está mejor que muchas de sus compañeras. Ella no trabaja con la nitrocelulosa. Se dedica a introducir las espoletas en la punta de los obuses. Los primeros días, cada vez que enroscaba una espoleta en el cuerpo de un obús, rezaba por que fallara. Era todo lo lejos que se atrevía a ir en su deseo de sabotear a los nazis. Ahora le da todo igual: sus gestos son puramente mecánicos y se reserva las plegarias para sí misma.

En el Ka-Be, Rosa sabe que tiene muchas más posibilidades de recuperarse si se lava las manos después de usar el bote donde hace sus necesidades. Sin embargo, no hay agua corriente para lavarse, pese a los ruegos constantes de médicos y enfermeras. Si quiere limpiarse, tendrá que hacer todo el camino hasta las letrinas. Y ni siquiera así tendrá la seguridad de encontrar agua. Para la administración del campo es más sencillo distribuir a los recién llegados en las distintas brigadas de trabajo que garantizar el suministro de agua potable.

Hay alboroto en la entrada del Ka-Be. Un oficial de las SS acaba de llegar y exige pasar lista. Todo el mundo —doctores, enfermeras y pacientes— debe mostrar su tatuaje con el número de inscripción en el campo. Se tarda bastante en comprobar a cada prisionera.

Cuando Rosa tiende el brazo para enseñar su número, el SS sonríe con gesto triunfante.

—Tú —dice—. Te vienes conmigo.

32
LA POSICIÓN PHILIDOR

1962
Kerk de Krijtberg, Ámsterdam

Meissner empeoró durante la noche. Soportó la fiebre sin quejarse, pero la señora Brinckvoort, al verlo por la mañana, llamó inmediatamente al doctor.

—¿Cómo está? —preguntó Willi al doctor cuando este bajó de la habitación.

—No muy bien. Ya se lo dije: tendrá días mejores y peores, pero los peores cada vez serán más frecuentes hasta que solo le queden de esos. Lo único que puedo hacer es procurar que esté lo más cómodo posible. Ahora mismo, su principal problema es el dolor en los huesos y también en el abdomen, porque tiene el bazo inflamado. Tendrán que cambiarle las sábanas; están empapadas de sudor. Les dejaré algo para el dolor, pero tarde o temprano habrá que llevarlo al hospital.

—¿Podemos verlo? —preguntó Willi.

—Pueden subir, pero solo unos minutos. Está muy cansado. —El doctor vio entonces al ama de llaves—. Señora Brinckvoort, confío en que tomará las medidas oportunas para que el obispo siga mis recomendaciones. Si insiste en salir en su estado, no puedo hacerme responsable de las consecuencias.

Subieron a verlo, pero Meissner dormía. De vuelta en la cocina, Emil se puso la chamarra para ir al Krasnapolsky.

—Te acompaño —dijo Willi.

—No, no te preocupes. No voy a jugar. Pediré un aplazamiento.

—¿Y si no aceptan?

—No lo sé. Todavía no lo he pensado.

Willi fue al clóset a buscar su chamarra.

—Entonces seguro que voy contigo.

Por la tarde, Meissner estaba sentado en la cama y se tomaba un té dulce con leche mientras regañaba cariñosamente a la señora Brinckvoort por preocuparse demasiado. Ya había anochecido cuando Emil y Willi volvieron a la rectoría.

De pie junto a la cama, Emil parecía apagado, pero Willi estaba eufórico.

—Has ganado a ese inglés, ¿verdad? —dijo Meissner sin poder contener la tos.

—¿Ganarle? —repitió Willi con una sonrisa de oreja a oreja—. Paul, tendrías que haberlo visto. El inglés es bueno, muy bueno, como pudiste ver, pero ¿Emil? Increíble. Nunca he visto jugar con tanta sutileza, de verdad. Tendrías que haber visto cómo ha forzado el abandono del inglés. Emil tiene el torneo al alcance de la mano y, si quiere, el campeonato mundial es suyo.

Meissner se volvió hacia Emil.

—Tendrías que estar contento si te ha ido tan bien, ¿no?

—Estoy contento, claro que sí. Pero en cierto modo me parece menos importante ahora.

La señora Brinckvoort asomó la cabeza por la puerta.

—Si no han comido, tienen pastel de pescado y papas en el horno —dijo.

—Gracias —respondió Willi—. No hemos cenado nada. Hemos venido directamente.

—Bajo con ustedes a la cocina —dijo Meissner, animándose.

Una mirada de la señora Brinckvoort bastó para decirles que no lo iba a tolerar.

—El doctor ha dicho que debías descansar —dijo Emil.

—Ese doctor es un lunático. Sabe que no me queda mucho tiempo, pero, en vez de permitirme aprovecharlo al máximo, se empeña en que me pase durmiendo o babeando los días que me restan. Pues no voy a permitirlo.

—Puedo subirle la cena en una charola —propuso el ama de llaves.

—Perfecto. Y, por favor, deje de actuar como si tuviera que ocultarme lo que ocurre. Estoy enterado. Hace meses que lo sé. La única pregunta es cuándo. He recibido la absolución y estoy listo para encontrarme con el Creador, así que dejemos de fingir y hablemos de lo importante.

—¿De qué quieres hablar? —preguntó Emil

Meissner lo vio a los ojos.

—De tu mujer.

Agosto de 1944
Auschwitz I

Rosa Clément está en una celda de castigo de la prisión del campo. Lleva varios días allí y no tiene ni idea de por qué la han encerrado. Después de que el SS le ordenara salir del Ka-Be, la obligaron a subir a una camioneta descubierta y se la llevaron lejos de las funestas chimeneas y del hedor a muerte de Birkenau, de camino a otro campo, donde los bloques eran altos, con las paredes de ladrillo, y los presos no tenían el mismo aspecto de famélica desesperación.

Nadie le habla. Tres veces al día, la puerta de la celda se abre y le entregan las raciones habituales de cualquier prisionero: para desayunar, el mejunje amargo que hace las veces de café y un mendrugo de pan negro con una pincelada de margarina; al mediodía y por la noche, un tazón de sopa hecha con col y mondas de papa. Por la mañana, lleva la bacinilla a la letrina y la vacía. Por lo menos no la obligan a trabajar. Al cabo de unos días, la *durchfall* cesa, pero aun así sigue sin saber por qué la tienen encerrada allí.

—Ha desaparecido —dijo Eidenmüller perplejo—. Según mi colega, un oficial de las SS se la llevó del Ka-Be del campo femenino. Seguro que fue Hustek. Lo que no sé es dónde está ahora.

—Está en la cárcel del *Stammlager* —repuso Meissner—. No puede estar en otro sitio.

—No puedes llevarte a alguien y encerrarlo allí como si nada, señor —objetó Eidenmüller—. Hay que cumplir una serie de formalidades: hacer constar el motivo de la detención e inscribir al preso el registro. Ni siquiera alguien como Hustek puede saltarse todas las normas.

—¿Apostamos? El Relojero es judío. Eso significa que su mujer también lo es. No tienen derechos. ¿Y qué, si Hustek se ha saltado las normas? ¿Quién va a castigarlo por ello? ¿Bär? No lo creo. Pero eso nos da cierta ventaja. Hustek cree que se ha salido con la suya. No sospecha que sabemos lo que ha hecho y, en la guerra, como pronto descubrirá, el espionaje es vital para la victoria. La sacaremos de allí enseguida.

—¿Nosotros?

Meissner sonreía. La adrenalina de la batalla ya corría por sus venas.

—Sí, Ernst, tú y yo. —Eidenmüller lo vio con recelo. El capitán nunca lo había tuteado—. Escucha —continuó Meissner—, tenemos que afrontar la realidad. La guerra está perdida. No hay que ser muy listo para darse cuenta. ¿Y qué crees que harán los aliados cuando descubran lo que hacíamos en Auschwitz? ¿Ponernos una medalla? Todos tenemos que pensar en qué será de nosotros después de la guerra. Necesitaremos amigos. Gente que esté dispuesta a testificar que nosotros no nos ocupábamos de llevar a judíos indefensos a las cámaras de gas. Amigos que testifiquen que, bien al contrario, intentamos ayudarlos. Si rescatamos a su mujer de las garras de Hustek, ¿no crees que el Relojero nos estará agradecido?

Eidenmüller movió la cabeza.

—Estamos hablando de Hustek. Es de la Gestapo. No conviene cruzarse con esos cabrones. ¿Y si nos descubren?

—Yo asumiré toda la responsabilidad. Tú solo obedecías órdenes. Pero no llegaremos a eso. Brossman también detesta a Hustek y ha prometido ayudarme. Entre los tres, podemos lograrlo. Confía en mí.

La ronda nocturna en la cárcel es tarea fácil. Un sargento primero tiene el mando y cada planta es vigilada por una pareja de guardas, lo que suma un total de siete hombres. Nunca ocurre nada durante la noche. Aparte de los sollozos y algún grito aislado, ningún ruido perturba el ambiente agradable de las noches de agosto. Los hombres de las SS se turnan para dormir —saltándose las órdenes—, pero esto es Auschwitz y todos sus enemigos del campo están confinados entre vallas electrificadas. Simplemente, no hay nada que temer.

La inspección nocturna del capitán Brossman es una auténtica sorpresa. Llega con una unidad de diez soldados y, enojado, exige saber por qué los hombres duermen estando de guardia. Ignorando las protestas insiste en efectuar una inspección improvisada.

El sargento primero vuelve a protestar.

—Tengo que pedir una autorización.

—¿Una autorización? —pregunta Brossman fingiéndose escandalizado—. ¿A quién?

El oficial que se supone que está al mando de la prisión es un sargento de compañía de la Gestapo, pero todo el mundo sabe que es Hustek quien corta el bacalao.

—Al sargento de compañía Hustek, señor.

—Si de mí depende —le gruñe Brossman—, acabas de firmar tu solicitud de traslado al frente oriental.

A pesar de la escasa luz, todos aprecian perfectamente que el hombre se queda blanco como el papel. Al cuerno con Hustek.

—A sus... sus... órdenes, capitán —balbucea—. ¿En qué puedo ayudarlo?

Brossman se permite una sonrisa.

—Mucho mejor. Bien, me han informado de que ha desaparecido una interna del campo femenino. El suboficial afectado se demoró en darme la información pertinente y ha sido sancionado. Según él, trasladaron a la presa a este lugar, pero no puedo descartar la posibilidad de que se haya escapado. Como sin duda sabrá, el comandante ve con muy malos ojos las fugas y es mi responsabilidad que no se produzcan. Así pues, quiero ver la documentación de todos los presos detenidos aquí mientras mis hombres examinan las celdas.

—Le aseguro, señor —dice con solemnidad el sargento primero—, que en estos momentos no tenemos a ninguna mujer encarcelada.

—Espero por su bien que así sea.

Apenas tardan unos minutos en revisar los registros de detención. El hombre ha dicho la verdad. No hay constancia de ninguna mujer presa en la cárcel.

—Gracias —dice Brossman—. Parece que nos han hecho perder el tiempo.

Entonces se oye un grito procedente de la planta inferior del edificio.

—Aquí hay una puerta, señor, pero parece que nadie tiene la llave.

—¿Una puerta sin llave? —Brossman mira al sargento primero y este se encoge de hombros—. Esto no me huele nada bien. Vamos a echar un vistazo, ¿de acuerdo?

La puerta es de madera maciza y está perfectamente enrasada con el marco de metal. Hay una mirilla cerca del borde superior, y los goznes y la cerradura parecen de hierro colado.

—¿Quién hay ahí dentro? —pregunta Brossman.

—Según los registros, no hay nadie, señor.

—Entonces, ¿por qué está cerrada? Abra de inmediato.

—No tengo la llave, señor.

—¿Quién la tiene?

—Hustek.

Brossman asiente, como si hubiera descubierto la respuesta a un misterio impenetrable.

Meissner y Eidenmüller esperan en un coche oficial de las SS al final de la callejuela que lleva a la cárcel. Eidenmüller está de los nervios. Meissner, en cambio, hace meses que no se siente tan bien.

—Si nos descubren, señor, nos darán una paliza —dice Eidenmüller apretando los dientes.

—Tranquilo. ¿Qué es lo peor que puede pasar?

—Podrían enviarnos al frente oriental.

—No te preocupes por eso. He estado allí. Es mejor que esto, te lo prometo. En Rusia necesitan como anillo al dedo hombres con tu talento. Estarías muy a gusto.

Eidenmüller no da crédito.

—¿Muy a gusto? ¿Para que me revienten los putos *bolchos*? Ni en broma, señor.

—Baja la cabeza —le ordena en voz baja Meissner. Los dos hombres se agachan cuando uno de los soldados de Brossman pasa corriendo junto al coche.

—¿Adónde va? —susurra Eidenmüller.

Meissner no responde. Al cabo de un rato, el soldado vuelve corriendo con un gran mazo en las manos.

Dentro de su celda, Rosa Clément escucha el alboroto en el pasillo con creciente temor. De pronto alguien aporrea la puerta de la celda.

—¿Quién hay ahí dentro? —grita una voz—. Conteste.

Rosa no sabe cómo debe responder. Ya no está segura de quién es. Se enciende la luz. Parpadea, intentando adaptarse a la repentina claridad. Entonces, ve un ojo en la mirilla.

—Eche un vistazo usted mismo —dice Brossman al sargento primero, quien empieza a comprender el lío en el que lo ha metido Hustek.

—Según sus registros no hay nadie en esta celda, pero salta a la vista que hay una mujer. Ni siquiera la Gestapo puede encarcelar a alguien saltándose los cauces previstos. No me queda más remedio que concluir que Hustek ha cometido un abuso de autoridad por motivos personales con respecto a esta presa.

—Nos caerá una buena.

—No le quepa duda —asegura Brossman. Entonces, vuelve a concentrarse en la puerta y dice—: Usted, ¿cómo se llama?

Apenas pueden oír la respuesta.

—Rosa Clément.

—¿Cuánto tiempo lleva ahí dentro?

—No estoy segura. Una semana, quizá más.

El soldado solo tarda unos minutos en volver con un mazo. Revienta la cerradura y abre la puerta. La mujer parece confundida al ver que sus rescatadores son hombres de las SS.

—Guarde silencio —le ordena Brossman—. Sígame.

La acompaña a un coche estacionado.

—Tardó un poco —dice Meissner.

—Tuvimos un problemilla con la puerta.

—¿Cuánto se tarda en llegar a Mauthausen?

—Diez u once horas, diría. Pero tómeselo con calma. —Brossman se vuelve y mira el edificio de la cárcel—. Me ocuparé de que nuestros amigos no corran peligro hasta que vuelvan.

Se dirigieron hacia el sur y el este, de camino a Austria. Sentada en el asiento trasero del coche, Rosa no conseguía entender qué estaba pasando. Todo parecía irreal, como si fuera un sueño. Tenía aguzados los sentidos: las voces eran demasiado fuertes, las luces demasiado brillantes, los colores demasiado vívidos. El cristal de la ventanilla sobre el que apoyaba la cara parecía extrañamente fresco y blando. Intentó concentrarse en el borrón de sombras que pasaban al otro lado del cristal, pero todo se movía demasiado rápido. Apenas una semana antes, su vida en el campo había sido atroz pero predecible; entonces, unos SS la habían metido en una celda y, luego, otros SS la habían sacado. No tenía sentido. Las preguntas se agolpaban en su mente: ¿iban a liberarla? O lo que era más probable: ¿se había convertido en la marioneta de una disputa entre alemanes? Se preguntó dónde amanecería, si todavía seguiría con vida.

Pasó un tiempo antes de que se atreviera a preguntar:

—¿Adónde me llevan?

El SS en el asiento del acompañante no se dio la vuelta cuando respondió:

—Vamos al KZ de Mauthausen, en Austria. Es un campo de trabajo. Estará más segura allí.

—¿Más segura? ¿Por qué?

—En Mauthausen no hay cámaras de gas.

—¿Por qué lo hacen?

—No se lo puedo decir. Es mejor que no lo sepa.

La respuesta consiguió que Rosa se sintiera un poco más segura. Dondequiera que la llevaran, era imposible que fuera peor que el horror que había conocido en Birkenau.

El SS le ofreció un termo de café y un trozo de pan. Aquel detalle la dejó estupefacta y se le empañaron los ojos. Sin decir nada, parpadeó para contener las lágrimas y agarró el pan con gesto hambriento.

Fue el segundo milagro de la noche, tan inesperado como el primero: pan de verdad, tierno y blanco, con aroma; no los mendrugos duros, llenos de aserrín, a los que se había acostumbrado y que ni un cerdo se comería. Sostuvo el pan, sin atreverse a creer que aquel manjar fuera suyo. Era como un tesoro, ojalá hubiera podido esconderlo..., pero tenía demasiada hambre para hacer eso. Aun así, dudaba. Era algo tan sencillo y banal, y, sin embargo, tan inalcanzable. Si se lo metía en la boca, lo iba a perder... Ya lo estaba masticando con voracidad, con el corazón desbocado, jadeando, como si estuviera con un amante. El pan era tierno, húmedo, delicioso; Rosa lo quería eternamente en su boca. Mientras tuviera pan en la boca, nunca más volvería a pasar hambre. Y el sabor... Nunca había probado nada tan delicioso. Sabía a los desayunos en su café favorito en una esquina de la rue de Maine, a una salsa espesa y oscura rebañada de un plato, a la acidez de una capa abundante de mostaza sobre un corte de carne. Sabía a antes de la guerra, a noches de verano en las que paseaba con sus amigos por las Tullerías, a las fragancias embriagadoras de la perfumería en la esquina de la rue Danton, a cafés en Montmartre, a champán en Le Chat Noir.

Sabía a libertad.

—¿Más pan? —preguntó Meissner.

Rosa vio al SS con recelo cuando este le pasó la barra. Se puso tensa como un gato listo para saltar en caso de que estuviera jugando con ella, tentándola para luego retirarle el objeto de su deseo.

Ahora el pan le supo al sur, a un día radiante de primavera en el que dio un paseo por la orilla del río con Emil, Louis y Marcel: los niños chillaban contentos mientras tiraban trozos de pan duro a los patos.

El hechizo se rompió. El pan se cuajó en su boca, convertido en una masa harinosa que no podía disolver con la saliva. Le vino una arcada casi irrefrenable y tuvo que escupirse el pan en las manos, tosiendo y protestando. Había vuelto al mundo real, a ese coche con un motor estruendoso y dos hombres de las SS, con destino a solo Dios sabía dónde.

El amanecer los sorprendió en las cercanías de Brno.

—Debemos tomar la carretera hacia el sur —señaló Meissner, consultando un mapa que tenía abierto sobre las rodillas.

Al volante, Eidenmüller discrepó:

—¿No cree que sería mejor evitar las carreteras principales? Es menos probable que nos paren.

—¿Eso crees? —Meissner estudió de nuevo el mapa—. Puede ser, pero nos obligaría a dar un rodeo demasiado largo.

—Si nos descubren con ella, estamos perdidos.

—¿Qué estás insinuando? ¿Que tendríamos que deshacernos de ella y salir corriendo?

—No, señor. No digo eso. Lo que digo es que...

Rosa levantó la cabeza.

—Tengo que hacer pis —dijo.

Salieron de la calzada y pararon junto a una pequeña arboleda.

Rosa salió del coche y se dirigió a los árboles. Meissner la siguió.

—Lo siento —se disculpó—, pero debo insistir en acompañarla. No puedo arriesgarme a que se dé a la fuga. Por favor, no lo intente. No me haría feliz tener que dispararle.

Rosa se agachó detrás de un arbusto. Orinar es un acto humano básico, pero esa fue la primera vez desde su detención en que pudo hacerlo en un sitio que no estuviera rodeado de alambradas. Tuvo una extraña sensación de libertad, como si pudiera levantarse en ese instante, salir caminando de ese sitio y no detenerse hasta llegar a los últimos confines de la Tierra.

Era casi emocionante, pero duró muy poco.

—¿Qué está haciendo allí? —oyó murmurar a Eidenmüller.

Los hombres aprovecharon la parada para hacer lo mismo. Luego, Meissner se sentó al volante, decidido a seguir la ruta sur.

Desde el asiento trasero, Rosa miraba hipnotizada los campos. La calzada estaba flanqueada de árboles frondosos, que se mecían suavemente bajo la luz de la mañana; los setos rebosaban de flores y las huertas ofrecían ubérrimas sus frutos, casi listos para la cosecha. Intentó recordar la última vez que había podido contemplar un paisaje así. ¿De verdad había pasado tan solo un año?

Se adormeció en el asiento trasero y solo se despertó cuando se detuvieron para llenar el depósito con los bidones de gasolina amarrados a un costado del coche.

—¿Dónde estamos? —preguntó.

Hacía un rato que pasaban por aldeas con nombres alemanes.

—En Austria, cerca de Linz.

Eidenmüller volvió a ponerse al volante. Desfilaron distintas localidades: Hagenberg, Pregarten, Altenhaus.

Meissner miraba los campos, intentando que no se le cerraran los ojos, cuando Eidenmüller soltó un gruñido casi inaudible:

—Mierda.

Tenían delante una patrulla de soldados. Uno de ellos les dio el alto levantando la mano.

—Agáchese ahora mismo. Métase en el hueco para los pies —le ordenó Meissner a Rosa. Luego la tapó a toda prisa con una manta.

Al acercarse, pudieron ver que se trataba de una brigada de la *Feldgendarmerie* compuesta por cuatro hombres y liderada por un cabo.

—Tranquilo —le dijo Meissner a Eidenmüller—. Incluso tú tienes mayor graduación. Además, somos de las SS. No tienen autoridad sobre nosotros.

—Gracias a Dios por los pequeños milagros —murmuró Eidenmüller, mientras paraba el coche.

Meissner bajó la ventanilla.

—¿Sí? —preguntó secamente.

El cabo se cuadró para saludarle. Tenía poco más de veinte años.

Meissner levantó la mano derecha enseñando la palma.

—*Heil Hitler*. ¿De qué se trata? No tengo todo el día.

—Lo siento, capitán. Estamos buscando a unos desertores. Nos han informado de que podrían encontrarse en esta zona.

—¿Desertores del ejército?

—Sí, capitán.

—Entonces están perdiendo el tiempo con nosotros, ¿no cree?

El suboficial tragó saliva.

—Lo siento, pero debo pedirle la documentación.

El suboficial fue obsequiado con una mirada de desdén.

—Eidenmüller, enséñale tus papeles. —Meissner no hizo ademán de sacar los suyos. En vez de ello, tomó un cigarro y se lo puso entre los labios. Luego, echó una mirada fulminante al suboficial con la gélida fuerza de sus ojos azules—. ¿Y bien? ¿A qué está esperando? ¿No tiene cerillos?

—Desde luego, capitán. Ahora mismo.

Un cerillo se encendió con un destello. Meissner se asomó a la ventanilla para sujetar la mano del suboficial mientras encendía su cigarro dándole unas caladas. Eidenmüller le pasó su documentación. El suboficial la examinó detenidamente sin poder ocultar su nerviosismo. La espera se hizo larga y parecían envueltos en una burbuja de silencio, pero el lento crepitar del motor del coche iba ganando terreno, cada vez más sonoro, hasta que a Eidenmüller le resultó tan atronador como un martillo neumático. Entre los setos que flanqueaban la carretera, el alegre piar de los gorriones parecía irreal y extemporáneo.

Meissner percibió la electricidad que domina el ambiente

antes de la batalla, pero aun así siguió fumando con tranquilidad, mostrando una actitud levemente molesta por la innecesaria e intolerable demora.

—¿Auschwitz? —dijo por último el suboficial—. Están muy lejos de su base. ¿Qué hacen aquí?

Meissner reaccionó enfadado.

—Eso no es asunto suyo. Ya me he cansado de este despropósito. —Tiró el cigarro a los pies del suboficial y se volteó hacia Eidenmüller—. Apunta el nombre de este individuo y su número de unidad.

Eidenmüller estaba sudando. El corazón le latía con fuerza. Empezó a palparse la chamarra, pero el suboficial de la *Feldgendarmerie* supo reconocer su derrota.

—No será necesario, capitán. —Le devolvió la documentación de Eidenmüller—. Tiene vía libre. Siento haberlo parado.

Meissner no se dignó echar siquiera una mirada al suboficial y señaló con el dedo la carretera. Eidenmüller puso la primera marcha y exprimió el motor al máximo para poner tierra de por medio.

Meissner le puso la mano en el antebrazo.

—No tan deprisa, Ernst —dijo—, o sospecharán que se la hemos jugado.

—Lamento decírselo, señor, pero usted está chiflado.

—¿Por qué lo dices?

—Solo tenía que enseñarle su documentación.

—No. Habría sido demasiado arriesgado. Nadie debe saber que estamos aquí.

—En cambio, ¿no hay problema con que yo haya enseñado la mía?

—Dentro de una hora se habrán olvidado de cómo te llamas, pero ¿un capitán? Habrían recordado mi nombre y es muy posible que hubieran informado del asunto.

—¿Y no cree que informarán igualmente de lo ocurrido?

Una alegre sonrisa se dibujó en el rostro de Meissner.

—No creo. Tendrían que informar de que nos dejaron pasar sin revisar mi documentación. Y con toda seguridad terminarían en el frente oriental.

Les habían dicho que buscaran una aldea llamada Grünau. Debían encontrarse allí con un oficial de las SS, amigo de Brossman de sus días en Lublin. Escondieron el coche en un bosquecillo y esperaron.

A la hora convenida, vieron un todoterreno que avanzaba despacio hacia ellos. Meissner salió de detrás de los árboles y le hizo un gesto para que parara. Cuando el coche se detuvo, gritó:

—Otto Brossman manda recuerdos desde Lublin.

Le respondió una voz aguda y nerviosa.

—¿Brossman? Creo que lo conozco. ¿A qué academia fue?

—Bad Tölz.

—¿Cuándo estuvo allí?

—En 1940.

Un desagradable chirrido salió del cofre del automóvil cuando el conductor no acertó al engranar la marcha. Luego, el coche avanzó despacio hasta que casi rozó el suyo.

El conductor se bajó: un teniente de las SS con unos lentes de culo de botella, que se quitó y empezó a limpiar con nerviosismo.

—Rápido —les dijo entre dientes. Empleó los lentes para señalar lo que parecía un montón de ropa zarrapastrosa que había en el asiento trasero de su coche—. Tengo que volver antes de que la extrañen.

Eidenmüller se agachó para sacar los harapos y refunfuñó. Aquella ropa pesaba más de lo esperado. Sus manos se toparon con algo húmedo, pegajoso y frío.

—Mierda. —Lo soltó al instante y se incorporó—. ¿Qué es esto?

—Pues un cadáver, evidentemente. Para meter una hay que sacar otra. No hay otra forma de hacerlo.

Eidenmüller vio espantado el cadáver.

—¿Es una mujer?

—Claro que es una mujer. ¿Qué esperabas? ¿Un mono?

—¿Qué le pasó?

—Murió de fiebre.

—Maldición. ¿Es contagioso?

Meissner acercó a Rosa Clément al coche.

—¿Cómo la vas a meter dentro?

—Chupado. La haremos pasar por esta —dijo señalando con la cabeza el cadáver justo en el instante en que Eidenmüller empezaba a sacarlo del coche—. Nadie sabe que está muerta. A la nueva, la asignaré a un *Kommando* de trabajo en una parte distinta del campo. La cuenta de presos coincidirá y nadie se enterará. —El teniente observó con sus ojos de miope a Rosa—. Es más o menos del mismo tamaño. Tiene que ponerse su ropa.

Con un gesto rápido, Meissner indicó a Eidenmüller que le quitara la ropa al cadáver. El ordenanza se puso a la tarea con evidente desagrado y le dio la vuelta para desabrocharle los botones de la chamarra. Los ojos del cadáver estaban abiertos y lo miraban acusadores.

—Madre de Dios... —Dio un salto hacia atrás y estuvo a punto de caer al suelo en su deseo de alejarse del cadáver. Se santiguó instintivamente—. Lo siento, señor. No puedo hacerlo. De verdad que...

Rosa estaba a su lado y le puso una mano en el brazo. Se agachó junto al cadáver de la mujer. Tenía rígidas las extremidades y su piel presentaba un aspecto ceroso, lo que dificultaba quitarle la ropa. Por fin quedó desnuda. Parecía vulnerable y desamparada, como una niña que se ha perdido. Una lágrima se desprendió del ojo de Rosa y cayó sobre el rostro de la mujer, un vínculo entre dos vidas que atravesó el muro que la muerte había interpuesto entre ellas. En voz baja, Rosa dijo una breve oración, la primera desde hacía varios meses:

—Dale, Señor, el eterno descanso y que la luz perpetua la ilumine...

—¿Y bien? —dijo el teniente en tono áspero, mirando su reloj.

Ahora le tocaba a Rosa. En los meses que había pasado en Auschwitz había sufrido la humillación de tener que desnudarse múltiples veces, en particular durante las frecuentes *Selektionen*. Con la ropa, le habían arrebatado también la dignidad, enfrentada a los comentarios desagradables de los lascivos guardas de las SS, quienes con todo descaro se comían con los ojos a las mujeres alineadas para su inspección como si fueran verduras en un mercado. «Buenas tetas para ser judía... Demasiado peluda... Demasiado huesuda.» Había aprendido a viajar mentalmente para olvidar que era a ella a quien miraban babeando. Pero ahora, cuando esos hombres le dijeron que se desnudara, fue distinto. Eran sus salvadores: ¿le habían devuelto la dignidad o era solo un préstamo que podían volverle a reclamar cuando se les antojara?

—Date prisa, zorra judía. Estúpida. —El teniente volvía a limpiar los cristales de sus lentes. Casi se podía palpar la rabia contenida en aquella voz, ¿o era más bien angustia?—. Quítate la ropa de una puta vez y ponte la suya. Quiero volver ya.

Las manos de Rosa se desplazaron a la parte superior de su chamarra.

—Dense la vuelta —pidió, sin saber de dónde había sacado el valor para pronunciar esas tres sencillas palabras.

Cuando Rosa estuvo escondida en el hueco para los pies del todoterreno, Meissner le tendió la mano al oficial.

—Gracias. Sé que está corriendo un riesgo importante con todo esto.

—Solo espero que valga la pena.

—Así será. Después de la guerra, podrá decir que fue uno de los pocos SS que salvó la vida de un judío.

—¿Qué hacemos ahora? —preguntó Eidenmüller, una vez que el todoterreno se hubo ido.

—Volvemos a Auschwitz. Nuestro amigo Brossman habrá dado parte de que, después de liberar a una presa desconocida de la cárcel, esta murió tiroteada trágicamente cuando intentó darse a la fuga. Y tenemos la gran suerte de disponer de un cadáver y de todos los papeles para demostrarlo. Por desgracia, se producirá un error administrativo y el cadáver se enviará al crematorio antes de que Hustek tenga la oportunidad de verlo. Una pena, ¿eh?

—¿Qué será de ella?

—¿De la mujer del Relojero? Tendrá que arreglárselas como pueda, igual que el resto de los presos. Pero por lo menos le hemos dado una oportunidad de salvar el pellejo.

1962
Kerk de Krijtberg, Ámsterdam

A Meissner le llevó cierto tiempo contar la historia, que intercaló con frecuentes ataques de tos.

Emil había permanecido paralizado, sin tocar la cena.

—Entonces fue así como llegó a Mauthausen —dijo por último.

—¿No lo sabías? —preguntó Willi.

—Nunca se lo dije —intervino Meissner—. Si Hustek se hubiera enterado, ni ella ni ninguno de los implicados lo habríamos contado.

—Supuse que había abandonado Auschwitz con todos los demás en enero de 1945 —dijo Emil—. Muchos de los presos terminaron en Mauthausen. Cuando la encontré en otoño, estaba enferma y confusa. Me explicó que un oficial de las SS había asaltado la cárcel de Auschwitz de madrugada y se la había llevado, pero pensé que deliraba.

—Siempre me he preguntado si había sobrevivido —comentó Meissner—. Me alegro de que fuera así, alabado sea Dios.

Emil no pudo contener la oleada de amargura que rompió sobre él.

—¿Por qué ibas a alabar a tu Dios por algo así? —le espetó—. Maldije su nombre por lo que le hizo a mi mujer.

—Pero creía que se habían...

Emil se puso de pie y movió la cabeza sin molestarse en enjugar las lágrimas que habían empezado a correr por sus mejillas.

—Sí, claro que nos encontramos. Seis días estuvimos juntos. Entonces, me la arrebataron por segunda vez.

Willi intentó sujetarle la muñeca, pero Emil apartó la mano.

—Lo siento —dijo Willi—. De verdad. ¿Cómo...?

Emil se dejó caer en la silla. La ira lo había abandonado con la misma rapidez con la que había llegado.

—Escarlatina. Estaba demasiado débil, claro, y para entonces ya había perdido la voluntad de seguir luchando.

—Dios mío, Dios mío —susurró Meissner, dándose golpes en el pecho—. *Mea culpa, me culpa, mea maxima culpa.*

33
EL ATAQUE INDIO DE REY

1962
Kerk de Krijtberg, Ámsterdam

Emil se despertó temprano a la mañana siguiente. No sabía qué hora era, pero la luz del sol ya se filtraba por los bordes de las cortinas. No había dormido bien. Había pasado la noche luchando con sus recuerdos. Había intentado recordar los tiempos felices que había compartido con Rosa, pero su mente se negaba a cooperar. En vez de ello, el recuerdo lo había llevado al día milagroso en que encontró su nombre en una lista de la Cruz Roja; luego, a todos los burócratas, amos y señores de sus ridículos feudos, con los que tuvo que pelearse para dar con ella; luego, al momento en que la encontró, en la cama número 117 del hospital improvisado de Sankt Georgen an der Gusen, en las proximidades de Mauthausen: un nombre precioso que venía ni que pintado para ocultar la enormidad de lo que había ocurrido en ese mismo lugar. Recordó haber tomado su mano, blanca y exangüe, tan frágil que parecía la de una anciana. En un primer momento ella no lo reconoció. Más tarde, no se atrevía a creer que Emil también hubiera encontrado la forma de sobrevivir y que hubiera logrado dar con ella. Él le dijo que nunca volverían a separarse. En los labios de Rosa se dibujó por un instante una sonrisa que no tardó en ser reemplazada por un rictus de dolor.

—Perdóname —le había dicho ella.

Emil se acordó de las últimas palabras que le había dirigido a su mujer.

—Louis y Marcel —le había preguntado ella, con los ojos bien abiertos pero sin ver nada, sus dedos de pronto estrechando la mano de Emil—. ¿Cómo están?

Emil no había podido contarle la verdad.

—Están bien —le había susurrado—. Los verás pronto, muy pronto.

Otra farsa surgida del reino de las mentiras. La intención era buena, pero no dejaba de ser una mentira. En ese instante, Emil se había prometido que nunca más habría falsedad en su vida.

Emil se levantó de la cama y se acercó a la habitación de Paul a echar un vistazo, pero su anfitrión estaba profundamente dormido. Decidió bajar a la cocina, preparar un poco de café y fumarse el primer cigarro del día en el banco que daba al canal.

Willi ya estaba frente a la mesa de la cocina, fumando con la mirada perdida, con una taza de café medio vacía delante de él. También tenía aspecto de no haber dormido.

—¿Todo en orden, Willi?

—No. De hecho, nada está en orden ahora mismo. —Su voz era un sonsonete apagado.

—¿A qué te refieres?

—Anoche lo entendí de golpe. —Willi levantó la cabeza y vio directamente a Emil—. Entendí de qué estaban hablando tú y Paul. Todo es real, ¿verdad? No es un cuento. No es historia antigua. Ocurrió, y tú y Paul estuvieron metidos hasta el fondo. Y ahora yo también me veo atrapado en ello y me doy cuenta de lo horrible que fue todo, y de que los responsables fueron alemanes y de que las víctimas fueron mujeres y niños inocentes, y no sé cómo debo interpretarlo ni sé si voy a ser capaz de encajarlo.

Emil suspiró.

—Lo que sientes es el legado de Auschwitz. Es una losa con la que Paul y yo tendremos que cargar durante el resto de nuestras vidas, y ahora creo que también ha caído sobre tus hombros. No puedes hacer nada, Willi; solo soportarlo lo mejor que puedas.

Willi no parecía muy convencido. Aplastó la colilla en un cenicero y sacó enseguida otro cigarro del paquete. Cuando lo encendió, le temblaban las manos.

—Lo que veo —dijo— es que, cuando jugaste al ajedrez contra los SS, no fue como otras partidas, en las que solo se dirime un duelo intelectual. Fueron las partidas más reales y decisivas que se hayan jugado jamás. Hace solo unos años se disputó una partida tan extraordinaria que la llamaron la Partida del Siglo. Seguro que la conoces: el gran maestro estadounidense, Byrne, contra el joven prodigio, Fischer. Fue una obra maestra del arte combinativo, con gran número de sacrificios. Impresionante. Pero eso no es nada si se compara con tus partidas en Auschwitz, aunque el mundo nunca las conocerá. —Se volteó para mirar a Emil a los ojos—. Y si Paul no hubiera derribado prácticamente la puerta de mi habitación en el hotel, yo tampoco habría sabido de esas partidas. Y además no te habría conocido y, por eso, habría seguido empeñado en pensar que todo lo que ibas contando sobre Auschwitz era fruto de la imaginación resentida de un hombre que se siente culpable por haber sobrevivido.

Emil sacó una silla y se encendió un cigarro.

—Willi, desde el final de la guerra han aparecido pruebas más que suficientes sobre los campos de la muerte para que te convenzas de que fueron algo más imaginaciones mías, ¿no?

Willi se miró las manos, rehuyendo los ojos de Emil.

—Durante la guerra, trabajé en el Ministerio de Propaganda. Se rumoreaban cosas. Todos sabíamos que algo pasaba. Sabíamos que los judíos de Alemania habían sido deportados al este, pero luego desaparecieron. ¿Adónde podían haber ido? Es imposible que decenas de miles de personas se hubieran evaporado de la noche a la mañana. Nos decían que los habían enviado a campos de trabajo. Entonces, empezaron a circular rumores sobre esos campos. Nadie hablaba claro, como puedes figurarte. Habría sido imposible, porque la Gestapo tenía confidentes por todas partes. Sin embargo, a puerta cerrada, en confianza, la gente contaba cosas. —Willi dio una profunda calada y dejó caer la colilla al fondo de la taza de café—. No es posible guardar el secreto de algo así. Los hombres vuelven a sus casas y se lo cuentan a sus familias, y empieza a circular el rumor. Yo sabía que algo pasaba; todo el mundo lo sabía. —Con gesto absorto, volvió a tomar el paquete de tabaco, pero vio que estaba vacío. Lo aplastó en la mano y lo dejó sobre la mesa—. Me decía a mí mismo que no podía ser verdad —continuó—. Era demasiado malvado, absolutamente impensable. Las condiciones en los campos de trabajo eran durísimas, pero eso era de esperar; librábamos una guerra contra los bolcheviques, una guerra a muerte. Era inevitable que hubiera víctimas. La guerra es cruel, pero... ¿campos de la muerte? No solo era increíble, es que además no tenía sentido: mucho mejor poner a los judíos a trabajar que matarlos, ¿no? ¿Por qué iban a matarlos? El Reich no obtenía ningún beneficio de ello. De modo que me dije que esas historias no eran verdad. Que no podían ser verdad.

—¿Y ahora?

Willi agachó la cabeza. Unas lágrimas silenciosas rodaron por su rostro. Cuando habló, la voz le temblaba.

—Ahora siento vergüenza. Vergüenza por mí mismo, vergüenza por mi país. Durante el resto de mis días tendré que vivir sabiendo que somos un país de asesinos.

Las manos de Willi todavía temblaban. Al verlo, Emil sintió un impulso abrumador de piedad.

—Tienes razón, Willi. Y es muy doloroso asumirlo y muy difícil tener que cargar con ello.

—Dijiste en una ocasión que ningún alemán que hubiera sobrevivido a la guerra podía declararse inocente con respecto a los campos de la muerte... Que no hay ningún alemán bueno.

Emil movió la cabeza lentamente de lado a lado.

—Sí, eso dije, ¿verdad? —Agarró la cafetera y fue al fregadero para llenarla de agua—. No eres el único que está aprendiendo lo equivocado que uno puede llegar a estar.

Septiembre de 1944
Sección Política, Auschwitz I

La *Buna-Werke* ha sido bombardeada. Los aviones llegaron a plena luz del día, pero muchos de los presos, en vez de huir despavoridos en busca de refugio, los saludaron con las gorras dando vítores. El efecto sobre la moral de los presos es extraordinario: ahora no paran de decirse unos a otros que los Aliados bombardearán Birkenau para destruir las cámaras de gas y los crematorios.

La Gestapo está convencida de que la fábrica se ha convertido en objetivo porque los partisanos polacos han conseguido suministrar información a los Aliados. Hustek ha recibido órdenes de encontrar a los presos que se comunican con los partisanos, lo que le ha brindado una oportunidad. El Relojero trabaja en un taller mecánico donde tiene contacto diario con trabajadores polacos; eso lo convierte en sospechoso.

Hustek ha enviado a dos de sus hombres a detenerlo porque quiere interrogarlo.

Meissner se encuentra en el despacho del comandante. Lleva veinte minutos soportando un chaparrón de preguntas sobre la «inspección» nocturna de los calabozos. Pese a la insistencia de Meissner en que no tuvo nada que ver con ello, el mayor no parece convencido.

—Señor. No estaba allí. Ni siquiera estaba en el campo esos días.

—¿Dónde demonios estaba, entonces?

—Ya se lo dije, señor. Tenía un par de días de permiso. Usted lo autorizó. Fui a Cracovia.

—¿Y por qué no puede decirme en qué sitios de Cracovia estuvo o con quién se vio? De hecho, no parece capaz de darme ningún detalle sobre su visita a la ciudad.

—Ya se lo expliqué, señor. Me perdí por el camino y luego se me estropeó el coche. Pasé la noche en el bosque. Por la mañana, tuve que caminar varias horas antes de encontrar un teléfono desde el que llamar para pedir ayuda.

—¿Horas? Cracovia está a un día de camino de aquí.

Meissner levanta su bastón a modo de respuesta.

—No se pase de listo conmigo, Meissner. —La voz del superior suena cortante—. ¿Cómo logró enterarse de que la mujer estaba en los calabozos?

Meissner mueve la cabeza con gesto cansado.

—No supe nada hasta que volví al campo. Según me han dicho, el capitán Brossman decidió comprobar los calabozos pensando que quizá pudiera estar allí. La encontró de pura casualidad.

El comandante tuerce el gesto.

—Brossman, sí. No entiendo cómo consiguió implicarlo en su conspiración, pero lo averiguaré.

—Señor, estoy seguro de que podrá comprobar que el capitán Brossman tenía motivos más que justificados para proceder de esa forma. La mujer había desaparecido. Brossman estaba obligado a buscarla y Hustek la tenía retenida sin autorización y sin causa justificada. Ni siquiera la inscribieron en el registro de la cárcel. Retener a un preso por motivos personales atenta contra cualquier reglamento y, además, es ilegal.

—No sea ridículo —salta Bär—. Hustek es de la Gestapo. Está por encima de la ley.

Meissner siente que lo invade la indignación.

—Pero, teniendo presa a esa mujer, Hustek habría dispuesto

de una estrategia contra el Relojero. Estoy seguro de que puede entenderlo, ¿verdad?

—¿Qué importancia puede tener eso? Lo único que importa es que Hustek gane la partida.

—A mí me parece que sí la tiene, señor —replica Meissner—. Hustek es una deshonra para las SS. No merece vestir nuestro uniforme.

—Eso no le corresponde decirlo a usted, Meissner. Estoy convencido de que la labor de Hustek contribuye en gran medida al esfuerzo de guerra.

Meissner no es capaz de morderse la lengua.

—Si cree que secuestrar a una mujer indefensa contribuye en gran medida al esfuerzo de guerra, se pone usted al mismo nivel que Hustek. ¿No lo entiende? La guerra está decidida. Alemania ha perdido. Es solo cuestión de tiempo que los rusos lleguen a Berlín. Sé de qué hablo; luché contra ellos. No hay forma de pararlos. Ya no.

Bär se queda lívido de rabia.

—Olvida usted con quién está hablando, Meissner. No voy a tolerar actitudes derrotistas. Es usted un oficial de las SS. Debería darle vergüenza.

Las palabras de Bär rompen el último sello que contenía la cólera de Meissner. Sin darse cuenta, empieza a gritar.

—No pienso aceptar eso de usted, señor, ni de nadie que se haya pasado la guerra mangoneando a mujeres y niños, trasladándolos a punta de pistola de vagones de ganado a las cámaras de gas. Solo se conoce la verdad de esta guerra cuando se ha visto al enemigo lo bastante cerca para olerlo. Las *Waffen-SS* sabemos la verdad y seguiremos luchando hasta nuestro último aliento. Pero le juro por Dios que sabemos la verdad.

Cuando Meissner termina de hablar, se da cuenta de que el comandante lo mira con frialdad.

—¿Ha terminado? Bien. ¿Aún quiere ese traslado? Si encuentra una unidad lo bastante desesperada para aceptarlo en sus filas, adelante. Ahora salga de aquí.

Meissner temblaba al bajar la escalera de la sede de la administración del campo. A pesar del bastón, volver a pie a Monowitz lo ayudaría a serenarse.

No había llegado todavía a la puerta principal cuando vio que Eidenmüller lo estaba esperando.

—¿Qué estás haciendo aquí? —preguntó secamente.

—Lo siento, señor, pero tiene que volver enseguida.

—¿Por qué?

—Hustek va por el Relojero, señor. Sus hombres están en el campo ahora mismo.

Hustek había enviado a dos de sus agentes a la Buna. Ninguno de ellos conocía la fábrica. Aquello era gigantesco: había tuberías por todas partes en una maraña aparentemente incomprensible; algunas estaban suspendidas de celosías metálicas; otras estaban tendidas a ras del suelo. A lo lejos, los agentes podían divisar un enorme edificio cuadrado con una hilera de altas chimeneas negras que arañaban el cielo.

Los daños por el bombardeo eran importantes. En varios puntos, se veía a hombres vestidos de civil con portapapeles en los que anotaban los desperfectos. En torno a ellos, cuadrillas de presos en uniformes de rayas desescombraban la planta o retiraban tuberías o maquinaria dañada. Otros se apresuraban de un lado a otro, algunos muy cargados, otros empujando vagonetas por vías estrechas o llevando carretillas; otros se dedicaban a cavar. Por doquier, los *Kapos* lideraban la frenética actividad armados con porras o gruesas cuerdas con nudos.

—Es imposible —dijo uno de los agentes de la Gestapo—. Nunca lo encontraremos. Esto es un caos.

—Deberíamos preguntar a alguien —respondió el otro—. El suboficial tal vez sepa dónde está.

—Olvídalo. Conozco al suboficial de la planta. Gessner. Preguntarle sería perder el tiempo. No se lleva bien con Hustek.

—¿Hay alguien que se lleve bien con él?

El primero de los agentes puso cara de resignación.

—Vamos al campo. A lo mejor tenemos más suerte allí.

Encontraron a Hoven en la oficina de administración.

—Estamos buscando a un preso al que llaman el Relojero.

Hoven levantó la vista de un expediente que estaba examinando en su escritorio.

—¿De verdad? ¿Y quién lo busca exactamente?

—La Gestapo.

La palabra provocó por sí sola un espasmo de angustia en las entrañas de Hoven.

—¿Qué es lo que quieren saber en concreto?

Los dos hombres intercambiaron una mirada de complicidad. Le tenían tomada la medida a Hoven.

—Dinos solo dónde podemos encontrarlo.

Hoven volvió a concentrarse en el expediente.

—Bloque veintisiete —dijo sin levantar la vista. En cuanto se hubieron ido, Hoven cerró el expediente y salió del despacho. Eidenmüller estaba en el edificio colindante. Supuso que le interesaría saber que la Gestapo andaba detrás del Relojero.

Los dos hombres de la Gestapo abrieron la puerta del bloque 27 y, sin previo aviso, entraron en la sala común. Había dos hombres tumbados en los bancos de madera adosados a las paredes. Estaban dormidos. Ambos llevaban triángulos verdes en sus uniformes. Sin contemplaciones, el primero de los agentes los arrastró por las piernas y los tiró al suelo. Con una sarta de improperios, los presos se levantaron, frotándose con cautela unos cuerpos que pronto lucirían moretones.

—¿Quién diablos eres tú? —exigió saber con furia uno de los presos.

—Gestapo.

Los presos miraron con rabia a sus torturadores.

—Estamos buscando al Relojero. Nos han dicho que se encuentra en este bloque. ¿Dónde está?

Ninguno de los presos respondió.

Uno de los miembros de la Gestapo se sacó una macana del bolsillo y propinó un fuerte golpe contra una mesa.

—No quiero complicarles la vida. Basta con que nos digan dónde está.

Los presos siguieron sin abrir la boca.

Esta vez, la macana se acercó al mentón de uno de ellos.

—El único problema es que andamos un poco justos de tiempo, ¿entiendes?

—Está en la *Buna-Werke* —dijo uno de los presos—. Todos están allí. Volverán esta noche.

Había varias sillas en torno a la mesa. Los hombres de la Gestapo se sentaron a esperar.

—¿Qué tienen de comer? —preguntó uno.

Los presos negaron con la cabeza.

—Nada. Nos dieron la ración de sopa al mediodía. No nos darán nada más hasta después del recuento.

—Mierda —dijo uno de los nazis—. Estoy muerto de hambre.

Eidenmüller tomó la carretera que salía del *Stammlager* hacia Oświęcim. Meissner estaba sumido en sus pensamientos. Al cabo de un rato dijo:

—Ese amigo tuyo, Hoven, ¿confías en él?

—No lo conozco demasiado, señor. Lo que sé es que Hustek no le cae bien. Le da miedo. —Meissner volvió a enfrascarse en sus pensamientos—. ¿Qué vamos a hacer, señor? Si Hustek consigue hacerse con el Relojero, no lo volveremos a ver.

—Sí, eso ya lo sé —respondió Meissner irritado—. Lo que no sé es lo que vamos a hacer. Estoy intentando que se me ocurra algo.

Cuando llegaron a Monowitz, ya había empezado a concebir un plan. El problema al que se enfrentaba era de naturaleza organizativa. Era imposible esconder a un preso más allá de unas pocas horas: cualquiera de los dos recuentos que se realizaban a diario revelaría su ausencia. No, si Hustek quería al Relojero encontraría la forma de dar con él.

Tenían que distraerlo con algo más enjundioso.

Después de llegar al campo, fueron de inmediato al despacho de Hoven.

—Cierre la puerta —le ordenó Meissner.

El sargento pareció alarmarse.

—¿Qué puedo hacer por usted, señor?

—¿Cuál es su postura en relación con el Relojero? —preguntó Meissner.

—¿El Relojero? No sé a qué se refiere, señor.

—Los hombres de Hustek han venido a buscarlo. Sabe a la perfección lo que significa eso.

—Sí, señor.

—¿Quiere permitir que Hustek se salga con la suya? ¿O quiero impedírselo?

—Sí, señor. Perdón, no, no quiero que ese cabrón le ponga las manos encima. Pero ¿qué puedo hacer yo para evitarlo?

—Es muy sencillo. Olvide que ha visto a los hombres de Hustek. Nunca han estado aquí. ¿Entendido?

La expresión en su rostro reveló que lo había entendido.

—Pero...

—No hay peros que valgan. Cíñase a su versión y punto. No los ha visto. Si se atiene a eso, no correrá peligro. Si duda, es hombre muerto.

Lo seducía la oportunidad de devolvérsela a Hustek. Era ahora o nunca.

—Sí, señor. No he visto a nadie, señor.

—¿Qué hacemos ahora, señor? —preguntó Eidenmüller cuando salieron del edificio.

—Vamos al campo. Tenemos que localizar a Brack.

Este se encontraba cerca de las cocinas, vigilando a un par de presos que cuidaban del huerto. La cosecha parecía abundante: alubias, tomates y pepinos, lujos con los que los presos no podían sino soñar.

Brack se cuadró al ver a Meissner.

—No te molestes —dijo Meissner—. No es una visita formal y no nos has visto. ¿Podemos hablar en un sitio discreto?

Brack sonrió y señaló un bloque que había cerca.

—Ahí dentro. Nos vemos dentro de cinco minutos.

Brack los había enviado al burdel del campo. Estaba vacío. Meissner le explicó la situación y añadió:

—Hemos sabido que los hombres de Hustek se encuentran ahora mismo en tu bloque.

El sueño de una fortuna amasada en una cuenta suiza empezó a evaporarse. Brack torció el gesto y su rostro se llenó de arrugas.

—Hustek es un cerdo. No se saldrá con la suya. No, si yo puedo impedirlo.

—No sabía que conocías a Hustek —comentó Eidenmüller.

—Claro que lo conozco. Tengo un par de cuentas pendientes con él.

El bloque 27 se hallaba en el perímetro norte del campo, junto a la alambrada.* Brack tardó muy poco en reunir a unos cuantos

* El campo de Monowitz estaba dividido en dos secciones, la norte y la sur. Entre ellas, una vía de servicio discurría de este a oeste flanqueada por una doble valla de alambre de espino, con la interior electrificada para mayor seguridad y un puesto de control a cada extremo. La vía de servicio no llega-

compinches, aunque no había forma de localizar a Widmann. Se reunieron en grupitos detrás del bloque, escondiéndose de las torres de vigilancia.

—Bien —dijo Brack—. ¿Todo el mundo listo? —Esperó a que todos le enseñaran sus armas—. Recuerden: nada de cuchillos. Y nada de perder el tiempo. Entramos directamente. Bien —repitió. Se le veía nervioso. Estaba internándose en territorio inexplorado—. Vamos adentro y acabemos con esto.

Los hombres de la Gestapo se sorprendieron al ver a cuatro hombres vestidos de presos que entraban en la sala común desde el dormitorio y tomaban posiciones bloqueando la puerta principal. Llegaron más hombres. Todos llevaban unas gruesas macanas de madera.

A los agentes de la Gestapo les bastó una mirada para entender lo que les aguardaba. Uno de ellos, con la cara convertida en una máscara de estupefacta incredulidad, intentó amedrentarlos:

—Si supieran lo que les conviene, se irían ahora mismo —comentó en voz alta.

—Bueno, ese es justo el problema, ¿verdad? —dijo Brack en tono amenazador al tiempo que cerraba la puerta—. Nunca he sabido lo que me conviene.

El otro agente de la Gestapo sacó una pistola. Soltando un grito airado, Brack le golpeó la muñeca con la macana. Se oyó un aullido momentáneo de dolor antes de que un nuevo golpe, esta vez en la cabeza, lo silenciara.

El primer miembro de la Gestapo levantó las manos en un gesto implorante.

—No —suplicó—. No, por favor...

Todo terminó enseguida.

---

ba al perímetro este, de suerte que en ese punto era posible transitar a pie entre las dos secciones.

—Maldición —dijo uno de los hombres de Brack, pasándose la lengua por los labios porque se le habían secado de pronto—. Eres consciente de lo que has hecho, ¿no?

—Para de lloriquear —dijo Brack—. Ya no hay vuelta atrás. Conozco a Hustek. Es un hijo de la gran puta. Si se entera de esto, nos echa vivos a los hornos. —Señaló con la macana ensangrentada los cuerpos tendidos—. Estos dos nunca han estado aquí. Ninguno de nosotros sabe nada de ellos. —A continuación, vio con furia a los dos presos que habían sido sorprendidos en el bloque por los hombres de la Gestapo—. Eso los incluye a ustedes. A menos que quieran terminar como ellos...

Durante una hora trabajaron como nunca lo habían hecho desde que estaban en Auschwitz. Limpiaron la sala hasta dejarla como una patena y, después de desnudarlos, tiraron los cadáveres a un carretón que había fuera.

Uno de los hombres de Brack se quedó embobado mirando el montón de ropa.

—Es una pena —comentó—. Sobre todo las botas. Están como nuevas.

—Al horno con ellas —ordenó Brack—. No podemos dejar ninguna pista.

Deshacerse del arma no resultaría tan fácil. Tendría que pensar qué hacer con ella.

—¿Qué hacemos con los cuerpos?

—No se preocupen. Está todo previsto.

En la Buna morían varios presos a diario. Sus compañeros los trasladaban de vuelta al campo para el recuento de la noche. Luego, tiraban los cadáveres a un camión que se los llevaba a Birkenau para incinerarlos. Sus números no volverían a aparecer en el recuento. Ahora pasaría lo mismo, con la única diferencia de que habría dos cadáveres más. Si alguien se molestaba en mirar, vería dos cabezas recién rapadas y unos físicos que no eran esqueléticos. Aquello tal vez habría podido levantar sospechas y, tras un examen más detallado, se habría reparado en unas manos sin los callos provocados por el duro trabajo y unos pies que no estaban en carne viva como consecuencia de los zuecos de madera que llevaban los reclusos. Pero ¿quién miraría? Dos cuerpos más entre miles de muertos no iban a suponer ninguna diferencia. Además, esos cadáveres solo pasarían por las manos del *Sonderkommando* de Birkenau, una cuadrilla de presos cuyo trabajo consistía en vaciar las cámaras de gas y meter los cuerpos en los crematorios.

Se habrían alegrado si hubieran sabido que esos cadáveres que metían en el horno eran de agentes de la Gestapo.

Dos días después, Meissner recibió una visita.

Se la anunció Eidenmüller.

—Hustek ha venido a verlo, señor.

Meissner levantó la vista de los papeles que había en el escritorio.

—Siéntese —dijo—. ¿En qué puedo ayudarlo?

—Dos de mis hombres han desaparecido —anunció Hustek al sentarse—. Me preguntaba si sabía usted dónde pueden estar.

—¿Yo? ¿Por qué iba a saber yo dónde están?

—Estaban aquí, en Monowitz. Vinieron bajo mis órdenes. Tenían el encargo de llevarse al Relojero.

Meissner apoyó la espalda en la silla y juntó las yemas de los dedos.

—Sigo sin entender por qué considera que he de saber dónde se encuentran. Yo no estoy al mando aquí. Schottl es el oficial jefe. Debería hablar con él.

—Ya lo hice. Nadie vio a mis hombres. Absolutamente nadie. ¿No le parece extraño? Lo lógico sería que alguien los hubiera visto.

—No lo sé. —Meissner se esforzó en mantener una expresión imperturbable—. Aquí siempre hay gente yendo y viniendo, entrando y saliendo del campo. Es posible que alguien los viera pero no se fijara en ellos. No sería tan raro, ¿no cree?

—Escuche, capitán. —El agente de la Gestapo trató de sonreír afablemente, como si pretendiera ganarse la confianza de Meissner—. Sé que empezamos con mal pie y sé también que usted se considera el protector del Relojero, pero tengo motivos de peso para querer interrogarlo.

—¿De verdad? ¿Sobre qué quiere preguntarle?

—Sobre los bombardeos aéreos de la *Buna-Werke*.

Meissner soltó una carcajada.

—¿Cree que el Relojero trabaja para los estadounidenses? Oh, es gracioso.

Hustek apretó los labios en una mueca de desdén.

—La Buna hace poco que empezó a ser objetivo de los bombardeos. Estamos convencidos de que la resistencia polaca ha suministrado información sobre la fábrica a los Aliados. Pero antes alguien de dentro ha tenido que hablarles de ella. El Relojero trabaja en uno de los talleres de instrumental. Habla con prisioneros polacos a diario. Es un sospechoso evidente.

—¡Hombre, por el amor de Dios! La Buna está abarrotada de prisioneros polacos. Miles de ellos pasan a diario por las puertas de la fábrica. No necesitan que el Relojero les diga lo que se hace dentro. Además, si lo conociera como yo, sabría que no puede ser él.

—¿Y eso por qué?

—Porque lo único que le interesa a ese hombre es el ajedrez. Ya no le importa nada más.

—Aun así, siguen faltándome dos hombres.

—Ya aparecerán. Muchos hombres faltan sin estar de permiso, incluso entre las SS.

—Eso no pasa en la Gestapo.

—Supongo que les habrá preguntado a sus familias, ¿no?

Hustek le echó una mirada de desdén por toda respuesta.

—Me temo que no puedo ayudarlo —insistió Meissner.

—¿No puede o no quiere?

Meissner hizo caso omiso de la pregunta.

—Si no hay nada más, tengo trabajo que hacer.

Hustek se levantó y se dirigió a la puerta. Cuando ya tenía la mano en la perilla, se giró y dijo:

—¿Tengo que jugar contra ese perro judío?

—Si no juega, perderá por incomparecencia.

Hustek asintió con una mirada en la que se traslucía que había sabido desde el primer momento que la conversación terminaría así.

—En fin —comentó—. Lo último que quiero es que un judío se salve de la cámara de gas por mi culpa. —Una siniestra sonrisa se dibujó en su rostro—. ¿Sabe, capitán? Debería hacer una visita a Birkenau algún día y ver cómo es eso. La verdad es que es todo un espectáculo ver cómo los gasean. Cientos de personas perfectamente vivas y, al cabo de un momento, tan quietas como en una escena en el museo de cera. Y los gritos..., tendría que oír esos gritos. Le dan a uno la sensación de haber hecho un buen trabajo.

La máscara de impasibilidad que había adornado el gesto de Meissner se derrumbó.

—No sé qué decirle —contestó—. El único tipo de muerte que yo he conocido es la que se ve cuando un hombre vuela en mil pedazos o se asa vivo dentro de un tanque en llamas. Y, cuanto más lo pienso, más me convenzo de que ese sería el final más adecuado para usted.

Hustek estaba decidido a tener la última palabra.

—Un aviso, capitán. Ese diario suyo... Yo que usted lo guardaría a buen recaudo. No le conviene que termine en según qué manos y puedan leer lo que ha escrito.

—¿Cómo se atreve a...?

Pero Hustek se había ido, dejando a Meissner con la respuesta a una pregunta que lo carcomía desde hacía meses.

1962
Kerk de Krijtberg, Ámsterdam

—Fue entonces —explicó Meissner— cuando me di cuenta de que no podía aplazar por más tiempo la solicitud de mi traslado. Escribí de inmediato a mi camarada, Peter Sommer, que todavía estaba en mi regimiento. Para entonces los habían mandado de vuelta al frente oriental, así que tardé casi un mes en recibir su respuesta.

—¿Qué decía? —quiso saber Willi.

—Que los combates eran tan brutales como siempre, que lo habían ascendido otra vez, y que sí, que si yo quería, había sitio para mí como adjunto en el centro de mando.

—¿Cuándo fue eso, más o menos? —preguntó Emil.

—A principios de octubre, quizá una semana antes de tu partida contra Hustek. Estaba convencido de que intentaría ir por ti otra vez, pero no te tocó un pelo. Y luego se produjo la revuelta en Birkenau.

—¿Una revuelta? ¿De los presos?

—Sí. El *Sonderkommando* de unos de los crematorios se rebeló. Hubo una pequeña batalla. Mataron a varios guardias y suboficiales, además de volar el crematorio. Luego, rompieron la alambrada y huyeron.

—¿Qué fue de ellos?

—No creo que muchos pudieran escapar. A los que atraparon los llevaron al campo y los ejecutaron. Pero la pregunta que corría de boca en boca era cómo habían logrado unos presos judíos de Auschwitz hacerse con armas y explosivos. Era inconcebible. Bär estaba que se subía por las paredes y Hustek se llevó la peor parte. Se había distraído tanto en su empeño por neutralizar a Emil que no se había enterado de lo que estaba pasando delante de sus mismas narices. Se le ordenó en términos inequívocos que llegara hasta el fondo del asunto. Creo que incluso se olvidó de los hombres que habían desaparecido.

—¿De modo que todo se desarrolló sin contratiempos en los días anteriores a la partida?

—No del todo. A Hustek aún le quedaba una estrategia por jugar.

34
LA DEFENSA GRÜNFELD

Octubre de 1944
Auschwitz III, Monowitz

El campo languidece. Al alba, el sol luce rojo en el este, señal inequívoca de que se avecina mal tiempo. Hace días que el campo procura ignorar la sigilosa llegada del invierno, pues sabe que la mayoría de los presos no llegarán a la primavera y que, para todos ellos, cada día de vida se pagará en sufrimiento y se medirá en nubes heladas de vaho, en pies que golpearán con fuerza contra el suelo y en hombros que se encogerán contra el gélido viento.

Entre los presos cunde la inquietud; es como un tigre enjaulado que se pasea sin descanso de un lado a otro, gruñendo. Todo el mundo se ha enterado ya de la revuelta del *Sonderkommando* en Birkenau y de la brutalidad con la que fue sofocada, muy notable incluso para la salvaje tónica habitual en Auschwitz. Ahora, los presos observan a los SS en las torres que rodean el campo y en las patrullas que recorren el perímetro vallado, preguntándose si también volcarán esa brutalidad contra ellos.

Pero no es ese el principal motivo de inquietud. En verano, para acelerar las labores de construcción en la Buna, dos mil presos más fueron trasladados al campo de Monowitz. Los alojaron en tiendas cerca del patio de armas. Ahora que el invierno acecha, los han metido en los bloques, lo que ha provocado que en sus dependencias, ya de por sí abarrotadas, todo resulte todavía más sórdido.

Durante el verano, las *Selektionen* entre los presos se paralizaron mientras las cámaras de gas y los crematorios funcionaban sin descanso en la masacre de los judíos húngaros. Ahora que la *Aktion* húngara ha concluido, los presos más veteranos pronostican que se reanudarán las *Selektionen*: las SS no van a tolerar que el hacinamiento se prolongue demasiado, aunque hayan sido ellos los artífices.

Cada preso asegura a su vecino que no formará parte de los elegidos: solo se desharán de los viejos, los débiles y los enfermos. Por más que el vecino sea viejo, débil o enfermo, se le dice que no lo es en grado suficiente. Todo el mundo sabe que son palabras vacías. Los alemanes son muy concienzudos.

La *Selektion* empieza sin previo aviso una tarde de domingo. Los presos empiezan a ponerse a la cola para recibir la ración de sopa. Suena la campana. Todos deben volver a sus bloques.

Brack sabe lo que está a punto de suceder: ha visto el procedimiento muchas veces. Solo se selecciona a judíos y ya tiene preparadas las cartillas de los reclusos, en las que constan su número, nombre, nacionalidad, edad y si se trata de un trabajador especializado.

Brack quiere que todo se desarrolle con serenidad. Pide a los presos que se desnuden y suban a sus literas. Se acerca a la litera número tres, donde el Relojero tiene a un nuevo compañero con quien comparte lecho.

—Sabes lo que está a punto de pasar, ¿no? —dice Brack.

Emil asiente.

—Claro.

—No te preocupes, estás a salvo. Aunque tu cartilla no dijera que estás «protegido», eres un trabajador especializado y tienes buena salud.

Han pasado en torno a dos horas cuando el doctor y los guardas de las SS llegan al bloque y se inicia la *Selektion*.

Empezando por el extremo más alejado del dormitorio, Brack y sus secuaces avanzan por las hileras de catres, golpeando los bastidores con macanas de madera, ordenando a los atemorizados presos que salgan a la sala común. Al cabo de unos segundos, más de doscientos hombres desnudos, cada uno con su tarjeta aferrada en la mano, entran en ese espacio demasiado reducido para tanta gente.

Se abre la puerta que da al exterior. Fuera del barracón, los espera un doctor de las SS. Brack está de pie a su derecha; a su izquierda, Widmann. Alguien abre la puerta exterior del dormitorio que da al camino entre este bloque y el vecino. De uno en uno, los presos deben salir de la sala común, dar su tarjeta y luego, desnudos, correr por el camino y entrar de nuevo en el dormitorio. Durante esos breves segundos, el doctor decidirá si esos hombres viven o mueren.

Después de terminar, Brack mira con incredulidad una de las tarjetas. Se acerca al doctor de las SS para devolvérsela.

—Teniente —dice—. Creo que hay un error.

El doctor mira con frialdad al preso, fijándose en su triángulo verde y en su uniforme demasiado limpio.

—¿Un error? ¿Cómo es eso?

—El prisionero 163291. Es un trabajador especializado y goza de buena salud. Además, tiene la condición de *Schutzhäftling*. No se le puede seleccionar.

El doctor duda un momento antes de decir:

—Muéstreme eso.

Brack le pasa la cartilla del Relojero. El doctor la examina con detenimiento.

—¿Dónde se especifica aquí que este preso es un especialista o que goza de algún tipo de protección? Está seleccionado y punto. Ahora, póngase a trabajar.

Brack se queda mirando la tarjeta. No es la que había preparado antes. Vuelve al bloque a buscar la original. Ni rastro. Soltando un taco, sale en busca del secretario del barracón, pero no lo halla por ningún lado.

Encuentra a uno de sus secuaces.

—¿Dónde está Widmann? —le pregunta.

—No lo sé. No lo veo desde la *Selektion*. A lo mejor fue a las letrinas.

—Me apuesto a que fue mucho más lejos. Que corra la voz. Lo quiero aquí y ahora.

Pero no lo encontrarán. Widmann va camino del *Stammlager* y de la libertad. A cambio de manipular la cartilla del Relojero, Hustek le ha prometido la libertad. Mañana, cuando envíen a los presos seleccionados a Birkenau, Widmann estará a bordo de un tren con destino a Stuttgart y de allí, con suerte, partirá a Suiza.

Pero Brack no puede ocuparse de Widmann ahora: tiene un problema mucho más apremiante. Mañana al alba llegarán unos camiones para transportar a los presos seleccionados a las cámaras de gas. Hay que informar a Meissner antes de que eso ocurra. Pero es domingo. Meissner no estará en su despacho y no hay forma de ponerse en contacto con él. Solo queda una alternativa.

Hay que esconder al Relojero.

No será fácil. Por la mañana, después de que los *Kommandos* de trabajo hayan salido para las fábricas, habrá un segundo recuento con los presos seleccionados. Pasar lista dos veces llevará bastante rato, lo que le brindará a Brack la oportunidad de encontrar a Meissner. Sin embargo, cuando ese segundo recuento no cuadre, los guardas de las SS registrarán el campo. Y no tardarán mucho: los perros olerán enseguida el rastro del preso escondido.

A Brack se le ocurren dos posibles escondites: el burdel del campo y la fragua. El burdel, porque es el último sitio en el que los alemanes buscarán, y la fragua, porque el olor del sitio podría confundir a los perros.

Si encuentran al Relojero antes de que Brack pueda comunicarse con Meissner, es muy posible que lo fusilen de inmediato.

Pero el Relojero es reacio a cooperar.

—Esto es cosa de Hustek —dice—. ¿Para qué voy a luchar? Al final conseguirá acabar conmigo. No me queda nada. Mi familia ha muerto; el único amigo que tenía ha muerto. Así por lo menos no tendré que pasar otro invierno viendo caer como moscas a la gente que me rodea.

Brack está horrorizado. Lleva años viviendo en un mundo en el que los valores morales se han extinguido. Sin embargo, en el Relojero ha visto algo excepcional. Es algo que trasciende la incomprensible devoción del recluso por el ajedrez: reside en el empecinamiento con el que se niega a sucumbir al peso muerto de la indiferencia que Auschwitz cuelga del cuello de cada preso, así como en el rechazo a sacar tajada de las vidas que ha salvado. Especialmente, salta a la vista en cómo el Relojero se ha negado a renunciar a su dignidad. Brack no es capaz de discernir con claridad ninguna de estas ideas, y tampoco considera que en Auschwitz sean virtudes, pero, al intentar entenderlo, empieza a verlo como algo que está bien, un atisbo de cómo debería ser el mundo si no fuera por el alambre de espino que los encierra a todos. Una voz silenciosa le dice que es algo por lo que debe luchar.

Brack no puede poner palabras a ninguna de estas ideas. Su respuesta es darle un bofetón al Relojero y gritarle:

—¿Quieres morir?

—Claro que no —responde Emil, frotándose la mejilla.

—Entonces haz lo que te digo.

—No.

Exasperado, Brack levanta la mano para golpear de nuevo a Emil, pero sabe que este no reaccionará a la violencia, así que la deja caer.

Entonces, Brack sale bruscamente del bloque a que le dé el aire frío de la noche. No llega muy lejos, apenas más allá del bloque 30. Está buscando a alguien.

Regresa al cabo de poco tiempo.

—Quiero que conozcas a alguien —dice. Entonces, empuja a un preso hacia el Relojero.

—¿Quién es este hombre?

—Esta es la vida que salvarás cuando ganes a Hustek. Habla con él. Quiero que entiendas que, si tiras tu vida, lo más seguro es que te lleves esta también.

El Relojero se niega a mirar al preso. Clava los ojos en Brack.

—No. No puedes cargarme esta responsabilidad. Este plan no se me ocurrió a mí.

—Eso da igual. Lo único que importa es que la vida de este hombre está en tus manos. Quiero que lo mires a los ojos y que le digas que te niegas a hacerlo.

Emil observa a regañadientes al hombre. Es bajo, con la cabeza rapada y la cara llena de llagas, quizá producto de la falta de vitaminas. Como es habitual, tiene el uniforme asqueroso y lleno de remiendos, pero no presenta la mirada derrotada de tantos presos. Sus ojos son vivos e inquisitivos.

—¿Cómo se llama? —pregunta Emil.

—Daniel. Daniel Farhi.

—¿Es francés?

El hombre se encoge de hombros.

—No exactamente. Mi mujer es francesa y mi padre es franco-egipcio. Soy de El Cairo. En 1940 estábamos en París para visitar a la familia de mi mujer cuando nos sorprendió el avance de los alemanes. Es una larga historia, *m'sieur*, pero aquí estoy.

—¿A qué se dedicaba en El Cairo?

—A la compraventa de oro.

Emil asiente. Eso explica el interés de Brack por el hombre.

—¿Y su familia?

—Mi esposa pudo huir a España. Mis hijos están en Egipto. Que yo sepa, están todos bien.

—¿Entiende el riesgo que correrá? El hombre al que me enfrento en esta partida no tiene escrúpulos. Ninguno. Si pierdo, no se dará por satisfecho con esperar a una *Selektion*. Es muy capaz de llevarle en persona a la cámara de gas y pasarse todo el camino de vuelta muriendo de risa.

Farhi sonríe.

—Pero no perderá. Usted es el Relojero.

Emil suspira. Se vuelve hacia Brack.

—¿Y cuánto le has desvalijado a este?

Farhi lo interrumpe.

—Si se trata de una cuestión de dinero, *m'sieur*...

—*Monsieur* Farhi, no es cuestión de dinero. Pero no se engañe pensando que nuestro estimado amigo hace todo esto porque se preocupa por su bienestar. Brack solo piensa en sí mismo.

Emil agacha la cabeza, derrotado por la lógica ineludible de Auschwitz.

—Está bien. Dime qué tengo que hacer.

El burdel es una construcción de madera, como todos los edificios del campo. En uno de los cuartos del piso superior hay un hueco debajo del entarimado. Es un escondrijo para los distintos artículos de contrabando que entran y salen del campo. Emplearlo para esconder al Relojero supondrá probablemente que pierda su utilidad, pero no hay otra solución.

El hueco es estrecho, pero Emil consigue encajonarse.

—Pase lo que pase, no hagas ningún ruido —le dice Brack.

El sol sale a las 6.50. Brack manda de inmediato a uno de sus lugartenientes de confianza a encontrar a un guarda de las SS con quien tiene buena relación. Debe hacerle llegar un mensaje a Eidenmüller. Los presos tienen prohibido salir hacia la Buna en la oscuridad, de modo que no caminan hasta las 7.15. Diez minutos después, los presos elegidos en la *Selektion* empiezan a reunirse en la *Appellplatz*. Tardan en formar filas, como es comprensible. Pueden ver los camiones que los esperan en la vía de servicio, entre las puertas cerradas a ambos extremos.

Pese al viento frío, los guardas de las SS no parecen tener prisa y son casi las ocho de la mañana cuando alguien informa de que falta un preso. Ordena un recuento. Esta vez cuentan a los presos con rapidez y los guardas prestan más atención. El resultado sigue siendo el mismo. Dejan a los presos tiritando a la intemperie mientras se organiza una operación de búsqueda en el campo.

Entretanto, Eidenmüller espera angustiado delante del despacho de Meissner. Los lunes, Meissner tiene la costumbre de llegar antes de tiempo. Pero hoy parece que no es así. La noche anterior, Meissner fue a Solahütte y le explicó a Brossman que tenía la intención de reincorporarse a su antigua unidad, insistiéndole en que le acompañara. Ya no ve motivo alguno para cumplir con sus obligaciones con la misma diligencia de siempre. No llega al despacho hasta poco antes de las ocho.

—El Relojero —le dice Eidenmüller con la respiración entrecortada—. Ayer hubo una *Selektion*. No sé cómo, pero lo incluyeron. Brack lo ha escondido. No creo que tarden mucho en encontrarlo.

Con los labios sellados por la ira, Meissner sale hecho una furia del despacho, con Eidenmüller detrás. Cuando llegan al portón de acceso, el oficial jefe Schottl los deja pasar sin perderlos de vista. Luego, entra en la garita de los guardas y agarra el teléfono.

Meissner y Eidenmüller pasan corriendo junto a los camiones y superan la segunda puerta de acceso. Brack está apoyado en la pared de la enfermería, esperándolos.

—¿Qué demonios ha pasado? —pregunta Meissner.

Brack se lo explica de camino al burdel. A través de la alambrada, ven a dos grupos de guardas con perros registrando el almacén de ropa situado en el sector norte del campo.

—Por aquí —dice Brack.

Una vez dentro, aparta una cama y levanta uno de los tablones del entarimado. Debajo aparece el Relojero.

Meissner asiente.

—Sígame —dice.

Juntos toman el camino que pasa junto a las cocinas hasta llegar a la *Appellplatz*, donde Meissner muestra el preso al suboficial.

—Creo que busca a este hombre.

El suboficial obedece órdenes del teniente Schottl. Se dispone a mandar al Relojero que se una a los demás presos cuando llega el oficial jefe.

—Gracias, capitán —dice Schottl a Meissner—. Lo felicito por haber encontrado a nuestro preso evadido. No sé cómo nos las habríamos arreglado sin usted. En fin, ya podemos enviar a toda esta escoria a donde le corresponde.

—A este no —indica Meissner—. Es un *Schutzhäftling*. No se lo puede seleccionar.

—Por supuesto —contesta Schottl con voz melosa—. Lo dejaremos volver a su bloque en cuanto me muestre su cartilla. Entretanto... —Echa una mirada incisiva al suboficial.

Meissner mira a Brack.

—¿Tiene su cartilla?

Brack niega con la cabeza.

—Alguien la ha falsificado. Si no, ya lo habría resuelto yo mismo anoche.

Meissner se vuelve hacia Eidenmüller.

—Por orden mía, lleve a este preso a mi despacho. Ahora.

—Sí, señor.

Schottl ha dejado de sonreír.

—No puedo permitirlo, señor. Este preso ha sido seleccionado para su liquidación. —Se vuelve hacia el suboficial y le ordena—: Sube a este sucio judío al camión. Ahora mismo.

1962
Kerk de Krijtberg, Ámsterdam

—Madre de Dios —exclamó Willi—. ¿Y qué pasó luego?

—Lo que pasó después fue una sorpresa para todo el mundo, en especial para mí —dijo Emil mirando a Paul—. Fue increíble.

—¿Qué?

Fue Meissner quien respondió.

—Saqué la pistola y le apunté —explicó sonriendo.

—¿Encañonaste a un SS? —preguntó Willi boquiabierto—. ¿A un colega tuyo?

—Sí. Tendrías que haber visto la cara que puso. —Paul se echó a reír.

—¿De verdad pensaste que iba a salirte bien?

La carcajada de Paul se convirtió en un ataque de tos. Tardó un buen rato en reponerse.

—No lo sabía —dijo, tosiendo aún—, pero no se me ocurrió otra salida. Habríamos tardado varias horas en hacer lo que Schottl nos pedía y, para entonces, ya habría sido demasiado tarde.

—¿Qué hizo él?

—¿Qué podía hacer? Me vio completamente asombrado. «Baje el arma», me dijo. «No va a usarla conmigo.»

—¿Y qué le respondiste tú?

—Creo que le dije: «¿Está seguro de querer ponerme a prueba?».

—¿Y te dejó llevarte a Emil así por las buenas?

—No —intervino Emil—. La cosa no terminó ahí. Mientras

tenías tu duelo al sol con el otro oficial de las SS, llegó alguien más.

—Dios mío —dijo Paul al recordarlo—. Tienes toda la razón. Hustek.

—¿Qué hizo? —quiso saber Willi.

—Nada —respondió Paul—. Fue todo muy raro. Después, llegué a la conclusión de que Hustek debía de estar enterado de antemano. Al principio, no pareció que estuviera enfadado o ni siquiera decepcionado de que su plan se hubiera ido al traste. Al contrario, fue como si lo hubiera esperado. Pero entonces vio a Brack y le cambió el humor de golpe. Me pareció que montaba en cólera. «Brack», dijo. «Me preguntaba hasta dónde podías llegar. Nunca imaginé que te convertirías en un amante de los judíos.» Sin voltearse, Hustek gritó por encima del hombro: «Deja que se vaya con sus nuevos amigos».

—Así que, de todos esos hombres a los que seleccionaron —concluyó Willi—, ¿tú fuiste el único que sobrevivió?

De pronto los tres se pusieron muy serios.

—Sí —dijo Emil—. De todos ellos, yo fui el único.

35
EL CONTRATAQUE CARO-KANN

1962
Kerk de Krijtberg, Ámsterdam

A la mañana siguiente, Meissner se despertó muy enfermo. Tuvieron que colocarle unas almohadas en la espalda para que pudiera sentarse en la cama. Le costaba respirar y sus pulmones hacían un ruido rasposo al pasar el aire. Cuando intentó cambiar de postura, su cara se crispó de dolor. Llamaron al doctor y acordaron que una enfermera fuera a administrarle morfina. Sin embargo, después de la primera inyección, el paciente se negó a seguir cooperando: la morfina, dijo, le nublaba el pensamiento. El doctor insistió, pero no contaba con la tenacidad de Meissner. Al final no tuvo más remedio que dar su brazo a torcer: si la señora Brinckvoort dejaba un vial para medir las dosis y el frasco de láudano junto a la cama, el obispo podría servirse él mismo cuando el dolor se volviera insoportable.

Emil estaba inquieto. Jugaba con la comida, la pinchaba con el tenedor sin llevársela a la boca, hasta que se cansó y lo dejó caer ruidosamente sobre el plato.

—¿Qué ocurre? —preguntó Willi.

Emil no respondió. Apartó su silla de la mesa y se dirigió hacia la puerta.

—Nos vemos luego —dijo.

Willi pasó gran parte de la tarde sentado junto a la cama de Paul, charlando con él o leyéndole en voz alta. Cuando Emil volvió, Willi estaba en la cocina.

—¿Cómo está Paul? —preguntó Emil.

—Duerme. Pero estuvo despierto a ratos durante el tiempo que estuviste fuera.

—Me alegro. Debe descansar mientras pueda.

—Preguntó por ti varias veces. Quería saber dónde estabas. Le dije que no lo sabía.

—Me retiré del torneo.

Hubo un breve silencio.

—Tuve la intuición de que lo harías —comentó Willi. Se levantó y le puso la mano sobre el hombro—. Es una decisión importante. Habrías podido ganar. Creo que te habrías llevado el torneo. Y luego habrías tenido la oportunidad de ser campeón del mundo.

—Quizá. Pero tenía el corazón en otra parte. —Emil caminó hacia la puerta—. Subo a ver cómo está Paul —dijo—. Hay cosas más importantes que el ajedrez.

Cuando Meissner se despertó, Willy y Emil se sentaron a su lado. Emil le explicó la decisión que había tomado.

—Hiciste bien —indicó Meissner con un hilo de voz.

—¿Tú crees? Pensaba que te lo ibas a tomar mal.

Meissner negó con la cabeza.

—No. La partida más importante de tu vida ya la jugaste.

—¿Te refieres a la partida con Hustek?

—¿Cuál si no? Ninguna partida que juegues le hará sombra a esa.

Con una mueca de dolor, Meissner se incorporó en la cama, apoyando la espalda en las almohadas. Tenía la tez cenicienta. No había tocado el láudano.

—Estoy muy cansado —susurró—. Tendrás que explicárselo tú. Pero no omitas nada. Estaré atento.

—Lo primero que hay que tener en cuenta —dijo Emil— es el sitio donde se disputó la partida. Fue en el club de campo de las SS y, después de un año en el campo, fue como si me hubieran transportado al paraíso.

»Me llevó Eidenmüller. Lo habían ascendido. Su actitud conmigo había cambiado muchísimo y me trataba bastante bien. Desconozco si se debió a la influencia de Paul o a algún otro motivo. Antes de partir hacia el club, me obligó a darme un baño, me dio ropa limpia y me trajo algo de comida: pan blanco y un poco de queso y salchicha. Duró poco, pero durante unos minutos me sentí mejor que nunca. Luego, me llevó en coche por un bosque hasta llegar al club de veraneo de las SS.

»Estaba construido en la ladera de una montaña, por encima de un río, y tenía vistas panorámicas a un valle. Llegabas de repente: avanzabas por un bosque espeso y un segundo después te encontrabas con esas vistas maravillosas. Eidenmüller me acompañó adentro y me dijo que no respondiera a menos que me formularan una pregunta directa y razonable.

La cama chirrió. Paul se había movido para cambiar de postura y, al hacerlo, su rostro se crispó de dolor. Emil apartó la vista de Willi y echó una mirada elocuente al frasco de láudano, pero Paul le pidió moviendo el dedo que siguiera.

—Como puedes figurarte —continuó Emil—, después de tres partidas en las que había batido a sus camaradas de las SS, los nervios de los nazis estaban a flor de piel. No me permitieron esperar en la sala donde se iba a disputar la partida. En vez de ello, me llevaron a un balcón y me dejaron solo hasta que llegó la hora de empezar. Era un día radiante, no había ni una sola nube en el cielo, pero hacía muchísimo frío. Estando allí, pensé que era una cruel ironía que semejante paraíso pudiera estar tan cerca de todo aquel sufrimiento y muerte.

»Al cabo de un rato, Eidenmüller salió al balcón. “Es la hora”, me dijo. Lo vi apagado, o quizá estaba molesto. Dentro, percibí un ambiente de rebeldía enconada, como si todo el mundo supiera que el desenlace estaba a la vuelta de la esquina pero no quisieran rendirse sin una buena explosión final. Tras las partidas anteriores, creía saber la situación que iba a encontrarme. Me había armado de valor para enfrentarme a toda aquella hostilidad, los empujones y los abucheos, pero nunca habría podido imaginar lo que vieron mis ojos.

Viernes, 13 de octubre de 1944
Solahütte, club de campo de las SS, Silesia ocupada

El salón del club estaba abarrotado. Solo había sitio para seguir la partida de pie y el ambiente estaba muy cargado de humo de tabaco. Meseros en uniformes blancos se abrían paso entre la muchedumbre con charolas cargadas de copas. El único espacio libre estaba en el centro, donde habían colocado una mesa y dos sillas. Sobre la mesa, había un sencillo tablero de ajedrez; solo faltaban los dos contrincantes.

Cuando el Relojero apareció por la puerta, se hizo el silencio en la sala. Emil no esperaba esa reacción. Había imaginado que lo recibirían con una lluvia de improperios: «perro judío», «judío apestoso», «escoria». El silencio fue peor. Cruzó el salón caminando detrás de Eidenmüller, con la cabeza gacha y los ojos pegados al suelo. Aun así, aquel silencio era angustiante; toda la sala a la espera, conteniendo el aliento.

Se detuvo junto a la mesa. Los gritos, las amenazas, los insultos seguían sin llegar. Entonces, una risita disimulada. El Relojero levantó la cabeza con lentitud. Los hombres de las SS se esforzaban en contener la risa. Emil miró en la misma dirección que ellos.

Había otro preso. Llevaba unos pesados grilletes y alguien le había colgado del cuello un cartón en el que se leía: «No me hables. Ya estoy muerto».

Sobresaltado, Emil reconoció al preso: era Daniel Fahri. Parecía aterrorizado.

La sala explotó en una algarabía de carcajadas y aplausos, y muchos SS golpearon las mesas con sus vasos para celebrar el chiste.

Sin que el Relojero pudiera verlo, Hustek se encontraba entre la multitud, estudiando sus reacciones, con una sonrisa desdeñosa dibujada en los labios.

Meissner esperaba en el porche para recibir al comandante. Cuando este llegó, Meissner le pidió que se situara en un lugar privilegiado entre el gentío, pero Bär se negó. Observaría los acontecimientos, dijo, desde una prudente distancia. Cuando Meissner entró en el salón, vio al Relojero de pie junto a la mesa. Hustek le estaba diciendo algo, pero no pudo oírlo. Decidido a impedir que aquel agente de la Gestapo siguiera amedrentando al Relojero, Meissner cargó entre la multitud con todo su peso.

—Míralo bien, judío de mierda —le estaba diciendo Hustek, al tiempo que señalaba a Farhi con la cabeza—. Sabes quién es, ¿no? Supongo que te preguntas cómo me he enterado de ese pequeño negocio que tienes montado con Brack. Tenían pensado hacerse de oro cuando concluya la guerra, ¿eh? Pues escúchame bien: voy a ganarte y, cuando haya terminado contigo, agarraré a ese imbécil y lo llevaré en persona a la cámara de gas. Luego vendré por ti. —Se quedó callado un momento para que sus palabras surtieran efecto—. Ahora ya no te lo tienes tan creído, ¿eh?

—¿Qué está pasando aquí? —exigió saber Meissner.

—Simplemente le estaba recordando a su amiguito judío unas cuantas verdades de las que duelen, capitán —respondió Hustek.

—No le hagas caso —dijo Meissner al Relojero—. El comandante ha confirmado que tienes protección legal. No puede hacerte nada.

Hustek esbozó una sonrisa malévola que delataba una plena confianza en sí mismo.

—Como usted diga, capitán, pero todos los caminos conducen a Roma. No sé si me entiende. —Dicho esto, Hustek se sentó.

Meissner le indicó al Relojero que hiciera lo mismo y esperó a que se calmara el bullicio en la sala.

Como en la partida anterior, el comandante había insistido en que Hustek eligiera color. Este eligió blancas y situó su peón de rey en la cuarta fila. Acto seguido, encendió un cigarro, dio una profunda calada y le echó el humo al Relojero en la cara.

—Ay, lo siento —dijo, antes de volver a hacerlo.

El Relojero no mostró reacción alguna y, con gesto tranquilo, adelantó su peón de alfil dama una casilla. El latido de su corazón en los oídos era ensordecedor.

Hustek tomó entonces su peón de dama y lo puso junto a su compañero. El peón de dama de las negras salió a su encuentro, situándose justo delante. Rehusando el cambio, Hustek adelantó su peón de rey una casilla más, a lo que Emil respondió colocando su alfil de dama en el centro del tablero. El alfil de rey de las blancas se situó en la tercera fila y fue de inmediato capturado por el alfil negro.

—Creías que era una jugada inteligente, ¿eh? —dijo Hustek al tiempo que tomaba el alfil negro con su dama.

Por toda respuesta, Emil adelantó una casilla su peón de rey.

Hustek se quedó observando a Emil. Sabía que muy pocas personas podían aguantar la presión de su mirada. Pero Emil clavó sus ojos en los del nazi sin inmutarse. En el centro de su pensamiento, ardía la letra hebrea zayin, que representa el coro de ángeles llamado Principados, cuya esencia es la conquista. Aquella era su defensa contra la maldad de Hustek.

El agente de la Gestapo se volvió un momento para tirar la ceniza del cigarro al suelo y luego situó su peón de alfil rey en la cuarta fila del tablero. Emil adelantó su peón de alfil dama una casilla. Una vez más, Hustek rechazó el cambio de peones. En vez de ello, adelantó su peón de alfil dama una casilla. Los dedos de Emil se quedaron suspendidos sobre su caballo del flanco de dama.

—Tengo noticias de tu mujer —comentó Hustek, casi en tono cordial, como si se tratara de una conversación perfectamente normal. Emil lo vio con severidad, pero permaneció en silencio al tiempo que sacaba su caballo, con lo que anunciaba la posibilidad de atacar a la dama blanca en su próximo movimiento.

Hustek reaccionó sacando su caballo de rey.

—¿Te contó Meissner que le dispararon cuando intentaba escapar? —Soltó una risita disimulada—. Por lo menos, eso es lo que decía el informe.

Emil cerró los ojos, obligándose a situar de nuevo la letra zayin en el centro de su conciencia. Como si estuviera dotada de voluntad propia, la dama negra se desplazó en diagonal tres casillas.

Hustek se enrocó en el flanco de rey, protegiendo su monarca en un rincón del tablero y liberando la torre.

—Hice todo lo que pude para ayudarla. La tenía bajo custodia, pero tu colega, Meissner, se enteró del asunto y decidió que tenía que rescatarla. Fue un desastre, por supuesto.

Emil sacó su segundo caballo.

Hasta ese instante, parecía que Hustek había estado preparando un ataque conjunto con sus piezas mayores, pero su siguiente movimiento fue sencillamente adelantar una casilla su peón de caballo dama. El peón de alfil dama de las negras tomó el peón de dama blanco y se situó justo enfrente de la reina enemiga. Negando con la cabeza con gesto despectivo, Hustek capturó el peón negro con el suyo.

—Seguiría viva si Meissner no se hubiera entrometido.

Emil situó su caballo de rey en la quinta fila.

Hustek colocó su alfil de dama frente al caballo. Su ataque estaba cobrando forma, con una falange de peones que dominaban el centro del tablero y un formidable trío de dama, caballo y alfil en la retaguardia. En cambio, la posición de las negras parecía desorganizada y sin un propósito claro. Emil desplazó su torre de dama dos casillas hacia la izquierda.

Hustek adelantó su peón de torre dama una casilla.

—¿Te dije que ha solicitado su traslado de Auschwitz? —Emil trató de mantener impasibles sus facciones, pero Hustek vio de inmediato que había acusado el golpe—. Ah, veo que no te lo contó. En fin, parece que tu amigo ansía reincorporarse al servicio activo. La vida en nuestro pequeño campo no le parece bastante emocionante al buen capitán. Pero, si quieres saber mi opinión, diría que está huyendo de algo. —Hustek aplastó la colilla y encendió otro cigarro. Una vez más, le echó el humo a Emil en la cara.

Emil tomó entonces su caballo de dama y capturó con él el peón blanco que estaba situado justo enfrente de la dama blanca. Todo parecía dispuesto en el tablero para un vertiginoso cambio de piezas.

Hustek levantó su caballo de rey.

—Me pregunto por qué no te lo dijo. ¿Crees que es porque sabe que cuando se vaya ya no podrá protegerte?

Hustek capturó entonces el caballo negro y lo sacó del tablero con un gesto desdeñoso. Emil sacó su alfil de rey para amenazar al insolente corcel blanco. Hustek no podía retirarlo porque su rey quedaría en jaque. Por un instante, su confianza se desmoronó, aunque enseguida esbozó una sonrisa.

—Un poco obvio, ¿no crees? —Movió entonces su torre de rey a un lado hasta dejarla detrás de su dama.

Emil capturó el caballo que protegía al rey. Hustek torció el gesto y, sin pensarlo dos veces, avanzó el alfil para tomar el caballo. Pese a haber perdido un caballo, la posición del agente de la Gestapo todavía era fuerte, toda vez que su dama estaba situada detrás de su alfil y contaba además con el apoyo en la misma columna de la torre.

El alfil negro capturó inmediatamente a su homólogo blanco.

—Jaque —dijo Emil.

Enojado, Hustek tomó el alfil con su dama. Solo entonces se percató del peligro que corría.

La estrategia del Relojero había sido magistral. Había conseguido imprimir a sus movimientos una apariencia inconexa, desorganizada, como si no encerraran reflexión alguna, como si desde el principio solo hubiera reaccionado con pasividad a la estrategia superior de Hustek. Pero ahora se había sacado de la manga un movimiento ganador.

La torre negra cruzó todo el tablero hasta llegar a la última fila del campo enemigo. Desesperado, Hustek, trató de encontrar una forma de contrarrestar ese último movimiento, pero no había nada que hacer. Apenas un momento antes, sus piezas dominaban la posición. ¿Cómo había logrado el Relojero darle la vuelta a la partida sin que él se diera cuenta?

Sentado a un lado, Meissner intuyó que acababa de presenciar algo trascendental.

—Usted juega, sargento —dijo el Relojero.

36
EL REGALO GRIEGO

1962
Kerk de Krijtberg, Ámsterdam

—Extraordinario —susurró Willi—. Estaba contigo en cada jugada. Así que batiste al campeón del torneo de las SS y salvaste otra vida. Pero seguro que sabías que Hustek no respetaría el trato que habías hecho con Paul. ¿Era verdad que Paul había solicitado un traslado?

Meissner levantó la mano en la cama.

—Me temo que así es —dijo, con la voz ronca por la tos—. Y sabía que era egoísta por mi parte: estaba huyendo, pero no esperaba sobrevivir a la guerra. Las bajas entre las *Waffen-SS* eran espantosas, mucho más altas que en la *Wehrmacht*, y pensé que con mi muerte recuperaría el honor perdido. —Volvió a sufrir un ataque de tos incontenible. Willi lo ayudó a incorporarse y Emil le dio un vaso de agua. Después de beber unos sorbos se le pasó la tos, pero su rostro estaba lívido por el dolor.

—¿Quieres un poco de láudano? —preguntó Willi—. El médico dijo que te ayudaría a aliviar la tos, además del dolor.

Meissner negó con la cabeza.

—Fue el comandante quien, sin saberlo en absoluto, le prestó a Emil la protección que necesitaba después de que yo me fuera del campo. Y fue también a través de él como entró el último personaje en la historia del Relojero.

—¿Otro personaje? ¿A estas alturas de la partida? ¿Quién era?

Meissner tomó otro sorbo de agua antes de responder.

—Fuiste tú, Willi. Tú también desempeñaste un papel y, seguramente, fue decisivo para que Emil pudiera salvar la vida.

—¿Yo...? —balbuceó Willi—. Sería estupendo pensarlo, pero no veo qué pude hacer yo. Nunca fui a Auschwitz ni por casualidad.

—De eso se trata.

Viernes, 13 de octubre de 1944
Solahütte, club de campo de las SS, Silesia ocupada

Hustek volcó el tablero con un grito furioso. Las piezas salieron volando y quedaron desperdigadas por el suelo. En el tenso silencio que siguió, se oyó cómo rodaban hasta quedar quietas. Hustek estaba de pie con el brazo extendido y la pistola apuntando a la cabeza del Relojero, pero de pronto esbozó una sonrisa forzada y bajó el arma.

—No —dijo en voz baja y en un tono amenazador—. No te mereces ni un disparo, Relojero.

Sin más palabras, se abrió paso entre las filas de espectadores que abarrotaban la sala, sin importarle a quién empujara en su camino.

Entonces empezó el tumulto.

Le gritaron palabras duras y le dirigieron miradas rabiosas. Un hombre le escupió. Una mujer le tiró el contenido de su vaso. Otros lo contemplaban como si quisieran darle una paliza o algo peor.

Emil procuró no fijarse en ellos. Examinó la sala buscando a Daniel Fahri, quien parecía haber desaparecido. Entonces lo vio, agachado en un rincón, con las manos sobre la cabeza, intentando esconderse. Era lo mejor que podía hacer: la gente siguió dirigiendo su furia a Emil hasta que Meissner se interpuso entre ellos.

Meissner se quedó mirando a la multitud, retándolos a hacerle extensiva su furia.

Al otro lado de la sala, Eidenmüller estaba sacando a Farhi con discreción por la barra del bar.

—Vamos —susurró Meissner a Emil.

Alzando su bastón por delante, como si estuviera dispuesto a emplearlo en caso de necesidad, Meissner se abrió paso entre el gentío con el Relojero detrás.

El comandante estaba frente a la puerta con la cara roja de ira.

—¿Y bien?

—Señor —respondió Meissner—. Creo que ahora no es el momento. Será mejor aguardar a que se hayan calmado los ánimos.

Echó una mirada a su espalda. El alboroto no cesaba. Alguien gritó:

—¡Amante de los judíos!

—Creo que no podemos permitirnos el lujo de esperar tanto tiempo, Meissner. Lo espero en mi despacho a primera hora del lunes.

—Sí, señor. *Heil Hitler*.

Lunes, 16 de octubre de 1944
Sede de la Kommandantur, Auschwitz I

Richard Bär releía una y otra vez el expediente que tenía abierto sobre el escritorio. Buscaba algún detalle que pudiera explicar la deslealtad de Meissner. Hasta julio, no había dudado de que el capitán era de uno de sus mejores oficiales: un hombre meticuloso y competente. Pero luego había cambiado. ¿A qué obedecía la actitud derrotista de Meissner?, se preguntaba Bär. Y lo que era más importante: ¿qué le había ocurrido para convertirse en un amante de los judíos?

Con gesto absorto, se rascó un granito que le había salido en la punta de la nariz y puso una mueca de dolor cuando se lo arrancó. Una gota de sangre cayó sobre la página abierta. Sacó un pañuelo e intentó secarla, pero lo único que consiguió fue extender la mancha de sangre sobre la pulcra mecanografía del papel. Era la solicitud de traslado de Meissner: Bär tomó la pluma y la firmó.

Tocaron la puerta.

—El capitán Meissner, señor —le anunció su ordenanza.

Bär estaba mucho más sereno que la noche del viernes: creía haber encontrado una solución al problema del judío imbatible. Sería la última misión de Meissner antes de irse.

—Hazlo pasar.

Meissner entró y juntó los talones al tiempo que levantaba el brazo.

—*Heil Hitler*.

El comandante hizo caso omiso del saludo y no invitó a Meissner a sentarse. En su lugar, se recostó en la silla y observó detenidamente al oficial que tantos problemas le estaba dando, como si esperara encontrar con ello el motivo de su desafección.

—Vaya escena nos regaló el viernes por la noche —dijo por fin.

—Me disculpo por señalárselo, pero no fue idea mía que la partida se disputara en Solahütte y tampoco fui yo quien dispuso que un preso estuviera esposado en un rincón. Si a alguien hay que acusar de montar una escena, sin duda es Hustek.

—Lo curioso, Meissner, ahora que lo pienso, es que su deslealtad me preocupa mucho más que el escándalo que provocó.

—¿Deslealtad? —Meissner estaba indignado—. ¿En qué he sido yo desleal?

—Lo ha sido con sus camaradas, con las SS en su conjunto y

con el Führer. Y por encima de todo ha sido desleal con la sangre del *Volk* alemán.

—¿Por qué? ¿Por haber organizado unas partidas de ajedrez contra un judío?

Bär torció el gesto al tiempo que negaba con la cabeza.

—Claro que no. Su deslealtad ha consistido en tomar partido por el judío.

Meissner, furioso, afiló la mirada. Entonces se fijó en la nariz del comandante. ¿Esa mancha roja era de sangre?

—No, señor —respondió—. No voy a tolerarlo. Jamás he tomado partido por un judío.

Una gota de sangre cayó sobre su chamarra. No pareció darse cuenta.

—¿No? Entonces demuéstremelo. Mande que lo liquiden. No me importa si lo hace usted mismo o da orden de que lo envíen a las cámaras de gas.

La respuesta de Meissner fue inmediata.

—No, señor. No puedo hacerlo.

Otra gota.

—Eso es lo que pensaba.

—Señor. En mis tratos con ese hombre no he querido otra cosa que conservar mi honor. Le di garantías si ganaba sus partidas. No me estará pidiendo que no cumpla con mi palabra, ¿verdad?

Fue entonces cuando el comandante pareció percatarse de la sangre. Irritado, se llevó el pañuelo a la nariz.

—No espero que rompa su palabra, Meissner, pero usted lo ayudó a ganar, ¿me equivoco? Eso es lo imperdonable.

Meissner contempló fascinado cómo la sangre del *Volk* alemán iba calando en el pañuelo. Se obligó a apartar la mirada y se fijó en el retrato de Himmler que colgaba de la pared, también muy aficionado a invocar la *Volksblut*.

—¿Cómo? —dijo sin alzar la voz, intentando no responder a la provocación—. ¿Cómo lo ayudé a ganar?

Bär se quitó el pañuelo de la nariz para examinarlo. Meissner no pudo evitar mirarlo de nuevo. «Sí —pensó—, mírala bien. Es sangre. Es lo más cerca que estarás nunca de resultar herido en combate.»

Las palabras lo sacaron de su ensimismamiento.

—No puede negar que fueron sus actos, Meissner, los que impidieron que Hustek venciera al judío.

—Con el debido respeto, señor. No hice nada para impedir que Hustek ganara la partida. Lo único que me propuse fue que dejara de hacer trampas. Mire lo que hizo a pesar de mis esfuerzos. Imagine de lo que habría sido capaz si hubiera tenido las manos libres.

El comandante volvió a secarse la nariz con el pañuelo. La herida ya no sangraba. Fijó de nuevo su atención en Meissner.

—No es la primera vez que veo algo así, Meissner. Un judío sin escrúpulos que corrompe a un alemán hasta entonces intachable. Lo que debe hacer es reconocer lo que le ha sucedido y escapar de la influencia del Relojero.

Meissner tuvo que esforzarse para no mostrar su exasperación.

—Protesto, señor —dijo—. No me encuentro bajo influencia judía. Si acaso, mi error fue confiar demasiado en la supremacía de las SS.

Bär observó a su subordinado con frialdad.

—Así no llegaremos a ninguna parte. —Agarró una hoja de papel de la mesa y se la pasó—. Tomé una decisión; dos, en realidad. Aquí tiene su solicitud de traslado. La autoricé. Podrá irse en cuanto le asignen una nueva unidad. Sin embargo, antes de irse, exijo dar solución a nuestra pequeña cuestión judía local.

Había un libro sobre la mesa. El comandante se lo deslizó.

—¿Sabe qué es esto? —Meissner negó con la cabeza—. Es una copia del directorio de la Federación de Ajedrez de la Gran Alemania. Contiene los nombres y direcciones de todos sus miembros. He decidido lo siguiente: invitaremos al campeón alemán de ajedrez a Auschwitz. Jugará contra nuestro judío imbatible y pondrá fin a sus ambiciones de una vez por todas.

Meissner estaba indignado.

—Eso no sería justo, señor. El Relojero nunca ha jugado a ese nivel.

Bär dio un puñetazo en la mesa.

—¿Justo? —bramó—. ¡Me importa una mierda si es justo, Meissner! Esta historia ha llegado demasiado lejos. Tengo que acabar con esto de una vez. —Hizo una pausa para recuperar el aliento. Luego, continuó más calmado—: ¿No lo entiende? Auschwitz es la primera línea de fuego contra la judería internacional. No podemos permitirnos perder ni una sola batalla, o nos comerán vivos. Todo es justo en la guerra.

Meissner sabía que tenía que medir con sumo cuidado sus palabras.

—¿No cree que se toma todo esto demasiado a pecho, señor? No olvide que el teniente Höss en persona dio su apoyo a la idea. Dijo que era un buen reto para las SS, que de esta forma podíamos prevenir el exceso de confianza entre nuestras filas.

—No me interesa lo que diga ni Höss ni nadie —replicó enfadado el comandante—. Si algo sale mal, yo voy a ser el primer responsable al que pidan cuentas. Lo único que me preocupa es que reine el orden en este campo, algo que sus ideas ridículas y su concepto de la deportividad han puesto en riesgo. Este año ya hemos tenido que sofocar una revuelta. El Relojero ha infundido esperanzas a los presos. Lo han visto derrotar a las SS, hasta entonces imbatibles. Pues bien, me corresponde a mí arrancarles esa esperanza y toda la ilusión que puedan albergar. Por ello, encontrará a ese campeón de ajedrez y lo traerá aquí. Es una orden.

Octubre de 1944
Ministerio para la Ilustración Pública y la Propaganda, Berlín

Willi llegó tarde después de comer. Ahora siempre llegaba tarde a todas partes. Con los incesantes bombardeos aliados y la escasez de suministros, ni siquiera el Ministerio de Propaganda podía garantizar que la cantina estuviera abastecida. Además, a la gente ya le daba igual todo, y él, por supuesto, no era una excepción. La guerra estaba perdida, aunque nadie osaba decirlo en voz alta.

Su colega Georg había desaparecido: hacía dos meses, durante una noche de luna nueva, una bomba inglesa había destruido el edificio en el que vivía. Al principio, Willi había extrañado los regaños que le echaba el viejo cuando llegaba tarde y su insistencia en la importancia de parecer ocupado en el trabajo, pero con el tiempo se le había pasado. Ahora, en el departamento la gente solo fingía trabajar y los únicos hombres que quedaban eran los tullidos: Willi y otros como él que no podían empuñar un fusil. Hacía meses que no estaba con una mujer. Las mujeres miraban mal a los hombres de su edad que vestían ropa de civil. Se burlaban de él: «¿Por qué no estás en el frente?». Más de una vez había tenido la tentación de quitarse el guante que cubría la prótesis de su mano y enseñarla, pero al final le daba lo mismo. ¿Para qué preocuparse? La guerra estaba llamando a todas las puertas. Lo único que quería era que terminara ya.

Vio un papel en su escritorio; una nota de su jefe, Falthauser. Mientras la leía por encima, Willi pensó para sus adentros con amargura: «¿Por qué no se lo llevó a él una bomba aliada en vez de a Georg? El mundo no es justo».

La nota no tenía ni pies ni cabeza. Por lo visto, se había presentado un oficial de las SS preguntando por él. ¿Qué podía querer de él un SS? Tras guardarse la nota en el bolsillo, Willi salió a buscar a su superior.

El recrudecimiento de los bombardeos no había mejorado el humor de Falthauser.

—No tengo ni idea de por qué te buscan —le dijo a Willi—, pero tienes orden de presentarte en la subdelegación económico-administrativa de las SS en Prinz Albrecht Strasse, con efecto inmediato.

Willi no demoró la visita. Tampoco es que tuviera nada inaplazable que hacer en el ministerio.

La sede central de las SS había sufrido bombardeos, pero la gente continuaba trabajando dentro. Lo derivaron a un joven subteniente, cuyo despacho consistía en un escritorio colocado en un pasillo.

—¿Es usted Wilhelm Schweninger? —preguntó el oficial con desgana.

—Servidor.

—¿Wilhelm Schweninger, el campeón de ajedrez del Reich?

Willi puso cara de resignación. Como a muchos de sus colegas en el Ministerio de Propaganda, no le gustaban las SS. En eso, quizá se habían dejado influir por los prejuicios de su líder, el ministro Goebbels.

—Sí —contestó—. Soy Wilhelm Schweninger, el campeón de ajedrez del Reich.

El oficial de las SS lo observó como si le costara creer que un espécimen tan mediocre pudiera ser campeón de nada.

—Recibimos una solicitud muy inusual del comandante del campo de concentración de Auschwitz —explicó—. Me ordenaron que lo nombre miembro honorario de las SS y organice su traslado al campo.

—¿Auschwitz? ¿Por qué iba a querer yo ir a Auschwitz?

—Tengo entendido que se solicita su presencia para disputar una partida de ajedrez.

1962
Kerk de Krijtberg, Ámsterdam

—Qué suerte la mía —soltó Willi riéndose—. Por fin tenía un uniforme. Está bien, era de las SS, y mis compañeros de trabajo me mirarían por encima del hombro, pero fuera del ministerio ya no tendría que soportar las miradas de desprecio y los murmullos. Quién sabe, incluso podría beneficiarme a alguna mujer, sobre todo viendo que me habían concedido el rango honorario de mayor.

—¿Cuándo fue esto? —quiso saber Emil.

—A finales de octubre o primeros de noviembre.

—Pero nunca fuiste a Auschwitz, ¿verdad? —preguntó Emil. Willi negó con la cabeza—. ¿Por qué no? ¿No te convencía la idea?

—Qué va. Habría hecho casi cualquier cosa para escapar de los bombardeos, aunque solo fuera por una semana. No, cada dos días volvía a la sede de las SS; con mi flamante uniforme, por supuesto. Pero siempre me decían que no había transportes.

Meissner levantó una mano de la colcha y la movió débilmente.

—Emil sobrevivió porque tú no pudiste ir. De eso estoy seguro —indicó con una voz casi inaudible.

—Pero ¿por qué?

Meissner respiraba con dificultad y le costó responder.

—Mi traslado no llegaba. Peter Sommer, mi viejo camarada, se había convertido en el jefe de gabinete del comandante de la división. Me habían ordenado ir al oeste y asumir el cargo como adjunto suyo en Coblenza para ultimar los preparativos de la ofensiva de las Ardenas, prevista para diciembre, pero la falta de transportes provocó que me retrasara, como te ocurrió a ti.

Emil no había entendido a qué se refería Paul.

—¿Por qué iba a tener alguna influencia sobre mi suerte el hecho de que Willi no pudiera viajar a Auschwitz?

Meissner trató de incorporarse en la cama y soltó un gemido de dolor.

—Toma —dijo Willi, agarrando el frasco—. Por el amor de Dios, hombre: toma un poco de láudano.

—Luego. Me lo tomaré cuando me quiera dormir —respondió Meissner mientras rechazaba el frasco con la mano—. ¿No lo entiendes, amigo mío? —continuó—. Cuando abandoné el campo ya no podía protegerte. Pero no te hicieron nada porque Bär estaba esperando la llegada de Willi para darte una lección: la única forma de destruir la leyenda del Relojero imbatible era que te derrotara un agente de las SS.

—¿Cuándo pudiste reunirte con tu antigua unidad? —inquirió Willi.

—Tuve que esperar al diez de noviembre. Se vivían momentos de gran confusión. Bär incluso me pidió que renunciara al traslado. Los rusos habían alcanzado las afueras de Budapest, a tan solo cuatrocientos kilómetros de nosotros. Creo que en esos días hasta él pudo ver lo que se avecinaba. Pero yo no podía quedarme allí. Sabía que Hitler nunca se rendiría y quería enfrentarme a la muerte con mis viejos camaradas, no a una rendición deshonrosa en un campo rodeado de miles de presos famélicos. —Tomó aire con dificultad antes de continuar—. Pero hubo una última cosa que pude hacer para proteger a Emil.

—¿Qué fue?

—Le di algo a Eidenmüller.

—¿Qué le diste?

Meissner se limitó a negar con la cabeza. Estaba agotado y, con un débil suspiro, volvió a echarse sobre las almohadas.

Emil y Willi se miraron preocupados.

—Ojalá se tomara el maldito láudano —susurró Willi.

Emil asintió, aunque dijo:

—Puedo entender por qué no quiere.

Meissner no abrió los ojos, pero aun así los regañó con la voz ronca:

—Todavía los oigo, ¿de acuerdo?

Willi sonrió.

—No te preocupes, viejo. No te hartaremos. Pero tienes que descansar. Volveremos dentro de un rato.

—Dénme un poco ahora, antes de irse —murmuró Meissner—. Pero prométanme que volverán. Quiero saber cómo termina la historia.

Emil ayudó a Paul a sentarse en la cama, mientras Willi medía la dosis del sedante. Meissner se atragantó al tomar el líquido amargo y le cayó un poco por la barbilla. Emil tomó un pañuelo para secárselo. Meissner levantó la mano para agarrarle el brazo y Emil se sorprendió de la fuerza que todavía tenía.

—Prométemelo —dijo entre dientes.

—No te preocupes, Paul. Te lo prometo.

Un minuto después, Willi se acercó para tocar el brazo de Paul.

—Creo que se durmió —susurró, antes de levantarse y caminar despacio hacia la puerta. Emil lo siguió.

Pero Paul no está dormido. Camina a toda prisa por la *Buna-Werke* buscando frenéticamente a alguien, aunque no sabe a quién. Entonces lo recuerda: el Relojero. Tiene que hablar con él de inmediato. Pregunta a toda la gente que encuentra a su paso: «¿Dónde está el Relojero?». Nadie lo ha visto. Tendría que estar en el taller mecánico, pero no lo encuentra allí. Paul entra en un callejón sin salida. Delante, se alza una de las torres de vigilancia de madera que suelen estar distribuidas a intervalos regulares a lo largo del perímetro del campo. Hay un hombre en la plataforma superior de la torre; un hombre con un largo abrigo de piel negro y una gorra de las SS. Paul le grita: «¿Dónde está el Relojero?». El hombre se voltea hacia él. Paul tarda un poco en reconocerlo. Es Hustek, pero sin serlo. Su cara se ha convertido en una calavera, sus ojos sin párpados lo miran, dientes y mandíbulas forman una espantosa sonrisa. «¿El Relojero? —le dice. La voz de Hustek retumba a lo largo del callejón, llenándolo todo, como si procediera de un megáfono—. No está aquí. Ha salido por la chimenea. Como debe ser.»

37
FINAL DE PARTIDA: LOS CUATRO CABALLOS

1962
Kerk de Krijtberg, Ámsterdam

Aunque la habitación está calentada, Meissner no para de tiritar. No sabe muy bien dónde se encuentra. Levanta la cabeza, esperando ver los objetos conocidos que definen su vida: el reclinatorio, el crucifijo, el breviario en la mesa de noche, pero no están por ninguna parte. Se encuentra en una gran sala con las paredes cubiertas de mapas en los que alguien ha dibujado unos símbolos incomprensibles. La luz procede de unas viejas arañas de cristal colgadas del techo y de unas ventanas con parteluces, en las que cada hoja de vidrio está cubierta con trozos de tira adhesiva para evitar que salten esquirlas en caso de explosión. Oye el timbre estridente de varios teléfonos sonando al mismo tiempo y ve a hombres vestidos de uniforme militar por todas partes. Ahora sabe dónde está. Durante toda la noche, ha intentado ponerse en contacto con el mando logístico del Sexto Ejército Pánzer de Sepp Dietrich. La Segunda División SS Pánzer ha obrado milagros: ha logrado penetrar en las líneas aliadas y avanza a buen ritmo, pero ahora, a menos de cuarenta kilómetros de Namur, se están quedando sin combustible. El teléfono de campaña ha caído. Por más que lo intente, Meissner no logra que le tomen la llamada, aunque es imprescindible conseguir combustible para los Pánzer.

Solo tiene una opción: tendrá que ir en persona. Busca al sargento mayor Schratt, quien le salvó la vida en Vorónezh. Al igual que él, Schratt es un superviviente; tras recuperarse de las heridas, le asignaron tareas administrativas. Schratt no lo soporta; no se cansa de decir que es como cumplir una pena de cárcel.

—¡Schratt! —le grita Meissner.

El suboficial aparece de la nada.

—Encuéntranos algún medio de transporte. Nos vamos al cuartel general de Dietrich.

El único vehículo disponible es una motocicleta con sidecar. Schratt la conduce a través del lodo helado como un poseso. Meissner se agacha en el sidecar, con una pistola ametralladora sobre el regazo por si se topan con el enemigo. Pero el enemigo que encuentran no es uno contra el que se pueda luchar con facilidad: un caza Mustang estadounidense se acerca a baja altura, pasa sobre los árboles y les dispara una larga ráfaga de fuego de ametralladora. Schratt empieza a virar de un lado a otro y Meissner vacía el cargador de su arma en balde. El avión gira para dar una segunda pasada. Esta vez, Schratt no puede evitar la lluvia de balas. Su cuerpo queda casi partido por la mitad y la motocicleta vuelca en una zanja. Meissner sale despedido y despierta horas después en un hospital de campaña.

Milagrosamente, Meissner solo tiene unos pocos rasguños. El doctor dice que puede irse. Pero no hay transporte. Meissner está furioso. El resultado de la ofensiva depende de conseguir combustible para los Pánzer. Por fin, logra encontrar un teléfono de campaña y contactar con su división.

—Intenté ir al grupo logístico del cuartel general de Dietrich —dice—, pero no llegué. Un avión norteamericano nos acribilló. —Entonces lo recuerda—. Schratt murió. —El viejo Schratt, el viejo e indestructible Schratt. No hay tiempo para llorar su muerte—. Hay que enviar a alguien. Sin combustible, la ofensiva se atascará.

—Cálmate, Paul. —Es Peter Sommer—. Siento la muerte de Schratt. Tendremos que arreglarnos sin combustible. Nadie tiene.

—¿Arreglarnos? ¿Cómo?

—Tú vuelve aquí, Paul. Te necesitamos.

Emil se despertó sobresaltado. Había olvidado que estaba sentado en una silla junto a la cama de Paul.

El padre Scholten estaba al pie de la cama y rezaba en silencio el rosario.

—Está delirando —dijo el padre.

Paul tiritaba de fiebre. Murmuraba, balbuceaba.

—¡Schratt! —gritó de pronto.

—¿Qué hora es? —preguntó Emil, parpadeando para despertarse.

—Muy tarde.

—No se preocupe, padre —dijo Emil—. Yo cuidaré de él. Deme un minuto para despertar a Willi. Estoy seguro de que también querrá estar aquí.

Fue al cuarto de Willi y llamó a la puerta.

—¿Willi? Paul no está bien. Creo que tienes que venir.

Emil volvió a la habitación de Paul. Willi llegó al cabo de un momento, anudándose una bata sobre su oronda tripa.

—Muerto... —murmuró Meissner—. Arreglarnos... Me necesitan...

—¿De qué habla? —preguntó Willi.

—No tengo ni idea.

—Está delirando. ¿Cuánto láudano ha tomado?

A la mañana siguiente, Meissner estaba pálido y su tez había adquirido una tonalidad cerosa. Le costaba respirar y tenía que hacer un gran esfuerzo para hablar. La señora Brinckvoort insistió en que tomara más láudano. Meissner estaba demasiado débil para discutir con ella, pero se negó a tomar la dosis entera que le había medido el ama de llaves.

—Emil —murmuró—, he terminado de contar mi parte de la historia. Pero quiero saber qué ocurrió durante los últimos días del campo y en la marcha de la muerte.

—¿Marcha de la muerte?—preguntó Willi.

—Los SS no querían que ningún preso terminara en manos de los rusos —le explicó Emil—. Según ellos, todavía éramos capaces de trabajar. Así pues, unos días antes de que los rusos llegaran, obligaron a los presos a abandonar el campo en una marcha forzada.

—¿En pleno invierno? ¿Cómo consiguieron sobrevivir?

—Miles no lo hicieron. O caían a medio camino y morían congelados, o les disparaban si se rezagaban. —Emil se interrumpió. De pronto le pareció que el aire de la habitación estaba viciado. Se acercó a la ventana para levantar un poco la hoja inferior—. Nadie sabe cómo sobrevivió —dijo, volviendo a sentarse—. Y los que menos lo saben son los supervivientes.

—¿Y tú estuviste en esa marcha de la muerte?

Meissner sacó una mano y jaló débilmente de la manga de Willi.

—¿Por qué no dejas que te cuente él su historia?

16 de enero de 1945
Auschwitz III, Monowitz

Hace frío. En los tres años que ha pasado en Auschwitz, Eidenmüller no recuerda haber pasado tanto frío. Una gruesa capa de blanca escarcha cubre los árboles y se ven témpanos de hielo en los aleros y en los alféizares. Nevó hace dos días y las carreteras y caminos están cubiertos de una mezcla infecta de nieve y lodo. Todo escasea: la comida, el combustible, incluso el carbón; y

Eidenmüller está empezando a hartarse de las latas de ternera y cerdo. A lo lejos se oye el estruendo de las armas. No sabe lo cerca que están, pero empieza a ponerse nervioso; no le parecería dar la bienvenida a los rusos en el campo. Meissner le ha dicho que, cuando ven a un SS, no hacen prisioneros.

Un nuevo oficial, el subteniente Walter, ha relevado a Meissner en sus funciones, pero es un polluelo recién salido de las Juventudes Hitlerianas y lo único que sabe hacer es dar voces y mangonear a sus subordinados. Por fortuna, Eidenmüller no tiene demasiadas dificultades para no encontrárselo.

Incluso los presos saben que el final está cerca. Los nazis han cerrado las cámaras de gas y han instalado cargas explosivas para volarlas.

La fábrica de la Buna es un baldío abandonado. Sufrió varios bombardeos en otoño y, con los rusos tan cerca, no tiene sentido intentar reconstruirla. Hasta hace una semana, se enviaban *Kommandos* de trabajo a diario para recuperar todo lo que se pudiera desmantelar y repatriar con facilidad, pero ya no. Aunque fuera factible recuperar más material, no hay transportes. Los presos están confinados en sus bloques, sometidos a una inactividad forzosa, una situación intolerable para las autoridades del campo que, sin embargo, son incapaces de remediar. Las SS han recogido sus cosas y esperan que el mando dé orden de abandonar el campo. Con todo, hace días que esperan noticias y la orden sigue sin llegar.

Los barracones de las SS empiezan a parecerse a la primera línea de frente: la mayoría de los suboficiales beben en exceso y se producen frecuentes broncas. Eidenmüller busca refugio en las oficinas vacías de la administración del campo de Monowitz. Han quemado todos los archivos y han recogido la mayor parte del material. Lo único que queda es el mobiliario, mesas y sillas que Eidenmüller desmonta para hacer leña y echarla a la estufa. Se pregunta cómo le irán las cosas al capitán Meissner. Le han llegado noticias de la ofensiva de las Ardenas, que debería repeler a los Aliados hasta la costa, y sabe que el capitán está metido en ese infierno. Espera que no termine muerto. Es el mejor oficial que ha tenido Eidenmüller en toda su carrera.

Oye unos pasos en la escalera. A toda prisa, envuelve en un paño la pistola que estaba limpiando y la guarda en un cajón. Fue el regalo de despedida del capitán, una semiautomática Tokarev T-33 de fabricación rusa, un recuerdo del frente oriental. Su diseño es más sencillo que el de la Luger, la pistola habitual de las SS. Tiene un tacto sólido y, al empuñarla, su peso transmite seguridad, como si el arma quisiera decirte que nunca te fallará. Cuando Eidenmüller le preguntó al capitán por qué le hacía ese regalo, este le contestó que tenía la sensación de que algún día podría serle útil.

Los pasos se acercan. El entarimado chirría justo al otro lado de la puerta, precediendo la entrada del subteniente Walter.

—Eidenmüller —dice—. ¿Qué está haciendo aquí?

—No mucho, señor. Quería comprobar que hemos destruido todos los archivos.

—Muy encomiable por su parte —comenta Walter—. Ahora baje conmigo.

—Sí, señor. Tengo que ir un momento a las letrinas. Le veo abajo.

Walter desanda sus pasos. Como no sabe cuándo podrá volver, Eidenmüller recupera la pistola y se la guarda en el bolsillo. Una vez fuera, el oficial le explica los planes para evacuar el campo: distribuirán a los presos entre otros campos de concentración en Alemania y Austria. Abandonarán a los enfermos a su suerte. Eidenmüller pregunta cómo se proporcionará transporte para tantos prisioneros.

—Tendrán que ir a pie —responde el oficial.

El plan es una locura. La última nevada fue abundante y parece probable que vuelva a nevar en los próximos días. ¿Cómo van a poder caminar los presos en semejantes condiciones, con sus zuecos de madera y uniformes raídos? Pero eso, al subteniente, le trae sin cuidado. Su única preocupación es asegurarse de que sus hombres estén listos para el viaje. ¿Cuándo? Pasado mañana.

Walter no se queda mucho rato. Ante todo, lo que quiere es dejarse ver cumpliendo sus obligaciones de forma expeditiva, y la mejor manera de conseguirlo es cuando tiene a algún superior cerca.

Después de cerciorarse de que Walter se ha ido, Eidenmüller entra en el campo y camina hasta el bloque del Relojero. Brack y sus compinches se encuentran reunidos en torno a la estufa de la sala común. La mayoría de los presos están en sus catres intentando mantenerse calientes.

—¿Podemos hablar en algún sitio? —pregunta Eidenmüller a Brack.

Este lo acompaña afuera y empiezan a caminar a paso ligero por los caminos cubiertos de nieve embarrada, echando grandes bocanadas de vaho.

—Ya hemos recibido la orden de iniciar la marcha.

Brack levanta una ceja.

—¿Sí? —dice—. ¿Cuándo?

—No solo nosotros. Todo el mundo. Pasado mañana.

Brack se detiene.

—¿Todo el mundo? No. Eso es imposible. Estos hombres no llegarán muy lejos con este tiempo. Morirán de frío. Si ya es difícil ir y volver de la Buna, figúrate eso.

Eidenmüller asiente.

—Escucha —continúa—. Hay una posibilidad de que algunos se salven. Me he enterado de los tratos que has hecho con algunos de los judíos. Si mueren, lo pierdes todo.

—¿Qué propones?

—Meterlos en la enfermería. Tú, el Relojero y unos pocos más. A los enfermos los abandonarán aquí. Los oficiales creen que el frío acabará con la mayoría de ellos, pero en cuanto se hayan ido pueden empezar a desmontar los barracones para hacer leña. ¿Qué me dices?

—Suena bien, pero ¿tú qué ganas?

—Lo he estado pensando. Después de la guerra, la gente como yo, que ha pasado por las SS, lo tendrá complicado. Te meteré en la enfermería y me encargaré de que ningún entrometido te busque las cosquillas cuando nuestros hombres vengan a vaciar el campo. Cuando haya terminado la guerra, te localizaré y podremos llegar a un acuerdo.

Brack sonrió.

—Qué curioso. Nunca pensé que fueras un hombre confiado.

—No lo soy. Si no juegas limpio conmigo, te prometo que las consecuencias no te gustarán. —Eidenmüller se escupió en la palma de la mano y se la tendió—. ¿Trato hecho?

—Trato hecho —respondió Brack después de hacer lo mismo.

1962
Kerk de Krijtberg, Ámsterdam

—Por supuesto, yo no sabía nada de todo eso —dijo Emil—. Brack me lo contó después, cuando ya estábamos en la enfermería.

—Brack —repitió Meissner resoplando—. Era un personaje complicado. Solo pensaba en sí mismo. Pero tenía más facetas, o eso creo. —Se le cerraron los ojos.

—A la mañana siguiente fuimos a la enfermería. Como es obvio, no estábamos enfermos, pero Eidenmüller se había inventado la historia de que un doctor de las SS sospechaba que teníamos el tifus. El doctor judío de la enfermería no las tenía todas consigo, pero sus dudas parecieron disiparse cuando apareció un paquete de cigarros.

—¿Así que tú, Brack y toda ese gente entraron en la enfermería y esperaron allí la llegada de los rusos?

—Ojalá hubiera sido tan fácil, Willi. —Emil se volvió hacia Meissner—. ¿Sigues escuchándonos, Paul? —Le demostró que así era apretándole la mano—. Esa noche recibimos una visita.

—¿Quién?

—Hustek. —Emil sintió que Meissner se ponía tenso al oír ese nombre—. Estaba buscándome. Brack intentó darle largas diciéndole que yo tenía el tifus. «Tráelo aquí fuera —le dijo—. Si tiene el tifus, ha firmado su sentencia de muerte, así que da igual. Mejor dejar que el frío termine con él. Será una forma más dulce de morir.» Pero Brack le dijo que no, que ni hablar. Eso fue lo que le dijo. Aunque eran palabras vacías, y lo sabía.

»Cuando salí de la enfermería, vi a Hustek con una pistola en la mano. Casi pensé que me iba a disparar ahí mismo, sin más, pero me indicó con el arma que lo siguiera. Apenas había dado un paso cuando vi que Hustek cambiaba de idea y apuntaba a Brack. "Tú también", le dijo.

»Nos llevó a punta de pistola a través del campo, por la vía de servicio, hasta que salimos por el portón. Entonces nos guio hasta las oficinas de las SS. El edificio estaba vacío. Nos hizo subir por la escalera hasta el antiguo despacho de Paul.

Hustek ordenó a Brack y al Relojero que se quedaran de pie en los dos rincones más apartados de la puerta. Había una lámpara de queroseno sobre el escritorio. Después de encenderla, se sentó a horcajadas en la silla dando la espalda a la puerta y sacó un paquete de tabaco.

—¿Un cigarro, Brack? —ofreció.

Como no hubo respuesta, se encogió de hombros y se guardó el tabaco en el bolsillo.

—¿Por qué nos has traído aquí? —quiso saber Brack.

—Pensaba que era evidente. —Hustek señaló al Relojero

con el cigarro, que todavía no había encendido—. Matar a tu amiguito judío no me supondría ningún problema. Pero ¿matarte a ti, Brack? Alguna pregunta caería. Difícilmente podría decir que te pegamos un tiro cuando intentabas escapar, ¿no? Necesitaba un sitio donde no pudieran encontrarte hasta que fuera demasiado tarde como para que a alguien le importara. —Sonrió satisfecho, rascó una cerilla y dio una profunda calada, echando el humo al techo, antes de continuar—. Supongo que debería preguntarte si tienes una última voluntad. —Pareció que aquel comentario le resultaba muy gracioso y soltó una carcajada tan tremenda que empezó a toser. Cuando se hubo recuperado, dijo—: Por cierto, Brack: he pensado que te interesaría saber que Widmann me ha contado ese trato que han hecho los dos. La idea ha sido tuya, estoy seguro. Widmann no tiene cabeza suficiente para algo así, pero sí para entender que necesitaba otro socio: servidor.

Brack echó una mirada asesina a Hustek, pero no dijo nada. Su cerebro trabajaba frenéticamente: tenía una pequeña posibilidad de sobrevivir, siempre que Hustek disparara primero al judío. Entonces, en el pasillo, oyeron que crujía un tablón del suelo.

Eidenmüller no había querido dormir esa noche en los barracones de las SS; bastante mal lo había pasado ya la noche anterior, con la mayoría de sus compañeros suboficiales borrachos mientras repetían sin parar que no querían escoltar a los presos con ese frío. Por eso, había tomado un catre y lo había subido a su antiguo despacho.

Lo despertó una carcajada. Había luz en el despacho del capitán. Se levantó sin hacer ruido y se acercó de puntillas a la puerta.

La luz parpadeaba, pero aun así pudo ver al Relojero en el rincón más alejado de la sala. Sujetando con fuerza la pistola soviética, dio un paso adelante.

Hustek se dio la vuelta y escudriñó la oscuridad.

—Baja el arma, Hustek —dijo Eidenmüller.

Hustek recuperó el aplomo con rapidez. Volvió el arma hacia el Relojero.

—No vas a dispararme —afirmó—. Y menos para salvar a un judío apestoso.

—Yo no estaría tan seguro. —El rostro de Eidenmüller brillaba a la luz de la lámpara—. Creo que me he encariñado de él. No es mal tipo, para ser judío. Además, a ustedes, los de la Gestapo, que son escoria, no los quiere ni su madre.

Hustek no vaciló. Siguió apuntando al Relojero.

—No seas imbécil, maldición. Puede ser que ganes ahora. Pero por la mañana volveré con mi unidad y me lo llevaré, te guste o no. Yo me largaría y no me complicaría vida. Te prometo que olvidaré que te vi aquí.

Eidenmüller negó con la cabeza.

—Eres un hijo de puta arrogante, ¿eh? Sabía que ibas a decir eso y tuve claro lo que iba a hacer en cuanto te vi.

La mente de Hustek analizaba enfurecida la situación. ¿Por qué no había comprobado las otras habitaciones? Lo más probable era que ese imbécil no le diera a un burro ni a tres pasos, pero era obvio que Brack y el judío se le echarían encima en lo que uno tarda en decir *Heil Hitler*.

—Dispárame si quieres —lo retó, intentando mantener serena la voz—. Pero, en cuanto note que aprietas el gatillo, me cargaré a tu niña bonita judía. Hagas lo que hagas, estará muerto, así que seamos razonables, ¿de acuerdo?

Hustek advirtió un movimiento casi imperceptible. Dando un grito de rabia, apretó el gatillo.

En una fracción de segundo, se dispararon tres balas y dos hombres cayeron al suelo. Uno de ellos era Hustek: el disparo de Eidenmüller le había dado de lleno en la cabeza. El otro era Brack.

Brack también tenía una pistola, escondida en la cintura de

sus pantalones: era la Luger que le había birlado al agente de la Gestapo que él y sus hombres habían matado. Sabía que Hustek tenía la intención de matarlo, pero él no era un judío que se dejara sacrificar sumisamente.

Mientras observaba la conversación entre Hustek y Eidenmüller, detectó un asomo de duda en la mirada del agente de la Gestapo y sacó la pistola. Viéndose en peligro, Hustek volvió el arma hacia él. Se habían disparado el uno al otro casi simultáneamente. Brack falló el tiro y recibió un balazo en el estómago.

Emil sintió de pronto que le apretaban la mano.

—Eidenmüller —murmuró Paul, tratando de incorporarse en la cama—. ¿Qué fue de Eidenmüller?

—Según tengo entendido, está vivo y ha adoptado el nombre de Leon Nadelmann. —Emil se percató de que Willi lo miraba con incredulidad, pero aun así continuó—: Brack no estaba muerto, pero la herida le dolía y sangraba mucho. Le quitamos la camisa a Hustek y la utilizamos para intentar taponar la hemorragia. Luego lo llevamos entre los dos a la enfermería.

»Murió una hora después. No había nadie que pudiera llorar su muerte y, como era habitual, tiraron fuera su cadáver para que lo llevaran al crematorio. De haberlo dejado allí toda la noche, habría terminado congelado, duro como una piedra. Eidenmüller vio su oportunidad. "El muerto al hoyo", eso fue lo que dijo. Esa noche murieron varios presos. Adoptó la identidad de uno de ellos.

»El campo fue evacuado un día después. Los presos formaron filas en la nieve y los obligaron a marchar a punta de pistola. Nunca volví a ver a ninguno de ellos. Al cabo de una semana, más o menos, llegaron los rusos.

La historia del Relojero había tocado a su fin. Meissner respiró y el aire pasó entrecortadamente por sus labios.

—Gracias —susurró tan quedo que Emil casi no pudo oírlo—. La última vez que nos despedimos no tuve el detalle de decirte adiós. Esta vez no será así. Ve con Dios, Relojero.

La batería, formada por tres Wespe autopropulsados de artillería ligera comandados por un joven teniente de las SS, se había apostado detrás de una aldea rusa para bombardear las posiciones soviéticas a unos tres kilómetros de distancia. El oficial había dispuesto los vehículos detrás de una loma, por lo que nadie vio la llegada de una columna de tanques T-34 a través de la aldea. Si no hubiera sido por una ráfaga de viento que les trajo el eco de los motores, la sorpresa habría sido absoluta.

Los ojos extraordinariamente azules del oficial entendieron la situación en apenas un instante. Con serenidad, ordenó la retirada y se subió al último vehículo.

—Llama al cuartel general —ordenó al operador de radio—. Diles que necesitamos que nos envíen una escuadrilla de Stukas o estamos listos.

El primer tanque apareció sobre la loma. La detonación fue ensordecedora. Se levantó una montaña de tierra junto al primer Wespe. La táctica de los rusos era impecable: si lograban neutralizar el primer Wespe, entonces los otros tendrían que frenar para rodearlo. Un segundo tanque apareció y disparó contra los vehículos de artillería alemanes. También falló. Pero el teniente sabía que la suerte se les estaba agotando por momentos. Los tanques eran más veloces que ellos. Entonces apareció un tercer tanque, y después un cuarto. Se detuvieron en vez de seguir con la persecución.

—Maldición —exclamó el sargento primero que comandaba el Wespe—. No necesitan perseguirnos. Nos machacarán antes de que coronemos la siguiente loma.

Oyeron las detonaciones casi simultáneas de dos disparos. Uno de ellos levantó una lluvia de tierra frente al primer Wespe;

el otro impactó en el segundo. El blindaje de los vehículos alemanes era escaso y el obús del T-34 abrió un agujero en su costado, alcanzando la oruga. El Wespe se detuvo en seco entre los chillidos de dolor de su tripulación.

—¡Schratt! —gritó el teniente a su segundo—. ¡Ve al otro Wespe! Ayúdalos a salir. Yo tomo el control aquí. —El oficial se encajonó en el asiento—. Piloto —gritó—, dale la vuelta a este asunto. Apunta al primer tanque enemigo. —Se volvió entonces hacia los artilleros—. Carguen el arma y bajen el ángulo del cañón al máximo. Cuando estén listos, dispararemos a campo abierto.

El piloto bloqueó la oruga izquierda y giró el Wespe. La maniobra sorprendió a los rusos. El Wespe disparó sin tener que ajustar las miras y voló la torreta del primer tanque ruso, haciendo estallar la munición que contenía y provocando un torbellino de fuego y humo.

—El siguiente —ordenó el oficial.

El piloto intentó situar entre el humo al segundo de los T-34 y alinear la mira del cañón con el objetivo.

—¡Fuego! —Otro impacto que, aunque no lo destruyó, fue suficiente para inmovilizar al tanque.

De pronto... una explosión junto al T-34 que se había detenido. El primer Wespe había seguido su ejemplo y también se revolvía contra sus atacantes.

El oficial soltó un grito de júbilo, dominado por el entusiasmo de la batalla.

Y entonces su mundo quedó hecho trizas. Se oyó un trueno tan potente que le silbaron los oídos y el Wespe voló como si lo hubiera levantado la mano de un gigante. El oficial salió despedido del vehículo. Cuando levantó la vista, vio que el Wespe estaba de costado, en llamas. «Maldición», pensó. Tenía que apartarse antes de que el fuego alcanzara la munición.

Intentó levantarse, pero su pie izquierdo había desaparecido y solo quedaba un muñón ensangrentado. Aun así, no sentía dolor. En torno a él la batalla se recrudecía: dos Tiger alemanes habían coronado la loma y disparaban contra los T-34. Se encontraba en medio de un remolino de metal incandescente, pero parecía inmune. Todo parecía moverse a cámara lenta.

Entonces vio que Schratt caminaba hacia él. El sargento le hacía señas. Cuando se acercó, vio que sonreía y le tendía la mano. Meissner la aceptó: era una mano firme y fresca. Schratt lo ayudó a levantarse.

Con gran sorpresa vio que su pie estaba intacto.

—Meissner —dijo Schratt—. Me han enviado a recogerle.

—¿Recogerme? —repuso Meissner—. ¿Cómo es posible? Pensé que estabas muerto.

Schratt negó con la cabeza.

—Los viejos soldados nunca mueren —afirmó.

Meissner parecía incapaz de captar la idea.

—¿Nunca?

—No, señor. Nunca.

38
LA INMORTAL*

1963
Auschwitz II, Birkenau

Es temprano. Al otro lado de una larga hilera de postes de concreto, se alzan varias columnas de barracones como animales primitivos y oscuros en la neblina matinal. Unas chimeneas decrépitas se yerguen severas contra un cielo pálido, como mástiles de barcos varados.

Emil frota la ventanilla empañada del coche para observar el paisaje. Se encuentran en una carretera estrecha que discurre en paralelo a los restos de una larga valla. Se suceden a su paso los muñones de las torres de vigilancia, dientes rotos que surgen del suelo, podridos y negros.

No es el Auschwitz que recuerda. Había pensado que el campo de Monowitz era grande, pero esto es gigantesco.

El conductor detiene el coche junto a una torre de ladrillo que se alza sobre un arco por el que pasa un ramal de vía férrea. Señala el edificio que hay al lado. Un hombre espera allí, pateando el suelo para entrar en calor.

* «La Inmortal» fue una partida disputada entre Adolf Anderssen y Lionel Kieseritzky en Londres en 1851. En una serie de movimientos aparentemente temerarios, Anderssen sacrificó casi todas sus piezas mayores —dama, ambas torres y un alfil— para lograr el mate con el alfil y los dos caballos que le quedaban. Se considera una partida sin igual en la historia del ajedrez.

—*Dzień dobry* —dice Emil, intentando recordar las pocas palabras de polaco que aprendió en el campo—. *Nazywam się Emil Clément.*

—Buenos días —responde el hombre—. Por fortuna hablo alemán.

El hombre es profesor de la Universidad de Cracovia y supervisa los trabajos de conservación que se están efectuando en el campo. Birkenau se convertirá en un museo. De Monowitz no queda prácticamente nada. La fábrica de la Buna ahora la administra el gobierno polaco.

El profesor no está nada contento de que Emil y sus compañeros hayan llegado para perturbar su trabajo.

—¿Podemos darnos prisa? —dice—. Todo esto es muy anómalo.

Todo es anómalo desde la muerte de Paul. Según las autoridades católicas de Holanda, fue anómalo que se enviara a Ámsterdam a un sacerdote alemán a morir en su «casa». Luego hubo que abordar la cuestión del testamento. Paul tenía muy pocas cosas, aparte de su amado juego de café —que dejó en herencia a la señora Brinckvoort— y sus diarios, que legó a Emil.

Su deseo de que lo incineraran provocó incredulidad.

—La Iglesia católica no aprueba la cremación —explicó el padre Scholten con frialdad.

—Pero eso es lo que quería Paul —insistió Emil.

—Paul era sacerdote —objetó Scholten.

—Exacto —terció Willi—. Sabía a la perfección lo que pedía. Estoy seguro de que la Iglesia no le negará su última voluntad.

En última instancia, fue la petición final de Paul la que provocó los mayores problemas. Emil y Willi se informaron a través del consulado polaco en Ámsterdam. Era imposible, les dijeron. Además, el proceso de obtención de los visados no solía ser un camino de rosas, y menos todavía con lo que se proponían hacer.

Durante varios días, Emil y Willi se devanaron los sesos buscando una solución.

—Lo que necesitamos es un intermediario —dijo Willi después de tomar unas copas.

Emil se dio una palmada en la frente.

—¡Eso es, Willi! Has dado en el clavo. ¿Quién dijo Paul que era el mejor intermediario que había conocido en su vida?

—Eidenmüller.

Lo encontraron en un bar de la pequeña localidad holandesa de Simpelveld, a tan solo dos kilómetros de la frontera alemana, cerca de Aquisgrán.

El mesero estaba limpiando un vaso cuando los vio entrar.

—Buenas tardes —dijo—. ¿Qué desearán los señores?

Emil lo reconoció al instante. Le tendió la mano.

—Eidenmüller —saludó en voz baja, en alemán—. Cuánto tiempo.

Una sombra surcó el rostro del mesero.

—Creo que se equivoca —respondió inmediatamente—. Me llamo Nadelmann. Nunca he oído hablar de ese señor... ¿Cómo se llamaba?

—Eidenmüller —repitió Willi, subiendo la voz—. Somos amigos de Paul Meissner.

En el gesto del mesero asomó por un instante una mirada de preocupación.

—Bajen la voz —les pidió entre dientes—. ¿Quiénes son ustedes?

—¿De verdad que no me reconoces? —preguntó Emil.

El mesero dijo que no con la cabeza.

—¿Debería reconocerlo?

—Sí. Soy el Relojero.

Dejó de abrillantar los vasos.

—Dios mío —dijo—. ¿Por qué han venido?

—Estamos intentando cumplir con la última voluntad de un viejo amigo y confiamos en que puedas ayudarnos.

—¿Un viejo amigo? —preguntó Eidenmüller desconcertado.

—Paul Meissner. Murió hace unas semanas.

La noticia fue una sorpresa para Eidenmüller.

—¿De verdad? ¿Paul Meissner? Estaba en la División Das Reich... Eran unos tipos duros, esos cabrones. No volvieron muchos de ellos después de que los rusos terminaron con la división. Pero mi viejo capitán sí volvió. Bueno, el mundo es un... —Asintió para sí—. De todos modos me sabe mal que haya muerto. Era un buen tipo, para ser oficial. —Levantó la vista—. Espera un momento. Has dicho que era un viejo amigo. Nunca hubiera dicho que...

—Yo tampoco —le cortó Emil—. Pero me ayudó a encontrar algo muy valioso que creía haber perdido para siempre.

—¡Ah! ¿Y qué era?

—A mí mismo.

Por fortuna el bar estaba vacío. Eidenmüller giró el cartelito de la entrada para indicar que el local había cerrado.

—¿Qué piensan que puedo hacer exactamente? —preguntó.

—No estamos seguros —contestó Willi—. Pero Emil dijo que eras el mejor intermediario de todas las SS.

Eidenmüller sonrió con modestia.

—Por favor, que no se entere nadie —dijo—. Procuré dejar atrás esos días.

La solución a su problema, concluyó Eidenmüller, tenía dos vertientes: por un lado, necesitaban una historia que fuera verosímil y resistiera un examen rápido; en segundo lugar, necesitaban dinero.

—¿Dinero? ¿Por qué íbamos a necesitar dinero?

—Por el comunismo —respondió Eidenmüller—. Parece mentira, ya lo sé, pero los comunistas se vuelven locos con el dinero. Apuesto a que no hay muchos comunistas de verdad en Polonia, pero les aseguro que lo que sí hay es un montón de pobres. Siempre decíamos que no hay polaco que se resista a un buen soborno. Estoy seguro de que las cosas no habrán cambiado después de la guerra, si acaso la situación debe de ser peor todavía. Es posible que tengamos que sobornar a un montón de gente, por lo que también necesitaremos un montón de dinero.

—Entonces no tenemos nada que hacer —intervino Willi—. No diría que esté mal de dinero, pero tampoco nado en la abundancia.

—Ya somos dos —repuso Emil.

—Tres —añadió Eidenmüller—. Este local es lo único que tengo. Y no solo puedo pensar en mí.

—¿Estás casado? —preguntó Emil.

Eidenmüller asintió.

—¿Y ella está enterada de...? Ya sabes a qué me refiero.

—Sí, se lo conté todo.

—¿Tienes hijos?

—Sí. Dos niños.

—¿Cómo se llaman?

—Paul y... Freddy. Era el segundo nombre del capitán.

—No lo sabía.

—Una vez eché un vistazo a su hoja de servicios. Era un hombre valiente.

—Sí, lo era —dijo Willi—. Hasta el último minuto. En fin, necesitamos dinero, pero no lo tenemos. A menos que atraquemos un banco, ¿de dónde podemos sacarlo?

—Creo que sé de dónde —dijo Emil.

La casa parecía fuera de lugar en aquel barrio de Róterdam. La calle —Oudedijk— era de por sí bastante agradable, con árboles a ambos lados y amplias banquetas, pero, situada en medio de una ristra de modernos bloques de apartamentos, la gran mansión del siglo XIX parecía que había aterrizado allí por puro capricho. Sin embargo, Emil recordaba perfectamente el nombre grabado en la placa de latón que había debajo del timbre: «Kastein».

—¿Puedo hablar con *mijnheer* Kastein? —preguntó cuando una doncella en un anticuado uniforme negro con cuello y puños blancos le abrió la puerta.

—¿Quién digo que le reclama?

—Dígale... Dígale que soy el Relojero.

Kastein hizo honor a la palabra dada veinte años antes: salió a la puerta casi a trompicones, agarró a Emil para hacerlo entrar y le estrechó la mano negándose a soltarla.

Les sirvieron el café en un lujoso salón.

—Siento mucho haber perdido el contacto contigo, Relojero —dijo Kastein—. Pero ahora que estás aquí, no vamos a permitir que vuelva a ocurrir.

—Si hubieras seguido el mundo del ajedrez, no te habría costado nada encontrarme.

—No tenía ni idea de que existiera ese mundo del ajedrez. Lo único que sé de ajedrez lo aprendí en nuestro pequeño club en Auschwitz. Tú, yo, Brack y ese oficial de las SS con su lacayo.

—Te parecerá un poco raro, pero por eso estoy aquí.

Encontrar a Kastein fue una bendición. No solo les allanó el camino con su dinero, sino que además tenía contactos. Al cabo de unos pocos días, pudieron disponer de los visados.

—¿Cuatro? —dijo Emil sorprendido.

—Voy con ustedes.

Kastein se ofreció a fletar un vuelo privado, pero Emil se

mostró inflexible. No estaba bien ir en avión, sostuvo. Aquello no era un simple viaje; era una peregrinación. Irían en tren.

Y ahora se encuentran frente a la entrada de Birkenau.

—¿Quién trae el dinero? —preguntó el profesor.

Ese es el motivo de que hayan ido tan temprano, para que no haya testigos. Kastein efectuará una generosa donación para financiar las obras de rehabilitación: diez mil dólares. Si se tramita por los cauces oficiales, el dinero desaparecerá; la corrupción es un mal tan endémico entre los comunistas como lo fue el tifus en el campo. El profesor promete que el dinero se empleará correctamente.

Ahora los acompaña por un lateral de las vías que conducen a las ruinas de los crematorios. Una neblina baja se arremolina espectralmente en torno a sus pies.

Entran en una pequeña arboleda de abedules. Apenas se oye nada. Reina un silencio casi total. Ni siquiera se oye el canto de los pájaros.

A su derecha, ven un amasijo de ladrillos y concreto resquebrajado: un edificio derribado y abandonado.

—Lo volaron los alemanes. Está tal cual lo dejaron —les explica el profesor—. Hay quien propone restaurarlo para que la gente pueda ver lo que ocurría dentro. Hay otros, entre los que me incluyo, que piensan que lo mejor es dejarlo tal como está, como monumento a la memoria de los muertos.

Para Emil la respuesta es evidente.

—Tendrían que dejarlo tal cual. Todo el mundo sabe lo que ocurría aquí dentro.

—Me voy para que hagan lo que han venido a hacer —dice el profesor—. Nos vemos en la puerta. Procuren no tardar.

«No tardar...» Las palabras del profesor parecen inapropiadas. No entiende que el tiempo no tiene sentido para los presos de Auschwitz, estén vivos o muertos.

Emil se aparta de los demás hasta llegar al final de los árboles, asombrado ante el sosiego sobrenatural del alba. Es un silencio opresivo, no es tranquilizador. Si aguza el oído, ¿le llegarán los gritos de los espectros que habitan este sitio? ¿Oirá las últimas palabras de su madre y de sus hijos? Trata de escuchar las voces que se arremolinan a su alrededor, en el silencio. Pero hablan todas a la vez y no entiende nada de lo que le dicen.

Y ahora que está aquí irrumpe en su ánimo una nueva incertidumbre: una desagradable incorporación al amplio elenco de incertidumbres que viene alimentando desde que salió de Auschwitz. Este paraje es un sitio sagrado. Es el hogar de las miles de víctimas que perecieron aquí. ¿Qué derecho tiene a añadir a sus filas al que fue uno de sus opresores?

Se había preguntado cómo sería volver, pero ahora que está aquí no sabe muy bien qué es lo que siente. Ha vuelto, pero sin volver. Todo parece cambiado.

Es un Auschwitz distinto y los recuerdos que impregnan este sitio no son los suyos.

Lo único que permanece es la convicción de que debe respetar la última voluntad de Meissner. Saca un recipiente metálico de su mochila. Con las manos temblorosas, levanta la tapa y un polvo fino y claro cae al suelo.

Durante un buen rato, Emil sostiene el recipiente como si no supiera qué hacer con él. Luego, se interna en los abedules y esparce las cenizas sin dejar de caminar. Lo hace precipitadamente, mucho más deprisa de lo que había previsto, como si temiera cambiar de idea antes de haber concluido. Cuando termina de vaciar el recipiente, Emil se queda quieto y sigue con la mirada el trazo que la ceniza ha dibujado sobre el suelo. No durará mucho: bastará que se levante el viento o caiga la lluvia para que no quede ni rastro.

No habrá lápida para Paul Meissner. La memoria de cuatro hombres será el único vestigio de que sus cenizas se han esparcido aquí. Emil siente una punzada de culpa: tendría que haber esparcido las cenizas despacio; habría sido una forma más respetuosa de hacerlo, pero ahora es demasiado tarde. Los otros —Willi, Eidenmüller y Kastein— son testigos silenciosos. Nadie dice nada hasta que Emil se reúne con ellos.

—Supongo que alguien debería pronunciar unas palabras —propone Willi.

Eidenmüller no puede. Está llorando.

—Deberíamos rezar el Kadish —dice Emil.

Pero eso es demasiado para Kastein.

—Te hice una promesa, Relojero, y he cumplido con mi palabra, pero esto... —Kastein se aparta del grupo y se queda junto a las ruinas del crematorio. Cuando habla de nuevo, su voz parece gritar en el silencio—: No por él. No puedo rezar el Kadish por él.

—No es solo por él —replica Emil con suavidad—. Es por todos.

Es mucho pedir. Los recuerdos de Kastein no son los de Emil. Desconoce el viaje que ha hecho Meissner. Kastein solo dispone de su memoria: el recuerdo de la muerte de propios y extraños, de las privaciones y el sufrimiento, de la injusticia y el odio. Y es en el odio donde sitúa a Meissner.

A regañadientes, vuelve de las ruinas y se reúne con los demás.

—Gracias —murmura Emil, sacando un libro de su mochila.

Lo abre y empieza a salmodiar en hebreo con una voz sonora. Los otros agachan la cabeza. No tarda demasiado.

—¿Qué significa? —pregunta Eidenmüller cuando termina.

—Es una oración por los difuntos. No es fácil traducirla exactamente, pero dice más o menos así: «Exaltado y santificado sea el nombre de Dios en este mundo que Él ha creado conforme a su voluntad. Llegue pronto su reino, manifiéstese la salvación y encuéntrese el Mesías durante tu vida y durante la vida de toda la Casa de Israel, pronto y sin demora. Y diga amén».

—Lo que no entiendo —comenta Kastein, con evidentes dificultades para controlar el tono de voz— es por qué un oficial de las SS iba a querer que se esparcieran sus cenizas aquí. Me sorprende muchísimo que haya pedido algo así.

—Meissner se convirtió en un hombre distinto —responde Emil—. Me dijo que no se le ocurría mejor sitio para hacerlo. Dijo que se pasaría toda la eternidad pidiendo perdón.

Kastein levanta la mirada y observa con gesto perplejo las nubes plomizas que cubren el cielo. La eternidad es algo que escapa a su imaginación.

Eidenmüller se levanta la manga para echar un vistazo al reloj.

—Deberíamos volver antes de que el profesor venga a buscarnos.

—Todavía queda una cosa por hacer —indica Emil.

Abre la mochila, saca una cajita y se la da a Willi.

—¿Qué es? —pregunta Kastein.

—Es un juego de ajedrez portátil —responde Willi, y esboza una sonrisa—. ¿Vamos a jugar aquí?

—Sí. La partida que deberíamos haber disputado hace tantos años. ¿Se te ocurre mejor manera de honrar su memoria?

—No. Pero más nos vale que sea una buena partida.

Willi eligió blancas. Adelantó su peón de rey dos casillas. Emil hizo lo mismo con el suyo. Una leve brisa agitó los árboles. Willi volvió la cabeza y echó un vistazo al sitio donde Emil había esparcido las cenizas de Meissner.

—¿Crees que está aquí? ¿Que nos está observando?

Emil sonrió.

—Estoy seguro.

NOTA HISTÓRICA

Introducción

La partida final es una obra de ficción, pero está ambientada en el peor crimen contra la humanidad que se haya cometido en toda la historia. Hans Frank, el gobernador general de la Polonia ocupada durante la Segunda Guerra Mundial, dijo: «Los judíos son una raza que hay que exterminar por completo».

De entre todos los campos de concentración, Auschwitz desempeñó el papel más importante en este genocidio. Se estima que murieron en Auschwitz en torno a 1,1 millones de personas durante sus cuatro años y medio de funcionamiento como campo de concentración y exterminio, en su inmensa mayoría judíos de toda Europa.

Auschwitz: el campo

En un primer momento, Auschwitz fue diseñado como campo de concentración, un lugar en el que encerrar a los enemigos del Estado nazi a espaldas de la sociedad. Las víctimas fueron enemigos políticos (sobre todo comunistas), homosexuales, gitanos, testigos de Jehová y judíos.

Hacía tiempo que se habían construido los primeros campos en Alemania (Dachau y Sachsenhausen, por ejemplo) y definido los principios que regían su funcionamiento. Los presos sufrían una disciplina brutal y, en ocasiones, caprichosa; se alojaban en condiciones muy precarias con una alimentación insuficiente; y se les imponían unos trabajos forzados despiadados. Eso era lo que se esperaba cuando Rudolf Höss fue nombrado primer comandante de Auschwitz con la misión de abrir los primeros campos de concentración en los territorios recién conquistados de Silesia, adonde llegó el 30 de abril de 1940.

Auschwitz fue creado como campo de trabajo en un antiguo recinto de barracones del ejército polaco. Sus inicios fueron poco propicios: los barracones se encontraban en un pésimo estado de conservación y estaban infestados de plagas. Asimismo, los recursos de que disponía Höss eran escasos, pero su nombramiento como comandante fue una decisión acertada: era un hombre ingenioso, trabajador y completamente volcado en la misión encomendada.

Con el aumento del número de campos dependientes de Auschwitz, el primer campo recibió el nombre de Auschwitz I, el *Stammlager*. Al final, se constituirían tres campos principales: Auschwitz I, Auschwitz II Birkenau, y Auschwitz III Monowitz.

La ampliación del campo hacia la localidad de Birkenau hizo que Auschwitz se convirtiera en un campo de trabajo y de exterminio (a diferencia de otros emplazamientos en Polonia, como Chełmno, Sobibór y Treblinka, que funcionaban en exclusiva como centros de exterminio). A finales del verano de 1941, en ausencia de Höss, su segundo, Fritzsch, llevó a cabo un experimento: asesinó a prisioneros de guerra soviéticos con el pesticida *Zyklon Blausäure*, un cianuro que hasta entonces se había empleado para combatir plagas de insectos. Cuando Höss volvió al campo, Fritzsch le hizo una demostración del nuevo método homicida. Höss lo aprobó de forma entusiasta y más tarde dejó por escrito su alivio por haber encontrado ese método que le permitiría evitar los «baños de sangre». Desde entonces y hasta el verano de 1942, Höss supervisó la construcción de cámaras de gas en Birkenau concebidas específicamente para el asesinato en masa empleando Zyklon-B.

Por aquellas fechas, el gigante industrial alemán IG Farben se ofreció a construir una fábrica en Silesia para manufacturar caucho y combustible sintético a partir del carbón de baja calidad que abundaba en la zona. La factoría formaría parte del complejo de Auschwitz y se construiría empleando mano de obra esclava del campo. La planta recibió el nombre de Auschwitz III Monowitz.

Es aquí donde se desarrolla la historia del Relojero.

La vida de Auschwitz como campo de concentración tocó a su fin en enero de 1945. El 18 de enero, con varias unidades del Ejército Rojo a escasos kilómetros de distancia, las SS ordenaron la evacuación de unos sesenta mil presos, a los que se consideró aptos para emprender la marcha forzada hacia el oeste en unas condiciones climáticas espantosas. Aquella acción recibiría más tarde el nombre tristemente célebre de «marcha de la muerte». Debilitados por el hambre y vestidos tan solo con los uniformes harapientos del campo y los zuecos de madera, miles de presos murieron: algunos se desmayaban y morían congelados; a otros, los SS los asesinaban de un tiro si se rezagaban. Cuando los soldados rusos llegaron al campo el 27 de enero, encontraron cerca de ocho mil presos abandonados por los alemanes: casi seis mil en Birkenau, poco más de mil en el *Stammlager* y unos seiscientos en Monowitz. Entre los supervivientes de Monowitz se contaba Primo Levi. En realidad, el comandante de zona de las SS —Schmauser— había dado orden de disparar a los presos que se consideraran demasiado débiles para el éxodo masivo, pero el rápido avance de los rusos había puesto nerviosos a los SS del campo y, al final, se preocuparon más de salvar el pellejo que del destino de unos pocos presos que, de todos modos, creían que iban a morir de enfermedad o de hambre.

Personajes históricos en La partida final

Los protagonistas —Emil, Paul, Willi, Bodo Brack— son personajes de ficción. Algunos de los secundarios son figuras históricas. Son los siguientes:

- Rudolf Höss: primer comandante de Auschwitz.
- Arthur Liebehenschel: su sucesor en el cargo.
- Richard Bär: el tercer y último comandante de Auschwitz.
- Otto Brossman: comandante de guardia.
- Eduard Wirths: médico de guarnición jefe en Auschwitz.
- Vinzenz Schottl: oficial jefe del campo de Monowitz.
- Richard Glücks: director de la Inspección de Campos de Concentración.

Asimismo, el personaje de Klaus Hustek se basa en el sargento de compañía Josef Erber, responsable de la Gestapo en el campo y miembro de las SS.

Después de la contienda, se celebraron varios juicios por crímenes de guerra. Entre 1946 y 1948, unos mil miembros de las SS de Auschwitz fueron extraditados a Polonia, donde se formaron tribunales especiales, incluido el Tribunal Supremo Nacional, que juzgó a importantes criminales. En marzo de 1947, el primer comandante de Auschwitz, Rudolf Höss, fue juzgado en Varsovia y sentenciado a muerte. En noviembre y diciembre de ese mismo año, en Cracovia, cuarenta antiguos miembros de las SS de Auschwitz fueron llevados a juicio. De ellos, veintitrés recibieron sentencias de muerte, incluido el segundo comandante del campo, Arthur Liebehenschel. Los demás recibieron sentencias que iban de los tres años de cárcel a la cadena perpetua. En 1950, después de numerosos recursos, Otto Brossman, antiguo capitán de las SS, fue absuelto de crímenes de guerra por un tribunal de Cracovia.

Algunos antiguos miembros del personal de las SS en Auschwitz fueron juzgados y sentenciados por crímenes distintos de los que habían cometido en el campo; entre ellos, Vinzenz Schottl, quien, ya en 1945, fue juzgado y condenado a muerte por un tribunal estadounidense de crímenes de guerra.

Eduard Wirths y Richard Glücks se suicidaron.

Entre 1949 y 1980, la República Federal de Alemania procesó a otros antiguos miembros de las SS. El último comandante de Auschwitz, Richard Bär, fue detenido en 1960 y murió en la cárcel a la espera de juicio. El antiguo sargento de compañía de las SS, Josef Erber (se había cambiado el apellido —Houstek— después de la guerra), fue detenido en 1962 y llevado a juicio en Fráncfort en diciembre de 1965. Se lo condenó a cadena perpetua y fue puesto en libertad en 1986. Murió un año después.

El ajedrez

La mayoría de los títulos de los capítulos remiten a jugadas de ajedrez. Los movimientos se eligieron porque reflejaban algún aspecto del texto. Desconozco si las SS organizaron un club de ajedrez en Auschwitz y no he podido confirmarlo en el curso de mis investigaciones. Sí tuvo lugar la Olimpiada de Ajedrez no oficial celebrada en Múnich en 1936 en las circunstancias descritas en el capítulo 21, aunque, por supuesto, la participación de Wilhelm Schweninger es ficticia. Los equipos de Polonia y Hungría estaban integrados por jugadores judíos y ambos derrotaron a Alemania. Hungría se impuso en el torneo con holgura, obteniendo veinte victorias seguidas, hazaña que no se repetiría hasta 1960. Polonia terminó en segundo lugar y Najdorf, uno de sus representantes, obtuvo la medalla de oro individual.

AGRADECIMIENTOS

Estoy en deuda con muchas personas que me incitaron a escribir o me ayudaron a lo largo de este viaje. Encontré una gran fuente de inspiración en los desgarradores y valientes relatos de algunos supervivientes de Auschwitz, especialmente Primo Levi, Filip Müller y Elie Wiesel, y también en los de aquellos que no sobrevivieron y cuyos nombres han caído hoy en día prácticamente en el olvido: Zalman Gradowski, Dayan Langfus y Zalman Leventhal fueron miembros del *Sonderkommando*; sus diarios fueron desenterrados después de la guerra. Asimismo, no habría podido escribir este libro sin la concienzuda investigación de numerosos historiadores que han documentado varios aspectos del Estado nazi, las SS, el Holocausto y Auschwitz.

Me gustaría expresar mi gratitud a aquellas personas que me ayudaron a hacer realidad este libro: a mi agente, Carolyn Whitaker, por haber tenido fe; a Ravi Mirchandani, por haberme escuchado, y a James Roxburgh, Belinda Jones e Ileene Smith, por su paciencia infinita y consejos constructivos en la revisión del texto.

Y a mi familia —Barbara, Hannah, Laura, Andrew y Jack—, gracias por su comprensión y amor indesmayables. A todos aquellos que sufrieron o murieron en el Holocausto, les dedico este libro con todo respeto.